JN005983

歌集 秋霜

島崎榮一

角川書店

目次

装幀　吉原遠藤
題字　島崎榮一
装画　川端龍子「炎庭想雪図」（部分）
（大田区立龍子記念館蔵）

歌集
秋霜

島崎榮一

林中

麦の芽の寒きみどりは靡くとも飛ぶとも見えて冬畑にあり

白霜の冬の畑のさきたまの公孫樹は杉の林にそびゆ

養蚕のなごりの村は家毎に外車をならべ音楽ならす

灌木の密にしげれば犬猫のごとくかくれて棲みたき思ひ

木の椅子に坐りて待てば秋山の火酒のごときもの発酵す

親のまね神のまねして寝(い)ぎたなく生きよ拙き姿をさらせ

孟宗の竹藪に棲むあづき磨ぎ婆々か少女か逢はねば知らず

朝の日にまだら雪原火の雲の燃え静まりて寒ひばりのこゑ

家ごとに赤飯炊きて道を行く人にふるまふ心意気よし

農耕の神の役目は火防せとぞぬかづくやしろ小さく堅固

金柑の鉢ぶらさげて老いのいふ「鯉が安値で泥鰌が高値」

女生徒は明るき声を武器として群れを作れりそのこゑ響く

近隣の沼の主とぞ鯉二匹ふくろに入れてわれもちあるく

この村は欅すくなく椎などに夕べ北風やどりてぞ吹く

苗木など商ふ道の竹やぶに五六羽むれて鳴き交ふ鴉

夜の明けの暗きに春の雪ふりてチンゲン菜の上
に積りぬ

舞ふ雪のわれに近づく一片に息ふきかけて命を
さづく

木の枝につもれる雪も枯草の雪もかがやく朝十
時ごろ

菜の花のうへ白梅のはなびらの上にふりつもる
朝の淡雪

華のごと明らかに夜にふり乍ら音伴なはぬ雪の怪しさ

夜の道の半ば氷れる雪を踏む車の音はただ歯切れよし

車ゆくみちに積れる綿雪といふ春の雪午後はかがやく

大気澄み庭土かわき蛇腹なす赤松の幹空に照る見ゆ

幼かる地震に大地のゆるるかと思ひし時にわれ
酩酊す

桑の葉は霜に焼けしも青き葉も山風吹けばみな
立ちさやぐ

紅葉に黒きをまぶす落葉あり孫の手よりも大き
柿の葉

冬眠のごとくに穴をふかく掘り芋を伏せ上に藁
屋根を葺く

冬畑の北畔かげにふりつもりのこれる雪の遠白
く見ゆ

風花が本格的な雪となり傘させば傘の中をあゆ
めり

一時代きづきし家は養蚕の二階の梲いまものこ
せり

鍬万能などを商ふ人のありむしろ敷くのみ屋根
をまうけず

赤松の古木の幹はまがれども高くしげりて冬日
当たれり

孟宗にま竹まじりて荒れざまのやぶに鴉の群れ
鳴くこゑす

林中はみどりを保ちからまつのさらに遠くのや
まは白雪

烏賊焼きを引き裂き分けて豊かなる時間もつ男
子中学生ら

薄紅の翼果ゆれたつかへるでの葉群うひうひし
朝の山風

金柑のあまた実のつく鉢いくつ生活者わが目を
楽します

梅花藻の浮草ばなは川波に半ばかくれて白しら
と見ゆ

万両は苗木ながらに冬の葉のかげにゆたかに実
の房ありぬ

神まつる貧しき村の冬紅葉庭にをさなきつむじ
風立つ

岩がらみ巻くいはいくつ冬山の南斜面の林中に
あり

柿あまた枝垂るる庭に雉鳩の馴れて歩めり二羽
また三羽

穭田に岡ありくぬぎ楢などの雑木にやどる夕べ
木枯らし

太陽が熱れて落ちたりそれなりの音響くかと思
ひ見て立つ

念願の泥鰌手に入れ少年となりて夕べの部屋に
坐りぬ

星ひとつ現はれにけり杉森に太陽落ちて寒くな
るころ

雪よりも軽き風花ふり乱れわが家の庭にころげ
まはりつ

速贄の鵙のするどさわがものに家に帰りぬ泥鰌
をさげて

焼菓子は孫のくる日を待ちながら味見してはや
残り少なし

憂きわれの日々の思ひは気弱なる老いの享受の
狭量と知れ

輪郭

枯枝のバラを摑みてさししとげ四十何年うづくを愛す

蛇の衣簞笥に入れておきしかど小銭の溜まる気配なかりき

ゆく春の隣家の庭の木の枝にゆれて垂れゐし蛇のぬけがら

秋山の人こそ知らね朝までに全て落として星売り尽くす

槙の実に赤と青あり赤き実は熟るれば甘しわれもかみたり

曼殊沙華たちまち消えて冬の葉のみどり繁れり霜おく土に

風の日に半ば倒れて根付きたる公孫樹も幹の太くなりたり

柿の木は幹も梢も装飾をけづり骨格のみの冬の日

わが植ゑし姫山茶花は北風にめげずゆれをり蕾をつけて

人あまた殺す戦さをプーチンは新しき年もつづけるといふ

千両はしげる椿の下かげをよかれと植ゑて十年たちぬ

文学のために仕事を離れしがなまけこころを中
心におく

輪郭を赤く染めたるどくだみの冬の葉を見て道
を帰り来

正月は勉強をせず朝湯してすぐに昼めし早めの
夕餉

胸中に湧ける思ひは新年のときの間なれど神と
こそ知れ

わが庭は雉鳩がきて子と孫とをりをりにきて家族のごとし

寂しくも一つ悲しみ胸中に浮かびきたれどすぐに打ち消す

感情

寂しさを知らず孤独を知らずきて花あか赤と夜の曼殊沙華

一国の総理ころせば英雄らしその罪業はたれも
とがめず

評論家日々増殖し国力の弱体すすむごとくにも
見ゆ

九階の芝生に喜々と遊びゐる子らのロマンはい
かに育つか

若き日の胸の愁ひは既になく昼の芝生の白露を
ふむ

酒弱くなりて寂しき晩春のあゆみおそきは荷の為ならず

悔恨のごとくさわだつ胸をおさへ雨の舗装の道を帰り来

照る月のけだかさにして寂しさの極みと思ふ寒くなりつつ

あさかぜの道路にこぼれ褐色の粒のかをりは木犀の花

五十歳前に勤めをやめしわれ生きてあたらしき
束縛を課す

帰りゆく道は夕餉の秋刀魚焼く換気扇より風吹
きおろす

推敲をかさねこたへを消すことを短歌表現の第
一義とす

鈴木諄三氏の清瀬の家を「遅日亭」といふ

酒場にて別れし後は老いを深み病みて幾年あは
ず過ぎたり

「白南風」を君はおこして数多なる歌人を束ね
名声を得し

氏の友は数多ありしが遅日亭に酔ひて宿りし友
はわれのみ

蜻蛉

神々と約束したるみづうみは渚に寄せてくる波
ばかり

観念のなかの言葉の端々に具体のひそむことも知るべし

庭に棲むわが家の蜘蛛は日に透ける蜻蛉の羽を律義に残す

葉の影にいらが虫ゐる柿の木にのぼり遊びて幼かりにき

類型的幾何学模様大好きな蜘蛛は朝からたいくつらしき

夜のこころ澄みつつ楽しいなくさの莠にゆるる
蛍を見れば
黄の腹のまだら模様の屈強な蜘蛛が横から様子
みてをり

感動

渾身の力をこめて一枚の葉をうらがへすをさな
こがらし

感動のこゑあげながら踏切をこえてくるのは朝のこがらし

上空は風あるらしくかぎりなく透けてレースのとぶ白き雲

信号をすすみ稲田のみのるころきみどりになり蝗の孤独

腹わたと種子摑み出し煮てたべる南瓜は昔の名前唐茄子

自らの路線をきめてはらわたに甘みたくはふ大
きな西瓜

満月がかくもよごれてあさましき姿さらすは夜
空の啓示

晩年の人のごとくに退屈と欠けゆく月の無力を
見たり

渚べに寄せくる波のさざめきも夜風の音もみな
こころよし

わが歌は誰がためならずのちの為ならず開けば
掌中にあり

立冬

何方へ人はゆくかとたづぬれど産土神はこたへ
てくれず
畠山のゆかり幾つもいはれきて道場の名の村も
のこれり

人間にかはり苦を負ふ神々の凄じさありひぐらし聞けば

鈴なりの柿もろともに木の下の草も紅葉をいそぐ白霜

杉木立青く素直にしげり立つ中に公孫樹の黄金目立つ

おだやかに見えたる波が大岩にあたりて高く飛沫立てたり

寺ありて人影見えずかへるとき哀れ背筋を走るものあり

日蓮の古きみ寺は門をとざし人のこころを今も許さず

仏像は働かざればをりふしにむくみ気味なる御顔さらす

駅頭の広場に歯ぎれよくひびく政府与党を批判するこゑ

をさなごを背中におぶひ鼻唄で小皿をあらふ日本の主婦

日本酒に柿をぬらして旬日ののちにたべれば格別の味

甘柿に火酒をそそぎ箱に入れ机の下におきて忘れつ

石塀の上にのぼりて木の枝を鋏むことさへ今年は出来ず

高台の雪の庭よりくるまなど未だ通らぬ白き街見ゆ

夏の日の木にからみたる朝顔の蔓を引くわれ五十肩なり

夜の空を仰ぎ嘆けば田をへだつ雪の竹林こだまを返す

量感

滝をみるたびに量感にうたれしが今日見る滝は
紅葉のなか

水槽の暗き所に緋をどしの伊勢海老ひそみかく
るるも見つ

ふる雨の水がたまればば車ゆく時にしばしば水し
ぶき立つ

黄金の円錐状の公孫樹立つ青き杉森しばらくつづく

日蓮が難を避けたるあとどころ古きみ寺を杉森かくす

青杉の秋芽の若葉匂ひ立つ渓のみ寺にふる昼のあめ

迫りくるもののにをののく思ひあり老いて力の衰へし今

日蓮に太刀を振ひし男ありその後いかなる日々
を生きしか

青杉のしげれる谷はぞくぞくと背筋を走る寂し
さのあり

一日の役目終へたる夕つ日が丘に弾みてしばし
遊びぬ

柿の木の枝にささりて鬼灯のやうになりたる夕
日が一つ

淡紅の秋の夕日はやはらかくまるくなりたりわれの目の前

しらしもの旬日過ぎて淡紅のはなびらとなり散るは山茶花

蟹

滝水を酒といつはり呑ませたることが孝行の初まりらしき

たひらなる岩に僅かなる忘れ潮蟹ひとつゐて隠れず遊ぶ

青年は持ち帰りたる滝の水を酒といつはり親に呑ましき

水の面を渡りくる風つめたくて心よしとぞ神のこゑきこゆ

正月は昼のうたげか夕食かこの簡単なことがきまらず

正月の宴の前にカラオケに行くかどうかでしばし議論す

結局は店の都合で夕食に話しがきまりみな安心す

天伝ふ赤き夕日は物の芽のためならず部屋に籠るわが為

霜降りて草もろともに色がはりしたる蝗はいま旨いとき

ゆく秋の都市郊外の村にきてこの頃稲架を見ることのなし

家ごとに車がひかり夏柑の熟れてしだるるところにぞ来し

日本浪曼派

亀井勝一郎思想にそまり二年半独房にくらす未決囚として

仏教は役に立つかと問ひしとき答への言葉論者はもたず

四五人でスタートしたる集団に太宰治も加はりにけり

亀井と保田、神保を訪ねわが街の沼の辺りを歩みしならん

太宰治作「道化の華」は日本浪曼派第三号に掲載とけふ知る

大御所の佐藤春夫をはじめとし五十名ほどに脹れあがりぬ

作家みな従軍記者になりしゆゑ昭和十三年秋に終刊

八月、第四巻第三号をもって終刊

捕まりし作家淀野は十日程でシラミだらけになりて帰り来

私小説の大家中谷孝雄氏は解りやすいことを我に言ひたり

装飾と誇張をけづりにんげんのすがたを書きし
中谷孝雄

同年が山口誓子一級上が日野草城一級下が桑原
武夫

宗教の高き思想は怨念に似ると知るゆゑわれ近
づかず

朝影

新年の空を仰がずガラス戸の外に繁れるオキザリスの花

見るたびに花の幼きオキザリス筒状にして淡きくれなゐ

みづからの朝影みれば背をまげて猩々いまし現れにけり

人間のふところふかく凶器あり文字を作りし
神々の罪

朝々の尾長さわがし無花果の未だ青きをむさぼ
る見れば

無花果の葉群は四裂繁茂して朝々にくる鳥をか
くせり

蹴りし玉網にかかりて観衆はみな詠嘆のこゑを
もらしぬ

秋山のみ寺の道を帰りつつ背筋の寒き思ひはつづく

冬の庭

白々と霜ぶすま立つ現実をただ受け入れて老いを重ねつ

百日紅の握りこぶしは晴るる日の夕木枯しの空にかかげつ

歌といふ古き沼あり泥沼の底し知らねば夜々に
正座す

子とふたり人を尋ねて丁寧にただ幾度も頭をさ
げつ

村々を行けば幼き日の友はみなすこやかに財を
なしたり

道へだつビルのガラスの反射光あかあかとして
西にも朝日

薄切りの肉を摑みて熱湯に浸しゴマだれをつけていただく

次々にわが前にきてゴマだれに肉をいれゆく孫ありがたし

熱湯に浮く椎茸は時かけて鍋に煮るべしなまをゆるさず

幾度も椅子に立ちあがり理屈いふまだ幼くて変な孫一人

肉のみにあらず酒量も半分かこころつつましあたらしき年

裏庭のとがりすももはつんとして一寸お高い娘のごとし

椋鳥は柿に翼をやすめしが活力のあるこゑをのこせり

柿の木の枝にのぼりて逆あがりしたる小学生の頃の思ひ出

樽柿といふ渋柿が周辺にやたら色づき秋ふかみかも

朝早く目覚めたりしが朝食の外に用なくすぐには立たず

長男豊第十七代さいたま市議会議長に就任

人の世の役に立たない哲学をせよと言ひしに論を違へし

寂寥

呆然とただ坐りゐてのど乾くことも日常の中の
一些事

金銭のこだはり捨てて長生きをしたい思ひも我
欲の一つ

うごめくもの幾つかありて金銭の欲と更には名
声の欲

好物は餡の白餅よもぎもち春の節句の午後まち
遠し

高々とマンション建てて稲作をやめたる村は雀
もとばず

たまもののはたはた寿司を年明けて戴く夕べ人
を思ひつ

幹わかれ枝わかれして赤味さす前庭の冬木立か
へるで

うろこもつ幹に夕べの風荒れて木の芽吹き立つ
落羽松の森

砲身に草を巻きたる新型のいくさぐるまを供与するとぞ

白霜の人こそ知らね山麓の梅のつぼみは膨らみ初めつ

得したる如き思ひす木の下にきはまる冬の霜柱立つ

東京の孫は夕べの注文す炙りサーモンしらすの釜飯

封筒にあて名を貼りて孫帰り部屋の空気は冷え
深まりぬ

ひとの歌いまに思へば立房も逆白波も造語なる
べし

評論もまた作品も当然の仕儀と知れどもかがや
きのあり

年老いし人の歌にはなかんづく稀に造語のある
ことも知る

銀行

この辺りに勢力張りし一団に難波田九郎三郎ありき

豪傑の岡部六弥太をりしゆゑ岡部の宿は今も残りぬ

伝説のご先祖さまは東京で嫁を手に入れ家に帰り来

うかびくる独り笑ひは白梅のふくらむ丘にその泉あり

ゆく春の沼の浅瀬の岸に寄す魚かげあまたいま産卵期

ひろき梅林日本水仙家ごとに白き花あり寒き冬の日

拷問のごとく腰まで水につかり釣りする人は暗闇に立つ

酒を呑みガードレールを跳ぶ等の夜の遊びも今は叶はず

むしりたる芹を洗へば茎長く白くあたらし流るる水に

繁り立つ欅の梢うす赤く冬芽わづかに動くも見たり

よもぎ餅作るめやすは立春のあと四五日と母の言ひゐし

備前ものの長めの太刀を手に入れて喜ぶ人をけふは偲びつ

低空に椋鳥むれてわたるころ庭の林に柿熟れてゐし

餅をつく音こそよけれ電気釜で餅を作れば音たのしめず

銀行に行くに保険証忘れずにもてと注意をいくたびも受く

頬被りいはゆる真知子巻をして銀行に行く昼近くなりて
パスポート等顔つきの証明書欲しといはれて徐々に腹立つ
のばしたる足の左右にあたたかき大国ありて朝明けんとす

大湯祭

疫病の流行る冬の日大釜に炊きたる白湯をふるまひしとぞ

無造作に鯉をつかみて輪切りにしその生肝で酒を呑ましき

オリーブの冬の葉影の木の椅子に腰をおろして憩ふ時の間

白花の綿の小枝を手にもちて帰りぬ若く貧しかりにき

我なれば迫れる戦車どうやってうち滅ぼすかその方法は

節分のあとの雪晴れかかへもつ杖を重しと思ふまで老ゆ

もし戦車来たらば庭の鶏卵をぶつけたけれど卵が高値

吹く風はまだ寒けれど蓬つむ春のさかりの思ひこそすれ

濃紺の背広を着たる人間の腰のあたりに飛びゐる花粉

百千の木の芽草の芽かがやけり八十八の春過ぎんとす

晴るる日は北に男体山西方に雪つもる富士の山高くみゆ

草の芽はいまだ動かず家裏の雑木の枝はあかく
ほとびつ

くれなゐを淡く刷きたる新年の富士の山みゆわ
が二階より

夜の明けの軒端雫にリズムあり半ば凍りてかす
かなるおと

幕張の潮干に見たる紺青の沖は遥かに高くゆれ
ゐつ

晩春に出あひし神は人間の姿してをりそのうしろかげ

長かりし冬もをはりて夕風の北ながら寒さともなはず吹く

風景

朝たけて秩父連峰のひだの雪あかみ差したりいざ出陣す

文机に向けばたちまち言葉湧く有難ければ酒をいただく

身につける癖か習慣とも思ふ部屋に坐ればおのづから湧く

黄金の蜜柑がしだれおもおもと幹ごとゆれて春嵐ふく

友はみな麦を作らず道沿ひに高層ビルを四つ五つもつ

さむぞらに爪をあげゐし友はいまビルの管理者
老社長殿

白梅にビルのガラスの反射光帰れば夕べ藺草匂
ひつ

磔刑の砂漠の神とわがくにの森林信仰弱きはい
づれ

からまつの冬の寂しき林中の沼の水にも夕凪は
あり

うちあはび勝栗こんぶうみやまの物を供へて神をまつりぬ

権禰宜の祝詞半ばに差しかかり鯛の尾びれの動くも見たり

卵割る人の力の微調整かマイケル・ポランニーの暗黙知の論

馬酔木の花

電柱の根元の隙に土あれば根づきて花を咲かすかたばみ

むらさきの木蓮の花ゆたかにも咲きたり村は蛙鳴くべし

草原の風こころよし黄の花のさかりにはまだ間のある菜花

燕らはつちやはらかき山麓のひくめの空をひるがへりとぶ

菜の花は葉のさみどりと一色に視野にあふれて風強く吹く

燕らは高校男子の帽子かぶり電線にきて五六羽ならぶ

高きより低きへ水のゆくごとく緑の玉のアイディアは湧く

あぶら菜のみどりを含む黄の花の帯はつづけり
荒川土手に

咲き満ちて桜は白し街上の木の芽は日ごと夜ごとに盛ん

咲く花も散る花々も人間のよろこびに似てかがやきやまず

あやふさは明日のことにて久方の雨ふる花の白きあかるさ

まれに散る寂しさも又ゆたかにて桜咲きをりひろき草原

ひろびろと黄花はびこる野うるしの影にわづかに咲く桜草

秋ヶ瀬の田島が原は洪水のあとどころにて水塚を残す

経済も政治も遠し竹林のかなた貨物の通るおときこゆ

満開のさくらは白しおもおもと鴻沼川に枝差しのべて

新しき事務所は壁の神棚のまはり数多の檄文張りぬ

道端に若葉をひらくぎしぎしの紫は目に見えてあやしき

街宣の車出かけて事務所にはわれと用なき椅子が残りぬ

きこえきて苦戦は知れど久々の春の祭りと思へば楽し

桜草

桜草はすぎな野うるし丈ひくくしみみに繁る中に咲き立つ

草のないところを選びあたらしき土もりあげて耕す土竜

群落のすぎなは育つここにこそ人のこころの繊細はあり

日のあたる午後有難しストーブを部屋に据ゑしは十余年前

バレーボール日本の女子が勝つを見て涙ぐみたり平島準は

啄木も長塚節も希望なく欲知らず早くいのち終りき

馬鈴薯も春のトマトも濃きソースかけて食しぬ
昔のわが家

夜行にて遠い京都の孟宗のやぶよりきたるふと
き筍

届きたる京都の山の竹の子はゑぐみのなきを特
徴とする

大きめの筍飯をにぎりたり喰ひしんぼうの夜の
わがため

干瓢を入れて筍飯を炊き友とわかちぬ京都のたけのこ

菜の花を欲しと思ひて通り過ぎ帰路に覗けば既に品切れ

蜂蜜にれんげアカシア菜の花とさまざまありぬ物産店は

駅頭に知る人立てばこゑを掛け近づき寄りて手をば握りつ

遠山に風のすさぶと聞きゐしがはや音のなき夜になりゐし

春風は山に吹き荒れ浜辺まできて海鳴りの音に呑まれつ

一字手を加へこころに立ち入るは僭越なればただ坐るのみ

泥足に人のこころに踏み入ると知り添削をせずに遊びき

助詞一字手を加へるは泥足で人のこころに踏み入ることぞ

春あらし浜辺に吹きてなびく草何もなければ白波ぞ立つ

二月二十日

春早く諏訪湖にとれし大鮒の刺身喰ひしと日記にしるす

二十年ふたたび行けば林中の泉は涸れて繁れるよもぎ

春山の岩のしめりは自づから雫となりて苔をぬらしぬ

さみどりの苔の雫はをさなけれど岩を流れて谷をうるほす

随筆にあり
角川源義氏が煎じて呑みし山麓の梅の古木の猿の腰かけ

西瓜苗

鉢植ゑの庭の椿は見るたびに雨後の照葉のごと
初うひし

海棠のしげれる陰の下草を取りて西瓜の苗を植
ゑたり

人の世の役に立たない内容をよしと思ひて来し
五十年

中玉のトマトの苗のほかに持つ草花二つ妻のたのしみ

上空の台風の目にあたりたる一機沈みて早やも晩春

攻撃を受けたのか目が眩んだかのどかな海の底に沈みし

日照り雨過ぎるときのま久々の出あひの如く妻と話しぬ

さながらに神代のごとし杉苔が群れてあまたの
槍を掲げつ

夕づく日雲間に照りてあかあかと雨ふる音の暫
くつづく

かいつぶり小魚をくはへ現れて波紋きらきら風
に流るる

親不孝長くつづけし鴉にて母を呼ぶこゑほかに
は知らず

噴水のしぶきが沼の水を打つ音をつたへて夕風吹けり

舗装路のひびの残土に生ひ立ちていのち強きは姫女苑の花

自在なる力をもてど晴るる日の空とぶ鳥に寂しさはなし

新芽立つ椿の小枝あまた差しこもをかぶせて夜風をふせぐ

神木の椎の古木の幹太く盛りあがる根は草寄せつけず

小花

どの孫もメカトロ系の知恵浅く家籠るさまわれに酷似す

幼子のこころ恐ろし唄きけば唄もおそろし花一文目

紅かなめもちの若葉の色あせて菜種梅雨ふるか
すかなる音

晴の日のカメラに向きて坐りたる椅子を固しと
思ふ迄老ゆ

玄関に満ちて花あり何ゆゑか花の香りは朝いち
じるし

釣針が口にあるかも知れぬとの注意書ある穴子
を食す

むらさきをふくむ躑躅が一幅に流るる昼の通りも過ぎつ

ワクチンのクーポン届き夕べには京の山より筍とどく

恩恵の一つ試練の如きもの身にまつはりてわれを嘖む

青潮のゆれ立つ島のハウスより色の明るき花束とどく

これ以上微細な花はあるまいと見し苔の花けふ
は実をもつ

椿繁るかげの空地に西瓜など大き実のなる苗を
植ゑたし

わが庭の姫山茶花はゆく春の今がさかりの小花
を咲かす

ゆたかにも椿は散りてからたちの実生の春のみ
どりを隠す

川越の町の古刹にあそぶため泥棒橋をわれはわたりぬ

菜種梅雨

海棠も庭の椿もたちまちに花季すぎていま菜種梅雨

韮などにまじりてわづか甘どころ白花凮にかたむきて咲く

どくだみの茎も葉裏もうす赤きものとけふ知る
風の吹く時

菜種梅雨たちまち過ぎて蟬の鳴く夏の汗の日ま
つ思ひあり

苔しげり花をかかげつ杉苔は花といはずに胞子
といふらし

この寺に「瞼の母」をわが見しは戦後まもなく
少年のころ

花も実もつけずと聞けど杉苔は拳の如く実をかかげもつ

堅固なる砦のごとく幾重にもさやゑんどうは高く繁れり

鉢植ゑの松葉牡丹はつぼみもつまだをさなくて高さ一寸

連作のよくないことは知りながら庭の畑にトマトを植ゑつ

空豆は風に踏みしだかれながら梅雨の走りの雨にぬれをり

ポストまで行きて帰りは縁石に腰をおろして暫しやすみぬ

祝米寿ひとにいはれて朝々に意欲充実するは何ゆゑ

白衣きて前に現れはい息をとめてといふはレントゲン技師

あさはやみ八十八の胸中の収穫たのし野鳥のこゑす

藪蚊

青杉の高き部分に棲みつきてなかなか降りて来られぬ鴉

梅雨大雨夜に目覚めて窓を打つ激しき音はここ ろ騒がし

折れまがるトマトの茎を括りつけ立ち直るさま
朝は頼もし

木々ふかみ夜の明け方は夏掛けを蹴りてかすか
なる冷え快し

杉森の空に夜がらす明け鴉いくたびも鳴けり未
だ若きころ

難病の申請手続き受けんとす令和の些事のなか
の身辺

よろこびを求めてきたる半生と思ひ今宵はトマトを食す

近隣のをさな馴染みはすこやかに夏の涼しき街をあゆめり

春秋の飛花落葉をいくたびか見て高僧のごとくやせたり

間質性肺炎のため日赤へ行きて明日は近くの歯科医

税理士になりたる友は多けれど会にあそびにくるは君のみ

粳米をまぜて酢飯を作りたりわが好物は茄子の塩漬け

腕を振り足ぶみだけの体操を二三分して眠りにつきぬ

耕して庭に秋菜の種子まけば夕べとなりて雨のふり出づ

韓国の夫余の都にならそらと刻す石あり両手をあはす

わが足の膝の小僧の痛み消え唐もろこしをゆでて食ひけり

雑草の中に繁れる青紫蘇の露にぬるるを摘みぬ四五枚

からまつの枝を跳びこえ潜りぬけわれの前ゆく山鳥一羽

褐色の羽根ほこらかに雉子よりも肉の旨さうな
とりが山鳥

榕かへで春やま木立繁り立ち小鳥のこゑは胸に
あふれつ

二階より住処をおろすだけのこと心は忙し半日
つぶす

つばさあるごとき思ひの錯覚に一夜ねむりて朝
のあかるさ

闇にいざ来いと誘へば梅雨の日の藪蚊は細き声
に応へつ

わが窓のつばきの森は大輪の赤多くいま暗き梅
雨の日

暑くなる前の四五分紅熟の庭のトマトを摘みて
たのしむ

焼酎は北朝鮮のまむしとぞどこを通りてわが家
に来し

幼孫むすめ舗道を歩きつつ漉し餡派とぞわれと
議論す

朝々の野鳥のこゑは夏山の歓をつくしてさわが
しからず

いただきし馬鈴薯ゆでてさながらに昼の宴の贅
をつくしぬ

はなみちの二の松過ぎてふり向かず後ろ姿は杖
引く初老

鉢植ゑの草が枯れ伏し暑き風視野にあふるる関東平野

家のまはり向日葵咲けり夕べにはたたみに正座微薫小酌

おろそかにすることなかれ歌詠みの言葉に神の宿るを思へ

声調

庭畑の今朝のトマトの収穫は腕をのばしてやうやく届く

暗黒を電灯消して体験すわけて清しきものは朝闇

道に沿ふ梅の林はゆく夏の青葉の繁り日々におとろふ

白昼の車中に目覚めわがあたま立ち直るまで数秒重し

賢人のごとくにやせて脛等も痩せてトマトの畑
にぞ立つ

燕見てこころ湧きしが梅雨晴れの沼の林にけふ
は蟬啼く

源流の日のかがやきは夏山の木とも水とも見え
て波立つ

庭のトマト更には茄子(なすび)ちか頃はもの食ふことが
唯一楽しみ

賢人のひとりのごとく飯をくふ朝も夕べも部屋
に坐りて

李紳の絶句にあり

棋士となり和服姿で「禾下(かか)の土」知らず暮らす
も人生の一つ

細波の沼の水面を渡りくる至福とも日のひかり
とも見ゆ

最近は街に出かけずすこやかに正座して夜々蕎
麦をいただく

目の見えぬ宵に備へて灯ともさず廊下をゆけば
猫に躓く

きりもみの黄金なみうつ蜩は幹の高きに啼くを
常とす

将棋する男ふたりは盤上に白くか細き指をおよ
がす

老の美学

聡明な飛行機のりが空をとび消し忘れたる白き
ひとすぢ

海浜のかすかな風が陸にあがり夜の杉森はどよ
もして吹く

水楢の昨年の落葉と椎などの春落葉ありはやし
の中は

子と遊ぶ一日は楽し黙もくと行きも帰りも車を
とばす

薬局は若き娘のゐるところあふたびにわが孫かと思ふ

黄砂きて驟雨のせまる夕まぐれ珈琲入れて誇大妄想

杉森のうへにあらはれふあふあと夜空の風に消えし人魂

長身の髭のそりあと青々としていつ見ても子は未完成

昭和十年冬の寒きに生を受け酸鼻老惨ここまで来たり

幻想の美学を夜々の楯として励みきにけり今走り梅雨

鉢植ゑの松葉牡丹は完全に土かわけども勢ひのあり

朝風にトマト繁りぬ日の暑き午後は支柱に茎を結ばん

鉢植ゑの松葉牡丹は朝の日にまだ色のなき花の
芽かたし

なつかしき思ひはまづしなたまめは福神漬の中
に発見

豌豆を文三と呼びて風さむき寒の畑に母はそだ
てき

雑談の歌はどうして駄目なのか勉強よりも雑談
はたのし

撃ち落とし撃ちおとしして鷲の羽根の箒を作る
幻想

雑談と思想とはどうちがふのか思想は時に押し
戻される

宵早く微薫をつづけ雑談のなかに美学を構築す
べし

百日紅

鈴なりにトマト実りて暑き日に花を誇るは百日紅のみ

枝ごとに繊細にして巧緻なるはなふさゆらす百日紅は

青芝の魯迅の墓にしらはなの泰山木の匙おちてゐし

この夏をしのげとごとく扇風機二つとどきぬ力あるとぞ

足高の朴歯の下駄にわが踏める落葉の音を聞かくしよしも

停留所三つ四つさきの病院に車を呼ぶは日の暑きため

病院に行けば外来玄関の前のつつじも暑熱に枯れつ

落羽松しげれる森も暑くしてアメリカシロヒトリ繁殖をせず

立ちあがり力みなぎる夏雲の崩るる気配見せて崩れず

またたびは葉表白く山風と谿水のうへわたる風吹く

恩恵の山の夜風にひるがへり葉裏白きは朴とこそ知れ

朝よりころ啼き群れて仮初の生をむさぼる木々の蟬たち

夏深み舌頭千転ヨーグルトの中の蜜豆と暫しあそびぬ

海の上に台風離れ健脚にもどりて沼のみちを走りぬ

台風のなごりの風が夕空に渦を巻くらし機器混乱す

庭畑のトマトの苗は梅雨明けの暑さに当りはや
枯れんとす

胡旋舞

車より降りて駱駝に跨りしわれらは向かふ鳴砂
山まで

雪ふらず水が少なく三分の一になりたる月牙泉
みゆ

鳴砂山のうへに登りて胸ふかく風の流砂を呑みし思ひす

微粒子の砂渦まける鳴砂山はるかふもとに月牙泉みゆ

鳥のまね独楽のまねして伝統の舞ひを楽しむ村むすめたち

山の上の村よりきこゆ収穫の夜の祭りの太鼓打つおと

霍去病（くわくきよへい）に風貌似たるはるやまの少年老いてい
ま生活者

葡萄溝と呼ばるるところ水流れ青き葡萄の房は
垂りつつ

地下水は葡萄の棚にひびきつつあふれ流るるお
とこころよし

まなこ澄む老哲学者音楽がやめば旅人の顔にも
どりぬ

朝風

やまんばが木槌を鳴らす音かとも朝の木枯し木花をとばす

麦の芽を包む白霜とけんとしかすかなる音われにきかしむ

鉈割りの抗生物質の二つ割り朝々のみて生をいきつぐ

麦の芽は身包ぐるみ霜に覆はれて午後やうやくにとける気配す

古沼の中心近く鮒一尾黄の腹見せて身をひるがへす

麦の芽におく白霜は日にとける気配に濡れて輝きそめつ

追儺の日まぢかと思ふ山麓の麦の芽におく白霜見れば

道端に朝日あたれり木の幹は柿もつばきも肌白くみゆ

美の中に廃墟を求め滅亡に興味を示すかたちとも見ゆ

盛秋の八十代の紅葉の明日の庭見ゆみづからの庭

紫陽花の花どき娑羅の花どきもたちまち過ぎて今日は立秋

西瓜

みづからの手首を握り幾分か瘦せしと思ひ眠りにつきぬ

道端の小屋に立ち寄り偶に大きな西瓜を六つ七つ買ふ

虎猫の虎の虎斑のたまものの西瓜畑は道ばたにあり

板を打ち簾をかこふ店ありて大き西瓜を土間に
ならべつ

虎猫の虎の虎斑に似てゐると思ひ西瓜のよこは
らを撫づ

ヘーゲルの『精神現象学』を読みゐしが今十一
時すぐに昼飯

杉森の夏のうぐひす谷川の水をへだててこゑな
きかはす

楢若葉かへでの若葉かがやきて風にゆれをり朝の日差しぬ

力ある梅雨の走りの雨足が庭のつばきの若葉をたたく

経済の波をのりきり体力と知恵あるものは腕をふるひぬ

生ありて日々を楽しむ治療薬まだ見つからぬ難病を得し

西窓にしげる椿は雨のあと朝の若葉のおもてかがやく

あふ人のお元気さうで何よりと言つて下さるこゑ有難し

ポストまで行きて空腹になりしかば舗道の石に腰を下しぬ

酔ひつぶれ車を待てば月いでて遠くの森に夜鴉のこゑ

幸せを夜道にまてば前照灯目をつりあげて来る
にあふのみ

プーチンの侵攻論は一流の歴史認識にもとづく
らしき

辛酸の味は甘いか忘れたるころにかならず人は
いくさす

金持ちが金で失敗するごとくまだやめられぬ酒
を呑むこと

ダンスしてあそべる孫の理解者のごとく娘は心
配をせず

移動してセンターに立つ髪長く孫とも別の娘と
も見ゆ

道楽はほどほどにせよ変な孫ひとり娘は宝もの
らし

会のあと来たる娘と久々に孫のダンスのテレビ
を見たり

体調

やうやくに空気涼しく安定し息を吸ひまた息吐くわれは

回復のきざしゆれ立ち久びさの「鮒」の大会迫れば嬉し

薬学の力更には尖端の医学のちから欲しいままに受く

藪枯しけふはゆるさず鎌を磨ぎこころ勇みて根元をさがす

鯉の稚魚十匹あまり梅花藻のなびき繁れる影に泳げり

幹にからみ枝葉を伝ひ咲くものに朝顔ありぬ白き花紺の花

渋柿のまがれる幹が太く立つ昭和戦前の庭ぞなつかし

内容と意味を消し去りのこれるは数学でいふ零
かと思ふ

庭木々の梢に遠くおとたてて高架の駅に電車と
まりぬ

雉鳩も蟬もあそばず午後よりは雨の気配す椿の
庭は

ゆく秋の夢こそよけれ朝庭に竹ふりまはすわれ
の幼し

うどん屋に行けば手打ちになるといふ諧謔一つ
今朝発明す

どよもせる遠くの森のこがらしが菊戴の冠毛に
吹く

海越えて風にのり来し黄の砂が街の林の若葉を
よごす

いづこにか黄砂は流れ青潮のゆれ立つ海に帰り
しならむ

空爆のあとに降りたる黒い雨むかしはありしいま紅の雨
日本海をこえてくるとき湿りたる微粒の砂は紅雨となりぬ
意味消して残れるは何か薄明の迷ひに沈む朝早くより

夏の日

線状に通りし風のあと白く残して朝のそら晴れわたる

仏教のこころは激し邪鬼といふものをつくりて踏み従へつ

夜となり朴の葉のうら打ちなびきうち靡きして山風吹けり

夏山は五十代まで夜々にすこやかに今あるは酒のみ

見えてくるものの多くは観念の中の時間の中の
空間

物理性強きものにてふく風もビル側面を激しく
叩く

蟬のこゑ幾つも啼けり夏山のふもとの畑にしげ
る馬藺

文明の進歩の影におとろへていま神の手は人を
救はず

夏草のみどりになびく梅雨風とともに夕べの寂しさは来つ

ひまはりの花の写真の白昼のひかりと力みなぎる草野

海を越えて夜空を襲ふ大陸の雨にまじれる微量の砂金

間違つた認識思ひちがひなどあらためずきて卒寿近づく

松葉牡丹三つ四つ咲けりわが国のコロナ感染五類に移行

若きよりたたみに据ゑてあかあかと木目渦巻く欅の机

沼風

よこになり眠りを待つに心底の充実を待つごとき思ひす

高層のひろばにあそび硬質の叙情をもちて生きるなるべし

貧困を楯とし生きる生活の木枯しふけばオキザリス咲く

呆けたるわれの玩具の雷一つ春の枯野をころげまはりつ

家屋根の瓦乾くと見えながら蕗の広葉を打つ雨のおと

公報と弔辞

杉木立しげれる森にあつまりて送りぬ兄は勇ましかりき

召集を受けたる兄が戦闘帽にあごひも掛けて写れるあはれ

李白杜甫生きたる国の村ふかく人は行きしか銃たづさへて

二十過ぎ勇を知るのみ鉄砲の弾にあたりて命終りき

竹やぶの南の空は東京の街ゆゑ夜毎あかあかと燃ゆ

前線の中隊長から長文の公報と弔辞父にとどきぬ

毛筆の公報さらに弔辞あり人に読ませて母はなきゐし

慶応三年生まれの祖父とまだ若き父と母ゐて家を守りき

軍事工場なきを幸ひ爆撃を受けずみどりの街並み残す

暑き日に戦争をはり屈強な青年あまた村にかへり来

千両の葉が黒々とやけただれ夏の暑熱の凄じさ知る

木片を打つ「とことん」を文学の批評現場に引き出す手腕

バス停のほとりの躑躅刈りこまれ粒の小花の藪枯しみゆ

杖つくる南天の幹かたむきて秋の風わが庭を通りぬ

収入が半分になり寂しかり雨ふりやりくり丹波栗の艶

菊にゐる昆虫にして一身にこの世の悪を背負ひとがりぬ

たまものの黒き西瓜の種子とばす哀れ危ふし上品な虎

戦争をやらない国で戦争を忘れし人が見てゐる花火

連作の畑のトマトは収穫の実り少なく夏過ぎんとす

古沼の沖の浮島葦しげり鷺が棲みつき五位鷺もゐる

連れ来たる牛をつぶして中隊の友と焼肉を楽しみしとぞ

長兄は指揮班にして中隊の観測なりきやがて帰り来

手荒なるものと知るべし陸軍の糧秣受領の意味は掠奪

掘削機

鯉幾匹われを離れてゆく秋の沼のつめたき水に
かくれつ

腹立てて砕くべきその石を売るみ寺の僧の知恵
若わかし

のぼりきて仰ぐみ寺は屋根の反り太き柱に荘厳
のあり

餌を撒けば群れて喜ぶ観光の池の鯉たち見てすぐに飽く

風強く帽子を脱ぎて赤銅の海底トンネルの掘削機見つ

海潮のいまだ暗きに胎動の波すだまなだすだまゆれ立つ

海原の白き波濤が夕つ日の飛沫を浴みて荒るるも見たり

繁り立つみどりの起伏幾重にも雪崩をなして目の前にあり

松の幹いたくかしぐは若木にて強き浜風吹きし日あるか

鮪どん食べて楽しみ夕まぐれ海潮ひかり雲かがやきぬ

自転車に乗りたき夢が実現す車庫の二輪車盗まれにけり

玄関の鍵をかけずに五十年この家に住みわれ老いんとす

庭覆ひしげれる松の木下かげ遠きなぎさの波音きこゆ

船ばたを軽く叩けばうみうらの真鯛があまた姿あらはす

三食と睡眠楽しこのごろは作歌寿命といふものあるらし

竹林の村を通り抜け鉾杉の秋芽噴き立つ山に入りぬ

働かず寺に棲みつき浄財を食ひ物にして遊びしならん

数字的観念つよき高僧のやみ金融はたのしかりしか

浄財を全てつぎ込み経済の闇に沈みてかへらぬらしき

青竹

生活が変はり不要の敷ぶとん捨てに行くぞと肩に乗せたり

朝早くふとんを捨てて帰りには別れ難しとわれは思はず

重たさは許容の内と思ひしが木戸を出るとき足よろめきぬ

背後にて何か言ひしは人にあらず玄関ドアの蝶
番らし

お日待ちの昼の汁粉を炊く母の忙しくたのしそ
の姿見ゆ

膝の痛み消えて通れば合ひ野谷の森のさくらは
葉の衰へつ

早苗饗とお日待ちと二つ農村の風習にあり嬉し
かりにき

いただきし珍の甘薯は皮をむき刻みて飯に炊き込みにけり

野放図に繁る緑の青紫蘇の枝葉を剝ぎてスリムにしたり

性欲を並みに位置づけ食欲を卑しときめて生きし若き日

仏桑華しべの長きをわが孫の少女わらへば見て頷きぬ

青竹の燗酒楽しぱちぱちと焚火が爆ぜて火の粉を飛ばす

原稿を机におけど不思議なることにこのごろ眼鏡使はず

梶木剛氏の評論集は格調の高き書棚の上段にあり

微妙なるゑぐみと香りなけれども四季を通じて筍ありぬ

雨もりの天井の染みの抽象の模様に気付き冴えて眠れず

落ちつきと異なる思ひ胸中にあらためて知る本の親しさ

何故か『寒雲』『暁紅』の初版あり対立流派なれどわれ読む

本高く山なす部屋に棲みつきて窓のガラスに朝顔の見ゆ

評判の『故なくかなし』の初版本辻井さんより
戴きしもの

本箱の並ぶ小部屋に据ゑつけしベッドで暮らす
春の頃より

文明の衝突

はつかなる庭土あればたがやして木の花くさの
花を育てつ

白霜はゆたかにまぶし杉森をへだつ街より朝日
のぼり来

自信とはかくの如きか幼児はわれに寄りきて小
ごゑに話す

目をつむり闇夜の道をこゑあげて走りつづけし
思ひは今も

叙情質さがす手だてと風狂とふたつ机におきて
楽しむ

悔い幾つ重ねて坂にさしかかり睫毛のかげに虹
の立つ見ゆ

ハーヴァード大学政治学教授。サミュエル・ハンチントンの『文明の衝突』

ウクライナの危機と立場は『文明の衝突』では
もはや説明出来ず

南天を活けたる部屋に薄日差し息子が来ても小
酌をせず

麦の芽はまだをさなくて周辺の土かわき風かわ
く冬の日

富士風といふ風吹きて午後となり餅つく音を聞
かくしよしも

苗を運び田植ゑをすれば低空を群れてとぶとぞ
わが家の燕

燕らは部屋のなげしにうつばりに数多巣をかけ
こゑ賑々し

海棠の若葉さやけし蟻たちも暑さにまけて虫を
運ばず

混迷の日をなぐさむと人形の靴にみどりの草を
活けたり

鬼百合の斑を打つごとき花あまた南瓜畑に咲け
るを見たり

八月の夏野くさはら葛の花ふさ立つ見れば生家
思ほゆ

山の水ゆたかに流れ人間に馴れてあまたの鯉が
飼はれつ

細流の水は夕べもつめたくて泳げる鯉のみな肥えてをり

金色の釈迦立像のすがた見せやぶのくらきに秋茗荷ひとつ

秋晴るる黄土高原うりなすび里芋あるか大根あるか

やぶからし伸び放題のつるを切り風通しよき朝の小庭

朝早く人こそ知らね水の面を打ちて跳びたる鯉の腹みゆ

落羽松枯れて落ちたる針の葉の幾つかはわが庭にも飛び来

チンゲン菜みな根付きたり八十代最後の秋の風寒からん

母の体験

学校にいぢめあるとぞ大正の昔は森にゐしあづき磨ぎ

鉢植ゑの草のいとなみオキザリスまだ幼くて風に吹かれつ

朝風はかりがねの音をもたらすと知るのみ雁の姿を知らず

食事待つまでの夕べの二三分庭に遊べば手の甲蚊触れつ

草庭の夕べ一些事われの血を吸ひし藪蚊の腹赤く見ゆ

秋深み霜おく庭に拾ひ持つてのひらよりも大き
柿の葉

歌壇とはさながらにして百千の言葉の花火とび
かふ夜空

続けざま花火あがれど老い人のおどろき易き耳
われはもつ

ミサイルが夜々に飛ぶ報道は青潮へだつ島に聞
くのみ

椋鳥は群れてわたれどわが家の柿の林を襲ふこ
となし

身にし沁み朝々したしたまものと思ひ聞きたる
白秋のこゑ

歳晩の寒きテレビにあらはれてこぶしをかはす
青年二人

舞ふ如く拳をかはし寒き夜のリングに倒れふた
たび立てず

杉山寧の出品作はなにゆゑかわすれず庭のあさの白霜

鉢植ゑの躑躅そのほか南天の葉に霜降りて日を吸収す

見たままを画くのみにて発見も迂回もあらず大気澄むべし

暗黒の夜風にのりて天空をわたる鐘の音かすかにきこゆ

近く鳴る鐘は医王寺遠く鳴るおとは領家の大泉院の鐘

惑溺にまみれ染まりてみ冬づく孟宗林はしづくしやまず

巻末小記

私は数年前から病を得て家籠りの生活をしている。大宮のさいたま赤十字病院の呼吸器内科に通って難病申請をしたりCTを撮ったり、日常との格闘がつづいている。この病気は進行をおくらせる薬はあるが治療薬はないとのことであった。日赤には昔、親しい友人がいた。外科部長出身の院長平島準がその人である。当時は良き時代だったから、回復して退院する人から洋酒をもらう。ロッカーが狭く邪魔になると別所の家に持ってきて下さる。持ってくる人と飲む人との関係が長くつづいた。その後、私の病気は尖端的な医薬の恩恵もあって、回復傾向が見え始め最近は安定した呼吸が出来るようになった。病のことは暫くおく。老いと病を除けば別して私の生活に不自由はない。

世の中が思い通りになると言っても経験の表層に過ぎないが、ここ数年、満足感にひたりながらの生活がつづいている。食事にトマトが欲しい時は庭のトマトが紅熟する。幸福感は季節を背景に自然な姿で目の前にやってくる。私にも世間なみの志がないではない。志は胸中の内面にあって具体をもたないから大きさや高さについて論じることは出来ないが、言葉を高くかかげず存在としてのつつましさを自らに課してきたように思う。昭和37年夏、白秋門の高足鈴木幸輔を知って「長風」に入会し、翌々年幸運に恵まれて第一回長風新人賞を受賞したのは僅か17年だがこの間、多くのことを学ばせて頂いた。あらためて師恩の深きを思わない訳にはいかない。

昭和の頃の話だが俳壇の長老高浜虚子は書斎から庭を見るだけで月に三百句近くを作り一部を「ホトトギス」の編集後記にのせた。「句日記」というのがそれである。私も最近は月に百首以上は書いていると思う。それがどれほどの出来栄えか客観に耐えられるのか評価のことは別である。志はないよりはあった方がよいが大きな志は好みにあわない。アドバルーンは高くあげない。みずからの結社もつつましく「鮒」と名づけた。爾来木の芽草の芽の恩恵に浴してきた。「鮒」には初期から優れた人が多かった。ここには友人恩ともいうべきものがあって日々支えられて今がある。

三十代には超結社間の交流が広がり埼玉県歌人会の理事職を受け、事務局をあずかって開催行事の企画立案など中心的なお手伝いをしたこともあった。やがて守備範囲が変り日本歌人クラブの南関東ブロックを設立、初代代表幹事をつとめたりした。埼玉県は住空間として東京に膚接する関係もあり、力ある人が多くなかでも俳句の金子兜太。現代詩では「地球」の詩人秋谷豊の名声が高かった。秋谷主宰の「アジア詩人会議」に参加して海外の詩人と交流したことも今は懐かしい。ここ数年は年令のこともあって海外の旅はもちろん、夜間の外出などもつつしむようになった。

週刊誌版の雑誌で「俳句朝日」というのがあった。だいぶ前のことだが、原稿依頼があって作品五句と小随筆を送った。資料によると平成十三年七月号である。私はモンゴル詩人と交流のため「アジア詩人会議」に行った後だったのでウランバートル郊外の叙景句を送った。掲載誌が届くと見開き二頁に四名で私のほかは、三遊亭圓窓、清水由貴子、あご勇の三氏であった。その後俳句の原稿依頼はなく、まして芸能界への誘いなどはなかったようだ。

作品の多くは身辺の嘱目で私小説的な内容に変りはない。この春の該当期間中に小事があった。家族をふくめた生活上の錯誤であり痛みである。だが理想とするところは人生の感想として目の前の現実を読者に提示するのみ、木の芽草の芽を見る思いであり環境にたいする感謝の思いでもある。老いにともなう困難をあげればきりがないが唐の詩人賀知章に「囊中自ら銭あり」この世は楽天的に構えて差し支えないようだ。たまたま秋の山をめぐり材を得た「林中」を巻頭に据え、前集に次ぐ飛花落葉の日録六〇一首を掲載して『秋霜』と題した。身辺の因習と日常を主題に俗をもって俗を制するまではいかないにしても都市郊外型の村落共同体的な一面をとらえることはできたようだ。金柑の鉢を売る露店商の人たち。生活周辺の些末と大気の澄んだ風景。肩の力もやわらかだ。戦争や国益にもふれなかった。健康とばかりはいえない胸中を前面に押し立ててきたこともあって、そこにささやかなよろこびがないではない。「秋霜」は白髪をなげく言葉であるが、ここでは季節の実感として素直な気持ちで籤を記した。

原稿の清書は甲野順子。初校は山下睦、根岸雅子をわずらわした。出版は角川文化振興財団「短歌」編集長北田智広氏のお世話になった。氏の慫慂と長年にわたる本造りの技術をかたじけなくした。角川文化振興財団の方々には送りガナ及び旧カナ文法、装丁や全体的な色調、更には造本に至る様々にふれてご指導をいただいた。御礼申し上げる次第である。

令和六年一月吉日　別所　窮達庵にて

島崎榮一

著者略歴

島崎榮一（しまざき　えいいち）

昭和10年1月31日、埼玉県北足立郡土合村大字栄和1番地　島崎家の末子に生まれる。生家は代々「前屋敷」の屋号をもつ。

所属　現代歌人協会会員　日中文化交流協会会員
　　　さいたま文藝家協会会長　「鮒」編集人
　　　日本歌人クラブ会員　日本ペンクラブ会員

著書　歌集　　『鮒』『霜曇』『梟』『草螢』『消極と沈黙』『黄道光』
　　　　　　　『自然讃美派』『草雲雀』ほか。
　　　随筆集　『沙棗』
　　　共著　　対訳日中合同歌集『短歌交流』
　　　編著　　戦争体験記『37人の証言』

歌集　秋霜（しゅうそう）

鮒叢書第121篇

初版発行　2024年5月13日

著　者　島崎榮一
発行者　石川一郎
発　行　公益財団法人 角川文化振興財団
〒359-0023　埼玉県所沢市東所沢和田 3-31-3
ところざわサクラタウン 角川武蔵野ミュージアム
電話 050-1742-0634
https://www.kadokawa-zaidan.or.jp/
発　売　株式会社 KADOKAWA
〒102-8177　東京都千代田区富士見 2-13-3
電話 0570-002-301（ナビダイヤル）
https://www.kadokawa.co.jp/
印刷製本　中央精版印刷株式会社
本書の無断複製（コピー、スキャン、デジタル化等）並びに無断複製物の譲渡及び配信は、著作権法上での例外を除き禁じられています。また、本書を代行業者等の第三者に依頼して複製する行為は、たとえ個人や家庭内での利用であっても一切認められておりません。
落丁・乱丁本はご面倒でも下記 KADOKAWA 購入窓口にご連絡下さい。
送料は小社負担でお取り替えいたします。古書店で購入したものについては、お取り替えできません。
電話 0570-002-008（土日祝日を除く 10時～13時 / 14時～17時）
©Shimazaki Eiichi 2024 Printed in Japan ISBN978-4-04-884588-5 C0092

保健医療分野の心理職のための対象別事例集

チーム医療とケース・フォーミュレーション

津川律子・花村温子 編

福村出版

JCOPY 〈出版者著作権管理機構 委託出版物〉

本書の無断複写は著作権法上での例外を除き禁じられています。複写される場合は、そのつど事前に、出版者著作権管理機構（電話 03-5244-5088、FAX 03-5244-5089、e-mail: info@jcopy.or.jp）の許諾を得てください。

はじめに

とくに保健医療分野に勤める心理士にとって長年の悲願であった心理専門職の国家資格である公認心理師が2018（平成30）年に現実に誕生した。精神保健福祉士が誕生してから約20年後のことになる。当時、心理職も精神保健福祉士と同時に国家資格成立を目指して議論が行われていたが、心理職の方は実現できなかった過去がある。20年前には馴染みのなかった「チーム医療」（医療チームではない）や多職種“協働”という言葉も、保健医療分野で働く心理士なら、みな知っているようになった。

しかし、実際のところ、保健医療分野の各機関で心理士がどのような心理支援を行っているのか、この分野以外の心理士や関係職種、一般の方々はどうイメージしているのであろうか。白衣を着て心理検査を実施している姿だろうか。心理療法や心理カウンセリングを行っているといっても、どういうことをやっていると思われているのだろうか。支持的心理療法にせよ、心理力動的なアプローチにせよ、認知行動療法にせよ、朝から晩まで同じ技法だけを使っているわけではない。対象者の困難や特性などに応じて、オーダーメイドで創造的な心理支援を行っている。創造的というのは、好き勝手に根拠なく心理支援を行っているという意味ではなく、むしろ根拠に基づいて心理支援の方向性を決め、それを絶えず検証しつつ、クライエントや御家族と歩んでいる。それも、チーム医療の中で実践されている。

このような実際の仕事ぶりをわかりやすく理解でき、保健医療分野以外の心理士にも役立つような本が、あるようでないと思っていた。それも、心理支援の根拠にあたるアセスメントとケース・フォーミュレーションにきちんとふれた事例集がないと残念に感じていた。それを実現しようとしたのが本書である。共編は、花村温子先生（埼玉メディカルセンター）にお願いした。子どもから高齢者まで（本書では6歳から78歳まで）の事例に関してお願いした執筆者は、すぐに全員がこの企画に賛同して下さり、あれこれリクエストする編者に応じて御執筆いただいた。記して感謝申し上げたい。なお、本書の事例はすべて架空事例であることをお断りしておく。

保健医療分野と一口で言っても守備範囲が広いので、読者にとっては各章で慣れない用語が出てくるかもしれない。そのため、必要に応じて章のおわりに「用語解説」を入れた。また、各章は独立して読めるように執筆しているので、読者は関心をもつどの章からでも自由にお読みいただきたい。各章の分量が少し長く感じると思うが、どのようにクライエントを理解し、どのような根拠に基づいて、どのような心理支援を行っているかといった一連の流れを伝えるためには必要な字数と判断した。

さて、2019（令和元）年3月25日に福村出版の宮下基幸社長と松山由理子氏がご一緒に私を尋ねて来られた際に、本書の企画の大枠はできあがった。私たちの仕事をこのように紹介できるのは、理解ある出版社と、編集の方々のおかげである。出版に携わる方々が、臨床・教育・研究と三位一体になった心理臨床を支えてくれている。

冒頭でこの20年のことについて触れたが、これからさらに20年後、心理士はどのような働きをしているのであろうか。日本の医療はどうなっているのであろうか。瞬きしているうちに20年などすぐに経ってしまう。心理臨床の充実を切に願っている。

2020（令和2）年9月10日

編者のひとりとして　津川律子

目次

注

1.　文中のアステリスク*は章の最後に用語解説があることを示している。
2.　本書の事例はすべて、プライバシー保護のため、いくつかの事例を組み合わせた架空の事例である。

第1章

子どもの知的障害の事例

成田有里（埼玉県立小児医療センター保健発達部）
黒田　舞（埼玉県立小児医療センター保健発達部）

第１節　受診の経緯

1. 医療機関の特徴と心理士等の状況

Xこども病院は某県にある小児の総合病院で、約300床の第3次医療機関である。Y心理士（常勤・中堅）は発達支援部に所属しており、他に心理士は常勤3名、非常勤が5名いる。同じ部署に理学療法士（PT）や作業療法士（OT）、言語聴覚士（ST）が数名ずつおり、どの職種も関連各科からの依頼で患児やその家族の支援を行っている。各スタッフは同じスタッフルームにデスクがあり、必要に応じて情報共有や相談を気軽にできる関係である。また多職種が参加して行う集団外来もいくつかあるため、各職種の役割はお互い理解できており、必要な場合には重複する役割を話し合ってスムーズに移行することも可能である。

心理士には児童精神科からの依頼が最も多いが、その他にも発達科や小児神経科、脳神経外科、新生児科などからさまざまな疾患に伴う心理的問題や発達の問題への依頼も多い。そのため各心理士は児童精神科以外の主な担当科を決めて、必要に応じて各担当科のカンファレンスにも参加することもある。そして心理検査やコンサルテーションとしてではなく、継続相談を行うことになった場合には、各科から児童精神科に依頼をして、その後、児童精神科から心理士へ依頼をすることとなっている。

2. 患児とその家族

A 君：6 歳男児。

両親と姉、妹との 5 人暮らし。近くに父方の両親を含めた親戚たちが住んでおり、周辺は複数の地主のいる古い土地柄である。現在、姉も通っていた公立の幼稚園の年長組に通園中である。幼稚園では他児とのトラブルもなく、大人しい男子やしっかり者の女子と一緒に遊んでいることが多かった。課題を行う場面では、やや行動がゆっくりではあるものの、他児の様子を見てほぼ同じようにできていたため、幼稚園教諭からもあまり心配されてはいなかった。

母親は専業主婦で、A 君の乳児期から姉や妹と比べて大人しく、1 歳過ぎからは言葉がややゆっくりだったものの、周りの親戚からも男の子は 3 歳までは言葉が遅いと言われていたため、そんなものかと考えていた。乳幼児健診でも特に問題を指摘されることはなく、熱性けいれんの既往があったため、その際の対応方法について確認があっただけだった。父親は会社勤めで、家事や育児にも協力的だった。また親戚が営んでいる農業の収穫時期などは、父親は手伝いに行くこともあったが、古い土地柄のためもあってか、自治会の行事や近所の噂話などはわずらわしく感じており、親戚同士の付き合いは最低限にしたいと考えていた。姉は現在公立の小学校 2 年生、妹は A 君と同じ幼稚園の年少組で、順調に集団生活を過ごしている。

父方の祖父母は孫達を可愛がるだけでなく、叱るべきことは叱ってくれる存在であった。近所に親戚も多いことから、他の親戚の子どもたちも数人おり、勝手に成績などを競争している親戚もいたが、父方祖父母は皆に同じように接していた。母方の祖父母は同県の都市部に住んでおり、年に数回会う程度であったが、母にとっては良き理解者であり、電話で相談することもあった。

3. 発達歴および現病歴

乳児期は寝ている時間が多めで大人しく、運動発達がややゆっくりであったものの、1 歳 6 ヵ月健診では独歩可で、単語をいくつか話しており指さしもしていたため、特別なフォローはなかった。10 ヵ月時に熱性けいれん重積*状態になった際には、救急車を呼んで救急病院に搬送され、ミダゾラム静注を行い発作は消失した。また今後、発熱時のけいれん発作予防のためにジアゼパム座薬が処方された。初めてけいれんを見た母親は大変驚いたが、父親も熱性けいれんの既往歴があったため、周囲は大して心配していなかった。その後、1歳2ヵ月時と2歳時にも熱性けいれんを起こしたが、重積にまで至ることはなかった。3歳児健診でも、ややおっとりしたタイプではあったものの、特に問題を指摘されることはなく、就学時健診も学区の公立小学校で、他児と一緒に集団健診を受けることができ、その学校へ入学することとなった。

小学校低学年の間は、成績は平均よりやや低いものの、行動面での問題はないため、幼馴染みの友達と一緒に順調に過ぎていった。しかし3年生の1学期（X年6月）になり、運動会の練習で走っていたところ、熱がないにもかかわらず、急にフラフラと歩き始め、その後倒れて流涎もみられ、眼球や体は右を向き、右手を挙上させてから、次第に両手足がつっぱった後、ピクッピクッとけいれんを起こしたため、学校から家族へ連絡し、救急車でXこども病院へと搬送された。

4. 初診時からの経過

Xこども病院に到着した頃には、既にけいれんは止まっていたが、救急外来で診察後、小児神経科のS医師が主治医となり、S医師から検査の必要性についての説明を受け、そのまま検査入院となった。A君の意識は戻ったものの、まだぐったりとしており、別の車で到着した母親も慌てた様子であった。看護師から入院説明を受けているうちに、母親も少しずつ落ち着きを取り戻し、入院手続きを行った。母親から父親に連絡をして、父親も仕事を早退して、必要な物を届けてくれることとなった。父親がXこども病院に到着してから、再度S医師からけいれん発作を起こす原因を調べるために、MRIや脳波、生化学検査など諸検査を行う必要性について説明され、両親で同意書に署名した。また病棟からは問診票が渡され、それも記載し提出した。

入院中にMRI検査や脳波検査が行われ、脳波検査で異常波がみられ、また入院中にも発作が一日に数回みられたため、しばらく入院治療を行うこととなった。Y心理士は放射線カンファレンスや脳波カンファレンス、小児神経科カンファレンスにも参加していたため、A君が前頭葉てんかん、もしくは側頭葉てんかんである可能性を知った。S医師から母親へ発達歴の確認を行った結果や病棟でのA君の様子から、やや幼いところがあるとのことで、Y心理士へ心理検査依頼があった。また発作後に少しろれつが回らず、言葉も出にくくなったとのことで、念のため言語聴覚士（ST）にも評価依頼があった。これらの検査の必要性についても、S医師から母親へ説明し同意を得た。

第２節　臨床心理検査の実施

1. 心理検査時の様子と母親からの情報

1）心理検査時の様子

X年7月に、心理検査としては、学齢児に最も使用されるWISC-Ⅳと、より詳細な小児の神経心理学的評価のできるDN-CAS、また本来成人を対象とした検査だが行動面の記憶を測ることのできる、日本版リバーミード行動記憶検査を実施した。検査自体には素直にきちんと応じ、時々、教示を一度で理解できないことがあったが、やり方がわかるとできることが多かった。また時々言葉が思い出せない様子で、「えっとえっと」や「う～んと」とすぐに言葉が出ないものの考えていると思い出せる時と、思い出せないままになることもみられた。また考えている時間がかなり長く、考えているのか、ボーッとしているのかもわかりにくく、そのような時はあくびもしていることが多かった。本来1回で終わらせることのできるWISC-ⅣやDN-CASも終わらせることが難しく、それぞれ2回に分けて実施し、それもできるだけ翌日に実施した。病棟の朝食や昼食が何であったかを尋ねても、部分的にしか覚えていなかった。WISC-Ⅳを行った翌週にDN-CASを実施すると、前の週よりも記憶力が少し改善している様子であり、食事内容もヒントがあれば思い出せるようであった。また最初の検査から約1ヵ月後（X年8月）の退院直前に、日本版リバーミード行動記憶検査のみ再検査を行った。

2）母親の面接

入院中に母親のみ心理外来へ来てもらい、これまでのA君の様子や現在の心配事などを確認した。母親はA君の発達を振り返り、乳幼児期から姉、妹と比べると、自己主張が少なく大人しいタイプの子で、おっとりしているが優しい子だと思っていて、あまり心配していなかったとのことである。ただ、熱性けいれんを数回起こしたことがあり、そのことについては、母は見慣れないため少し心配だったとのことであった。それも父親も熱性けいれんがあったことで、父親を含めた父方の親戚から、大きくなれば起こさなくなるから大丈夫と聞いており、実際、2歳以降は発作がなかったため、もう忘れていたとのことで、そのため今回の救急車で搬送されたことについては、大変驚いて不安でたまらなかったとのことであった。

入院中の付き添いもなるべくA君と一緒にいたいが、姉妹がいるため父親と交代で面会に来て、姉妹の面倒は両方の祖父母にも協力してもらっているとのことだった。姉妹も急にA君が入院となってしまい、特に学校から救急車で搬送されたため、姉妹ともにやや不安定になっているとのことで、母親は姉妹のことも心配していた。S医師から、てんかんという病気の可能性があると聞いて、てんかんがどういうものなのか、インターネットで調べたりしているが、いろいろなことが書いてあり、不安になるばかりでよく理解できないとのことであった。また入院してから、以前よりも言葉が出にくく、そのこともてんかんと関係しているのかと質問があった。Y心理士からは、急なことで不安になるのは当然であること、現在行っている検査結果も後日伝えること、また言葉のことなど心配なことも入院中にS医師や病棟主治医、看護師の他に、心理士にも相談できることなどを伝えた。

2. 多職種の評価から得られた情報や心理検査結果

1）医学的検査結果

生化学検査や聴力検査では異常はなく、初回のMRI検査では異常はみられなかったが、その後の検査では左の海馬にやや異常がみられ、てんかん焦点である可能性が考えられた。また脳血流検査でも、左側頭頭頂葉と左前頭葉の異常が疑われた。また脳波検査では突発性異常波が左前頭、側頭葉を中心にみられた。これらの結果を合わせて考えると、左側頭葉てんかんである可能性が最も高そうであった。

2）STの評価

「構音検査*」「SLTA標準失語症検査*」と「KABC-Ⅱ*」の語彙尺度を実施した。構音検査では異常はなかった。SLTAでは、長文命令の結果が8／10と、長くなるほど聴理解力の低下がみられた。呼称は10／20、動物の名前の語列挙は1分間で3語のみと「喚語困難*」がみられ、これらから失語症状と考えられた。その他、音読、読解、書字には問題がみられなかった。KABC-Ⅱの語彙尺度では、表現語彙がSS6、理解語彙がSS8とSLTAと同様の結果であった。

3）WISC-Ⅳの結果

全IQ75、言語理解68、知覚推理85、ワーキング・メモリー60、処理速度80と、全体的に平均の少し下の範囲に位置しており、特に言語理解とワーキング・メモリーはさらに低く、視覚刺激の課題よりも聴覚刺激の課題の方が苦手であった。下位検査でも、「単語」や「語の推理」が4、「数唱」と「語音整列」が3と最も低く、言語記憶と聴覚記銘の問題がみられた。また絵の完成や記号探しも5と低く、視覚性の注意力も低下している可能性が考えられた。

4）DN-CASの結果

プランニング87、同時処理93、注意98、継次処理58、全検査83と、WISC同様に全体的に平均の下の範囲であり、その中でも特に継次処理が有意に低かった。下位検査でも、継次処理の中の「単語の記憶」と「文の記憶」は、それぞれ5、3とかなり低く、言葉の記銘力の低下がみられた。プランニングでは「系列つなぎ」が5と低く、多くの視覚刺激の中から一度ターゲットを見失うと、次のターゲットを探すまでの時間がかなりかかった。また注意の中の「数字探し」は8、「形と名前」は7と平均の下の範囲に入るが、それぞれ干渉刺激を抑制しながらターゲットを探す複雑な課題になると、スピードが一気に遅くなり、見落としもかなり増えていた。これらをまとめると、注意力や記銘力の関係する課題は低く、その中でも特に言語刺激での記憶力の低下が顕著で、一方、注意力があまり関与しない視覚課題は、平均レベルに保たれているという結果であった。

5）日本版リバーミード行動記憶検査の結果

標準プロフィール点が14／24、スクリーニング点が6／12と、いずれも39歳以下のカットオフ値よりも低く、行動記憶の問題があるという結果だった。絵カードや写真、人の名前は再認できるが、約束事や道順を覚えておくことや、用件などは忘れていた。

6）2回目（退院直前）の日本版リバーミード行動記憶検査の結果

標準プロフィール点が20／24、スクリーニング点が10／12と、いずれも39歳以下のカットオフ値よりも高く、前回と比べて改善がみられた。前回できなかった約束事や道順、用件なども、ヒントがあれば思い出せるようになっていた。

3. 退院前の多職種カンファレンスと心理検査のフィードバック

1）多職種カンファレンス

全ての評価が終了したところで、S医師を中心とした複数の小児神経科医で行っている定期的な神経科カンファレンスに、Y心理士とSTも参加して、診断とその後の方針が検討された。発達歴や問診からは、元々おそらく発達が少しゆっくりであったことが考えられ、知能検査の結果からも境界域の知的能力であり、特に言語課題の苦手さと注意力、記銘力の問題がみられるとY心理士から報告された。STからは、元々の知的能力と比べても、それ以上に言葉の出にくさがあり、失語症状が発作によって一時的に起こっているものなのかどうか、定期的に検査を行って経過を見ていった方が良いのではないかと意見が述べられた。病棟主治医からは、MRIと終夜脳波検査の結果が述べられ、入院中は薬の調整を行い、ゾニサミド（ZNS）とラコサミド（LCM）の服薬治療をスタートしていること、S医師からは左側頭葉てんかんの診断で、その結果を両親にも伝えたと報告された。Y心理士からは、母親がてんかんについて不安を感じていること、またてんかんの理解が不十分なこと、言葉の出にくさがてんかんと関連しているのかということも不安に感じているため、てんかんの心理教育が必要ではないかと提案された。そこで、年に1回てんかんの啓発目的で行われている、てんかん教室が再来月実施されるため、それも紹介することとなった。

2）諸検査の結果のフィードバック

S医師から両親へ検査結果の説明が行われ、服薬指導とともに、睡眠不足で発作が起こりやすくなることやお風呂での溺水の危険性など、てんかんに対する生活上の注意点も伝えられた。一方で、不安になりすぎて生活を制限しすぎるよりも、学校生活はできる限り通常通り行う方が良いことも伝えられた。心理検査結果とSTの評価の結果は詳しく知りたいとの希望があり、それぞれY心理士、STからも両親へ評価の結果をフィードバックした。元々知的な発達が少しゆっくりであった可能性もあるが、特に今までは集団不適応はなかったため、その点については年齢が上がっていくことで、学習のつまずきが出てくる可能性もあるが、A君に自信を失わせないように、様子を見ていけば良いのではないかと伝えた。言葉の出にくさや注意力、記憶力については、入院当初と比べて治療後に改善がみられたため、てんかんと関連している可能性が考えられ、経過を定期的な検査によって見ていく必要があることも伝えた。

第3節　その後の経過

A君は退院後、小学校に戻り、これまで通りの生活を送っていた。学校に戻った当初は、入院していたことも知っている友達は、A君に対して、これまで以上に優しく接してくれていた。しかし一方で、運動会の練習中に起こしたけいれん発作を目撃した子どもたちの中には、変な病気だと陰口を言う子どももいた。その度に担任教師は、陰口を言う子に注意はしていたものの、担任教師も教室内でまた発作が起きたら、どのように対応すれば良いのかと不安を感じており、A君に対して体育は見学を勧めたり、A君が少し風邪気味だと母親へ連絡したりと、過剰な反応を見せていた。

退院後の翌々月（X 年 10 月）に行われたてんかん教室には、両親と A 君も一緒に来院した。そこに Y 心理士もスタッフとして参加していたため、てんかん教室の講義が終了してから、両親や A 君と立ち話をしたところ、A 君は学校が楽しいこと、でも体育に参加できなくて不満なこと、また嫌なことを言う子がいることが語られた。両親はその日の講義で、少してんかんについて理解ができたという感想であったが、学校での陰口や対応などについて、今後心理で相談をしていきたいという希望も話された。そこで、心理の継続相談を行うためには、児童精神科を受診してもらう必要があることを説明し、小児神経科の S 医師から児童精神科に依頼を出してもらい、その後、児童精神科の K 医師から Y 心理士に心理相談依頼として繋いでもらうこととなった。

第 4 節　心理アセスメント面接

Th（セラピスト）＝ Y 心理士。〈　〉は Th の発言。「　」は両親、A 君の発言。

1. 両親面接

X 年 11 月になり、児童精神科の K 医師から Y 心理士へ相談依頼があり、改めて両親と A 君に定期的に心理相談に来てもらうこととなった。A 君は学校に登校中のため、初回は両親のみで来院した。〈てんかん教室の時に陰口のことを言われていましたけど、最近はいかがですか？〉と聞くと、「やはり陰口は出たり引っ込んだりを繰り返していて、先生からの連絡も多い」とのことであった。また「自分自身も、また発作を起こしたらどうしようという不安もあって、てんかんの影響で勉強もますます難しくなるのではないかという不安もある」と母から語られ、手一杯な様子がみられた。「実際に勉強の進み方が早くなってきていて、入院中の勉強が抜けていることもあって、全体的についていくのが少し難しくなってきているみたいだ」とも語られた。

〈学校側の対応はどうですか？〉と尋ねると、「以前のように体育の見学を勧めることもあるし、最近では、それ以外にも勉強についても家で復習をさせて欲しいと言ってきたり、支援級のことも少し話題に出されることもある」とのことだった。〈支援級のことは、どうお考えですか？〉と聞くと、「自分としては、姉妹も同じ学校であり、またAにも幼馴染みの仲の良い友達もいることから、できるだけ普通級のまま行かせたい」と母は考えているようだった。そのため〈当面は、補習を中心に行ってくれる個別塾を探してみてはどうか？〉と提案し、〈支援級については、すぐに移らなくても良いが、今後のために見学だけしておいてはどうか〉と伝えた。すると見学についても、まだ躊躇があるようだった。

〈てんかんという病気は、残念ながら発生頻度が高い割には、いまだに偏見も多い疾患の一つであることから、学校を含め周囲の理解が重要だと思う〉ということも伝えた。〈そのため陰口を言っている子を叱るだけでなく、学校内でもてんかんについての正しい知識を皆に持ってもらえるように、少しずつ一緒に頑張っていこう〉ということも伝えた。すると母親からは、「実は学校だけでなく、てんかんという病気だったと知った夫の親戚からも、嫌なことを言われる」ということだった。また「夫のいとこでてんかんを抱えている人がいるが、その人は現在も仕事はできないため、あまり外出もせず、家業の農業を手伝っている。そのいとこのようになるのではないかと、親戚たちも噂している」とのことだった。〈お父様はどのようにお考えですか？〉と尋ねると、父親は「もちろんAの学校での様子も気になるけれども、周りに私の親戚が多いこともあって、妻の心労を心配しています」とのことであった。次回は、冬休みにA君と母親で一緒に来院してもらうこととなった。

2. 母子面接

冬休み（X年12月）になり、A君と母親で来院し、プレイルームで3人一緒に遊びながら話をした。A君は人生ゲームを選んで持ってきて、3人で行った。ゲームのルールは大体理解でき、マス目の指示は自分で読めない漢字があると、母に聞きながらコマを進めた。お金の計算はかけ算では難しいことが多く、Y心理士が1桁の足し算や引き算に置き換えて伝えると、計算することができた。ゲームをしながら、〈学校は楽しい？〉と尋ねると、「嫌な子が何人かいて、《病気が移る》とかって言って、一緒に遊んでくれない」とのことだった。〈そういう時にはどうするの？〉と聞くと、「先生に言って注意してもらう」とのことだった。〈そうすると言われなくなる？〉と尋ねると、「その時は言わなくなっても、また先生がいなくなると言う」とのことだった。〈かばってくれる子はいる？〉と尋ねると、「前から仲良しの○○君たちは、僕が言われていると、《一緒に遊ぼう》って言って連れてってくれたり、○○ちゃんは《そういうことを言っちゃいけないんだよ》って言ってくれる」とのことだった。〈嫌なことがあっても、A君は頑張ってるね。それに良いお友達がいて良かったね〉と伝えると、大きく頷いてニコッと笑った。〈具合が悪くなることはない？〉と聞くと、「S先生に《お薬をちゃんと飲んでいれば大丈夫だよ》って言われたから、ちゃんと飲んでる。だから前みたいに、いつの間にかわかんなくなっちゃったり、倒れちゃったりしてないよ」とのことだった。

第５節　アセスメント面接からの見立て

1. 学習面の遅れや認知の問題と、学習の場の問題

母親から、勉強の進み方が早くなってきていて、入院中の勉強が抜けていることもあって、全体的についていくのが少し難しくなってきていると述べられ、A君自身とのプレイセラピー場面でも、人生ゲームでマス目の指示の漢字が読めないことが多く、またお金の計算もかけ算はできないことが多いことから、1年程度の学習の遅れがあることが予想された。

学校からは支援級へ行くことをやんわりと勧められているようであるが、母親からは姉妹も同じ学校であり、またA君にも幼馴染みの仲の良い友達もいることから、できるだけ普通級のまま行かせたいとの希望があり、今後A君にとって、学習の場をどこにするのかという問題についても、葛藤が生じる可能性が考えられた。

2. 学校の対応の問題

担任教師は、S医師からは生活の制限を伝えられていないにもかかわらず、体育の見学を勧めたりと、必要以上に制限を加えているようであった。また勉強についても家で復習をさせて欲しいと言ってきたり、支援級のことも少し話題に出されることもあり、実際のA君の学習の遅れがあることは否めないが、てんかんについての理解が不十分な可能性も考えられた。

病気について他児からの差別的な言動への対応も、ただ注意するだけにとどまっており、積極的な介入はなされていないと推測された。

3. 親戚や姉妹を含めた家族全体の問題

父方の親戚からも、てんかんを抱える父のいとこのようになるのではないかと噂されているとのことで、母親の心労を父親が心配しており、今後、父方祖父母や親戚との関係に軋轢が生じる可能性が予測される。

また姉妹もA君と同じ小学校に通学中であり、姉妹も他児との関係や親戚関係で、葛藤を抱える可能性も予測された。

4. てんかんについての不安

母親からは、また発作を起こしたらどうしようという不安や、てんかんの影響で勉強もますます難しくなるのではないかという不安についても語られており、これらの不安感から、A君への対応が過保護過干渉になる可能性も考えられる。

一方で、A君自身は、まだ年齢も幼いため、今のところはS医師の説明や指示をきちんと守っていれば大丈夫と捉えているが、今後大きくなるにつれ、周囲の対応が現在のように不安定なままだと、A君自身の病気の受容や服薬コンプライアンスなどにも影響を及ぼす可能性も予測された。

第6節　アセスメントからケース・フォーミュレーションへ

入院中に実施した心理検査結果と、前節の見立てから、A君は元々、知的に平均の下限から境界域であった可能性が考えられ、てんかんを発症したことにより、さらに低下した可能性も考えられた。注意力や記憶力、失語症状は、てんかん発作や脳波異常が顕著な時に、特に低下するだけで、不可逆的な障害にまでは現時点では至っていないのではないかと考えられた。ただし、側頭葉てんかんの場合、現時点では抗てんかん薬（anti-epileptic drug：AED）治療によって発作は抑制されているが、今後、難治に経過する可能性もあり、その際には認知への影響も考え、手術適応についても検討する可能性も出てくる。

そのため、てんかんの経過に応じて、必要時には再度心理検査を実施することも計画し、S医師とも話し合った。

またA君に合った学習場所を両親と一緒に考えていく必要もあり、支援級の見学や、いずれ療育手帳を取る可能性も念頭に置きながら、A君の希望も聞きつつ、心理支援の中で相談していくことにした。学校や親戚との関係についても、母親だけが孤軍奮闘することにならないように、母親へのエンパワーメントとともに、父親にも来られる時にはなるべく一緒に心理相談に来てもらうことにした。

来年度のクラス替えや担任の先生についても、学校への働きかけを行っていきたいと考え、その点についても両親と学校の承諾が得られれば、学校の先生も一緒に来院してもらうことや、てんかんの理解を促す情報ツールの紹介なども、今後行っていきたいということをS医師、K医師とも方針を確認した。親戚の問題や姉妹への影響は、すぐには解決できない可能性が高いが、協力者や理解者を増やすことができるかどうかも、心理相談の中で話し合っていきたいと考えた。

第7節　心理相談支援

（X＋1年1月～X＋4年3月まで月1回設定で両親面接、長期休暇にA君とのプレイセラピーと相談、X＋4年4月～2、3ヵ月に1回の頻度）

1. 第I期　てんかんの理解と支援級への準備期（X+1年1月～12月）

新年度のクラス替えで、嫌なことを言ってくる子たちとクラスを分けてもらうことや、担任の先生へ理解してもらいたいことなどを、両親から学校のコーディネーターや教頭に相談してみてはどうかと提案した。すると母親は、これまで担任からいろいろと言われてきていることもあり、言い難いとのことだったが、父親は母親に「一緒に言ってみよう」と積極的に動こうとしている様子だった。その後、両親で学校と面談を持ち、現状を伝えると、クラス替えはできる限り配慮してもらえることとなった。担任については、どのような先生になるかはまだわからないが、学校全体でてんかんについては少し勉強してみたいとの返答をもらえたとのことだった。一方で、学校側からも勉強の遅れについては、今後ますます他児と差が開く可能性もあることから、復習や予習も必要になること、また先々を考えて、やはり４年生になったら、支援級の見学をしてみることを勧められたとのことだった。

そして新年度（X＋１年４月）になり、４年生になってクラス替えも行われ、３年生の時に同じクラスで嫌なことを言ってきていた子たちとは、クラスを分けてもらうことができ、また仲良しとは数人一緒のクラスにしてもらえたとのことだった。担任は若い先生だが、熱心で優しいとのことで、A君は好きみたいという感想が両親から語られた。てんかんについては、それほど詳しいわけではなさそうだが、疑問点については積極的に調べたり、母親に連絡してきてくれるとのことだった。そこで今後、体調管理や勉強面について、学校と家での様子を、お互いに連絡を取り合いやすいように、交換ノートを書いてみることをTh（セラピスト）から提案した。勉強については、家でも少し教えているが、それだけでは難しいため、以前にThが提案した復習を行ってくれる個別塾に新年度から行き始めたとのことだった。

X＋１年６月となり、運動会の練習が始まると、昨年初めて発作を起こした行事でもあり、母親は少し不安に感じていた。そのため、てんかん診療の主治医であるS医師にも、そのことを小児神経科の診察時に相談することを勧めた。後日、母親がS医師に相談してみたところ、S医師からは今は病状が落ち着いているから、睡眠不足や疲労がたまらないようにしながら、普通にやらせてみるように言われたとのことで、母親もA君を運動会に参加させることに決めたとのことだった。そして実際、A君も他児と同じように運動会本番をこなすことができたと、両親は喜んでいた。また父方祖父母も母方祖父母も運動会を見に来てくれ、両親以上に喜んでいたとのことだった。それを機に、父方祖父母もこれまで以上に、育児に協力してくれるようになったとのことだった。そこで今年度の秋に行われる、てんかん教室には、祖父母や学校の先生も誘ってみてはどうかと提案し、両親も誘ってみるとの返答だった。

夏休みになり、A君も一緒に来院し、プレイルームで遊びながら、学校の様子を聞くと、「今年の先生は優しくて面白い」とのことだった。「それに≪○○しちゃダメ≫とか言わないから、皆と同じことができて楽しい」という言葉も聞かれた。勉強についても尋ねると、「塾も行ってるけど、学校の勉強は難しい」とのことだった。そこで〈支援級って知ってる？〉と尋ねると、支援級の意味がわからなかった様子で、母親が「たんぽぽ組だよ」と伝えると、わかったようで、「僕のクラスにも時々、給食の時間にたんぽぽ組から来る子がいる」とのことだった。〈その子は皆と遊んでる？〉と尋ねると、「今年のクラスは意地悪な子がいないから、皆で一緒に遊んでるよ」とのことだった。

2学期になり、両親と支援級について話し合った。担任との面談でも、支援級の話題は出たとのことで、夏休みのA君の話から、母親も以前よりは支援級に対しての悪いイメージは減った様子だった。そこで今後のためにも、一度両親で見学することを勧め、A君にも拒否がなければ、体験に行ってみることを勧めた。

それから、両親で見学に行き、勉強が簡単すぎるかと思っていたら、想像以上にちゃんとプリントなどもやっていて、また2クラス合わせて8人で、合同授業も多かったとのことだった。先生は二人いて、ベテランの先生一人は、子どもひとりひとりの特徴をよく見ていて、すごく褒めて指導していたことが印象的だったとの感想が聞かれた。現在も迷っているということも、その先生にも伝えたところ、体験に2学期中に何回か来てみて、それで決めてみてはどうかと言われたとのことだった。そこでA君にも「少人数だから、勉強をわかりやすく教えてくれるみたいだよ」と話したところ、行ってみたいと言ったので、体験に数回行ってみて、最終的な希望は、3学期に伝えることになっているとのことだった。

てんかん教室には、予定通り両方の祖父母と、学校の担任と支援級の先生、A君だけでなく姉妹も来てくれた。終了後にThも挨拶し、講義の最後に、学校などでてんかんについて学習する場合の資料として、日本てんかん協会や、「てんかんinfo」などの紹介もあったため、それを活用してみると先生たちから述べられた。てんかんといっても、倒れたり泡をふいたりする発作だけでなく、いろいろな種類があるということが初めてわかったという感想が聞かれた。もし今後何か相談をしたいことがある場合には、両親との面接の時に一緒に来てもらうこともできるとも伝えた。

また祖父母たちからも、てんかんという病気は想像していたものと違って、脳の病気であり、治療できるということがわかったという感想が述べられた。てんかん教室参加の後、父方祖父母は、噂話をする親戚たちとの間にも入ってくれるようになり、直接、母親が何か言われるようなことは減ったとのことだった。また姉妹も、てんかん教室で何となくA君の病気のことがわかり、姉は特に6年生のため、今まで以上にA君がもし学校でまた何か言われたら、自分が守ると言っているとのことだった。

2. 第Ⅱ期　支援級での適応期（X+2年1月～ X+4年4月）

冬休みにA君に会うと、「たんぽぽは楽しいし勉強もわかりやすいから、5年からはたんぽぽでも良いな」と言い、3学期（X＋2年2月）になって、両親と学校とで話し合い、5年生からは支援級に移ることを決めたということが報告された。そして5年生になると、籍はたんぽぽ組になったが、交流級のクラスは、4年の時の担任の先生の受け持ちクラスにしてもらうことができ、そのクラスに体育や図工、音楽、給食、掃除などは交流で行っているため、仲良しの友達とも今まで通りに遊んでいるとのことだった。

その後、6年生（X＋3年4月）の時には、中学になる際に支援級に進学するかどうかを迷っていたため、大きくなった時のために、療育手帳をいずれ取るかどうかも考える必要が出てくるかもしれないと伝えた。支援級の中には、すでに手帳を持っている子もいるとのことで、両親も何となくは理解しているようだった。そこで療育手帳についても説明し、取る場合には児童相談所での判定が必要で、更新があること、特別支援学校に進学する際には必要になる可能性があること、またもっと大きくなって働く時にも、必要になる場合もあることなどを伝えた。中学は現時点での様子をみると、支援級がA君には合っているのではないかと思われるが、やはり学校の先生とも相談をして、見学に行ってみることを勧めた。

そして中学入学後（X＋4年4月～）も支援級に在籍しながら交流級も使い、小児神経科の診察に合わせて、2～3ヵ月に1回くらいの頻度で、児童精神科受診と心理相談を継続している。

第８節　解説

1. 心理アセスメントとケース・フォーミュレーションのポイント

小児の場合、子どもが病気や障害を抱えると、子ども本人だけでなく、親やきょうだいへ与える影響も大きいため、子どもを支える親の安定は不可欠である。そのため、子ども自身への心理支援だけでなく、親面接を行うことも多く、時には今回の事例のように親面接を中心に行い、子ども本人へは必要以上に直接的な介入は行わないということもある。その際に、家族全体のバランスを見ながら、母親と通院中の子どもだけの関係が強固になりすぎて、他の家族成員との間に温度差が広がりすぎないようにすることもポイントと考えられる。今回のように、父親も子どもを支えるための支援者として、積極的に心理相談の場に誘い、母親と一緒に来てくれるようになると、お互いの意見が異なる場合でも、意見調整を行う場として心理相談の場が活用でき、また母親だけでは荷が重いことも、父親と一緒に子どものために取り組んでいけるようになることも多い。

今回のてんかんのように器質的疾患がある場合、元々の発達と発病してからの認知への影響や、場合によっては性格変化なども含め、知能検査だけでなく、神経心理学的検査も行いながら、きちんと評価を行うことが重要と考えられる。また施設によって多職種がいる場合には、その都度、必要な評価を分担して行えると良い。その評価結果も参考にしながら、子どもに合った生活環境を決めていく必要がある。子どもの場合は、社会＝学校であることがほとんどなので、適応できる学校選択は最も重要といっても過言ではない。その際に、一概に知能指数で学校選択を行うのではなく、実際に見学してみて、そこにいる先生や他の生徒たちとの相性や、行っている授業内容なども、その子どもに合っているかを考えて決めることが大切と思われる。一般的に学年が上がってから通常級から支援級や支援学校に移ることは、本人の抵抗が強くなることも多く、移るタイミングも重要と考えられる。

てんかんや精神疾患のように、偏見や差別の多い疾患はもちろんのこと、他の身体疾患や発達障害でも、それを抱えることによる不安についての相談や、病気や障害への正しい認識と治療意欲を促すことも、心理支援の重要な役割だろう。また病気や障害を巡る他の人との関係性の変化に対しても、心理支援が果たす役割は大きいと思われる。これら全体を見ながらケース・フォーミュレーションを行い、取り組むべきタイミングで優先順位の高いものから相談を進める。

2. 心理支援のポイント

両親面接の際のポイントとしては、母親、父親のどちらか一方に偏りすぎないように、Th が双方の意見を仲介する役を担い、どちらの意見が良い悪いということではなく、違う意見を認め合いながら、子どものために両親が協働していけるように話を進めることが大切と思われる。

また子ども本人の相談に関しては、今回の事例では、親支援を行うことによって、子どもへの間接的な支援に繋がるような形態で行ったが、いじめがもっとエスカレートする場合や、不登校を伴うような場合などは、子ども本人に直接的な心理相談やプレイセラピーを親面接と並行して行う方が良いこともある。

3. 連携協働のポイント

子どもに毎日関わる学校の先生たちも、子どもに与える影響は大きいため、先生たちに子どもをよく理解してもらうことも重要である。そのため、保護者や学校双方の同意が得られれば、必要時には一緒に心理相談に来てもらうことも有効と思われる。

4. 対象の心理支援に際して習得しておくべき知識・技術など

てんかんは百人に一人の発症頻度のため、誰しもてんかんを持つ人に出会う可能性がある。しかし、その割にはよく知らない人が多いと思われ、病院はもちろんのこと、学校や施設で働く場合でも、大まかにどんな病気かということは、知っておいて損はないと思われる。また直接、心理支援を行うことになった場合には、脳の器質疾患の一つであることから、脳の構造や機能的役割、それを評価できる検査法なども修得しておいた方が良いだろう。小児の場合、脳も発達途上のため、成人のように完成した脳が損傷を受け、その部位の機能が喪失するということは少なく、成人以上に脳の可塑性によって、損傷を受けていない他の部分が代償して、かなりの部分が回復するということが多い。そのため評価もより難しくなるが、どの時点の評価を行っているのかということが重要で、その後もかなり変化しうるということも忘れてはならない。さらに、てんかんの場合は、脳波異常の増減や、抗てんかん薬によっても認知や感情への影響がある場合もあり、その意味でも、どの時点の評価なのかを知ることは重要である。

また、てんかんの種類によっても、発達への影響は大きく異なるため、てんかん診療に関わる心理士は、てんかんの種類や抗てんかん薬についても、ある程度は理解しておく方が良いだろう。今回の事例ではないが、てんかんの心理支援を考える上で、付け加えるべき重要な問題として、てんかんに心因性非てんかん性発作（psychogenic non-epileptic seizure：PNES*）を伴う、もしくはPNESのみの事例に出会う可能性があるということである。詳細は割愛するが、PNESをてんかんと誤解してしまう場合もあり　、その鑑別は専門の医療機関でも簡単ではないが、そのような病態があるということは知っておいた方が良いだろう。

文献

・津川律子、岩満優美（2018）「医療領域」鶴　光代・津川律子編著『シナリオで学ぶ心理専門職の連携・協働 —— 領域別にみる多職種との業務の実際』誠信書房、14-42頁
・川井尚（2008）『母と子の面接入門』クオリティケア
・奥村彰久、浜野晋一郎編集（2013）『子どものけいれん・てんかん　見つけ方・見分け方から治療戦略へ』中山書店
・一般社団法人日本てんかん学会編集（2017）『てんかん学用語事典　改定第2版』診断と治療社
・中里信和監修（2016）『「てんかん」のことがよくわかる本』講談社
・安保雅博監修、橋本圭司、上久保毅編著（2011）『脳解剖から学べる高次脳機能障害リハビリテーション入門』診断と治療社
・川崎淳著、日本てんかん協会編（2016）『てんかん発作こうすればだいじょうぶ —— 発作

と介助　改訂版』クリエイツかもがわ
・兼本浩祐、丸栄一、小国弘量、池田昭夫、川合謙介編集（2015）『臨床てんかん学』医学書院
・トリンブル、M. R.、レイノルズ、E. H. 編（1992）『てんかん・行動・認知機能』 今野金裕、栗谷豊、猪野雅孝、梅津亮二訳、星和書店
・Kertesz, A. 編（1997）『神経心理学の局在診断と画像診断』田川皓一、峰松一夫監訳、西村書店
・日本てんかん協会　https://www.jea-net.jp（2020/1/30 閲覧）
・てんかん info　https://www.tenkan.info（2020/1/30 閲覧）

用語解説

SLTA 標準失語症検査（Standard Language Test of Aphasia）

失語症に関する代表的な検査である。「聴く」「話す」「読む」「書く」「計算」について評価することができる。

喚語困難（かんご・こんなん／語想起障害）

言うべき言葉が想起できない現象のこと。何かを伝えたいイメージはあるのに、その語彙が記憶から引き出せず、言葉になって出てこない状態といえる。

KABC- II（日本版 K-ABC II ／ケーエービーシーツー／ Kaufman Assessment Battery for Children Second Edition）

認知尺度と習得尺度があり、本文にある「語彙尺度」は、習得尺度の中に含まれ、三つの下位検査（表現語彙、なぞなぞ、理解語彙）からなる。

構音検査

構音器官を使って言語音を生成する過程のことを構音といい、構音に関する検査のことを構音検査という。

重積

てんかん重積状態とは、発作がある程度の長さ以上に続くか、または短い発作でも反復し、その間意識の回復がないものと定義されている。いずれもできるだけ速やかに、かつ安全に発作を抑制することが必要である。早急に発作を止めないと二次的な脳障害が起きるためである。てんかん発作重積には、けいれん発作重積と非けいれん発作重積がある。熱性けいれんでてんかん重積状態に合致する場合、熱性けいれん重積と呼ばれる。

心因性非てんかん性発作（PNES）

突発的に生じるてんかん発作に類似する種々の精神および身体症状であるが、身体的・生理学的発症機序を持たないものと定義される。PNESは非てんかん例に生じる場合と、真のてんかん例に両者が合併する場合とがある。睡眠障害、失神発作など、他の器質因である状態は入れない。以前には偽発作とも呼ばれていたが、否定的な価値判断を含む名称のため避けるべきであり、またヒステリー発作もヒステリーという呼称に対する一般世間的偏見を顧慮すると、PNESという用語が中立的で使用しやすい名称となっている。

第2章 子どもの発達障害（ADHD）の事例

安藤朗子（日本女子大学家政学部）

第１節　ADHDおよび虐待の疑いのあった男児

1. 事例の概要

初診時小１（6歳）のＡ男。やや小柄な体格。東京都内の公立小学校通常学級在籍。

父親（42歳。会社員）、母親（40歳。週３日パートタイマー）、妹（4歳、保育所通所中）の４人暮らし。

近所に母方祖父母が在住している。母方祖父（68歳）は会社を定年退職し、祖母（65歳）と旅行に出かけるなど自分たち中心の生活であり、母親への育児協力はほとんどない状況であった。父親の実家（祖父は50歳代で死去、68歳の祖母のみ健在）は関東圏外で、年一回帰省する程度であった。

父親は、IT企業の会社勤務で帰宅はいつも遅く、平日は子どもたちとほとんど関わる時間がない。休日は疲れて昼近くまで寝ていて、自分の好きなDVDを見たりゲームをしたりして過ごすことが多く、子どもたちが騒ぐと「うるさい」「静かにしろ」と大声で叱りつけたり、Ａ男の多動を母親の躾が悪いからと責めたりすることもあった。

母親は、家事や育児に自信が持てずいつも不安げな表情をしており、またぼんやりしたりうっかりしたりして子どもから目を離してしまうなどの様子もうかがえた。後に母親自身もADHD傾向をもつことが判明した。

2. 成育歴および経緯

成育歴：A 男は、39 週 2,900g、正常分娩で出生した。1 歳 6 ヵ月健診、3 歳児健診ともに発達の遅れを指摘されることはなかった。入院歴もない。始歩は、1 歳 1 ヵ月、言葉の発達等にも特に問題はなかった。しかし、ひとり歩きができるようになった頃からよく動き回りじっとしていない子どもであった。

3 歳児健診で落ち着きのなさについての指摘はあったが、母親が当時 1 歳の妹の育児に追われていたことや保育所に入所していたので、保健センターでの経過観察は受けていない。

保育所に 3 歳で入所し、最初は非常に嫌がったが、保育士にはすぐに懐いて甘える様子が随所でみられた。また、入所当初から多動傾向や思い通りにいかないときに手が出るなどの行動が認められたが、こぢんまりとした小規模の保育所であり、保育士との関係もよかったため、適応上大きな問題はみられなかった。

小学校に入学すると、授業中の離席や教室からの飛び出しがみられ、友達へのいたずら、思い通りにいかないと物でぶったり蹴ったりするなどの暴力行為、突然奇声をあげるなどの問題行動が目立つようになった。担任教諭とスクール・カウンセラーが、A 男の対応に苦慮するなか、X 年 5 月中旬に母親との面談を行い、近隣の大学附属病院小児科の受診を勧めた。その頃家庭でも妹をいじめたり、暴力をふるったりすることが出てきたため母親の不安が強まっており、すぐにその場で母親は同意した。

受診した大学附属病院の小児科外来のスタッフは、常勤の医師 5 名、看護師 5 名、非常勤心理士 3 名である。通常の一般外来は予約なしでも受診できるが、心理相談は予約制になっている。A 男は小児神経専門医（主治医）の担当日を予約して 6 月に受診した。

3. 心理アセスメント

主治医の診察後、M 心理士に母子への面談および検査依頼があった。

M 心理士は、初回セッションにおいて、まずは A 男との関係づくりと行動や情緒的な側面のおおまかな把握のために、プレイルームでのプレイ、行動観察および描画法（バウムテスト）を実施した。2回目には、基本的な認知能力の特徴や知的水準を把握し、学習や生活上の適応の困難さとの関連などを検討するために知能検査（WISC-Ⅳ）を実施した。3回目には母親のみの面接とADHD-RS*（家庭版／ADHD Rating Scale-Ⅳ日本語版）を実施した。

1）初回のプレイルームでの様子

M心理士が母親とA男にあいさつし自分の名前を告げた後、A男の名前を尋ねると、緊張気味に小さな声で名前を答えてくれた。母親との別れにはまったく抵抗を示さず、さっさとプレイルームへ入った。

入室後すぐに棚に並べられているおもちゃを次々に手に取っては無造作に床に放り、部屋中のおもちゃをひとしきり見て回った。その後、ボールを手にすると思いきり壁に投げつけ、ボウリングのピンにボールを投げ当てて倒すということを繰り返すなど、ひとときもじっとしていなかった。M心理士に対して自分から話しかけることはなくひとりで次々と遊び続けたが、時々話しかけられる質問には心理士の方を向いて答えた。病院に来た理由を尋ねると、「学校で友達をぶったりするから」と答えた。30分ほど経過して、プレイルームの片隅に置かれている机と椅子に座らせてバウムテストを実施した。

バウムテストは、筆圧が一定せず、用紙の1／3くらいの大きさで、幹の上に樹冠をかぶせた形で、その中に大きさの異なるたくさんの実を描き、鉛筆でそれぞれを塗りつぶした。筆圧や運筆のコントロールの悪さ、実の形がわからなくなるような塗りつぶし方から、手指の巧緻性の低さや衝動性の高さがうかがわれた。また、樹冠の中にぎっしりと描かれた実は、こだわりや強迫性を感じさせるものであった。

初回終了時には、「ボールでまた遊びたい」と言うなど、はじめにみられた硬さはすっかり消えていた。A男が帰る前に、次回はプレイルームで遊ぶのではなく、勉強やクイズのようなことを一緒にすることを、検査室を見せながら伝えた。

2）WISC-Ⅳの実施と結果

検査を受けに来たA男は、どんなクイズが出るのだろうと、はりきってやって来たようで、不安や抵抗を示すことなくスムーズに検査を開始することができた。

WISC-Ⅳの各合成得点は、全検査（FSIQ）92、言語理解（VCI）107、知覚推理（PRI）102、ワーキング・メモリー（WMI）82、処理速度（PSI）76であった。

FSIQは、平均の範囲であるが、WMIとPSIのどちらもVCIとPRIと比較して有意（15％水準）に得点が低く、本児の不得意とする能力であることがわかった。「日本版WISC-Ⅳ理論・解釈マニュアル」（日本版WISC-Ⅳ刊行委員会、2010）には、ADHDの子どもは知的機能では標準範囲に近い得点をとるが、言語性と知覚統合より処理速度やワーキング・メモリーの下位検査において成績が低いという先行研究が示されており、本児の結果にもこの傾向が明らかに認められた。

WMIの弱さは、聴覚的な情報を記憶にとどめて整理し知的に操作することの困難さを反映している。本児は平均の下の評価であり、下位検査の「語音整列」が特に低い成績であった。「数唱」では、順唱＞逆唱の有意な差が認められた。学校における一斉指導が理解できなかったり、複数の指示に従って行動することが困難であったりすることが推察される結果といえる。

PSIは、手指の運動の巧緻性、視覚的探索の適確さ、処理能力の速さと関連するが、本児は「低い（境界域）」の評価であった。視覚情報の適確な処理や書字能力に弱さがあることが推察される。下位検査項目の「記号探し」においては、回答数に対し誤答が多いことが特徴的であり、不注意の問題が推察された。また、バウムテストでみられた手指の巧緻性の低さや衝動性の高さとも一致する結果といえる。

VCIとPRIについては、どちらも平均の成績で本児の中で得意とする能力であることがわかった。特にVCIの下位検査項目の「理解」は、全下位検査項目の中で最も高い評価点であった。言葉はやや幼いものの日常的な問題の解決や社会的ルールなどの知識や判断力などについては標準以上の能力をもっていることがわかった。

PRIの下位検査項目の「絵の概念」と「行列推理」は標準以上の成績であり、知覚推理や抽象的推理能力に強さをもっていることがわかった。一方「積木模様」は、評価点平均よりも1SD（standard deviation：標準偏差）以上低く、同時に標準出現率の値からみてもPRIの中で有意に低い成績であった。視覚的観察能力や視覚－運動の協応能力の弱さが反映された結果と推察された。

検査場面の様子は、次のとおりであった。所要時間は1時間、中断や休憩はなかった。

検査開始時はやる気を見せて取り組んだが、最初が本児にとっては苦手な課題（「積木模様」）であったため、それが終わる頃には元気がなくなり、その後の課題が気になったようで、身を乗り出して検査用具を見ようとしたり、足や体をもじもじ動かしたりし始めた。「語音整列」では、回答に時間がかかり、「もう一回」と教示の繰り返しの要求が何度かあった。その後疲れもみられ、「もうおしまい？」「あと何問？」と少し拒否的な態度がみられた。また、下位検査項目によって取り組みの意欲に違いがみられた。絵カードが提示されると興味をもってやる気を出して取り組んだが、注意を集中して聞き取らなくてはならない課題に対してはうつむき加減で表情をくもらせていた。しかし、検査者の励ましや後半で残りの課題の数を伝えるなどの見通しを与えると、再び検査に関心を向けて取り組んだ。足や体の不必要な動き、その場に立つ、椅子から離れようとするなどの行動はあったが、声をかけるとすぐに椅子に座り、離室はなかった。

3）母親のみの面接とADHD-RS（家庭版）の実施

母親との面接では、まずA男の成育歴や現病歴について主治医に語ったことと同様の説明がなされた。母親は、A男の落ち着きのなさは以前から気になっていたが、自分の育て方が悪いのではないかと思ってきた。近所に実母（A男の祖母）が住んでいるが、実母は2年前まで働いていたこともあり、これまでほとんど交流がない。母親自身が幼少期から長期にわたって実母から注意を受けることが多かったので、成人してからはできるだけ実母と距離を取りたい気持ちがある、など実母に対する複雑な思いも語られた。

夫（A男の父親）については、子育てに協力しないだけでなく、子どもや自分に大声で怒鳴りつけたり、物を投げて壊したりして自分のストレスを発散することが昔から続いている。最近ではA男が学校で問題行動を起こしたり、妹をいじめて泣かせたりすることが多いため、叩いたり風呂場に立たせたりして罰を与えることがあり、今後エスカレートしていくのではないかと心配である。A男の問題は、母親のしつけの仕方が悪いからと責められている。A男に対しては、自分もつい厳しく注意し、体罰をしてしまうことなどを涙ながらに語った。なお、今回の受診に父親は反対したが、母親自身が限界を感じているため受診したとのことであった。母親には心身共に疲労困憊した様子がうかがわれた。

M心理士は、母親がこれまでひとりで頑張ってきたことをねぎらい、今後A男や家族が良い方向へ向かえるよう病院スタッフで、学校の先生方とも協力して支援していくことを伝えた。

ADHD-RS（家庭版）の結果は、不注意が9項目中8項目に該当し、1点が1項目、2点が4項目、3点が4項目で合計21点であった。多動・衝動性は、9項目中8項目に該当し、1点が2項目、2点が2項目、3点が4項目で合計18点であった。どちらも臨床現場での調査によるADHDの診断および除外の最適なカットオフ・スコアを上回った。合計スコアは39点であった。なお、後日学校の担任教諭にADHD-RS（学校版）の記載を依頼した結果、評価はほぼ一致していた。

4. 医師による診断とケース・フォーミュレーション

主治医は、診断ガイドラインに基づき診察した結果、不注意と多動性・衝動性の両方が認められるADHD（混合型）と診断した。両親のマルトリートメントは、A男のADHDの特性に対して引き起こされている可能性も考えられる。主治医、診察に関わった看護師、医療ソーシャルワーカー（MSW）、M心理士、そして積極的な親支援を検討するために、新たに親担当としてN心理士も加わり、チームによるカンファレンスを行った結果、次の方針が立てられた。

1）A男について

医療的には、鑑別診断を目的として引き続き医学的検査を行い、親の虐待などの可能性を考慮し身体の傷などを注意深く観察する。学校の担任教諭とスクール・カウンセラーには、母親から了解を得て、A男の診断や心理アセスメントの結果を伝え、学習環境の調整や友人関係の問題に対する支援および通級指導教室でのソーシャルスキル・トレーニング（SST）への参加を依頼する。両親のマルトリートメント、小学校生活への不適応等さまざまな要因によってA男の情緒的な問題が生じており、それに対する介入の必要性があるため、親の了解を得たうえで、病院ではM心理士とのプレイセラピーを実施する。

2）親について

母親との面接を通し、不注意で子どもに怪我をさせたり家を片付けられないなど、母親自身にADHDの傾向がうかがわれた。そして、育児不安や育児困難感が非常に強く、A男に対する叱責や体罰などのマルトリートメントや育児スキル不足の問題が認められた。したがって、N心理士との個別面接を通して心理的サポートを行うと同時にペアレント・トレーニングへの参加を勧める。

父親は、A男の受診に拒否的であることや場合によっては虐待通告の必要があるため、医師による診断の告知の際には夫婦で来院してもらい、父親へのアプローチを考える。

5. 主治医の診断告知とその後の診察経過

主治医は、3回目の診察時に両親に対し診断告知をする予定であったが、父親は来院しなかった。母親によると仕事を理由に行かれないと語ったようであるが、受診に対しては拒否的であり、以前よりもA男に対する暴力が増えていることがわかった。そこで、院内の虐待対応委員会に報告し、会議で検討した結果、MSWより地域の子ども家庭支援センターに通告することになった。

また、学校での立ち歩きや他児とのトラブルが一向に改善されないとの訴えがあったことから薬物療法が検討されたが、母親の希望も考慮し、まずはA男の心理社会的な支援、母親への支援、学校との連携などの環境調整を開始することとした。なお、その後実施された血液検査や脳波検査においては、異常は認められなかった。

6. 心理支援

1）A 男のプレイセラピー

おおむね週に1回50分のプレイを約2年にわたって行った。A 男のプレイでみられた様相を3期に分けて記すことにする。

（1）第Ⅰ期（「遊ぶこと」ができない時期）：
　　小1の7月～12月（X年7月～12月）

初めて来院した日に過ごしたプレイルームでの様子と同様で、次々に遊具に手を伸ばしてはそれで遊ぶことはせず、どのように遊んでよいかわからないといった様子がうかがわれた。少し長続きして気に入ったようにみえた遊びでも、次の回に一旦始めるもすぐにやめてしまった。「○○（変形ロボット）ないの？」などとプレイルームにない遊具を要求したりすることも多かった。ところがA 男の希望した遊具を用意しても、それで長く遊ぶわけではなかった。ボードゲーム類は、ルールを確認したり、ルール通りに道具を並べたりすることが面倒くさい様子で、すぐに終わりにしたがった。

M 心理士は、A 男の興味・関心をつかもうと、A 男の手にした遊具を使って働きかけたりしたが、A 男はどう応じてよいかわからないようであった。

（2）第Ⅱ期（破壊や攻撃的な行為が多発した時期）：
　　小1の1月～小2の7月（X＋1年1月～7月）

特にきっかけはなかったが、箱庭療法のミニチュアと砂に関心を示して遊ぶようになった。箱庭の扱いについては、最初に制限（砂の扱いなど）を伝えると、当初はそれを受け入れていた。はじめは、砂の中にビー玉や貝殻を埋めて「宝探し」のような遊びをした。しかし、しだいにさまざまな物（人や動物、家具、車等々）を埋めたり、砂の中で怪獣を戦わせ、砂をまき散らしたりM 心理士に砂をかけたりするなどの行為がみられるようになった。M 心理士は、そのような行為の度に当初の制限を繰り返し伝え、その行為が続く場合はプレイを終了することで対応した。ボール遊びでは、M 心理士の顔面に思いっきりボールを投げつけたり、チャンバラごっこでは、プラスチックの刀をM 心理士の素手に思いっきり叩きつけたりした。M 心理士は、遊びのつもりでも顔面への攻撃や人に怪我を負わせてはいけないこと、刀で体を打つのではなく、たとえば刀どうしを打ちあったり、切る真似をしたりするように、怪我の回避の仕方を具体的にその場で教えていった。このような激しい衝動的な行為は、多少の波はあったが、しだいに自分自身でコントロールしている様子がみられ、減少していった。M心理士は、A男が衝動をコントロールしている様子がみられるたびに、「かっこよかったよ」などと褒めるように心がけた。

(3) 第Ⅲ期（M心理士と「遊ぶこと」を一緒に楽しめるようになった時期）：
小2の8月〜小3の7月（X＋1年8月〜X＋2年7月）

破壊や攻撃的な遊びではあったが、第2期の頃からM心理士と遊ぶことを楽しみにしている様子がうかがわれるようになった。サッカーゲームなど対戦ゲームに関心を示し、M心理士に負けまいと集中してゲームに取り組む姿がみられた。不利になるとルールを変えたり、突然「もうやめた」とやめてしまったりすることもあったが、ときには、M心理士に有利になるように譲ってくれたりする場面もみられるようになった。また、M心理士と協力して大型ブロックでお城を作るなど、目的に向かって時間をかけて共同作業を成し遂げることもできるようになった。M心理士にとってもA男とのプレイに安心して臨むことができる状態となった。

この時期のA男は、学校でも大分落ち着き、学童クラブで遊び友達ができ、その時間を楽しみにするなどの様子がみられたため、プレイセラピーを終了とした。

2）母親への支援

(1) WISC-Ⅳ知能検査結果のフィードバック

知能検査を実施したM心理士から母親に対して、検査結果のフィードバックを行った。検査結果については、母親にも理解できるよう平易な言葉を心がけて説明すると、母親は普段から感じているA男の特徴と符合し納得できたと語った。A男の得意不得意について学校の先生方にもよく理解してもらう必要があるため、検査結果所見書を提出することについて了解を得て、母親から手渡してもらった。その際、検査結果や学習・生活上の配慮等について、学校と病院とが直接に連絡を取り合うことについての了解も得た。

（2）ペアレント・トレーニングと個別面接

ペアレント・トレーニングは、N心理士によりA男の母親を含むADHDの子ども（5歳〜9歳）をもつ6名の母親に対して行われた。プログラムは、国立精神保健研究所等によって開発されたプログラム（精研式）に基づいた10回のセッションからなり、隔週で行われた。本プログラムは、まず子どもの行動を、好ましい行動、好ましくない行動、危険な行動・許しがたい行動の三つの種類に分けて理解することから始められる。母親はA男の行動の好ましい行動を見つけることができず、スタートからつまずきを感じていた。また、A男の行動を「無視して待つ」ことができず、プログラムへの参加に苦痛を感じることもあった。しかし、N心理士が個別面接を並行して行い、そのような母親の気持ちを受け止め、励ましたり褒めたりすることで、ペアレント・トレーニングへの参加を継続することができた。面接では母親の体罰についても取り上げ、体罰を避ける工夫について話し合い、体罰を回避することもできるようになった。

そのほか、個別面接の経過の中で注目されたこととして、母親と祖母（母親の実母）との関係がある。母親は、来院の継続のために、下の子の保育所送迎などの支援者が必要となったが、祖母に協力を得ることに躊躇していた。しかし、N心理士の後押しもあり、試してみることとなり、個別面接に祖母にも来てもらい、A男の理解や育児支援をお願いするセッションをもつこととした。祖母との合同面接によって、母親自身も小さい頃からADHDの傾向がみられ、母親がA男にしているように、祖母はA男の母親に対して叱責を繰り返してきたことが明らかとなった。祖母は、A男と母親の現在の状況、そしてこれまで母親が祖母に抱いてきた思いをようやく知ることとなった。その面接以降、母親は下の子の保育所の送迎をはじめ、少しずつ祖母との距離を縮め、困ったときに助けてもらうようになっていった。

7. 多職種・他機関との連携

1）院内における多職種連携

院内では、主治医、看護師、MSW、M心理士、N心理士による週1回の定期カンファレンスや必要に応じてのカンファレンスを行った。

2）他機関（学校・地域の子育て支援センター）との連携

学校との連携においては、病院側はM心理士、学校側はスクール・カウンセラーが窓口となって情報交換を行った。病院からは、心理アセスメントに基づいた学習面や対人関係場面への合理的配慮や通級指導教室におけるSSTへの参加およびその経過報告の依頼等を行った。SSTの経過は、母親の個別面接においても報告があったが、A男は、クラスの友人たちとの遊びよりも、ルールの理解がしやすく、先生の仲介がある少人数グループで行うゲームやペアでの共同作業などが気に入り、はりきって参加したようであった。友達とのいざこざ場面ですぐ手や足が出て、大きな奇声を発していたA男であったが、回数を重ねるうちに一呼吸置いて言葉で交渉する場面もみられるようになった。

地域との連携については、MSWが窓口となって子ども家庭支援センターへ通告をした結果、子ども家庭支援センターが事務局となって、個別ケース検討会議（要保護児童対策地域協議会）が開催された。学校、学童クラブ、病院、保健センター、保育所、主任児童委員が集まり、情報を共有し、支援のあり方が検討された。各機関での情報を総合した結果、両親からの身体的な虐待と心理的虐待が疑われた。しかし、A男のADHDの特性に対して引き起こされている可能性も高いことから、学校、学童クラブ、保育所、主任児童委員を中心にA男と家族を見守り、病院と学校での支援を継続し、必要に応じて情報を共有するという方針になった。この会議がきっかけで、A男もかつて通い、当時妹が通っていた保育所からも母親への支援とともに、妹の行事に参加した父親に声をかけて様子をうかがうなどの協力を得ることができた。父親は、妹に対しては暴力をふるうことはなくかわいがっていたが、A男が学校でも家庭でも落ち着きを見せはじめると、A男に対する暴力もしだいに減っていった。

8. 心理士による支援終了時のA男の様子

A男とのプレイセラピーは3年生の1学期で終了となったが、母親の心理面接は、母親の希望と父親のマルトリートメントへの見守りを目的に、A男が小学校卒業するまで1学期に1回程度のペースで継続された。A男は、学校では友人関係や学業面で紆余曲折があったものの、通級指導教室の利用やスクール・カウンセラーの支援等を受けながら、通常学級に在籍し続けて無事卒業を迎えることができた。学校外では、小学校3年生の終わりから卒業まで学童クラブの友人に誘われて始めた空手にすっかりはまり、練習に休まず通った。「入学当初には想像もしなかったような粘り強さが出てきた」という母親の言葉が印象的であった。なお、卒業時には父親からの暴力はおさまっていた。

第2節　解説

1. 心理アセスメントとケース・フォーミュレーションのポイント

1）ADHDの診断・評価

ADHDは、不注意、多動性、衝動性の症状によって定義され、基本的には生来的・体質的な脳機能障害を背景とした発達障害の一つである。したがって、その診断・評価は、医師によりDSM-5に準拠した診断アルゴリズムに基づき、半構造化面接を実施して操作的診断が行われること、それに加えて、丁寧に聞き取った成育歴、家族歴、現病歴の結果と、医学的・神経学的諸検査および心理学的諸検査の結果を総合して「ADHDをもつ子ども一人ひとりの全体像」を捉えることができる診断・評価結果でなければならないことがガイドラインに示されている（齊藤2016）。ADHDの全体像をみることは重要であり、忘れてはならない観点である。

ADHDの評価を行っていく上での心理士の役割は、その心理学的諸検査の実施と評価を行うことである。その場合の諸検査として、第一に知能検査あるいは発達検査の実施は必須である。ウェクスラー知能検査、田中ビネー知能検査、新版K式発達検査がその代表である。知能（発達）検査の結果から、知的障害や学習障害等を示唆する指標を得ることもできる。なお、子どもの場合は、発達経過にともなう変化をみるために、適切な間隔（おおむね1年以上）を空けて繰り返し実施することも推奨される。さらに認知機能のより詳細なプロフィールを得るためには、KABC-Ⅱ、DN-CAS*、WCST*等の検査を適宜組み合わせたテスト・バッテリーを組み、実施する。また、支援に必須となる子どものパーソナリティ傾向などを知るために、描画（バウムテスト、HTP等）や投影法（PF-スタディ、ロールシャッハ・テスト等）などを実施することもよい。これらの検査により、子どものもつ能力や特徴を正確に把握し、引き起こされている現実の問題行動との関連を分析することが重要である。

2）ケース・フォーミュレーション

ADHDの子どもの場合、子どもの困った行動に悩み、困難を抱えている親をねぎらい支える心理的ケアやエンパワーメントが重要であり、子ども自身の支援にも有力である。そのためには、ADHDの理解や子どもへの対応について、親へのガイダンスが必要とされる。また、中には子どもの問題行動への対応の難しさによりマルトリートメントが引き起こされ、虐待対応の必要となるケースがあることから、十分な留意と適切な対応とが必要である。

子どもについては、ADHDによって引き起こされている日常生活の問題は、生物学的、心理学的、社会学的などの要因によりさまざまであるため、個々の子どものもつ問題を包括的に捉えることが重要といえる。子どもの年齢にもよるが、問題を子ども自身が自覚的に修正し、それによる喜び、達成感が得られるように支援を行うことが大切である。その際、問題行動の改善ばかりに目を向けるのではなく、叱責や非難によって傷ついたり自信を失ったりしている子どもの心情に共感し、情緒的な問題へのケアも忘れてはならない。

2. 心理支援のポイント

1）ADHDの子どもへのアプローチ

（1）情緒的な問題への介入

1990年代以降、応用行動分析法やSST、ペアレント・トレーニングの技法が実践され、またその効果が報告されるようになり、遊戯療法については懐疑的な見解が出されるようになった。それは、ADHDの症状は心因性の要因によるものではないことや遊戯療法による治療効果のエビデンスがないことなどの理由によるものである。しかし、ADHDの子どもたちのなかには、たび重なる失敗や周囲からの叱責やいじめ等により自己評価の低さや抑うつがしばしば指摘されている。そのような子どもたちには、遊戯療法によって情緒的な側面への介入を行うことが、その他の行動療法を実施する上でも有効と考えられる。

ただし、ADHDの子どもに遊戯療法を行う際には、通常のプレイセラピーの技法に修正が必要である。修正が必要な点について、クレーヴ（Cleve 2004）と佐藤（2016）の指摘を簡略に紹介しておきたい。

〈セラピーの初期の段階〉

・子どもによっては、遊具や素材が衝動性を刺激し過ぎる場合があり、そのような場合には遊具の種類や数を限る。
・「このプレイルームの中でセラピストと一緒に過ごすこと。その中では自分を傷つけることも、セラピストを傷つけることも、家具や遊具を壊すこともしてはいけないこと」を子どもたちが理解できる言葉で伝える。明確でわかりやすい枠組みを保つことが重要である。その際、子どもたちは何かやろうとすると制止されることをしばしば体験していることを念頭に置き、セラピスト自身の許容範囲を確かめる。

〈セラピーの中期の段階〉

・子どもたちが少しずつ穏やかになる時期。自分の激しい衝動性に向き合うことができるようになるが、セラピストは妥協せずしっかりとした枠組みを維持する必要がある。
・セラピストは、各セッションが子どもにとって安全を感じ自分自身に気付くことのできる場になることを心がける。
・同時に衝動の爆発を予防するためのルールや制限を設ける。この制限は、どのような状況になっても子どもとセラピストとの共同作業を可能とする環境を維持するためのものであり、ルールは個々の子どもに合わせてセラピストが修正する。

〈セラピーの終結期の段階〉

・子どもが自分の良い面を見出すことができるまで、子どもの良さを拡大する鏡となり、子どもの小さな前進を映し出し、それに対し名付けてあげる。
・セラピストは、子どもの思考と行動の意味がより堅固な構造をもつように仕向けるために、子どもの思考と行動の繋がりを反射し、行動を起こす前に考える必要性を伝えていく。現実に起こっている自分自身の問題が何であるかを知ることを援助していく。

（2）社会・行動的な面への介入

社会・行動的な面への介入については、アンガー・コントロールをはじめとする個人を対象とした認知行動療法（CBT）の有効性が示され、利用されるようになってきた。小集団 SST も有効な支援である。ADHD の子どもは、集団参加、集団行動、言語的・非言語的コミュニケーション、自己コントロールなどが苦手な場合が多いため、それらのスキルを伸ばすこと、また失敗経験を減らし、達成感をもたせて自己評価を高めていくことが重要である。子どもの場合は、参加動機を高め学びの般化を促進するために、ゲームなど遊びの要素を取り入れて楽しくスキルを学ばせることがポイントといえる。

2）親への支援

（1）知能検査等の結果のフィードバックにおける留意点

被検者である子どもとその親、子どもの保育や教育に関わる専門家に、検査結果や今後の見通しを伝えること、すなわちフィードバックが知能検査の最も重要な部分であるといえる。単に診断のための検査ではなく、子どもの支援に繋がるものでなくてはならない。したがって、子どもの日常の状態と検査結果を照合しながら、専門的な用語を使うのではなく、生活になじんだ言葉で理解しやすく説明することが大切である。一方的な説明ではなく、検査者と、親や子どもに関わる専門家が、互いの意見を交換しながら進めることを念頭に置く必要がある。

（2）親へのガイダンスの重要性

ADHD は、周りから認められにくい障害であるゆえに、子どもが示すさまざまな問題行動は、養育の責任者である親の育て方に問題があると判断されやすく、自責の念をもつ親（その多くが母親である）が少なくない。したがって親に対して最優先にすべき支援は、これまでの養育へのねぎらいと自責感情の解放といえる。そして、ADHD についての基礎的な情報、行動特性や対応等について正しく理解できるように支援することが求められる。

3. 連携協働のポイント

院内においては、主治医を中心として、多職種チームによる支援は欠くことができない。各々の情報が更新されたときには、できるだけ早期に全員で共有し合うことが重要である。また、定期カンファレンスが重要であるが、普段の何気ない日常会話も大切にしてコミュニケーションを図り、協働の雰囲気づくりを意識することも大切といえよう。

他機関との連携においては、子どもの場合は、保育者や教師など子どもの保育や教育に関わる専門家との連携は重要である。また、ADHDの子どもには、背景に親のマルトリートメントがないかの確認、早期発見・対応が重要である。2004年の児童福祉法改正に際して、被虐待児をはじめとする要保護児童等の早期発見や適切な支援を図ることを目的に、同法第25条の2に要保護児童対策地域協議会（要対協）を地方公共団体が設置・運営することが規定された。要対協では、各関係機関等が連携を取り合うことで情報の共有化が図られ、迅速に支援を開始することができる。支援に関連して協議すること、およびその内容は、法令に基づく正当行為として守秘義務違反や個人情報保護違反の違法性が問われない。A男の事例では、要対協での協議およびその後の見守りが、ケース対応への安心感を生み、子どもを多方面から保護する機能を果たしたといえる。

4. 対象の心理支援に際して習得しておくべき知識・技術など

ADHDの心理アセスメントにおいて必要とされる検査についてはすでに述べた。子どもひとりひとりのオーダーメードの検査バッテリーを組むためには、実施可能な検査のバリエーションを増やすことが望まれる。ただし、心理士にも人それぞれの得意不得意があり、また、習得するためには鍛錬や経験が必要であるため限度もあるであろう。自分が得意とする検査法をもつことは心理士としての自信に繋がるため、まずはその修得のための研鑽を積むことが大切ではないかと考える。職場に複数の心理士がいる場合は、互いの得意分野を活かして協働することができる。自機関では実施不可能な検査であっても、その検査が必須と認められる場合には、実施可能な他機関と連携して実施するという方法もある。

文献

・Cleve E（2004）*From Chaos to Coherence：Psychotherapy with a Little Boy with ADHD.* Karnac

・上林靖子監修、北道子、河内美恵、藤井和子編集（2009）『こうすればうまくいく発達障害のペアレント・トレーニング実践マニュアル』中央法規出版

・日本版WISC-Ⅳ刊行委員会（2010）『日本版WISC-Ⅳ　理論・解釈マニュアル』日本文化科学社、77.

・齊藤万比古編集（2016）『注意欠如・多動症――ADHDの診断・治療ガイドライン第4版』じほう

・佐藤至子（2016）「児童思春期の個人精神療法――遊戯療法を中心に」齊藤万比古編集『注意欠如・多動症――ADHDの診断・治療ガイドライン　第4版』じほう、283-288.

用語解説

ADHD-RS（家庭版／学校版）

デュパル（Dupaul, G. J.）らによって開発されたADHD Rating Scale- IVの日本語版。ADHDのスクリーニング、診断、治療成績の評価に使用可能なスケール。不注意と多動-衝動性のサブスケール各9項目が交互に編成され、4件法で評価。最近6ヵ月の家庭での様子（家庭版）と、同時期の学校での様子（学校版）の2種類がある。それぞれについて5歳から18歳までを、5～7歳、8～10歳、11～13歳、14～18歳に分けて、さらに男女別のカットオフ値を算出している。

DN-CAS（DN-CAS認知評価システム）

ルリア（Luria）の神経心理学モデルから導き出されたDas, J. P.による知能のPASS理論を基礎とする。「プランニング（P）」「注意（A）」「同時処理（S）」「継次処理（S）」の四つの認知機能（PASS）の側面から発達を捉える。

WCST（Wisconsin Card Sorting Test）

学習、記憶、法則性の認知や注意の転換（柔軟性）をみる検査である。

第3章

小児科でよくある不定愁訴の事例

黒田　舞（埼玉県立小児医療センター保健発達部）
成田有里（埼玉県立小児医療センター保健発達部）

第1節　事例の概要

1. 医療機関の特徴と心理士に紹介されるまでの流れ

B子ども病院は某県にある小児の総合病院で、約300床の第3次医療機関である。Z心理士（常勤・中堅）は発達支援部に所属しており、他に心理士は常勤2名、非常勤が3名いる。患児に原因のはっきりしない発熱や頭痛、腹痛等の症状が長引いてみられた場合、近医からの紹介で、患児はB子ども病院の内科系の科を受診する。頭痛や発熱であれば感染免疫科、腹痛であれば消化器科といったように、症状によって、紹介される科が異なる。内科系の科で問診、検査、投薬を行い、経過観察をしても主たる原因が見当たらない場合や、症状緩和がみられない場合、精神的な原因を疑われ、内科系の科の主治医から児童精神科に依頼が入る。児童精神科医が患児および養育者と面談を行い、心理アセスメント、プレイセラピーを含めた本人への治療等が必要であると判断し、患児と養育者の同意が得られると、心理士にそれらが依頼される流れとなっている。

2. 患児とその家族

A：10歳　女児（公立小学校4年生）。

父親、母親、兄、Aの4人暮らし。一軒家に住んでいる。同じ市内に父方の祖父母、母方の祖父母が住んでおり、母方の祖父母とは行き来があるが、父方の祖父母とは行き来がない。父は会社員で、平日の勤務だが、仕事は忙しく、土日も出勤することがある。平日に子どもたちと顔を合わせることはほとんどなく、会話も少ない。母親は専業主婦。兄が生まれてからは、家事と育児をすべてひとりで行っているような状況である。母親は、人づきあいがあまり得意ではないため、外に出かけることは少なかった。兄は公立中学校の2年生で、幼稚園から小学校低学年の時は多動が目立ち、他児とのトラブルが多かった。小学校2年生の時の担任からは、医療機関の受診も勧められたが、父親は必要性を感じないと受け付けず、受診はしなかった。その後、兄は徐々に落ち着いてきて、大きなトラブルもなく、小学校を卒業した。中学に入ってからは、学業不振が目立つが、部活は陸上部に所属し、毎日登校している。

3. 発達歴および現病歴

自然妊娠（周産期には特記事項はなし）39週2日、3,100g、普通分娩にて出生。その後の発達歴も問題なし。しかし、赤ちゃん時代から人見知りが強く、なかなか慣れなかったというエピソードがあった。幼稚園入園当初も、母親と離れる時に大号泣していたが、園生活に慣れてくると、一緒に遊ぶ友達もでき、楽しく通っていた。小学校入学後も特に問題なく、順調に登校していた。友達は数人いたが、放課後に遊ぶことはなく、家に帰ってきたらすぐに学校の宿題をやり、その後は家の手伝いを自ら積極的にするなど、手のかからない子であった。

4. 心理士が関わるまでの経過

X-1年9月、小学校3年生の夏休み明けに、Aは激しい頭痛を訴え、37度台の発熱がみられた。近医小児科では感冒の判断で投薬されたが、その後も朝は平熱だが、登校し、午後になると37度台後半になり、頭痛とだるさで早退する毎日だった。近医を受診しても熱が下がらないため、二次病院を紹介され、血液検査、胸部・腹部レントゲン、腹部超音波を実施し、異常はなかった。しかし、午後からの発熱は持続していたため、X-1年11月にB子ども病院の感染免疫科に紹介受診となった。感染免疫科では、血液検査、胸部・腹部・副鼻腔レントゲン、腹部超音波、頭部CTを行うが、いずれも異常はみられなかった。感染の兆候もみられないため、感染免疫科の医師からは、通常通りの生活を送ってよいと伝えられた。しかし、その後も、頭痛の訴えと午後からの発熱は続いた。このため、3ヵ月ほど経過したX年2月に、感染免疫科の医師より、母親とAに対して、頭痛や発熱の原因となるような器質的異常はみられないため、精神的な原因である可能性があることが説明され、児童精神科への紹介となった。

X年6月、児童精神科の初診では、問診票をもとに、主訴と発達歴の確認がなされた。母親の主訴は、「発熱などの体調の不良、学校に行けないこと」と書かれており、児童精神科の初診時のAは、ほとんど登校ができなくなっている状態だった。児童精神科医はAに質問をいくつか行い、Aは、質問には小さな声だが答えていた。その中で、Aは、特に家でも学校でも「困っていることはない」「学校に行きたいけど、熱が出てしまって行けない」と話した。母親は原因がわからないのに熱が出ることが心配であること、家だと、頭が痛い、お腹が痛いなどの訴えが多いと話した。母親はまくしたてるように医師に心配なことを伝え、Aはそれをじっと聞いているような状況であった。このため児童精神科より、心理士へ知能検査（WISC-Ⅳ）と描画法でのアセスメントとその後のAのプレイセラピーの依頼が入り、Z心理士が担当となった。

第2節　心理検査の実施

1. X年7月――心理検査時のAと母親の様子

検査には予約の時間通りに来院した。Aは、同年齢児よりも小さく、細めの体格だった。髪の毛は肩くらいまでで、きれいに一つに結んでいた。洋服は年齢相当のかわいらしい服装をしていた。母親も小柄で、きちんとした服装をしていた。母親は、Z心理士が挨拶をするとすぐに、「今日も体調が悪くて……頭が痛いと話しています。とても痛かったら途中でやめることはできるのでしょうか」と質問してきた。またAに対しても、「我慢ができなくなったら先生にちゃんと言うのよ。頑張ってね。ママはここで待ってるからね」と矢継ぎ早に伝えていた。Z心理士からAと母親に、体調を見ながら実施するということと、体調が悪くなった時は、中断することを伝えた。

検査室に入ったAは、大変緊張している様子で、表情はこわばっていた。今日はなんと言われて来院したか聞くと、Aは、「病院に行くとしか聞いてなかった」と答えた。検査では、Aは緊張しながらも、きちんと回答しており、体調が悪い様子は見せなかった。検査の前半では、声が小さかったが、Z心理士に慣れてくると、はっきりとした声で話せるようになった。しかし、難しい問題になると、語尾が聞こえなくなるなど、自信のない様子がみられた。

2. WISC-Ⅳの結果

「全検査IQ」は93だった。各合成得点は、「言語理解」90、「知覚推理」100、「ワーキング・メモリー」97、「処理速度」94だった。

全体の知的機能は「平均の下〜平均」の範囲に入っており、各合成得点間の有意差もみられなかった。合成得点の「言語理解」の「類似」では、何を答えるのかが理解できるまでは、満点の回答が得られず、「理解」でも、途中で表現をあきらめてしまうようなところがあり、多少、文脈や意図の読み取りにくさがあるようだった。「知覚推理」では、視覚刺激から言語に変換する作業は苦手そうで、「絵の概念」は点数が伸びなかった。「ワーキング・メモリー」や「処理速度」には、特に気になるところはなく、上手に対応することができていた。以上のことより、本児の知的能力は平均の範囲であるが、多少、言葉の上で、文脈を読み取ることが苦手なところや、言葉で表現することが苦手なところがあると考えられた。

3. 描画法――バウムテストの結果

WISC-Ⅳ検査後、Z心理士は、描画法として、バウムテストを実施した。Aは、「絵は好き！」と言って、特に抵抗なく、描き始めた。描画の筆圧は強めであった。「一本の実のなる木をかいてください」という教示にもかかわらず、Aは、真ん中に木を描いたのち、太陽と雲、さらに、中央の横に、左右一本ずつ合計三本の木を紙全体に描いた。実もリンゴやみかんだけでなく、本や鉛筆、猫を描いていた。枝は四方八方に勢いよく伸びているが、いくつかは下を向いていた。また、途中で切れている枝があり、その枝の上には、寝ている猫を描いた。樹冠部分は、もこもことしているが、てっぺんははみ出さないように丁寧に、紙の端のぎりぎりまで描いていた。地面は草で全面が覆われており、木の根元の部分は隠れて見えなくなっていた。

まず、Aの強い筆圧や紙全体に広がる描画からは、Aは、内的なエネルギーは高いことがうかがわれた。さまざまな付属品が描かれていたことは、Aがファンタジーに入り込みやすい傾向があるのではないかと考えられた。四方八方に向いてる枝は、環境に一生懸命に関わろうとする表れでもあろう。一方で、下向きの枝や、切れている枝とその上で休んでいる猫からは、Aの傷つき体験や自信のなさがうかがわれ、持っているエネルギーを現実生活に使いづらくなっているのではないかと考えられた。そして現実から逃れる意味でも、休みたいと感じている様子が受け取れた。また、樹幹部分が紙の端のぎりぎりまできていたことから、Aの中から溢れ出ようとするファンタジーを、自分でも抑えようとしているし、外の環境から押さえつけられているように感じているのではないかという印象を受けた。同様に、地面が草一面で覆われていることも、A自身の内面を外に出さないように抑えていると捉えられた。一方で、樹冠がもこもことした典型的な形をしていることからは、Aが周りに一生懸命に同調しようとしている様子がうかがわれた。

心理検査の最後に、Z心理士は、「次回から自分と一緒に遊んだりお話をしたりしながら、Aが困っていることが解決できるようにお手伝いをしたい。今困っていることはある？」と聞くと、Aは「頭が痛いのとお腹が痛いこと。それで学校に行けない」と答えてくれた。

第3節　ここまでの見立てとケース・フォーミュレーション

1. Aについての見立て

知的機能は平均の範囲である。言葉の理解も悪くなく、注意や集中力の問題もみられない。取り組みもまじめで良好である。しかし、場を読むことや、文脈を理解するという意味での言語理解がスムーズではないかもしれない。また、言葉での表現は苦手そうである。一方で、本来はエネルギーが高く、感受性も高い。ファンタジーも大好きなのであろう。しかし、環境や他者に合わせるために、ファンタジーやエネルギーの高さを抑制しているようである。言葉での表現が苦手であることも自己表現を難しくし、高学年になってきて生じる、女の子同士の仲間関係の難しさや複雑さに、A はうまく付いていけないのかもしれない。A は、何とかうまくやるために、さらに本来の A を抑制して適応しようとするため、それらの無理が生じて、身体症状が出現したのであろう。なぜ、A がそんなに無理をして頑張ろうとするのかについては、現時点ではまだ十分な情報が得られていないため、不明確である。この点は、今後の経過を見ながら、検討を深めていく必要があるだろう。また、母親側の要因として、母親の不安が非常に強いことも、A には少なからず影響しているだろう。それらが絡みあい、A の心因性の反応として、身体症状、不定愁訴に表れていると考えられる。

2. ケース・フォーミュレーション

A についての見立てをもとに、A の症状が緩和する方向に向かうよう、A だけでなく、多方面からのアプローチが必要と考え、ケース・フォーミュレーションを立てた。

1）A について

A に対しては、プレイセラピーを通し、まず、緊張せずに一緒にいられるような関係性を構築し、A の自己表現を促すような関わりを行っていく。A が自分自身の内面を、プレイセラピーという時間と空間の枠がはっきりとした場で表現して、それを Z 心理士が言語化し、A と共有することは、A の中にあるファンタジーと現実との境界を明確にすることができるであろうと考えた。また、A は言葉で自分の思いや気持ちを説明することが苦手であると考えられるため、遊びの中での A の気持ちを言葉で表現して返していくことや、A から出た言葉を再度 A に返していくことで、A 自身が言葉で自分のことをイメージできるようになるように支援し、症状の緩和を目指す。

2）母親を含めた家族について

母親は不安の強さから、A に対して、過干渉の様相がみられている。しかし、体調を心配する半面、「頑張ってね」という声かけや、Aに心理検査のことも伝えずに来院するなど、Aの不安を増強させているような面がみられる。Aへの対応と並行して、母親の不安の軽減とAへの適切な対応が、Aの症状の改善には必要である。また、家族背景が不明である。母親の不安はどこからきているものなのか、今までのAの育ちのことや、家族関係、夫婦関係を含めたアセスメントが必要である。母親の不安の強さが、生活に困難を生じさせていないのか検討し、場合によっては、母親自身の医療機関の受診を促すことも考える。

3）身体症状（医療）について

心理検査当日は、Aから症状の訴えはなかったが、身体症状はずっと続いている。感染免疫科医師と連携をとり、医師はどのように捉えているのか、本児の状態について直接聞いてみる必要がある。医師が症状に対して過度に反応しすぎる場合や、反対に、心因性といって症状に応じてくれないような場合は、かえって症状を増長させる可能性もあるため、児童精神科医も含め、医師、看護師との連携が必要である。

4）学校について

心理検査に来院した時には、登校が困難となっていた。小学校と連携を図り、Aの学業の状況や友達関係を含めた学校での様子を知り、今後の対応を協議する必要があるだろう。このまま不登校の状態が続くようであれば、適応指導教室の利用を進めていくなどして、Aが家に閉じこもりがちになることは避け、生活のリズムがつけやすくなるよう、家族、学校と連携していくことが求められる。

3. 方針

Aに対しては、年齢やAの様子から、2週間に1回の頻度で、プレイセラピーを行う。また、母親の面接も十分に時間をとる必要があるため、別の心理士が母親面接を行うこととし、W心理士（非常勤・中堅）が担当することになった。

Ａと母親、家族の了解を得たうえで、感染免疫科の医師、学校との連携を図る。

第４節　心理療法の経過

1. 第Ⅰ期　Ｘ年８月～Ｘ+１年３月：
プレイセラピーでファンタジーを表現していく時期

初回来院時、Ａは、検査実施時に会ったことなど忘れているかのように、非常に緊張している様子だった。部屋に入っても、いろいろあるおもちゃになかなか手が出せない。Ｚ心理士は、再度、ここではいろいろ一緒に遊びたいこと、遊ぶと気持ちが軽くなったり、楽しい気分になったりして、体が元気になってくるから、そういうお手伝いをしたいと伝えた。

２回目以降は徐々にリラックスしてきた様子がみられた。リカちゃん人形や、シルバニアファミリー、箱庭の人形等を使い、部屋全体を使って、さまざまなストーリーを展開していった。遊んでいく中でみつけた、お気に入りのキャラクターをＡが操作し、Ｚ心理士は、Ａの言うストーリーに合わせて、次々と出てくる動物や人形を動かしていった。お気に入りのキャラクター以外の登場人物は、ぞんざいに扱われることが多かった。毎回、扱われるテーマは異なっており、Ｚ心理士は、Ａのイメージの豊かさに驚かされた。戦争のようなストーリーの時は、敵と味方がはっきりせず、最後は、お気に入りのキャラクターだけが残り、あとは全員死んで埋められた。Ａのお気に入りのキャラクターが急に倒れて、みんな（Ｚ心理士担当）が世話をして助かる話もあった。Ｚ心理士は、Ａがイメージしていることを存分に表現して遊べるよう心がけた。

母親面接では、家族の中で、ＡのことよりもＡの兄のことで困っていることが話された。兄は、成績が悪いのに全く勉強しないため、母親はいつも兄に怒っており、大喧嘩になるということだった。兄は大声を出してＡにも命令が多く、気に食わないと物にあたることから、Ａは兄に対して非常に気を遣っていることが語られた。父親は子どもたちには無関心で、仕事のない日はパチンコに出かけてしまい、母親がひとりで対応してきたということだった。Ｗ心理士は、母親が今までひとりで育児も家事も担ってきたことをねぎらい、兄にふりまわされないために、どのように対応していくのか、兄の中学校のスクールカウンセラーに相談することなど、具体的な提案をした。W心理士は面接の中で、母親の生活自体は破綻していないことを確認し、うつや強迫的な症状もみられないと考え、母親自身の医療機関の受診については様子を見てよいだろうと判断した。母親は、医療者間や学校との連携に関しての受け入れはよく、Aも連携を嫌がっていないということで、院内での連携、学校との連携を進めていくことになった。

医療者間では、Aの症状は心因性が強いという見立てで一致した。心理療法がスタートすると、発熱はおさまってきたが、腹痛の訴えが増えてきたため、おなじB子ども病院の消化器科へ紹介された。そこでは、便秘からくる過敏性腸症候群という診断となり、整腸剤等の服薬、食生活を整えること、生活リズムを規則正しくすること等が提案され、Aと母親も了承した。

学校側に連絡をとったところ、学校側もAが体調不良を原因に不登校になり、どう対応したらよいのか困っているとのことだった。そこで、病院内で、関係者カンファレンスを開催した。カンファレンスには、担任、副校長、教育委員会の担当が来院し、病院からは、児童精神科医、Z心理士、W心理士が出席した。学校でのAは、大変おとなしく、ほとんど話さないこと、友達関係は悪くないが、いつも黙ってみんなの様子を見ているということだった。Aの体調不良の症状が強く、登校ができなくなっているが、病院には来院できていることから、学校以外の通える場所として、適応指導教室の利用を進めてもらうことになった。消化器科での経過についても学校に説明し、緊張等で腹痛が生じやすい児であることを説明した。母親の不安については、時々、担任と母親で面談してもらい、学校の様子を伝えてもらうこと、今は学校よりも適応指導教室に通えることを目標としていくことを確認してもらうことになった。

2. 第Ⅱ期　X+1年4月～X+2年3月：現実的な事柄が遊びの中で表現される時期

Aは小学校5年生から、適応指導教室に週3回、通うようになった。その頃から、遊びの中で、ファンタジーだけでなく、学校生活に近い話が表現されるようになった。そうするうちに、遊びながら、Aの方から、「緊張すると、お腹が痛くなるんだよね」と話すことがあった。また、「小学校３年生の時に、友達から、菌がうつるから来ないで、と言われた」と話した。Z心理士が母親はそのことは知っているのかを問うと、Aは、「ママには言っていないよ。言うと心配するし、学校に言っちゃうし、そうするとまた友達からも言われそうで嫌だったから」との答えだった。Z心理士は、Aがひとりで嫌な気持ちを抱えてきていたことを思い、Aをねぎらった。また、話してくれたことについて、話すことには勇気が必要だったと思う、大事なことを話してくれてありがとうと伝えると、Aも安心した表情になっていた。その後は、Aの方から、家の中の話も徐々に出てくるようになった。それによると、「前は兄が怒ると母と喧嘩になるから、兄の言うことを聞いていたし、母が兄に言う分も自分が手伝っていたけど、今は、兄は部屋にこもっているから、前みたいに自分に命令もないし、母親と喧嘩にならないからよかった」ということだった。

W心理士との母親面接では、母親は、Aの前で兄と喧嘩になったり、Aに兄のことの愚痴を言っていたことが語られ、それはAにとって負担であっただろう、ということも気が付けるようになった。また、兄には期待できないと思っていたので、Aには学校にちゃんと行って勉強してほしかったが、Aが症状を訴えて学校に行けなくなり、非常に不安だった、Aに対しても、自分が過剰に期待していたことに気が付いたと話された。W心理士は、そう思うことは当然であることを伝えながらも、兄のことは兄のことで対応し、Aについても、家の中でAの思いが言えるよう、今、Aができていることを褒めたり認めてあげられると良いのではないかと説明した。助言を受けて母親は、Aの症状にばかり目を向けるのではなく、Aが飼い犬の世話をしてくれたり、料理の手伝いをしてくれたりすることに「ありがとう」と伝えるようにすると、Aの方から、適応指導教室での話などを、母親にしてくれるようになったとのことであった。兄の方も、成績は振るわないものの、学校側の兄の評価は決して悪くなく、受験できる高校があることもわかり、母親はだいぶ安心したようであった。

3. ここまでの見立てとケース・フォーミュレーション

プレイセラピーが始まる前は、なぜ、Aが無理をしてまで頑張らなければならなかったのか十分はわからなかったが、ここまでの経過の中で、兄のことで困っている母を、Aが支えようとしていた様子がうかがわれた。母と兄の喧嘩がエスカレートし、父は母を支える様子がみられないため、Aは、さらに母の期待に沿って、母を支えるよう、頑張らなければならなくなったのであろう。しかし、学校で悪口を言われてからは、友達関係も難しくなり、徐々に「いい子」を演じることの負担感ばかりが増していったと考えられる。心理療法の経過の中で、Aが学校に行けなくても、母親がAのやっていることを褒めてくれたり認めてくれたりすることで、Aは過剰な頑張りをする必要がなくなり、症状が和らぎ、適応指導教室にも通えるようになったと考えられる。

Aは、プレイセラピーの中で、ファンタジーを十分に表出していくことで、理解されているという安心感と充足感を得ることができ、現実世界にもだいぶ目が向くようになった。さらに、自分自身についての出来事を言葉で表現することも増えてきた。年齢的・発達段階的にも、徐々に言葉での面接が可能になってくる時期である。そこで、今後は、A自身が、症状をどのように捉えているのか、また、Aがどうなりたいと思っているのか、聞いていく必要があるだろう。Aが自分自身の症状について理解し、体調を調節できるような、具体的な対策を一緒に考えることで、中学校という新たな環境に入っていくことの準備を進めていく。

母親も、兄やAに対して、過剰に期待していたことを自覚するようになった。そのことで、母自身の不安を、子どもたちにぶつけるようなことは少なくなったようであった。母親の不安が軽減し、母親が、Aが今現在やれていることに、目を向けられるようになったことで、Aの方も、家の中で頑張りすぎずに生活ができるようになったのだろう。引き続き、W心理士は、母親が何を不安に思うのかを聞き、具体的な対応を考え母親を支えていく。

Z心理士とW心理士の間では、Aが小学校3年生の時に「菌がうつる」など友達から言われたことについて共有をしていたが、母親は全く気が付いていないようだということを確認した。学校側も把握はしていないだろう。本来は、そういうことがあったという事実を、せめて母親とは共通認識として持っておきたいところであるが、Aは望んでいない。しかし、小学校6年生からは、Aは学校に戻りたいという希望もあることから、学校側に現在のクラスの状況がどういう雰囲気になっているのかを確認し、先に対応できることがあるかどうかを検討した方がよいだろう。一方で、Aの腹痛は続いていることから、授業や行事で腹痛が生じた時、具体的にどういう対応ができるのか等も相談するために、カンファレンスを行った方がよいだろうということになった。

4. 第Ⅲ期 X+2年4月～12月：現実的な話と自分の症状に気が付いてきた時期

上記のケース・フォーミュレーションを受け、小学校6年生にあがる前に、学校とのカンファレンスが行われた。母親が同席を希望したため、カンファレンスは、母親、Z心理士、W心理士、児童精神科医、学校からは、副校長、学年主任、適応指導教室の担当教員が出席した。腹痛が生じた場合には、Aが担任に話して保健室で休ませてもらうことや、1学期の最初から全部登校するのではなく、最初は2時間程度の登校とし、大丈夫であれば、徐々に時間を延ばしていく形をとることを話し合った。Z心理士の方から、Aは、他児から何か言われるのではないかということをとても心配していると伝えると、学校側でも、子どもたちに、Aはクラスでみんなと一緒に勉強したいと頑張っているので、登校時間が短いことや腹痛は、決してズルしているのではない等を説明していきたいということであった。母親は、学校側が対応を考えていることがわかり、安心したようだった。

Aは、小学校6年生より、毎日、学校に登校するようになった。事前に学校側と打ち合わせしていた通り、最初は、2時間から始めて徐々に時間を延ばしていき、1学期の終わりには、登校班で登校し、最後まで授業も受けられるようになった。一方で、Z心理士には、友達関係でとても気を遣っていることや、またいじめられるのではないかという不安を話すようになった。実際のやり取りの中で、どういうところで困ったのか、Aは本当はどうしたかったのか、など、より現実的な対応について、Z心理士と話し合いをすることができるようになった。

Aは、小学校3年生の時に、嫌なことを言われたことについて、「私が教室で何も話さないで暗かったから言われたんだと思う」と話した。あの頃のようなことが二度と起きないように、今はいつもニコニコして、明るい人になるように頑張っていると話した。Z心理士は、いつもニコニコして無理をしすぎてしまうと、より強い症状（今は腹痛）になることがあるから、ある程度自分を表現することも必要だと説明した。そのような話し合いの中で、Aは、「この友達との関係ならあまり気を遣わないかも」と、気が付けるようになった。また、自分がどういう状態であると、どれくらい疲れているのか、ということを、段階を付け点数化した。そうすることで、どこまでは頑張れて、どこからは頑張らない方がよいのかを考えることができた。症状については、絵や図を使い、Aの症状の出現についての理解を進めていった。

その後、中学に入学し、中学でも、Aは毎日登校ができた。Aは、またいじめられないかという不安や、成績への不安を訴えるようになったが、病院のために学校を早退したり、休んだりしたくない、という思いを話した。実際の友達との関係は良好なようで、Aは気を遣いながらも、言いたいことは言っているということだった。Z心理士は、Aに、上手にやれていて本当にすごいと思う、頑張りすぎることが心配だが、Aがやれていることは、嬉しく思うと伝えた。

母親面接では、兄の高校入学が決まり、兄と母の喧嘩がほとんどなくなったことや、Aも登校を継続できていたため、母も肩の力が抜けたと話し、不安がだいぶ軽減したようであった。父親についての不満はあるものの、それを子どもたちの前で出すことはせず、割り切って生活できるようになったようだった。Aが心理療法よりも学校を優先したいという希望を話していたため、母親もできれば病院は終了としたいという希望を話した。

このため、児童精神科医、Z心理士、W心理士とで、今後のことについて、カンファレンスを行った。Z心理士は、もともとのAの緊張の強さや不安感はまだあるのではないかと思っており、今後、状況によって、症状が強くなったり、不安が強くなるのではないかと考えていた。W心理士も、Aの状況や兄の高校生活の状況で、母親の不安が強くなる可能性があると話した。しかし、Aの意思と異なるところで心理療法を続けていても、良いことはないだろうということと、母親もだいぶAを支えることができていたことから、何かあればいつでも連絡してほしい旨を伝え、中学1年生の冬休みで、ひとまず終結することになった。中学校と連携をとることについても、現状では必要はないだろうということで、様子をみることになった。

院内では、消化器科は定期的に通院して、服薬もしていたが、飲み忘れることも多かったようである。児童精神科、ならびに心理療法の通院がひとまず終了となることを受けて、消化器科も近医で診てもらうことになり、近医への紹介状を出してもらって、B子ども病院での治療は、全ての科で終診となった。

第5節　解説

1. 心理アセスメントのポイントとケース・フォーミュレーション

小児の場合、身体症状は、本人の発達の特性、家族の要因、学校環境の要因等、いくつもが絡んでいることと、それらが成長段階で変化が大きいという特徴がある。特に、進級や進学にともない、環境が大きく変化する。最初の心理アセスメントとケース・フォーミュレーションから、環境や状況の変化により、ケース・フォーミュレーションも変化させていく必要があるであろう。

今回、Z心理士がAのプレイセラピーを担当し、W心理士が母親の担当として、母親の不安の軽減に努めた。小児の場合は、本人の支援と、母親あるいは主な養育者の支援は、車の両輪のように、常に一緒に進むことが望ましい。子どもは、母親や家族の影響を多分に受けているためである。心理士が母親を支えることで、母親は子どもを支えることができるようになる。今回は、心理士がふたり以上いる施設であったため、担当を分けることができたが、病院によっては、心理士がひとりしかいないことも多いであろう。その場合でも、子どもと母親と、それぞれの時間を分けて、面接が行えることが望ましい。あるいは、医師が母親面接を担当して行う場合もあろう。重安（2016）らは、環境調整を行う小児科医が保護者の面接を行い、具体的事項を相談するという、親子並行面接の有用性を述べている。心理士の働く医療現場の状況により、構造や役割を柔軟に変化させ、子どもとその家族を支えるために望ましい形を作っていけるとよいであろう。

次に、身体症状についてであるが、今回の事例では、身体を診てくれる科の通院や服薬をしていても、身体症状の軽減は得られなかった。しかし、身体を大事にするという意味でも、また症状緩和のためにも、身体を診てもらえる科に通院を続けることは必要である。一方で、身体症状だけに強く注目することは、疾病利得を強化させ、かえって症状を長引かせることになる。症状が心因性であることが明確になった時には、身体を診ている科が、心因性であることを説明し、症状には適切に対応していくことが大切である。今回の事例は、身体を感染免疫科や消化器科が診ていたが、通常の病院であれば、小児科医師や、内科医師がその担当となろう。そして、子どもによっては、なかなか症状は消失しないけれども、活動範囲は広げていけることがある。学校に戻ることだけにとらわれず、身体症状がありながらも、現実生活を少しずつ進めていけることが目標となろう。

2. 心理支援のポイント

今回の事例のように、身体症状がみられるが、身体の異常がない場合は、心身症として捉えることができる。日本心身医学会は、心身症を、「心身症とは身体疾患の中で、その発症や経過に心理社会的因子が密接に関与し、気質的ないし機能的障害が認められる病態をいう。ただし、神経症やうつ病など、他の精神障害に伴う身体症状は除外する」（1991）と定義している。さらに、小児の心身症の特徴として、高木（1991）は、①心身発達の未熟性／未分化性からくる精神と身体、自我と環境との境界の曖昧さ、②環境要因が直接的誘因となりやすい、③成人以上に体質／気質の影響性が強い、④発症の機序が単純で一過性であり、かつ症状を繰り返す反復性がある、⑤成長発達に伴い、症状は変動する、⑥病識が乏しい、という６点を挙げている。これらの特徴に対応していくことが、心理支援のポイントとなろう。特に心理療法では、まずは、①の未分化な状態への対応をし、境界を明確にしていくことと、成長発達に従って⑥の病識への対応を行い、③の自分自身の体質や気質とうまく付き合いながら、④⑤の症状の軽減を目指し、本人の希望に合わせた現実生活が送れるようになることが目標となろう。

今回のＡは、まずプレイセラピーの中で、抑制していた攻撃性や承認欲求、不安や恐怖といったテーマを、ファンタジーを通じて表現していった。ファンタジーは、現実生活からかけ離れている虚構の世界ではあるが、一方で、Ａが豊かな想像力を持っているからこそ、生み出すことのできる世界であり、Ａの持っている内的な力である。川井（1990）は、「遊ぶことは現実との間に距離があること、そしてたとえ虚構の世界をつくり、行為していたとしても、それをそうと認識しているからこそ、現実との間にきちんとした境ができる」と述べている。このことからも、プレイルームという枠の中で、意識的にファンタジーを表現することが、自我と環境との境界が明確になっていく作業へと繋がっていったと考えられる。そして、A の表現しようとするファンタジーを Z 心理士と共有することで、A は充足感や安心感を得ることができ、次の段階である、現実的なテーマの中の葛藤を、遊びの中で表現できるようになったのであろう。その後は、悪口を言われた体験や、家の中での難しさも語られるようになり、遊びを介さなくても、環境的な要因に絡んだ不安や葛藤を、直接言葉で話せるようになった。そこからは、自然と、言葉での面接が中心となり、認知行動療法的な視点も取り入れた対応となっていったと考えられる。

今回の事例のように、小児でプレイセラピーから治療を開始した場合、当初は明確な治療契約が取れず、子ども側は、心理士と一緒に遊ぶことを目的に来院しているであろう。しかし、子どもの成長や年齢が上がるにしたがい、遊びの中でも、言葉で表現できるようになることも多い。このように、言語での面接が可能になってきた時には、何を目標にし、相談をしていくかを、心理士と子どもで共通認識をしていく作業が必要であろう。そして、症状の強さと、子ども自身の症状の認識によって、また、どの程度、現実生活への適応を目指すのかによって、気持ちに焦点をあてることを中心とした面接になるのか、認知行動療法的な面接になるのか、現実的な問題をより具体的に話し合う面接になるのか等を検討し、その時々に合わせた柔軟な対応で、子どもの心の成長を支えていくことが大切である。

3. 母親、家族支援のポイント

今回、母親の不安が強かったため、W 心理士により、母親面接が行われた。母親面接では、十分に母親をねぎらうこととあわせて、母親の不安の原因がどこからくるのか、検討する必要がある。今回の事例では、母親の不安は、兄と母親との関係や、A の症状や不登校から来ており、母親自身の問題よりも、状況に大きく影響されている不安と考えられた。母親は、兄のことでうまくいかないと感じ、母親としての役割への自信が失われ、それがAへの過剰な期待になっていたと考えられる。本来は、兄は治療対象者ではないが、母親と兄の関係が落ち着かないと、Aと母親との関係も改善しないため、兄についての話も聞いていく必要があった。心理士は、家族内のパワーバランスを考えながら、母親をエンパワーメントし、相談にのる必要があるだろう。

しかし、残念ながら、今回の事例では、父親が登場せず、影が薄いままであった。それでもAの症状は改善され、母親の不安も落ち着き、母親としての自信を取り戻せていったのは、母親の健康的な面が、W心理士との面接により十分に発揮されるようになり、子どもたちを支えることができたためであろう。もう少しW心理士との面接期間が長ければ、夫婦間の問題も顕在化し、Aとの関わりを考える上でも、取り扱わなければならない問題であったであろう。

岡田（2013）は、小児科医師が心身症の子どもの保護者を支援する時のポイントとして、①家族の機能を評価する、②受診をねぎらい、「困り感」を共有する、③できていることを認める、④具体的な対処方法を一緒に探す、⑤支援者、社会的資源に繋いでいくことをあげている。今回の事例の母親面接でも、このポイントに沿って、保護者面接が行われていたといえよう。保護者面接は、目指すところが、保護者自身の問題の改善ではなく、子どもの問題の改善であることから、通常の心理療法とは異なっている。これらのポイントを頭に入れながら、保護者担当の心理士は、保護者が、保護者役割としての内省を高め、自信を回復していく支援ができるとよいと考える。

4. 連携のポイント

今回の事例での連携は、一つは、院内の身体症状を診ている科との連携があった。今回は、身体を診ている科と心理の方向性は同様であったが、場合によっては、それぞれの立場の違いから、方向性が明らかに異なる時もある。そのような場合は、院内関係者のみのカンファレンスを行うことも必要である。子どもの症状についての共通認識を持ち、身体症状を診る科と心理療法の関わりが矛盾しないことが重要である。児童精神科医師には、随時、プレイセラピーや母親面接の経過を伝えていく。その中で、Aの不安や抑うつが強くなった場合や、不眠、食欲不振等が出てきた場合は、児童精神科医に服薬についての相談をすることが必要である。

もう一つの連携は、学校であった。学校側に、A についての理解を求めることは大切である。学校によっては、登校刺激を強く与えてしまい、子どもがそれに沿えなかった場合、子ども側のネガティブな自己認識をさらに強く生じさせかねない。心理療法を行いながら、子どもの発達を見守り、状況に応じた対応を柔軟に行う必要があるだろう。

また、身体症状を診ている科と学校との橋渡しを行うのも、医療で働く心理士の役目である。家族もそうであるが、学校側も、身体症状に関連した体の異常がみられない場合、症状は「怠け」であるとか、「休みたい」「さぼりたい」ための言い訳であると捉えてしまうことがある。心理士は、身体症状は子どもの SOS のサインであり、子ども自身は症状によって大きな苦痛を感じているため、それには誠実に対応してほしいことと、一方で、大げさに心配しすぎず、一貫した対応がとれるよう、学校側に説明する必要がある。

今回の事例では登場しなかったが、学校にはスクールカウンセラーがいる。スクールカウンセラーと病院の心理士とは、役割をしっかり分担すれば、問題点は生じない。そのためにも連携は必須である。スクールカウンセラーには、学校生活での具体的な困りごとへの対応をしてもらい、病院の心理士は、症状や症状にまつわることに対応していくという分担が多い。学校側と病院側でよい関係が築けるよう、心理士同士がタッグを組めると、なおよいであろう。

5. 対象の心理支援に際して修得しておくべき知識・技術など

小児の不定愁訴は、言葉での表現が十分ではないため、今回の事例のように、実際の身体症状に出る場合が少なくない。心因性と関連のみられることが多い、頭痛、過敏性腸症候群、起立性調節障害、機能性ディスペプシア*、慢性疼痛などの疾患についての知識は修得しておくべきであろう。

背景にある要因は、さまざまである。本人の問題としては、発達障害の二次障害として症状が現れることがある。特に、自閉症スペクトラム障害の感覚の問題が加わって、症状がより強く出ている場合は、診断はなくとも、発達障害としての対応を行うことで、症状緩和に結び付く場合がある。小児科領域で働く心理士は、発達障害をアセスメントする力は必須である。また、家族背景として見逃してはいけないのは、虐待やDVの問題である。トラウマの症状として、身体症状が出ていることも多い。症状の緩和がみられない、あるいは悪化するような時や、面接を重ねても家族背景が見えにくい場合は、特に注意してみる必要がある。

文献

・岡田あゆみ（2013）「育児環境として親子のあり方――小児心身症外来で気づくこと」『日小医会報』89-96.

・コッホ、K.（2010）『バウムテスト　第3版』岸本寛史、中島ナオミ、宮崎忠男訳、誠信書房

・川井尚（1990）『母と子の面接入門』医学書院

・重安由恵ら（2016）「小児心身症外来における心理治療――小児科医と臨床心理士の共同診療」『子の心と体』24巻4号、7457-7461.

・高木俊一郎（1991）「小児心身症の発症機序とその特徴」『小児内科』123巻、6-11.

・高橋雅春（1974）『描画テスト入門――HTPテスト』文教書院

・日本心身医学会教育研修委員会編（1991）「心身医学の新しい診療指針」『心身医学』31巻、537.

用語解説

機能性ディスペプシア

症状の原因となる器質的、全身性、代謝性疾患がないのにもかかわらず、慢性的に心窩部（しんかぶ）痛や胃もたれなどの心窩部を中心とする腹部症状を呈する疾患。症状としては、吐気、気持ち悪いという訴えとなる。

第4章

アディクション（ゲーム障害）の事例

三原聡子（国立病院機構久里浜医療センター）

第１節　不登校のはじまり

1. 事例および家族の概要

A君：初発時14歳。中学2年生の男子。やせ型中背。色白でやや神経質そうだが、時折、自然な笑顔も見せる。父（48歳。内科開業医）、母（48歳。家業手伝い）、妹（A君より3歳年下。小学5年生）の4人暮らし。父方の親族は医師が多く、父方祖父（80歳）も父の兄（52歳）も医師をしている。A君宅から車で10分くらいのところに母の実家があり、母の原家族は、祖父（76歳。メーカー勤務後定年退職）、祖母（74歳。専業主婦）、おば（50歳。既婚）である。

2. A君の生活歴

関東近郊のB県で生育。ゲームをはじめたのは、幼稚園の頃、母方祖母が買い与えたのがきっかけであった。その頃、医師である父の開業を手伝い働く母の代わりに、祖母がA君を幼稚園へお迎えに行き、母が帰ってくるまで面倒を見ていた際に、母に断らずに祖母が買い与えていた。携帯ゲーム機を買い与えるとすぐにゲームに夢中になり、他のことをして遊ばなくなるほど小さい頃からゲームが好きだった。

幼稚園で時折、他の子と喧嘩になり、一度は女の子に手が出てしまって、母が謝りに行ったことがあったが、母は「男の子はそんなものかな」と思っていた。小学校に入ってからも、時折、友達と喧嘩になることがあった。勉強に関しては、中学受験を目指し、小学4年生から週5日塾に通っていた。宿題は苦手で、手をつけられず提出できないことも多かったが、テストでは良い点が取れていた。同時期に土日はサッカーチームに入り、楽しく通っていた。しかし、塾やサッカーから帰るとすぐにゲームをし、時折、ルールである夜9時になっても止めることができないことがあった。中学受験時には半年前からゲームを封印した。

3. 現病歴等

第1志望だった私立中高一貫の進学校に入学。合格発表とともにゲームを再開した。それまでゲームは携帯ゲーム機でやっていたが、電車で通学しなければならない中学に進学し、何かあったときの連絡用にスマートフォンが必要だと本人が主張し、合格祝いとして春休み中にスマートフォンを購入した。するとスマートフォンでのゲーム時間が延びていった。サッカー部に入部。中1の時はクラスの中で目立つグループに入り、楽しそうにやっていた。中2になり、担任の先生が合わないとこぼすことがあった。中学2年のX年5月のゴールデンウィーク明けに「成績が下がってきた。勉強と両立が難しい」と突然、サッカー部をやめてしまった。それ以降、ゲームの時間が延び、夜中、時には明け方近くまでゲームをするようになった。それでも学校には行っていたが、三者面談で「授業中も休み時間もずっと寝ている」と指摘された。母が厳しくとがめると「うるさい」といって、ますますゲーム時間が延びていくようになり、時折、学校を遅刻したり、休むようになった。

母親が30代前半の女性のスクールカウンセラーに相談。スクールカウンセラーからは、母親に対して本人のゲームを頭ごなしに否定しないこと、また、本人から話を聞いてみたいので、本人に来談するよう勧めてみてほしいと助言があった。

しかし、その後もますます欠席の日は増えていき、冬休み明けから学校に行かなくなってしまった。さらに、母方祖父母宅から30万円を盗んでゲームに課金していたことが発覚した。母がスクールカウンセラーに相談したところ、スクールカウンセラーが担任も交えての話し合いの場を設定した。本人は話し合いの場に来ることを嫌がったため、本人不在での会議となった。会議には母親、担任、学年主任、スクールカウンセラーが参加した。20代後半の男性の担任からは、何か学校の方で本人が来たくなくなるような問題がなかったか、探ってみたいとの話があった。学年主任からは、学校に復帰してきた際には、段階的に登校時間を増やしたり、保健室登校での対応もできるとの提案があったが、このまま欠席が続き、出席日数が足りないと、付属高校に上がったとしても進級することは難しいので、他の高校への進学を考えてほしい、保健室登校からでもよいので学校へ来るようにと話があった。母親は、せっかく受験を頑張って入学した中高一貫校なのでなんとか付属高校へ進学してほしい、夜中まで楽しそうにゲーム仲間と話しながらプレイしているので、何か学校に原因があるというよりもゲームに依存している状態だと思うと述べた。

そこでスクールカウンセラーからは、①ゲーム障害の専門病院があるので、A君を受診させてみてはどうだろうか。精神科の病院を受診させることに抵抗があるかもしれないが、A君の状態が「依存」なのかどうなのか専門家の診断も受けられるし、身体に問題が生じている可能性もあるから、身体の検査も受けてみてはと提案があった。また、②病院に行って心理検査を受けることで、彼の特徴がわかり、その後の対応の仕方のヒントが得られるメリットもあると話があった。さらに、③病院を受診する際にいきなり本人を連れて行かず、まずは親御さんだけで受診して、主治医の先生の方針を確かめたり、本人を連れて行く方法を相談してみてはとアドバイスがあった。対応の仕方に困っていた母親は同意した。

4. 精神科受診後の経過

初回は母親のみで家族相談として病院を受診した。インテークは20代の女性心理士が担当した。本人にはこの日受診することを話していなかった。母親は、A君について今までの様子を書いてきたので読んでほしいと言って、A4の紙に数枚にわたり幼少期からの本人の細かい生活歴を書いてきたものを心理士に渡した。心理士は、「いただいた生活歴についてはあとで読ませていただく。書いてくださったことと同じようなことを伺うかもしれないが、ここでは口頭でお話しいただきたい」と伝えた。

母親はそれまでの不安を吐き出すように、まとまりなく早口で話し始めた。母親によると、小学校の頃から朝起きるのは苦手だったが、最近は夜遅くまで起きていて朝いくら起こしても起きられないとのことだった。思い返すと小さい時から衝動的に言動に出してよく周りの子と喧嘩になっていた、今回ももしかしたら友達とのトラブルがあったのかもしれないが、尋ねても本人が話をしないとのことだった。また、学校から、このまま休みが続くと付属高校には進学できないので、他の学校を探してもらうことになると言われたことが母親としてはショックだったと述べた。進学について本人の意向を聞こうとすると、「うるさいな」と怒鳴るので話にならない、どのように聞き出したらいいかわからないとのことだった。そして、祖父母からも暗に言われるのだが、本人が小学校の時、母親があまり遊ぶことを許さずに塾に行かせたり、勉強を厳しくさせたことがいけなかったのではないか、その子がこのような状態になったのは私のせいだと自分を責めてしまうと母親は涙ぐんだ。心理士は、母のこれまでの関わりをねぎらい、ゲーム依存は母のせいではなく、本人の特性や学校でのストレスなど、さまざまな要因が絡み合って形成されるものであることを伝えた。

インテークが終わり、心理士が「何か質問はありますか」と問うと、母親から、もしも本人を連れてきたらどのような流れになるのかという質問があった。心理士から、引きこもっていることで深刻な身体の問題が起きていることがあるので、そのチェックのために、まずは精神科主治医の診察を経て、身体の検査をしていくのが一般的な流れであることを伝えた。また、肺活量の低下や骨密度の低下などの検査結果の数値を示すことで、身体に問題が生じていることが示されると、本人にとって通院の動機づけになることが多いと説明した。

同時に、例えばうつがあって他のことができないからとか、社交不安があって現実の人間関係がつらくてゲームにのめりこんでいるなど他の精神科的な問題によってゲームにのめりこんでいることがあるので、主治医の指示のもと心理検査をしてチェックしていくことになるだろうと伝えた。さらに、心理検査終了後、次の診察の際には心理士の方から 30 分くらいかけて心理検査の結果を伝える旨を伝えた。

母親からはさらに、心理検査のフィードバックは親も聞いてよいのかと質問があった。A君の父方祖父母にあたる義理の両親から結果をよく聞いてくるようにと言われているとのことだった。心理士は成人の場合には本人の許可がないと親御さんには結果を伝えないことにしているが、未成年の場合には親御さんや本人の意向を伺いながら、本人にとって一番良い方法を相談しながら決めたいと話した。

また、母親は本人が診察で本当のことを言うと思えない、本人がいないところで別途話を聞いてもらえるのかと不安を訴えた。心理士から、母親の心配はよくわかるが、自身の依存行動について嘘をついてしまうのは依存の特性でもある、本人が来院した際に、親御さんだけで診察室に入っていただいて話を伺うことはできるが、まずは本人と信頼関係を築くことが大切なので、その点については主治医の先生と相談いただきたい旨を伝えた。

診察では40代の男性主治医が成育歴、現病歴などを聞いていった。そのうえで、本人の特性を把握するために心理検査を受けた方が良いと思われることが伝えられた。また、不登校で身体を動かしていないと、肺活量や骨密度が低下したり、エコノミークラス症候群など深刻な影響が出ている可能性もあるのでさまざまな身体の検査をしてチェックした方が良いのではないかと伝えられた。その中で、本人がゲームにのめりこんでいる要因を把握し、適宜、心理士による個人カウンセリングやデイケア、必要があれば合併精神障害に対する薬物治療や入院などの方法を選択していくことが伝えられた。

母親からは、「本人がゲーム依存であることを認めていないので、どのように受診を促したら良いかわからない」と質問があった。それについては主治医からは、本人が受診しないと断定はできないが、ゲーム依存の定義として、依存行動と日常生活に問題が生じていることがあるのだが、学校に行けなくなっているという問題が生じていること、問題が生じているにもかかわらずゲームを優先させる依存行動がみられるので、話を伺った限りではゲーム依存の状態にあるのではないかと思うと伝えられた。

まずは本人がゲームをしていない穏やかな時に話をすること、本日の受診のことは本人が落ち着いている時に、ポジティブに伝えてみてほしい、そのうえで、病院は無理にゲームを取り上げたりする場ではなく、一緒に今後のことなどを考えていく場であることを伝えるように話があった。また、本人にゲーム依存を認めさせようとするよりも、「私はこう思うんだけど」というI（アイ）メッセージの形で伝えること、身体問題の方からアプローチしてみてはとのことだった。母親は「それならできそうな気がします」と、少し安心したような表情で帰っていった。

その夜、夕飯のためにリビングへ降りてきた本人が穏やかそうであったため、母親は話を切り出した。専門病院へ行ってみたことを伝え、母親から見て信頼できる先生だと思ったこと、ゲームを取り上げるのではなく一緒に上手な使い方ができる方法を考えてくれる病院だと言われた話をした。そして「私は学校に行かなくなってからあまり動いていないあなたの身体のことが心配なの。病院に行くと血液検査や骨密度の検査、体力検査など、いろいろな身体の検査をしてくれるみたいだから、健康のチェックのためにも病院に行ってみない？」と誘った。本人はやや考えて、ゲームのことは人に何を言われても変えるつもりがない、でも身体の検査には行っても良いと、受診に対して一応の同意を示した。

母の初診から約2週間後、両親につきそわれて本人が受診した。母親のみの時と同じ20代の女性心理士がインテークを担当した。父親は朗らかな印象で、心理士に丁寧に挨拶をした。はじめ、本人は不信そうで、心理士の問いかけにも「別に」と言ってあまり語りたがらなかった。母親は前回よりは落ち着いた様子に見えた。母親がこれまでの経緯や現状の説明をすると、母親の話に対して時折、本人が「違う」と語気を荒らげ、父親が本人をたしなめる場面がみられた。このため、心理士は「できれば別々にお話を伺えたらと思うのですが」と親子にことわり、親子別々に話を伺うことにした。

心理士は本人のみを部屋に呼び入れ、改めてこの病院はあなたのスマートフォンを一方的に取り上げたり、ゲームを禁止したりするところではないこと、あなたが困っていることを一緒に考えたいと思っていることを伝えた。一人になると、本人は、割合素直にとつとつと話し出した。

本人によると、今は一日中ゲームをしている。やっているゲームでは毎週、大会があるのだが、アジアで100位以内に入ったことがあるとのことだった。有名なゲームだったので、心理士が「そのゲームをやっている子はたくさん外来に来ているが、100位以内に入るなんてすごいね」と伝えると、実は賞金ももらったことがあると嬉しそうに笑った。生活について尋ねると、寝るのが朝にならないよう、自分でもなるべく気をつけているが、寝つけない時があり、たまに朝の4時、5時頃に寝ることがある、そうすると起きるのはお昼過ぎになってしまうと話した。外出は、自分で好きなお菓子などを買いにコンビニに行っているとのことだった。

学校へ行かなくなったのはなにか理由があったのかと尋ねると、中1の時は楽しかったが、中2になって仲の良い子と自分が別のクラスになり、学校がつまらなくなった。部活だけは楽しかったが、勉強もやる気がなくなり、成績が下がったので部活もやめたとのことだった。その頃から、夜早く寝て、朝起きようと思ってもどうしても起きられなくなった、とのことだった。話しながら時折、椅子を左右にくるくると動かしたり、指をぽきぽきと鳴らしたりすることがみられた。部活をやっていた頃に比べると体力が下がった感じがあるかを訊くと、「家の階段の上り下りでも息切れがする」と苦笑した。この後、エコノミークラス症候群のチェックのための採血や、肺活量、体力測定があり、最後に結果が出てくるから頑張って検査を受けてほしいと伝えると、「エコノミークラス症候群ってなんですか」と質問があった。心理士から運動不足になると血液がドロドロになってしまうことがある等と説明をすると、「そんなことがあるんですか」と驚き、検査に興味を示した。

次に両親を部屋に呼び入れると、母親は「あの子は話をしましたか」「どんな話をしましたか」「本人は本当のことを言っていないのではないかと思います」と言って、本人が心理士に何を話したかを知りたがった。心理士は、母親の不安をねぎらいつつも、本人がきちんと話をしてくれたこと、自分の依存傾向について、はじめは誰しも軽めに申告するものであると把握していることを伝えた。

心理士は情報をインテーク用紙にまとめ、担当医に渡した。母親が持参した生活歴および現病歴には「本人には内緒にしてほしいとのことです」とメモをつけた。

主治医のところでも、親子は喧嘩を始めてしまったため、親子別々に診察を行った。まず、本人から話を聞くと、「ゲームが面白いから学校に行かなくなったわけではなく、やることがなくて暇だからゲームをやっているだけ。だから自分はゲーム依存ではない」「そもそも入りたかった学校ではなく、親が進学校に行けと言ったから行っただけ。学校はみんな子どもっぽくてつまらなかった」「昼夜逆転とかしないよう自分でも気をつけている。でももともとゲームを始める前から寝つきが悪く、朝起きられなかった」と話した。

防衛的な印象を受けたため、医師は再度「この病院はあなたから無理やりゲームを取り上げたりするところではない」「上手にバランスよくゲームをしたり学校に行ったりできるように一緒に考えたいと思っている」と伝えた。また、どんなゲームをしているのか尋ねると、eスポーツ*の中のバトルロワイヤル系のゲームをしていると話してくれたため、医師からはそれはどんなゲームなのか、一人（「野良（のら）*」）でやっているのか、チーム（クラン*）に入ってやっているのかなど、興味をもって聞いていった。するとA君は担当医に対し自分のやっているゲームについて詳しく教えてくれ、診察室を出るときにはニコニコしながら出ていった。

次に両親と本人を再度一緒に診察室に呼び入れ、まずは睡眠リズムを整えることが先決と思うこと、睡眠導入剤について説明した。そして今日を含めて3回ほどかけてさまざまな検査をしながら方針を決めていきたいと伝えられた。自らも医師である父親は、「忙しくてなかなか本人の通院に付き添えないと思いますが、今後も母親から病院で先生からどんな話があったかよく聞いて、自分もできる限りのことはします」と述べた。その後、主治医より心理士チームに、パーソナリティ傾向の把握と、背景に発達障害などの問題や精神疾患がないかどうかを把握するための心理検査の依頼があった。

第2節　臨床心理検査の実施

1. 実施した検査と検査場面での様子

心理検査は30代女性心理士が実施した。まず、発達的な課題を確認するために、WISC-IV、CONNERS 3、AQを実施した。また、合併精神障害をはかるためにM.I.N.I.（The Mini-International Neuropsychiatric Interview）、LSAS-J（リーボウィッツ社交不安尺度／Llebowiz Social Anxiety Scale）、ストループテストを実施した。WISC 検査中は貧乏ゆすりをしたり、わからないときに「うーん、難しすぎるな」などと内言を言葉に出してしまうことがみられた。

2. 検査結果とフィードバック

WISC では IQ は 109 と平均域であるが、〈積木模様〉〈絵の概念〉〈行列推理〉〈算数〉〈知識〉は非常に良好で、平均の上域であった。〈記号〉〈符号〉はたくさん記入できたものの取り組み方が雑で間違いが数ヵ所みられ、〈数唱〉〈語音〉が平均の下域であった。全体を通して教示を早飲み込みしたり、聞き間違えたりすることがみられた。例えば〈絵画完成〉では「指で指して教えてください」の教示に、言葉で言おうとすることがみられた。また〈符号〉問題では、テスターが教示を言い終えるのを待てず、書き始めようとすることがみられた。〈行列推理〉ではあまり考えずに答えてしまい、「あ、間違えました」と言い直すことがあった。CONNERS 3 では、「不注意」と「多動 / 衝動性」が高かった。AQ では特に問題はみられなかった。M.I.N.I. では該当はなかったが、LSAS-J では 62 点とやや社交不安が高いことが示唆された。ストループでは間違いが 2 ～ 3 ヵ所みられた。

これらの心理検査結果を報告書にまとめ、主治医には心理士から報告書の説明を口頭でも伝えた。心理検査結果からは明らかな発達的な課題はみられなかったものの、ADHD の傾向があることによって、ケアレスミスや授業に集中しづらいなどの失敗をしやすく、周囲から誤解を招いたり、自己評価が下がりやすい傾向があること、学習や生活上で工夫が必要であることが想定された旨を伝えた。また、もしかしたら友達関係の中で言わなくてもいいことを言ってしまうなどし、相手と喧嘩になりやすいこともあるかもしれないと伝えられた。主治医から心理士に対しては、診察時の様子と今回の検査結果から考えると ADHD のグレーゾーンであり、興味関心があるものにはのめりこみやすく、衝動がコントロールしにくいことが、ゲーム依存の背景として関連しているであろうことが伝えられた。結果を学校側にどのように伝えるか、薬物治療を行うかどうかなどに関して、親御さんや本人の意向を聞きながら、慎重に進めていくことが医師と心理士の間で話し合われた。

心理士による心理検査のフィードバックでは、まず母親のみを呼び、不注意や多動、衝動性の高さが表れた検査結果であったこと、これを踏まえ医師からはADHDの傾向がみられるとのことであるが、本人に伝えるか確認を取った。母親はADHDについて「聞いたことがある」程度の知識であったため、ADHDについても説明をした。母親は「それは息子にあてはまるが私にも当てはまる」と苦笑した。母親からは「ぜひ本人に自分の傾向を知ってほしい」との希望が上がった。しかしながら、心理士としては、ADHDという診断名を出してしまうと「自分は発達障害だ」と捉えてしまったり、「ADHDだから自分にはできない」とADHDであることを理由にして頑張らなくなってしまうことも考え、診断名は出さず、傾向と対策を伝えることでどうかと母親に対して提案した。

母親からは、今回の結果を担任やスクールカウンセラーに伝えたいとのことだったので、学校に診断名やIQの数値など、どこまで明らかに伝えるか、スクールカウンセラーや学校との連携についても打ち合わせをした。そして、心理士から、母親が学校に結果を伝えやすいよう、検査結果をまとめて文書にして渡すことになった。

本人にWISCのプロフィールを示しながら、ケアレスミスに注意するよう伝えると、「よく言われる」と苦笑した。また、結果について思うことを本人にさらに聴いたところ、興味関心の如何によって容易に覚えられることがあったり、いくら頑張っても覚えられないことがあるとのことだった。心理士から宿題の提出や、部屋の片づけが苦手なことがないか尋ねると、母親とともに苦笑しながら同意した。心理士からは、何か覚えなければならないことがあるときには、自分が興味をもてる方法を見つけて覚えるようにする、耳から覚えるよりも蛍光ペンを使用するなどして視覚的に覚える方が合っていることを伝えた。宿題など提出物は意識して早めに取り組むこと、部屋の片づけについてはなるべく持ち物を少なくするなど、少しずつうまく自分の「くせ」と付き合えるよう工夫をしていくように話をした。さらに、この結果を学校に伝え、学校とも連携をとってあなたが学校で過ごしやすいようにしたいと思っているのだが良いだろうかと尋ねると、本人もそうしてもらった方が良いと同意した。

第３節　フィードバック後の経過

主治医の診察前に、心理士から主治医に心理検査結果のフィードバックの様子を伝えた。心理検査結果をもとにスクールカウンセラーとも連携をとり、中学校の先生に働きかけるようにしてもらうことが母親の希望であったことを伝えた。主治医は診察室に母親を呼び入れ、ADHD の傾向があること、そのために興味関心があるものにはのめりこみやすく、衝動がコントロールしにくいことが、ゲーム依存の背景として関連しているであろうことを伝え、本人にきちんとそのことを伝え、服薬することが本人が能力を十分に発揮するうえで必要であるかもしれないので、次の診察までに考えておいて欲しいと伝えられた。

その後、本人を診察室に呼び入れ、心理検査から明らかになったあなたの傾向とあなた自身がうまく付き合っていく工夫を一緒に考えていくため、これからの進路について一緒に考えていくことを目的として診察と並行してカウンセリングをしていってはどうかと提案があった。本人が同意し、心理士にカウンセリングの依頼があり、開始した。

第４節　アセスメント面接（３回）

カウンセリングは、心理検査を実施した 30 代女性心理士が担当することになった。はじめに、心理検査からわかった興味関心があることには人一倍集中することができるが、思ったことをすぐに言動に移してしまうなどの傾向とこれからあなたがどう上手に付き合っていくか、一緒に考えたいと思っていること、今の学校に戻るにしても戻らないにしても、人生の選択肢はたくさんあるのでこれからどうしていくか一緒に考えたいと思っていると丁寧にカウンセリングの目的を伝えた。本人は顔をあげて聞き、同意した。3 回のインテーク面接の中で、A 君がゲームに求めているものや、日常生活の様子などを聞いていった。A 君はゲームの話が一番話しやすいらしく、ゲームの中での状況を詳しく教えてくれた。それによると、3 ヵ月前から入ったクランのメンバーはみんな強くてそれぞれの職業において全国でも 5 本の指に入っており、リスペクトしていること、自分もここ3ヵ月でものすごく強くなったので、みんなから一目置かれる存在であることが語られた。そして、ゲーム内では新しくゲームを始めた子に教えて強くしてあげることが好きであるとのことだった。しばらくゲームの話を聞くうちに、次のようなことを話し始めた。

中2になっていじわるなC君と同じクラスになった。C君とは1年のうちからサッカー部で一緒だったが、1年の時は別のクラスだったのと、C君は別の子をいじめのターゲットにしていたので距離をとって関わっていた。同じクラスになり、はじめは同じグループにいたが、C君がある子をいじめのターゲットにしようとしているのに気づいて、本人に「お前性格悪いな」と言ってしまってから、徐々にグループから外され、聞こえるように悪口を言われたりするようになった。そこで、違うグループに入ったところ、自分と仲良くしている友達までいじわるされるようになった。徐々に学校に居づらくなり、学校を休みがちになった。部活もやめた。勉強もやる気が出ず、成績が下がってしまったので自分なりに勉強を頑張ったが、空回りしているようでうまく成績が上がらなかった。

その頃からオンラインゲームの中で仲の良い子が何人かでき、インターネット上の関係の方が楽しくなってしまった。学校と違ってオンラインゲームではさまざまな年齢の人と関わることができ、中には同じような体験をしたことがある年上の高校生もいて話を聞いてくれアドバイスをくれることもあった。同級生は子どもっぽいと感じるようになった。気付いたら朝まで仲間とゲームをしていたり、話していたりして、朝起きられずに学校を休み続けてしまったとのことだった。担当心理士は、友達をかばって自分がいじめのターゲットにされてしまったA君のことをねぎらい、いじめられたのはA君が悪いわけではないと伝えた。そして、そんな状況では学校に行きたくても行けないのは当然だと思うと伝えた。また、ゲームの中の人間関係は、学校での辛い状況から救ってくれる大事な人間関係なんだねと理解したことを伝えた。A君は、言いにくそうに、2年の担任の先生にいじめの件を相談したが、先生はC君をすぐに呼び出して、お互い謝って仲直りしろと言っただけで、後でC君から余計に嫌味を言われるようになったので、担任の先生が信用できなくなったとのことだった。

一方で、学校には1年のとき仲の良かった子もいて、今でもLINEで時々「学校に来いよ」と言ってくれたりする。学校自体が嫌だったわけじゃないのだがと涙ぐんだ。担当心理士はA君の気持ちを最優先にして、どうしたらよいか慎重に考えていきたいと伝えた。そのうえで、今話してくれたような話を御家族に話したくないとしたら、その気持ちもよくわかるので、話をしないで進めていきたい。しかし、お母さんが状況を知らない中であなたのことを心配してあなたにいろいろ言ってしまったり、動いてしまったりするので、保護者としてお母さんに上手に学校に働きかけてもらう必要があると思うのだが、あなたから見てお母さんは信用できるのか、この件を話してよいかと聞くと話してよいとのことだった。

そこで母親を面接室に呼び入れ、これまでの経緯とA君の気持ちを伝えた。母親は驚いて、それでは学校に行きたくなくて当然だと思う、担任の先生も悪気はなさそうな人だったが、まだ若く、Aが相談したときに深刻に捉えることができなかったのかもしれないし、どう介入してよいかわからなかったのではないかと話した。そして、学年主任の先生にAの現在の気持ちも含めてまずは話して、スクールカウンセラーと一緒に問題の解決にあたってもらえるよう担任の先生に話したいがよいかとA君に尋ねた。A君は母の方を向いてうなずいた。担当心理士からも、担任に相談したときと同じようにならないよう、スクールカウンセラーにA君の気持ちを伝えてよいか確認すると、「それはお願いします」とのことだった。

さらに、担当心理士から、休んでいる間の勉強の遅れがますます本人の再登校の負担感を増してしまうので、本人と親御さんに、本人の心理検査から明らかになった特性から、勉強においては個別の指導の方が本人に合っているかもしれないと伝えると、勉強の遅れを取り戻すためにさっそく個別塾に行くことになった。

第5節　アセスメントからケース・フォーミュレーションへ

A君にとってゲームは、今や学校に行かない時間の暇つぶしではなく、ランキングを狙いにいくなど積極的に楽しんでするものになっているが、そもそもはいじめによって学校に居づらくなり、現実逃避としてゲームにのめりこんでいったこと、そしてA君も学校に戻りたい気持ちがあることがうかがわれた。また、A君は、友達の間で役にたつことを誰かに教えたりすることが好きであり、友達との関係を非常に求めていることがうかがわれた。

いじめ問題に関しては今までA君自身も担任の先生に相談するなど解決するべく動いてきたが、相談したことでうまく解決されなかった体験をしているため、A君の気持ちを十分汲みつつ、A君の学校での居場所を作っていくことが必要であることが見立てられた。そのために、病院の担当心理士と、母親、学校のスクールカウンセラー、担任、学年主任でA君の意向を確認しつつ、連携を取りながら進めていく必要性が確認された。学校との連携については、主治医と心理士で相談し、心理士主導で進めていくことの確認を得た。

一方で、ゲーム依存の背景にADHD傾向があり、衝動のコントロールが不得手で興味関心があるものにのめりこみやすい傾向があることが推察された。また、人間関係の中で衝動的な言動をしてしまいやすいことなど、A君自身が自分の傾向を知ってうまく付き合っていく工夫をしていけるよう、カウンセリングの中で考えていく必要性もうかがわれた。

第6節　ケース・フォーミュレーションに基づく環境調整

カウンセリングを担当することになった心理士からスクールカウンセラーへ、心理検査結果と、A君の状況と希望を伝えた。スクールカウンセラーは、まずは担任の先生にA君の希望を伝え、A君の状況をどのように捉えているか、今後どう対応するかについて話し合いをもった。スクールカウンセラーから担任にA君の状況について、A君はC君とのトラブルから、学校で居場所を失っており、その寂しさからオンラインゲームでの交友関係を求めた結果、ゲームにのめりこんでいる可能性があることを伝えた。担任は、C君とのことがそんなに深刻な状況になっているとは思わなかったとのことだった。また、A君の希望とはいえ、C君に話をしないわけにはいかない、C君にいじめをやめさせて、A君がクラスに戻りやすいようにしていきたいと話された。また、スクールカウンセラーから、親御さんが学年主任の先生も含めて話したいと希望していることを伝えると、了承された。スクールカウンセラーは再度、家族と学年主任、担任の先生と話し合いをもった。いじめに関しては担任から他の子からの聞き取りも実施し、C君には学年主任も含めて丁寧に話をし、クラス全体にもいじめについて話をすることになった。

A君の教室への復帰にあたっては、本人の安心感を最優先にし、保健室登校や時短での登校、既存の友達のサポートなど、多角的なサポートが必要であることが話し合われた。また、スクールカウンセラーからは、病院での心理検査の結果から推察された本人の特性を担任、学年主任にわかりやすく伝え、特性に合わせた学習面での具体的なサポートを担任にお願いした。すると担任から、保健室登校で課題をしている本人がわからないところを質問しやすいように、個別でも時間を作りたいとのことだった。母親も担任に徐々にでよいので個別対応をお願いしたいと話があった。

第7節　第4回目～心理面接の最終回
(X年1月～隔週設定でX年6月)

(X年1月～3月)

診察では母親から、薬物治療はもう少し様子をみてからにしたいと希望があったため、薬物投与は開始しないことになった。隔週でのカウンセリングでは、A君は個別塾に通い始めた頃から少しずつ自信を取り戻していった。教室復帰に関しては、中3になるまでに教室に行けるようになっておきたい、中3になってから行こうと思っても難しいと思うからと、自発的に保健室登校を始めた。週3回、なるべく他の生徒と会わないように2限の途中の時間に登校し、給食を食べずに帰るというところから始め、徐々に学校での滞在時間や登校日を増やしていった。保険室登校をしている同じ学年の生徒が他にも2人おり、仲良くなって助け合うようになった。

給食の時間までいられるようになった頃、昼休みに保健室で過ごしているA君に対し、2人組の生徒が保健室の外から「A、来てんだろ」と大声で言ってくることがあった。どうやら担任の先生がA君が登校していることをうっかりクラスの一部の子に話してしまったとのことだった。また、A君の

Twitterに知らないアカウントから「学校休みやがって。ずるい」といった書き込みがあった。そのたびに動揺し、傷つきながらも、カウンセリング内で一緒に対策を立て、気持ちを立て直し、毅然とした態度で対処することにした。

（X年4月～6月）

初めて制服で登場した。3年生になり、通常の通学をすることにした。初日は非常に緊張したが、いじめてきたC君とは別のクラスに、中1の時の仲の良かった生徒と同じクラスにしてもらえたとのことであった。担任も代わり、なんとかやっていけそうだと思ったとのことだった。C君が部活をやめていたため、しばらくして部活にも戻り、塾も日数を増やしたとニコニコして報告した。頑張りすぎていないか心配し、少しスピードを落とすよう話をした。本人は「大丈夫。学校が楽しい。毎日充実していないとゲームやりたくなっちゃうんで」と笑った。ゲームはやめてはいないが、「自分の中での優先順位がずっと下がった感じ」とのことだった。6月末になり、学校は休みたくないし忙しくなってきたので、カウンセリングは終結とした。何かあったらすぐにまた話をしに来るように伝えた。母親のみでカウンセリングをしばらく継続することになった。

第8節　本人の心理面接終了後の対応

母親とカウンセリングを定期的に行いながら、A君が頑張りすぎて飛ばしすぎないよう、様子を見守るようにしていった。秋には2週間、カナダでの語学研修にも参加してきた。海外から戻ると本人はいつか海外の大学で勉強してみたいと言い出すようになったとのことだった。学校からは、成績も回復してきたのでこの調子でいけば問題なく付属高に進学できると言われたとのことだった。母親とのカウンセリングも、年内で終了となった。

第9節　解説

1. 心理アセスメントとケース・フォーミュレーションのポイント

ゲーム障害の心理アセスメントに関しては、ゲーム障害の背景に合併精神障害を有していることがある。特にADHDやADD、広汎性発達障害、社交不安障害、抑うつなどが合併しやすいことが指摘されている。それまで明らかな症状はなく、診断も受けていないがゲーム障害になって成育歴を聞き取ったり、心理検査をしてみると、ADHDやADD、広汎性発達障害の傾向を有していることが明らかになることがある。発達障害のグレーゾーンの人では、両親も「なんとなく育てにくかった」「他の子と少し違うところがあった」と思いながらも、医療機関を受診するほどでもなく、育ててきたということがある。また、本人も、小さな失敗を繰り返し、なんとなくうまくいかない感じや、自尊心の傷つきがありながらも大きな問題にはならずになんとかやってきている、といったケースもみられる。この発達的な課題からくる生きづらさが彼らのゲーム障害の要因になっていることもあるので、ゲーム障害の方の理解と支援において心理アセスメントは重要である。

心理アセスメントのフィードバックに関してであるが、あくまで診断の告知は医師の業務である。そのうえで、心理検査の結果のフィードバックに当たり、ADHDの傾向がみられると伝えると「自分はADHDだからできなくて当然」と開き直ってしまったり、「自分は障害者」と自己評価を低下させてしまうことがある。今までADHDの傾向によるさまざまな困難を重ねた挙句、自身が発達障害であると宣告された彼らの傷つきは想像に難くない。親御さん、主治医も含めてどのように伝えるのか、伝えないのか、本人のパーソナリティや主治医の治療方針も考慮して一ケースごとに考える必要がある。

結果のフィードバックの際、親御さんの中には、自分の育て方のせいだと思って悩んでいたがわかってよかった、ぜひ本人に自分の特性を知ってほしいのではっきり宣告してください、と言う方もいらっしゃるが、その場合でも本人に何らかの発達的な課題がある旨を伝えることに関しては、よほど注意した方が良いであろう。

ADHDという診断名を伝えると本人に誤解が生じることが想定されるケースには、診断名はふせて検査結果から明らかになった特徴や傾向を伝え、傾向を伝えるだけでなく、彼らが自らの特性と上手につきあっていく方法を一緒に考えていくことが大切である。

また、ゲーム障害と抑うつ気分や希死念慮との関連も多く指摘されている。

一見、楽しんで好きなゲームに興じているように見えても、本人は学校に行けていないことに引け目を感じていたり、将来に不安を抱いていたり、ゲームがコントロールできないことに自罰的になっていることがほとんどである。ADHDを合併している患者さんが親御さんにゲームを続ける生活をとがめられて衝動的に自殺企図をしてしまう危険性もある。抑うつと希死念慮に関しては必ずチェックが必要である。

ゲーム障害のケース・フォーミュレーションに際しては、心理アセスメントによる合併精神障害の把握の他に、ゲームの使用状況を詳しく聞くことが見立てに役立つことが多い。その人がなんというゲームを、どんな人たちと、どんな時間帯にやっているのか。ゲームの中でどのような役割をとっているのか、そのゲームのどんなところに魅力を感じているのかを詳しく聞いていく。こちらが興味をもって伺うとほとんどのゲーム障害の人は喜んでゲームの世界の話をしてくれる。「病院に来てゲームの話をしていいんだとびっくりした」と何人かのゲーム障害の患者さんから言われたことがあるが、ゲームの話を興味をもって聴くことは、患者さんとのラポールを作るうえで大きな役割を果たす。

また、本人が何を求めてゲームをしているのかが理解できると、本人のパーソナリティや、介入の方向性が理解しやすくなる。例えば同じFPS*（First Person Shooter）というジャンルのゲームをしていても、強い仲間の中でチームで戦うことを求めているのか、ソロプレイ*で攻撃性を発散したいのか、アバター*にこだわって別人格を楽しんでいるのかなどによって、その人がゲームに求めているものが全く違うことがわかる。ゲームに求めているものがわかると、それを現実の世界で実現できるようにサポートしたり、ゲームを減らしたり、やめるときに何を補っていかなければならないのかがわかってくる。

2. 心理支援のポイント

ゲーム障害の背景にいじめや家庭内の問題、軽度の発達的な課題があることによるつまずきなど、さまざまな問題が隠れていることが多い。彼らはそれらによる現実での生きづらさをゲームの世界に没頭することで逃避していることがある。ゲーム障害者への支援のポイントは、彼らの生きづらさを十分理解し、一緒に逃避していた現実の問題に向き合えるようになることである。彼らは

「相談に行ってもどうせゲームのことなどわからないだろう」「上から目線でゲームをやめさせられたり取り上げられたりするのだろう」と思っていたということが多い。そのような表現で「どうせ相談に行っても、ゲームをしなくてはいられないこちらの気持ちなど理解できないだろう」と思って来談していることが多いのである。

また、ゲーム障害の相談は、小学生から大人まで、年齢層は幅広いが、中核は中学生から高校生といった思春期の世代が多い。ゲーム障害に限らないが、思春期の生徒のカウンセリングにおいては、進路指導的な役割であったり、さまざまな生き方があることを伝えるような、従来のカウンセリングで言われていたような傾聴や分析だけではない柔軟なやり取りが必要になってくる。時には「先生の収入いくら？　欲しいものが買える生活なの？」といった質問が、彼らが人生をどう生きるかの切実な質問であったりするため、カウンセリングのセオリーに縛られてあいまいに答えているとあっという間に心を閉ざしてしまうこともある。彼らは「カウンセラーのやり口」をよく知っているのである。絶対に守らなければならないルールは守りながら、時に心理士という役割に縛られすぎない柔軟な姿勢が、患者との関係性を形成するうえで必要なことがある。

3. 連携協働のポイント

ゲーム依存の小中高校生の患者さんと関わる場合、学校との連携が必要になってくる場合が多い。学校によっても、または教員によっても、「発達障害」「ゲーム依存」の理解が違ってくるので、本人や家族の意向を伺いながら、誤解を受けたり、本人が不利益を受けたりしないよう、丁寧に伝え方を工夫していく必要がある。心理検査結果から発達的な課題が伺われた場合、本人にとって長い目で見てメリットとなる場合には、学校側に「合理的配慮」をお願いする場合もある。また、医療関係の心理士が、学校とやり取りする場合、可能であればその学校の「文化」をよく理解しているスクールカウンセラーやスクール・ソーシャルワーカーを通してやり取りをした方が、スムーズに物事が進む場合が多いだろう。学校側がすでに多職種で関わっているケースの場合、医療関係者の心理士として「チーム学校」の一員としての役割が求められる場合もある。

一方で、医療という学校から離れた立ち位置で、学校に戻ることだけが道ではない、学校に戻れなければあなたの居場所や生きる道がないわけでは決してないことを伝えられる立場でもある。医療現場で出会う患者さんの中には、これまで学校で居場所を失い、親子で学校に戻ることばかりを考えてうまくいかず、疲弊している本人、ご家族もいる。患者さんとそのご家族に対し、さまざまな形態の学校があり、さまざまな人生の選択肢がありうることを伝えられる、初めての第三者になることもある。片や、元の学校に戻る道も繋ぎつつ、他の多様な可能性も示しながら関わっていくためにも、従来の心理士としての役割に縛られすぎず、さまざまな他機関と日頃から連携をとっていくことも望まれる。

4. 対象の心理支援に際して習得しておくべき知識・技術など

ゲーム障害の支援においては、治療目標が2パターンある。ゲーム時間をゼロにするか、ゲームの時間を生活に支障がない程度に短くするかである。

本人が問題意識を持っており、ゲームをやめたい、またはゲームの使用をコントロールしたいが、どうしてもできないことを自覚している場合などがある。中には「2年浪人しているが、どうしてもゲームをやってしまって勉強が手につかない。死にたい」と希死念慮をもっている人もいたりする。このように本人が問題意識を持っている場合には、まずは本人が自分で自分の行動を制御できず、自分を責めている気持ちや無力感を十分受け止める。そのうえで、認知行動療法の手法などを用いながら、一緒に具体的にゲーム時間をゼロにする方法を考えてゆき、自己効力感を高めていくことになる。

しかし、自分のゲームの使用に問題意識がもてていないか、このまま学校に行かずゲームをしている生活でもなんとかなると思っている場合もある。その場合はゲームの時間それ自体を短くするのではなく、他の活動時間を増やすことを目指す。他の活動時間が増えれば必然的にゲームの時間が短くなる。生活の中で他の活動時間が増え、興味関心もそちらに移っていってくれたらさらに良いわけである。

他の活動としては、アルバイトであったり、部活動であったり、個別指導であったり、楽器演奏であったりさまざまである。少しでも他の活動に興味を持つことがあればそちらに注目し、応援してゆくようにする。

いずれにしても、われわれ心理士が理解すべきであるのは、周囲の大人が願っているように、単にゲーム時間を短くすればよいということではなく、ゲームの世界に現実逃避したくなってしまう本人の生きづらさや背景にある問題であることは忘れてはならないように思う。これはゲーム依存以外の臨床とまったく変わりない姿勢である。ゲーム依存の臨床というと、何か新しいもので、特別な知識が必要と思われてしまうことがあるが、これまでの臨床と何ら変わりはない。患者の声に耳を傾けてどう生きていくかを一緒に考えるということであると思う。

文献

・樋口進監修（2017）『心と体を蝕む「ネット依存」から子どもたちをどう守るか』ミネルヴァ書房

・キング，D.，デルファブロ，P.（2017）『ゲーム障害 ―― ゲーム依存の理解と治療』樋口進監訳、福村出版

・信田さよ子編著（2019）『実践アディクションアプローチ』金剛出版

用語解説

アバター

ゲーム上の自分の分身となるキャラクター。

e スポーツ

Electronic Sports の略。バトルロワイヤル等のゲームがある。コンピューターゲーム、ビデオゲームを使った対戦をスポーツ競技と捉える際の名称。

FPS

First Person Shooter の略。一人称の視点で行うシューティング・ゲームのこと。

クラン

オンラインゲーム上の集団のこと。

ソロプレイ

オンラインゲーム上でパーティーやチームに所属せず、プレイヤー単独で楽しむこと。

野良（のら）

友達やチームメンバーと組まずに一人で遊ぶこと。

第5章

統合失調症の事例

吉村理穂（大泉病院）

ここでは架空の精神科単科病院Rを想定し、統合失調症の治療と心理士の関わりについて架空事例を通して述べる。

第1節　精神科単科病院における心理士の業務

R病院は東京都下にある精神科単科病院である。病床数は300床で、精神科救急病棟、急性期治療病棟、慢性期治療病棟を持ち、院内にデイケアを併設する。公認心理師は常勤で6名おり、臨床心理科とデイケア科に3名ずつ配属されている。臨床心理科の心理士の業務は、心理検査、心理面接、グループ・プログラムが主である。心理検査、心理面接は入院患者、外来患者に対して、主治医からの依頼を受けて行う。心理検査は、知能検査、人格検査、認知機能検査など、依頼目的に合わせて数種類のテストバッテリーを組んで実施する。心理面接には患者の抱える問題、置かれている状況に応じてさまざまな依頼目的があり、柔軟に対応している。院内のグループ・プログラムについては、統合失調症・うつ病の心理教育プログラム、集団認知行動療法、認知機能リハビリテーション、社会生活技能訓練（SST）などに心理士が関わっている。精神科デイケアは、医師による精神療法、薬物療法と並行して行われる精神疾患のリハビリテーションであり、再発予防、生活の安定、就労を含む社会参加などを目的に行われる。デイケア科の心理士はデイケア・スタッフとして、医師、看護師、作業療法士、精神保健福祉士とともに、心理教育、就労支援、軽運動、趣味的活動などのプログラムを運営し、また個別担当しているデイケア通所者の相談に応じる。R病院ではこのような中で、心理士の日々の臨床が行われている。

第2節　事例

1. 事例の概要と入院までの経緯

（「　」は本人、〈　〉は治療者の発言）

A子：20歳、女性。東京都出生、同胞なし。両親は離婚している。幼少時の発育に問題はなかったが、保育園の保育士には“敏感で慎重”と言われていた。小学校でも勉強や運動は人並みで、図工や音楽が好きであったが、生真面目で気にしやすい傾向も見られていた。中学では吹奏楽部の活動で多忙であった。受験を意識するようになった中2の夏頃には胃痛や吐き気を訴え、内科で〈頑張り屋だから、無理をしないように〉と言われたことがあった。両親はこの頃すでに不仲であったが、A子が成人するまでは離婚はしないこととしていた。高校では活発さはなくなり、入部した美術部で絵を描くことが増えた。家では「クラスの人の目が気になる」「誰かの話し声が聞こえる」などあいまいに訴えることがあったが、一時的であり受診には至らなかった。大学は私大の文学部に進み、再び吹奏楽部に入り、しばらくは落ち着いた学生生活をしていた。この頃から父は実父の介護のため実家で暮らすようになった。母は父の実家と折り合いが悪く、これを機に、A子の大学1年が終わるX年3月、成人するのを待たずに離婚に至った。A子は2年生になり、授業の課題が増えるにつれて、X年8月頃から不眠、情緒不安定など不調を呈するようになったため、近医であるR病院の受診に至った。

父：54歳。東京都出生、同胞2名中第1子。大卒後、建築事務所勤務。マイペースでこだわりを通そうとする。母とは友人の紹介で32歳で結婚。祖父は認知症の兆候がみられる。祖母は過干渉でA子の母とは折り合いが悪く、それが夫婦の諍い（いさか）の原因となっていた。親戚に精神的な病いを持った人がいたようだが詳細は不明。父はA子に対して期待感があり、幼いA子に唐突に「大学は国立がいいぞ」などと言うことがあった。現在は都内の実家に祖父母と暮らす。

母：53歳。東京都出生、同胞2名中第1子。大卒後不動産関係の企業に勤める。31歳で結婚。33歳でA子を出産する前後を除いて働き続けており、都内の実家の祖母が家事を手伝いに来ることがしばしばあった。祖父は5年前に病死。

母方祖母：77歳。専業主婦。おだやかな性格で、祖父亡き後単身生活をしていたが、A子の両親の離婚後同居となった。

X年9月、女子大学生A子はR病院、精神保健指定医Bの外来に、母と母方祖母に連れられてやってきた。学生らしい身なりであったが表情は険しく、Bに〈今日はどうされたのかな？〉と尋ねられると、時に感情を高ぶらせながら早口に話し始めた。A子の話は時系列や主語がわかりづらかったが、以下の状況が理解された。大学2年生のA子は授業や部活が多忙で過労気味であった。加えてここ2ヵ月ほど、在籍する吹奏楽部の人間関係がうまくいかず、自分が何とかしなければと頑張っていたが、逆に部内で反感を買い疎外感を感じるようになった。徐々に、知らない学生たちや近隣の住人にも悪口をささやかれ、また電車内でも周囲から監視され、恐ろしさから外に出ることができなくなった。部屋にいてもたびたび自分を責める声が聞こえてきた。母に訴えても「そんなことないでしょ」と聞いてもらえず喧嘩になることが増えた。この2週間ほど夜はほとんど眠れず、些細なことから泣き叫ぶようになったため、連れて来られたのだった。

母からは、職場に頻繁に連絡をしてくるので困ることなどが聞かれた。祖母は家事やA子の世話を担ってくれているが、持病もあるとのことだった。Bは、注察妄想や幻聴がみられるA子の状態から、統合失調症の発症の可能性も含めて治療する必要があると考えた。そこでA子を労（ねぎら）いつつ、〈入院して十分な休息をとりましょう〉と伝えたが、A子は「入院なんて嫌！ 帰る！」と抵抗し、診察室を出ていこうとするため、Bは医療および保護のために、母の同意を得て医療保護入院とすることとした。BはA子の安全を守るため刺激のない保護された環境で休む必要があることを重ねて伝え、A子は渋々、精神科救急病棟に入院することとなった。

2. 病棟にて

精神科救急病棟に入院したA子に対し、主治医Bは医療および保護のための隔離と薬物治療を開始した。隔離室に入る際も、A子は抵抗していたが、連日の不眠もあり、その夜は静かに眠って過ごした。その後は「早く帰りたい」と訴えることはあるものの、食事や服薬には素直に応じ、夜は良眠で速やかに落ち着きと余裕がみられてきた。そのためBは3日後に隔離解除とし、A子は4人部屋の一般病室に移った。Bは、A子が「自分がどういう病気なのかを知りたい」と話したのを機に、母が同席した診察で〈診断としては統合失調症が疑われるが、若年であるので経過を注意して診ていきたい〉と伝え、作業療法（以下OT）の一環である心理教育プログラムへの参加を勧めた。A子は聞きなれない病名にショックを受けていたが、自身の辛い体験が治療可能な病気の症状であると知ってホッとしたようでもあった。さらにBは〈状態の確認と、自分の病気や性格を把握して今後の生活に役立てるため〉と説明し、心理検査を行うことを提案した。A子は「治るのに役に立つならやります」と応じた。Bが勧めたOTの心理教育プログラムは、A子が入院している精神科救急病棟で行われるグループ・プログラムであり、病歴の浅い統合失調症患者を対象とし、医師、作業療法士、心理士ほか多職種チームで運営されていた。プログラムは、主体的に治療に取り組み、再発を予防できるようになることを目的とし、内容は統合失調症の特徴や治療経過、薬やストレス対処の重要性、“社会資源”と総称される有用な制度や機関についての講義と話し合いであった。A子は毎回出席し、「どれくらいで治るのか」「薬はいつまで飲むのか」など不安気に質問することもあったが、「幻聴とか妄想とかの症状がみんなにもあるとわかって安心した」「今は多分急性期だけど、早く回復期になって退院したい」など肯定的な発言もしていた。

3. 心理検査

1）検査実施

主治医であるBは、臨床心理科にA子の心理検査を依頼し、心理士Cが担当となった。Bからの依頼は“WAIS-Ⅳ（ウェクスラー成人知能検査第4版）、

SCT（文章完成法）ほか”、依頼目的は“病態水準、知的水準と得意不得意の把握。若年なので自己理解、病気との付き合い方に役立てたい”ということであった。心理士Cは、WAIS-Ⅳ、SCT、バウムテスト、加えて可能であればロールシャッハ・テストを行うことを考え、Bの了承を得た。A子は実施に支障ない様子だったため、Cはこれらを数日に分けてすべて行った。WAIS-Ⅳでは、A子は緊張しながらも、全体的によく考え、言葉を選びながら正解を導き出すことはできていた。しかし下位検査の『積み木』での試行錯誤はやや場当たり的であり、『数唱』や『算数』では集中していたが終わると大きなため息をついていた。『記号』は慎重な様子でスピーディーではなかった。『パズル』では考えた末に誤るものもあった。バウムテストでは、美術部経験者らしく慣れた様子で描き始めるが、考えるうちに描いては消し、また描き直したりしていた。SCTは短文がやや多く、思いつかず後回しにするものもみられた。ロールシャッハ・テストでは、反応を出そうとカードを長く見つめながらも「あんまり見えない」と残念そうであった。質問段階では形態を妥当に説明できるものもあるが、漠然とした内容もあり、色彩や濃淡への言及は少なかった。

2）結果と所見

WAIS-Ⅳでは、A子の全体的な知的水準はおおよそ平均的であった。合成得点では、言語理解と知覚推理はほぼ平均的であり、ワーキング・メモリーと処理速度は若干平均を下回っていたが、これらの間に有意差はなかった。言語表現や知識などにはおおむね問題はなく、抽象的概念化が不十分な部分はあったが、真面目に勉強をしてきた成果がうかがえた。視覚的情報処理にはやや時間を要し、心的イメージの操作は得意でないと考えられた。ワーキング・メモリーでは、記憶容量は平均をやや下回り、不注意なミスもみられ、集中するためにはかなりのエネルギーを要すると推測された。認知的作業は正確だが処理速度は遅めであり、新奇な課題に対する慎重さがうかがえた。バウムテストで描かれた木は、根元がやや小さく、枝は少なく、陰影のついた雲形の樹冠はところどころ隙間があった。被影響性が高いこと、自信がもてないこと、社会に根付く安定感に乏しいことなどから自我の脆弱性が否めないと推測された。SCTからは、努力家で達成感を得た経験から自尊心を保っていること、対人的には不器用で一人が楽と感じること、両親との暮らしが忘れがたいこと、病気の不安、将来への漠然とした期待などがうかがえた。また、あまり物事にこだわらず葛藤的にならない傾向もみられた。ロールシャッハ・テストでは以下のように推測された。反応数はやや少なく（R=18）、成果を上げようとするもののエネルギーが伴わない状態である。ものごとは、全体に対して漠然とした意味づけをすることが多く、現実的な吟味に至らない（F%=61、P=1.5、W%=56、R＋%=33）。対象からは怖さを感じやすく、できるだけ刺激を避け限定的に関わるなどの試みはみられるが、情緒的に揺さぶられると混乱しやすい。そのため積極的に関わることはせず距離を保とうとしており、自身の気持ちの揺れ動きを把握して感情を表現することにも消極的と考えられる（FC=1.5、c=0）。自身については自尊心の一方で自信のなさ、他者評価への敏感さがうかがえる。対人的にも安心して関わることが難しいことが考えられる。

3）総合所見

心理士Ｃはこれらの結果を併せて、心理検査総合所見を以下のようにまとめた。

「物事には真面目に取り組む頑張り屋と思われる。しかし、潜在的なエネルギーや資質はそれほど豊かとはいえず、疲弊しやすい。知的水準はおおよそ平均的であり大きな問題はないが、視覚的情報を活用すること、記憶やその操作は得意でなく、認知的作業は慎重さのために遅く、集中するためにはかなりのエネルギーを要する。ものごとの捉え方は漠然としやすく、現実吟味は低下しやすい。しかしそれは、情緒的に繊細さがあり動揺しやすいことを察知しているために、対象と距離を保とうとするためとも考えられる。家族に対しては、やや満たされない依存欲求や、両親の離婚による傷つき・寂しさが推測されるが、そうした感情に触れることを避ける傾向もうかがえる。他者と関わりたい気持ちはあるが、他者評価に敏感でコミュニケーションに気を遣っている。自尊心が保たれている一方で、認知機能における弱みの影響もあり課題に対処するための効果的な試行錯誤ができず、思ったような成果を上げにくいことからも自信がもてずにいる。環境に左右されやすく、大学での対人関係や両親の離婚は大きなストレスであったと推測される。しかし、こうした辛さには直面せず考えずにおこうとしており、現実吟味や具体的な計画性が乏しい。

エネルギーにやや乏しいこと、現実吟味が低下しやすいこと、被影響性が高く、情緒的にも敏感で混乱しやすいことなどから、自我の脆弱性が懸念され精神病水準の病態まで想定される。認知機能におけるワーキング・メモリーと処理速度の弱さを併せて考えると統合失調症である可能性は否めない。若干未熟さや依存性、また強迫性がうかがえるが人格的な偏りはそれほど大きくないと思われる。今後は、支援者と相談しながら、自身が安心できる環境を作るよう工夫すること、エネルギーを蓄え調節しながら、今後の生活や方向性を丁寧に考えていくことが望ましいと思われる」

4. 退院まで

心理士Cは心理検査総合所見を主治医Bに提出するとともに口頭で要点を報告し、A子に対する理解を共有した。A子の症状は改善されつつあり、医療保護入院から任意入院に切り替えられ、外出もするようになっていた。絵画やコーラスなどのOTプログラムにも安定して参加していた。しかし大学や退院後の家庭生活については不安を訴え、看護師や作業療法士がその都度傾聴していたが、主治医Bは長期的に支援する必要を考えて引き続き心理士Cと心理面接をしていくことをA子に提案した。A子は「いろいろアドバイスしてもらえると助かります」と応じ、主治医Bは心理士Cに心理検査結果のフィードバックとともに心理面接を依頼した。心理士CはA子と相談し、週に一度30分の面接を行うこととした。

まず検査結果を〈真面目で頑張り屋だけどあまりエネルギッシュなほうではないから疲れやすく、思ったような成果を上げられないことがある〉〈大学の人間関係や両親のことはストレスになっていたと思う。焦らずエネルギーを蓄えて、これからの生活や方向性を丁寧に考えていくといいと思う〉など平易な言葉で伝えた。A子は静かに聞き、「大体当たっていると思う。お母さんにも聞いてほしい」と話した。母には主治医Bから診察に同席した際に伝えてもらうこととなった。その後の心理面接初回では改めて、困りごとや目標などを整理した。「困るのは人間関係。仲のいい子同士が仲悪くなると、どっちともうまくやろうとしてどっちからも嫌われる」「卒業とか就職が心配」「妄想ってわかったけど、あの頃はみんなが責めてくるみたいで、すごく怖かった」「早く普通に戻りたい」「家族には心配かけたくない」「お母さんは忙しすぎだと思う」など、A子は考え考え語った。心理士Cは、〈自分を客観的に捉えて言葉にできている。これはA子の持つ力〉〈病気という大変な経験をしている。そのような不安を感じるのはもっともなこと〉と共感して返した。面接ではその時々の状況や気持ちを整理し対処を相談していくこととした。

入院から2ヵ月近く経ち、当初の病状は落ち着いていたため、主治医BはA子と退院日を決めることとした。主治医Bは、A子が「また大学に通いたい」と希望していたため、デイケアに通って準備をしていくこと、また家庭生活の不安を軽減できるよう訪問看護を導入することを勧め、A子と母は同意した。デイケアへの練習参加や訪問看護科スタッフとの顔合わせと並行して外泊を繰り返し、X年11月、A子は退院となった。

5. アセスメントとケース・フォーミュレーション

心理士Cは、今後面接を続けていくにあたり、A子について以下のように考えた。

1）資質について

“父方の親戚に精神的な病いをもった人がいた”という情報もあり、遺伝的負因を持つ可能性は否めない。幼少期から慎重さ、過敏さがあったようであり、心理検査でもみられたようにエネルギーは高くなく、現実検討力や被影響性などの点からも自我の脆弱性が懸念される。知的能力は平均的で、対人関係のスキルは高くないが、真面目で素直な頑張り屋であり受験などの目標を達成した力はある。これらのことから、今後は負荷が大きくならないようにエネルギー配分を考え、対応可能な範囲で活動していく必要があると思われるが、真面目に努力する力や音楽や美術などを楽しむ力もあり、それらは強みと考えられる。

2）病態について

統合失調症と考えられ、過剰なストレスが対処の限界を超え、心身に不調をもたらして発症したと理解できる。高校入学後に活動性の低下や精神的不調をうかがわせる訴えがみられた時期は、発症の前駆状態であるARMS（アームス）（At Risk Mental State）であったと捉えることができる。今後、自身がこの疾患やストレスとの関係を理解し、対処を身に付け、再発を予防していくことは重要と思われる。自我境界や情緒統制の脆弱さにも配慮する必要があり、支援者はA子の自律性を重視し、現実検討を高めること、不必要な内面への介入をせず侵襲的にならないことなど、丁寧で穏やかな関わりを心がける必要がある。

3）成育歴・家族背景の影響について

父のマイペースさ、母の多忙さ、両親の不仲など、A子は幼少期から環境における安定・安心感の乏しさを敏感に感じ、家庭が崩壊してしまう不安に怯え、慎重に周囲の顔色を見ながら過ごしてきたことが推測される。また自身が頑張ることで崩壊を防ごうとする強迫的な努力もあったかもしれない。ストレス下で助けを求めることも叶わなかったのかもしれない。両親が安定してそばに居てくれない寂しさが満たされない依存欲求として抱えられていることも推測できる。今後は家族に理解と協力を求めることも有効かもしれない。

4）対人関係について

A子は対人的に敏感で影響を受けやすく、効果的なコミュニケーションが難しいことが推測される。相反する主張をする二者の板挟みになったり、適切な判断ができずに良かれと思った行動がひとり相撲のようになったりすることがあるのかもしれない。その過程で周囲とうまくいかないと疎外感を感じ被害的になることも考えられる。今後も対人関係はストレス因になる可能性は高い。

5）今後の支援方針

精神疾患を抱えて人生を歩んでいくことを支援する視点に立ち、まずは目標である大学生活の再開を目指していく。デイケア参加を通して、生活上の課題や疾患への対処スキル、コミュニケーションスキルを向上させることができると良い。心理面接ではデイケア通所を支えつつ、大学、家族のことなどさまざまな思いを丁寧に扱い、自らの希望を実現していける検討力、実行力、対処力を養っていけると良い。

6. その後の面接経過

A子は隔週で主治医Bの外来受診と心理士Cの心理面接を続け、デイケアには週4日通うこととなった。訪問看護は母が在宅できる日に設定された。心理士Cは改めてA子に、支援のために必要に応じてスタッフ間で情報共有したい旨を伝えて了承を得、時折デイケアや訪問看護のスタッフと状況を確認するよう心がけた。面接では、A子が張り切ってデイケアに参加していることがうかがえた。ハイペースな様子を心配した心理士Cは〈エネルギー配分に気をつけよう〉と伝えたが、A子は「そうですよね」と同意しながら、気に留めないようであった。「母が訪問看護スタッフのアドバイスから仕事を休んで外来に付き添ってくれるようになった」と嬉しそうであり、退院後の生活は順調なように見えた。

しかし、ひと月を過ぎたころ、A子は風邪を機にデイケアを休むことが増えた。面接では「デイケアに行けていない」と罪悪感を語り、「頑張りすぎてバテた」と振り返っていた。また、休んでいる間に親しくなった他の通所者から頻繁に心配するメッセージが届き、「嬉しいけど返信を待っていると思うと気が重い」と語り、そこには対人関係における葛藤に対処できないA子の傾向が表れているようであった。心理士Cはそれを指摘しつつ〈デイケアは練習の場でもある〉と伝え、今できる対応を共に考えていった。A子は「デイケア・スタッフに相談する」「SSTでの課題にする」と対応策を挙げ、次のデイケア参加日を自ら決めた。その後も対人関係の問題は“相手の要請に対応できず混乱する”という形で時折生じたが、その都度対応を考えた。幻聴や注察妄想が対人トラブルと関連して生じることも理解されたが、「頓服を飲む」「音楽を聴いて紛らわす」などの手段や、友人や母への気持ちの伝え方なども話題になり、A子は少しずつ試行錯誤ができるようになっていった。

「年明けから大学に行けるかな……」と、A子はX＋1年1月からの大学復帰を考えていた。心理士Cにはまだ早いように思えたが、間が空くと戻りづらくなることも懸念され、〈“試しに行ってみよう”と考えてみては〉と伝えた。「でも何からやればいいかわからない」と不安気なA子とともに、「この授業から出てみる」「部活は見学だけにする」などＸ＋１年３月までの大まかなプランを作った。大学の学生相談室の使い方、友人に近況を聞かれたときの説明の仕方などもＡ子の心配に合わせて話し合った。Ａ子は「来年度のためのお試し期間」と位置づけ、「疲れたら学校は休んでデイケアに来る」と、体調、症状を考慮する姿勢を保てるようになりつつあった。

年明け、Ａ子は通学を再開したが、予想以上に疲労し、学生相談室にもしばしば助けを求めていたようだった。心理面接では「行けた」「行けなかった」という報告が続いた。しかし緊張しながらも友人と話す機会があり、「メンタルの病気のことを真面目に聞いてくれたのでホッとした」と話すこともあった。友人や学生相談室のように、Ａ子は大学の中にも自身の疾患の理解者を求めているようであり、それは大学で過ごしていくために必要な存在と心理士Ｃは理解していた。Ｘ＋１年３月には、デイケアで開催された家族会に母が出席した。他の家族から経験談や障害者の就労についての情報を聞き、またデイケア・スタッフから〈Ａ子さんは以前よりも落ち着いている〉などの肯定的評価を聞くことができたようであった。Ａ子は「お母さんが“あなたもゆっくり頑張っていけばいい”と言ってくれた」と安心したように語った。

Ｘ＋１年４月、３年生になり、単位数の焦りから授業を増やしていたＡ子は通院予定日に来られないこともあった。Ｘ＋１年６月には大学で幻聴を訴えることがあり、学生相談室の担当者から主治医Ｂに対応を確認する電話連絡が入っていた。夏季休暇に入ると、Ａ子は心理面接で「何もやりたくない」「就活なんて無理」と言葉少なに語った。数日後、心理士Ｃは主治医Ｂより“Ａ子が母と予約外で受診し、不調だったので増薬した。大学中退を考えているようだ”と聞かされた。心理士Ｃには中退はやや性急であるように思われ、次回の面接で尋ねると、母がＡ子のしんどそうな様子と幻聴や妄想を訴えることから再発を心配し、“卒業にこだわらなくてよい”と話したことで「やめるか続けるかで混乱してきた」とのことだった。その後も「せっかく頑張ったから留年しても卒業したい」と話す日もあれば、「一生デイケアでいい」「中退して障害者雇用を目指す」と話す日もあり、極端に揺れ動く日々が続いた。心理士Ｃは、これらはＡ子が自身の疾患をどのように受容し将来に繋げていくかに関わる重要な局面でもあると考えた。面接でもそれを伝え、結論を急がず丁寧に検討するように促しながら、揺れ動きに付き合い然るべき方向に収束していくのを待つ気持ちでいた。

X＋1年12月、時折顔を出していた部活の友人たちから次の演奏会に加わることを勧められ、A子は友人関係が修復されつつあると感じることができた。この頃から幻聴や妄想は生活に支障ない程度に治まっていった。X＋2年2月には、デイケアの体験発表会で、苦労して大学を卒業し障害者雇用で働いている元通所者の姿に共感し、「このままやれるところまでやってみたらいいのかなと思えた」と、可能な限り大学を続けると決めたことを語った。心理士CはA子が方向性を見出したことを〈自分で導き出した今の答え〉と受け止めたが、“この決意がまた揺れることもあるのだろう、引き続き見守っていこう”と改めて考えていた。X＋2年3月のことであった。

第3節　解説――統合失調症の心理支援

1. 心理アセスメントとケース・フォーミュレーションのポイント

厚生労働省による平成29年の患者調査では、統合失調症は精神疾患を有する入院患者の51%、外来患者の16%を占め、精神科医療においてこの疾患の理解は必須である。心理アセスメントについては、診断基準を満たす典型例であれば改めて依頼されることは多くないと思われる。治療も医師による精神療法と薬物療法、加えてリハビリテーションが主となり、心理面接はそれほど用いられない。

しかし昨今、統合失調症の軽症化が指摘されており、須賀（2017）が述べるような非定型精神病、発達障害、解離性障害などとの境界の曖昧さを前に、医師が慎重に診断を検討する際は心理アセスメントが活用されやすい。そのような心理アセスメントにおいては、心理検査や成育歴・現病歴から自我機能の脆弱性など統合失調症の特徴を捉え精神病水準にあると推測できるか、発達障害や他の疾患との合併の可能性を考えるべきか、などに注目する必要がある。また事例のように統合失調症は青年期に発症しやすい慢性疾患であり、社会生活には多様な支援が利用される。今後の方向性と利用可能なサポート資源を検討するためにも、心理アセスメントから認知機能も含めた患者の得意不得意、資質、パーソナリティ、家族関係や対人関係などを把握したい。さらに患者自身も、性格傾向や強みとして活用するべき点、弱みとして注意するべき点などを客観的に把握し自己理解に役立てることができるとよい。こうしたことから、アセスメントの結果とそれに基づくケース・フォーミュレーションは、可能な範囲で主治医、患者本人、関係する他職種と共有し、その後の連携にも役立てたい。

2. 心理支援のポイント

支援にあたっては、個別の心理アセスメントやケース・フォーミュレーションをふまえる以前に、まずは統合失調症という疾患とその治療、リハビリテーションを理解し、随時適切な情報提供ができることを基本としたい。これは事例にもあるように患者自身が心理教育プログラムで学ぶことに相当するが、病状が改善していく過程、服薬や睡眠・生活リズムなどの重要性、ストレスとの関連やストレス対処の工夫、主治医や他スタッフに相談する要領などは心理面接の中でも話題になることが多い。特に怠薬は再発に繋がりやすいので注意を要する。

次に、統合失調症患者に特徴的にみられるものの捉え方や行動様式を理解しておく必要がある。昼田（2007）は「統合失調症患者の行動特性」として〔一時にたくさんの課題に直面すると、混乱してしまう〕〔全体の把握がにがてで、自分で段取りをつけられない〕〔状況の変化にもろい、とくに不意打ちに弱い〕などを列挙しているが、これらの特性は臺（1991）が述べる“生活のしづらさ”に繋がり、日々支援を必要とする状況をもたらす。事例のように、被影響性が高いために周囲の言動に翻弄されたり、現実検討や計画性が乏しく無理なペースでスケジュールを詰め込み調子を崩す、といったことが生じやすい。状況を整理する、考えや気持ちを整理する、そのうえで対処法を考える、などは日々有効な支援と思われる。

ここで心理士が注意したい点は、それらが指示的にならないこと、それらを肩代わりしないことである。患者本人を客観的に見ていると、“こうしたらうまくいくだろう”といったごく常識的な感覚からいつの間にか指導的になってしまうこともある。しかし重要なのは、本人の生活・人生を横から支えるような感覚、本人が自問自答するときに共に検討する自他の間に位置するような感覚を持ち合わせることであり、本人が自立・自律した存在であることを尊重する姿勢である。

さらに、統合失調症患者の自我の脆弱性は繊細な人柄として表れるように思われる。内海（2017）が「彼らと関わるとき、適切な心的距離を維持しつつ彼らの内面を尊重し、率直に、決して裏切らないよう、われわれはおのずから振る舞っているはずである」と述べているように、穏やかに、一貫性のある安定した態度を心がけ、侵襲的にならないようにしたい。現実検討の弱さや周囲への被害的な捉え方から、心理士が伝えたことが意図しない形で理解され否定的な感情を持たれることもあり、それが表面化されずに抱えられていることもある。こうした傷つきや怒りに注意することも必要である。

3. 連携協働のポイント

精神科医療の場で多職種がチームとなって関わることはもはや通常のこととなっている。治療を管理する主治医、そして看護師、精神保健福祉士、作業療法士、薬剤師、医療事務員など心理士以外にも多くのスタッフが関わる。この中で意識するべきは、まず依頼される業務を通してチームの一員としての役割を果たすことであろう。主治医から心理検査や心理面接を依頼されれば、心理士はその目的に沿って所見をまとめたり心理面接を継続することを心がけたい。同様にそれぞれに役割を果たしている他職種とは、連携できる体制を作っておきたい。心理面接では内面的な話題が多くなるため、生活面の課題を見落とすことのないように、必要な支援についてはどのスタッフが対応してくれているのか、気を配ることも大切である。連携は院内スタッフ間に限らず、本人の居住地を担当する保健師や、グループホーム、就労支援機関のスタッフなど、地域の施設・機関にも広がる。ケース・カンファレンスなどが開催されるときには積極的に参加したい。

また、家族も重要な連携協働の対象である。A子が入院中に参加したプログラム「心理教育」は「精神障害やエイズなど受容しにくい問題を持つ人たちに、正しい知識や情報を心理面への十分な配慮をしながら伝え、病気や障害の結果もたらされる諸問題・諸困難に対する対処方法を修得してもらうことによって主体的に療養生活を営めるよう援助する方法」（浦田 2004）と定義される。これを家族対象に行う「家族心理教育」が「統合失調症の再発を減少もしくは遅延する効果を持っていることはすでに多くの研究報告がある」（池淵 2008）。すなわち、家族が疾患を理解し協力的であることが本人の予後を良好にする。しかしそこでは、家族側の苦労や苦悩を理解し支援することも必要であり、心理士や他職種が家族面接を行うこともある。家族同士が語り合える家族会や家族心理教室などが開催される時には、ぜひ参加を促したい。

なお、こうした関係者間の情報共有には原則的に本人の了承が必要である。患者個々の認識はさまざまで、当然関係者間で共有されているものと考えていたり、個別に秘密が守られているものと考えていたりする。心理支援を開始する際にこの点についても本人と確認しておけるとよい。

4. 対象の心理支援に際して習得しておくべき知識・技術など

(a) **リカバリー**：統合失調症は重篤な精神疾患という印象が強いかもしれないが、須賀（2017）によると、昨今の軽症化に伴い「ラポールが良好で」「良くなりたいといった治療意思を持って」医療機関を訪れる病識のある症例も多く、それにつれ「ライフスパンを視点に入れた縦断的関わりが重要となり、チームの力の充実が一層求められる」。よって、心理士が統合失調症患者の心理支援に関わる機会がいっそう増えていくことが予測される。

このような時に背景として重要な概念が、リカバリーである。アンソニー（Anthony 1993）はリカバリー（回復）について、「精神疾患からの回復は、病気そのものからの回復以上のものを含んでいる。精神疾患を持つ人は、自らに取り込んでしまった偏見から、治療環境の医原的影響から、自己決定の概念が乏しかったことから、仕事をしていないことの否定的影響から、夢破れたことから、回復する必要があるかもしれない」「回復に共通する要素は、回復を必要とする人を信じ、その傍にいる人の存在である。必要な時に《そこにいる》ことを期待できる人が回復には不可欠である（後略）」と述べている。軽症化しているとはいえ、統合失調症の完全治癒は多くはない。その疾患の困難さと受け入れの苦悩を十分慮（おもんぱか）ることも、またアセスメントから本人の強みや資質を見出し、励ましながら支え見守ることも、心理士に必要な姿勢である。疾患を抱えながらも日々治療やリハビリテーションに通い、時には家族や友人らと生活を楽しむ彼らの生き方に敬意を表しつつ、リカバリーの過程を共に進みたいものである。

(b) ARMS：統合失調症の前駆状態を前方視的に発症リスクのある状態と捉えたものである。近年統合失調症の早期介入は世界的に注目されており、明確な精神病症状を呈する以前のいわゆるARMSに対して介入することが重要とされる。しかしARMSのすべてが統合失調症を発症するわけではなく、安易に抗精神病薬を使用することや、ARMSとレッテル貼りすることで生じるスティグマなどの倫理的課題が生じうる（山口 & 水野 2016より抜粋)。

(c) **就労支援**：就労を一つの目標と考える統合失調症患者は多く、就労は回復の一つの形といえる。障害者雇用促進法により、現状では民間企業は精神障害者を含めて2.2%の法定雇用率を上回る障害者を雇用しなければならない(「東京都・障害者雇用促進ハンドブック」)。厚生労働省による「平成30年度障害者雇用実態調査結果」では、精神障害者保健福祉手帳を取得して雇用されている精神障害者のうち統合失調症は31.2%を占めている。精神障害者の就労支援のための機関やプログラムについて知っておくこと、また精神障害者の就労に必要な事柄を理解し必要に応じて心理支援に役立てることが望ましい。

文献

- Anthony, W. A. (1993) Recovery From Mental Illness：The Guiding Vision of the Mental Health Service System in the 1990s. *Psychosocial Rehabilitation Journal*, 16：11-23〔濱田龍之介訳「精神疾患からの回復 —— 1990年代の精神保健サービスシステムを導く視点」『精リハ誌』2 (2)、1998〕
- 昼田源四郎 (2007)『統合失調症患者の行動特性 —— その支援とICF』金剛出版
- 池淵恵美 (2008)「家族心理教育を臨床の現場でどのように活用するか」後藤雅博、伊藤順一郎編「統合失調症の家族心理教育」『現代のエスプリ』489、至文堂
- 厚生労働省「平成30年度障害者雇用実態調査結果」厚生労働省職業安定局障害者雇用対策課地域就労支援室 https://www.mhlw.go.jp/toukei/list/111-1.html (2020/10/30閲覧)
- 厚生労働省「患者調査」 https://www.mhlw.go.jp/toukei/saikin/hw/kanja/17/index.html (2020/10/30閲覧)

・須賀英道（2017）「統合失調症の減少と軽症化はあるのか」『精神医学』59（11）、1019-1027.
・東京都産業労働局雇用就業部就業推進課（2019）「令和元年度版　事業主と雇用支援者のための障害者雇用促進ハンドブック」令和元年９月発行
・浦田重治郎他（2004）「統合失調症の治療およびリハビリテーションのガイドラインの作成とその実証的研究」『心理教育を中心とした心理社会援助プログラムガイドライン』心理社会的介入共同研究班、2004
・臺弘『分裂病の治療覚書』創造出版、1991
・内海健（2017）「軽症化時代における統合失調症の精神病理 ―― 七つのアレゴリーによる変奏」『精神医学』59（11）、1011-1018.
・山口大樹、水野雅文（2016）「統合失調症における早期介入」『臨床精神医学』45（8）、1041-1046.

第6章

ひきこもりの事例

井利由利（青少年健康センター）

第1節　はじめに —— ひきこもりとは？

ひきこもりは1980年代後半から1990年代前半にかけて社会問題の一つとして知られるようになった。1980年代には「無気力化した若者」という文脈で語られることが多く、「平成元年度版青少年白書」では「周囲の環境や社会生活になじむことができなくなったり、積極的に適応する努力が困難になったりする」ような「非社会的問題行動」と分類されている。90年代には不登校になっている子どもたちがずっと家の中にこもり続けている現象が問題となり、不登校と学齢期を過ぎた「ひきこもり」が分化され、「ひきこもり」が問題化されるようになった。不登校の適切な支援がなされず、「待つ」という文脈のもと、放置されてきた層がひきこもる結果となっている。故に、ひきこもっている期間が長引けば、独力では抜け出せない悪循環が生じ、ますます出ることが困難になる。

ひきこもり支援には、積極的な第三者の介入が必要であるとされた。1997年と1998年には『朝日新聞』で「引きこもる若者たち」というタイトルで特集記事が連載された。記事を受け、新聞社にはひきこもっている若者やその家族から合計700通以上の手紙と700本以上の電話が寄せられたという。そして、2000年に事件が起こった。佐賀県のバスジャック事件、新潟少女監禁事件である。一連の犯罪報道により、ひきこもりは、より治療されるべき、訓練

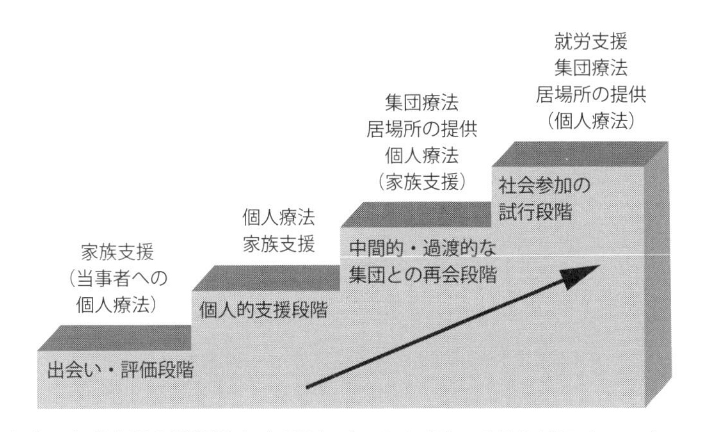

図 6-1　ひきこもり支援の諸段階（厚生労働省ひきこもりの評価・支援ガイドライン 2010）

されるべき、矯正されるべきものであるという機運が高まっていった。ひきこもりは大きな社会現象として注目されていく。2001 年には厚生労働省が全国の精神保健福祉センターと保健所に対応のガイドラインの暫定版を通達し、2002 年には NHK で「ひきこもりサポートキャンペーン」が行われ、2003 年には先に挙げたガイドラインの最終版が出された。どこに相談に行けばいいのかの中心は保健所となり、心理士がこの時点で援助の手から乗り遅れた感は否めないであろう。

2004 年には、「ニート」が登場する。「ニート」に関する議論の中でひきこもりはその一部として含まれるものとなり、ひきこもり支援の目標が就労に傾いていった。若者自立塾（2005 年開始）が開始され、思春期心性や心理的な苦悩を重視しない形でひきこもり支援が続いていく。そのような支援が功を奏するはずもなく、若者自立塾はほどなく破綻を迎えた。そして、ようやく 2009 年に子ども・若者育成支援推進法が成立し、ニートとひきこもりの分化がなされた。2011 年には東京都若者社会参加応援事業が開始され、それまで、バラバラにほぼ熱意と善意でひきこもり支援を行ってきた NPO 団体等が、東京都から事業として認められ、各 NPO 団体の連携とひきこもり支援への意欲の向上が図られた。

こうした紆余曲折を繰り返し、時代の波に翻弄されてきたひきこもり支援の中、30 年間にわたりひきこもり支援を継続的に行ってきた臨床心理士の団体がある（居場所Mとする）。相談・家族支援・家族会・居場所・社会参加準備支援ｘと段階的にしかもその段階を行ったり来たりできる伴走型支援を行ってきた（前頁、図6-1）。心理士としてひきこもりにどう関わっていけばいいのか。試行錯誤を繰り返し、それでも一貫して大切にしてきたことがある。ひきこもりは、その人の生き方の問題である。どう生きるかはその人が決める。そこに寄り添い、何等かのお手伝いや心理的な援助をしていくことである。そして重要なのが「繋ぐ支援」「広げる支援」である。今回の事例は、段階的に居場所Mを利用したひきこもりの男性の事例（架空事例）を提示する。居場所Mのスタッフは、臨床心理士、公認心理師、精神保健福祉士の専門家であり、メンバー対スタッフの比率はおよそ2対1で、きめの細かい包括的支援を行っている。

まずは、ひきこもりの定義、支援のガイドラインについて述べる。

1．厚生労働省（2010）「ひきこもりの評価・支援ガイドライン」による定義

さまざまな要因の結果として社会的参加（義務教育を含む就学、非常勤職を含む就労、家庭外での交遊など）を回避し、原則的には6ヵ月以上にわたって概ね家庭にとどまり続けている状態（他者と交わらない形での外出をしていてもよい）を指す現象概念である。なお、ひきこもりは原則として統合失調症の陽性あるいは陰性症状に基づくひきこもり状態とは一線を画した非精神病性の現象とするが、実際には確定診断がなされる前の統合失調症が含まれている可能性は低くないことに留意すべきである。

2．ひきこもりの統計

表6-1　ひきこもりの実態

調査機関名	調査対象年齢	ひきこもり者の割合	ひきこもり者（推計人数）
若者の生活に関する調査（2016　内閣府政策統括官共生社会政策担当）	15歳～39歳 人口3,445万人	1.57%	54万1千人
調査機関名	調査対象年齢	ひきこもり者の割合	ひきこもり者（推計人数）
生活状況に関する調査（2019　内閣府政策統括官共生社会政策担当）	40歳～64歳 人口4,235万人	1.45%	61万3千人

3. ひきこもり者への理解

ひきこもりといっても十人十色であり、ひとくくりにすることはできない。しかし、概ね、以下のように理解している。

(1) ひきこもりの若者たちの心的世界は思春期・青年期における一般的な若者たちと何ら変わりはない。
(2) ただひきこもりの若者たちは不透明で時には過酷な思春期を過ごしたため心身の安全を保つために手に入れた防衛の術によって主体性を剥奪され、他者に左右されずに人間関係を自らが選ぶということができずにきてしまった。
(3) 従って、さまざまな仲間や他者との関わりの経験をしないまま、その術をより強めてしまい、極端になり、越えられるはずの発達課題を不幸にして越えられなかった。
(4) 生きる意欲、生きる覚悟を持つためには、何よりも、まず自分の人生を自分で漕いでいるという主体性の回復が重要である。

1990年末から社会問題として注目されてきたひきこもりであるが、統計の資料からも、その数は減っておらず、20代でひきこもった人が、そのまま40代になっていまだ改善されず苦しんでいる。さらに、ひきこもり者は複合的な問題を抱えている場合が多い。貧困の問題（生活保護受給など福祉課との連携が必須)、虐待や発達障害、PTSD（Post Traumatic Stress Disorder: 心的外傷後ストレス障害）など精神障害の問題（医療機関、保健所、障害者支援機関との連携が必須)、就職の問題（就労支援機関との連携が必須）などである。したがって、連携・協働、ネットワークづくりなくしてはひきこもり支援は支援とは言えない。まずは思春期心性や、病態に照らし合わせたアセスメント、ケース・フォーミュレーション、その人が生きる覚悟が持てるような土台となる安心できる環境の提供、そのための家族調整が大切となる。あくまでもその人が選び取る人生を尊重し、さまざまなネットワークを用いて適度な距離感を持ちつつ伴走していくことが重要である。

第２節　事例

Ａ氏。25歳男性。母子家庭。

母親はピアノ教師。ふたり兄弟の次男で、兄（５歳上）は有名国立大学に進学し、会社員。本人も小学校から成績優秀で、大学に進学した。大学前期はなんとか通おうと努力するが、夏季休暇明けには行くことができなくなることを繰り返し、５年間断続的にひきこもる。現在休学中。母親が主治医に相談し、居場所Ｍを紹介された。見学を経てＸ年10月に入会となった。

１．病歴等

幼少期はおとなしく、ひとり黙々と遊んでいることが多く、手のかからない子だった。ただ、砂場でずっと集中して何かを作っているなど、そのような時は先生の声が耳に入らず、集団の中に入れないこともあった。ほとんどしゃべらず、ボーッとしてニコニコしているところがあった。小・中と成績優秀で学校では、いつもニコニコしているような子だった。高校は、私立の進学校に入学。その頃から行き渋りが始まった。中学まで仲の良かった人と別れてしまい、友達と呼べる人がひとりもいなくなった。当時のことを振り返って「世の中の人がどのようにものを考えて行動しているのかわからない不安」「人には裏と表があって、それはわかるけど、見てたらわからない。こんなにニコニコしていても腹の内はわからない。それが不安」と述べた。成績が落ち、集中できない。夜眠れなくなり、授業中に寝ていることが多くなった。「今までは勉強が楽しかった。でも日常生活に関係ない勉強が、何のためにやるのかわからなくなって、やる気がなくなってしまった。やらなければならないことはわかっているけれど」。容易にパニックを起こし（自分がどうしてここに居るのか、ここがどこなのかがわからなくなる）、些細なことで感情的になった。

母親の勧めで精神科クリニックを受診。軽度のうつ状態と診断された。大学に進学するが、なじむことができずに、履修登録でパニック状態となった。母親に助けてもらって何とか履修登録はできたが、次第に大学に通えなくなった。本人は発達障害の本を読み自分で「全部当てはまる。自分は欠陥人間として生まれてきた自覚はあった」と自らクリニックで検査を希望した。WAIS-Ⅲでは、すべて平均の上であり、能力は非常に高いが、処理速度が極端に低かった。広汎性発達障害の疑いありと診断されるが、この頃から本人は、発達障害という言葉を口にすることがなくなった。「そもそもこの社会がどうなっているのか、何を求められているのかもわからないし、どう聞けばいいのかもわからない」と述べ、日常的に非常に緊張している状態のようであった。

2. 経過

1）インテーク面接

インテーク面接は居場所Mのチーフであるスタッフ B が行った。

B から見た A は清潔でカジュアルな服装。色白の好青年といった印象だった。入会面接は、スタッフ全員に情報を知らせるので、話したくないことは話さなくてよいと本人の同意を受けて始める。これまでの経緯、家族関係、通院歴、対人関係において気をつけてほしいこと、居場所M入会の目的が主な項目である。成育歴は通り一遍の話に終始し、ネガティブなことはほとんど語られなかった。母子家庭で家計があまり豊かではないこと、大学に復学して、早く就職したい、そのために居場所Mに入会を決めたこと。休学中であり、復学するためにも、「人に慣れることが必要である」と述べた。小・中学校では、ほとんど友人はいなくてひとりの人と一緒に過ごしていたこと、その人が集団に入れてくれていたこと、ただ上履きを隠される、ものがなくなるなどのいじめも少しあったことが、笑顔で語られた。終始笑顔を絶やさず、その裏の緊張感が見て取れ痛々しい感じさえあった。

話の中心は、音に敏感で困っていること、大きな音を聞くとびっくりして、そのあと耳鳴りみたいな音がずっと聞こえている。休学してからそうなった。「大きな音を出さないように頼んでいるが、母親が、食器をガチャガチャ鳴らしたりするので困ります」と述べた。居場所Mの対処について聞くと「まあ、大丈夫です」。パニックについては、そうなる前の兆候を聞くと「頭が下がっていって、何も話さなくなる」と話し、スタッフも気をつけてみること、「自分でも部屋を移動してクールダウンするようにできますか？」と聞くと「はい」と明るく返事をした。コミュニケーションは非常に丁寧で硬い印象、紋切型であった。入会前の見学では、初回にしてはにこやかでボードゲームなどの覚えも早くゲームに熱中し、楽しそうであった。

2）主治医と連絡

インテーク面接後、主治医と連絡を取り、今後の方針について話し合った。親子とも支援に繋がりにくく、これまで、地域の支援に繋がらなかった。母親も本人も傷つきやすく、言葉に敏感である。家庭以外の居場所ができることが望ましい、母親の不安定さが相乗的に本人に影響しているところもある、ゆくゆくは障害者手帳を取得したほうが良いと思われる、などを共有した。

3）居場所Ｍ入会

居場所に参加。スタッフは、日々の活動を通してミーティングを行い、アセスメントとケース・フォーミュレーションをその都度変更していく。アセスメントは、場やスタッフとの関わりによって変化し、関係性の中で判断されるものであることを常に留意するべきである。特に居場所においては、あくまでスタッフもチームメイトとして、できる限り利用者と対等にいることが重要となる。したがってスタッフのひとりである「私」から見た「私」との関係性を前提としたアセスメントに過ぎないことを忘れてはならない。複数のスタッフで判断を重層的に共有することが大切である。

居場所活動の中では、気分の波がかなりあり、調子の悪い時にはほとんど話さなかったり、別室で休んでいることもあったが、自身をコントロールしようとしていた。また、気分の波と母親の不安定さが連動していることが見て取れた。人に対する気遣いがかなりあり、ちょっとでも相手を傷つけたのではないかと思うと急に落ち込んでしまうことがあった。調子の悪い日は、「調子悪いので帰ります」とすぐに退室する日もあった。自分でコントロールできることはいいことであると伝えていった。また、時間を守らないメンバーに対して腹を立て、自分の苛立ちを口に出してしまったことでしばらく来られない日もあった。客観的には、ほとんど目立たない言動であったが、本人の思い込みの強さと対人関係において自分にも他者にも“こうであるべき”姿を求め、苛立ちを我慢し、自身のできなさに傷ついていた。インフォーマルなコミュニケーションは独特で、自身の興味のないことは全く話さない、興味のあるアニメ等については相手がどのように思っているかにかまわず話し続けてしまうなどがあった。3ヵ月後のアセスメントとケース・フォーミュレーションは以下のようになる。

アセスメント

（1）おそらく広汎性発達障害（以下PDD: pervasive developmental disorders）であるが、頭の良さでカバーしてきた。それが感情的に破綻しそうになると自らの感情を認識できずに、パニックを起こす。

（2）幼少期からニコニコすることで周りの叱責等をかわしてきたが、それは彼が生きるために身に付けてきた防衛の術であり、基本的には、人の気持ちや事情をうまく理解できずに必死に生きてきた。

（3）パニックや気分の不安定さ、感情がコントロールできない自身への恐れは二次的な障害であり、安心できる環境と仲間がいることによって緩和される可能性がある。

（4）母親との関係性により、不安が強くなり主体的行動が阻害されている可能性がある。

ケース・フォーミュレーション

X年10年＋3ヵ月

〈問題の明確化と仮説の検証に向けて〉

A氏にとって居場所Mが安心できる居場所となれば、パニックや感情のコントロールが軽減すると思われ、スタッフがいかに安心できる場を用意できるかが課題である。

A氏の発達特性により、変わることができるところと変われない（変わらなくてよい）ところを見極める。また、母親面接を行い、A氏の幼少期の聞き取りと同時に母親のエンパワーメントを図ることとした。

4）母親面接

母親は、「居場所Mに通うようになってずいぶんと暴言やパニックを起こすことが減って落ち着いてきた」と話した。父親は本人が3歳の時に病死した。「Aはほとんど父親の記憶はないと思います」「父親は今思うと発達障害だったかもしれません。絵がとても上手でギターも弾いていましたが、こだわりが強く、子どもが生まれても部屋に閉じこもっていることが多く、会社でも人とうまくやれていないようでした」。父親の弟ははっきりわからないが、自殺したと聞いており、Aも自殺するのではないかと常に心配してしまうとのことであった。母親は、パートやピアノ教師としてふたりの息子を育てた。兄は会社員ですでに家を出ており、兄弟仲は悪くないが、ほとんど関わりがない。「家では常に何かにフォーカスしていて、今いいですか、と言ってからでないと対話ができない。何かしている時に話しかけると急に怒り出すことがある」「どうしてもびくびくしてしまって自分の言いたいことが言えない」「ちょっとした言葉に引っかかって、延々と話が続いて、止まらなくなることがあるので、話すのに気を遣ってしまう」と話した。今まで培ってきた対応をねぎらい、月1回の面接を継続した。

3回目の面接で、障害者手帳の取得、年金の話を切り出すと、「そうですね。私もそれがいいと思います。でも本人がどう思うかわかりません」と話した。母親から話すことは今のところ避け、こちらからタイミングを見て本人と話してみることを伝えた。

ひきこもり者の親は、日々の生活での気遣い、長年かかっても変化がみられず、一進一退を繰り返している中、大変疲弊している。こうした家族のエンパワーメントに必要なのは、家族に支援のパートナーになってもらうことである。大切なことは、家族が当事者の本当の気持ちを理解していくプロセスであり、直接的な対処法の教示はしばしばその場しのぎに過ぎない。目指すべきは、母親が支援スタッフとしての誇りと自信を持って当事者のひきこもりに伴走でき、支援できる心境になることである。面接の中で、親は一個人として自分の人生を楽しんでよいこと、それが子どものためにもなることの理解を得、互いの不安が相手に投げ込まれると、相乗効果でより不安が高まり、身動きができなくなることに気づいてきた。

5）居場所Ｍでの様子

Ｘ＋１年　居場所にも慣れ、定期的に安定して通うようになった。「母親のカウンセリングをありがとうございます。母が助かってます」と母親が安定してきたことで本人も安定してきた。コミュニケーション・パターンはほとんど変わらず、話題も限られ、アニメやそれにまつわる話を一方的にし続けることが多い。スタッフはＡ氏の好きなアニメを自ら観て話題を合わせるなど、工夫した。好きなアニメのキャラクターや歴史上の人物など、共通の話題を話すことによって自分自身も気づいていない対象化した世界で無意識に自分を語っていることがある。そうした語りのプロセスの中で人と繋がれた実感を持てるようになる。Ａ氏が安定して居場所Ｍに来られるようになったのは、こうしたプロセスがあったからである。無意識レベルで起きていることに言葉を足していくことが、心理士にできることである。

次にエピソードとしてある日のハイキングの様子を記す。

「河原で遊ぼう！」。　暑い日だったがよく晴れ、豊かに流れる川はきらきらと輝き、周りの緑とともに、すがすがしい空気が心地よい日であった。ずっと梅雨の雨が続き、雨で中止になるかと思っていたが梅雨の晴れ間となり、ほとんど人もいなく参加者35人が思い思いに散らばって遊ぶことができた。参加は自由であり、事前の出欠も取らない。いつでも来たい時に来られるプレッシャーのない場にしている。釣りをする人、網を仕掛ける人、緑の森に入って吊り橋まで散策する人、胡瓜や西瓜を川の冷たい水で冷やして、西瓜割りもした。川面に石を投げぴょんぴょん遠くまで飛ばしっこをしたり、川に入って遊ぶこともできた。

Ａ氏がひとり森の奥に入っていったので、スタッフＣがついていくと、Ａ氏は昔、兄とよく昆虫採集でカブトムシを捕った話をし始めた。「こういうところによくいるって兄が教えてくれて、本当にたくさん捕れました」と腐葉土と木の枝の間をのぞき込んだり、前の晩に樹液を木に塗っておくと朝、そこにカブトムシがくっついて、やったー！って感じですよね！」楽しかったのかどうだったのかと聞くと、どうだったんだろうと言うように、ちょっとはにかんで「いやー」と首を振った。ふと「自分はあまり自分の話をしたことがないですね。アニメの話とかするけれど、いつもそこに自分はいない。そのアニメとどう関わってきたのか、当時の自分にとってどういうものだったのか、何を感じていたのか」と話した。スタッフCが「そう言えば聞いたことがないかも。例えばAさんの部屋がどんなお部屋でそこで何をしているのかとかわからないなあ」と言うと、「自分がないんですかね。自分のことがわからないんです」と目を伏せた。スタッフCが「カウンセリングを受けてみたらどうかな。スタッフ誰でもOKだよ。自分で選んでいいし」と伝えるとしばらく考えてから「そうですね。だったらBさんに頼もうかな。母もみてもらっているし、知ってもらっている方がいいので」と話した。

6）カウンセリング

X＋1〜1.5年　居場所Mの活動と並行してほぼ月1回60分のカウンセリングを開始した。この世界はA氏にとって、よくわからない世界であり、必死に環境や人に合わせようと生きてきた。「自分のことがわからない。自分についてあまり考えてこなかった」と話した。

小学校高学年までは、それなりに楽しく過ごせたが、中学に入って変わってしまった。それまでの自分ではやっていけなくなった感じ。違和感だけがどんどん膨らんで、とてもやっていけない、いつまでこんなことを続けていかなければならないのかと、絶望的になった。高校時代は、受験対策で高校生活が精いっぱいとなった。好きな科目は集中できるが、興味のないものはやる気が起こらず、そんな自分がいやで勉強に対する興味を失った。でも何とか大学に入れば何か変わるかもしれないと頑張ったと思う。〈頑張りましたね〉と伝えると「そうですね。うん、頑張ったのかな」と微笑んだ。大学はなじめなかった。「授業中も私語を話している人がいて、どうして先生は注意しないんだろうと思っていた。最初は話しかけてくれる人がいて、次の授業どうするって聞いてきたので何を言っているんだろうと思ってわからなかった。授業は出るのが当たり前だと思うし。それから、その人は話しかけてこなかったし、自分も話そうとは思わなかった」と話した。

面接はゆっくり、A氏のペースで進むよう心がけた。何かの言葉に引っかかるとそこから話が膨らみすぎて、理解が追い付かず、本題から逸れた話が延々と続く。話したいことを話せることと、話をまとめていくことのバランスを少しずつ指摘していった。「例えば、お茶いかがですかと聞かれて、はい、いただきますって言った時に、自分は別に飲みたいわけじゃないのに、そう答えてしまう。後で、自分はどうだったのかと考えると、何であの時、いただきますって言ってしまったのだろうと、自己嫌悪に陥る。もっと考える時間が欲しいのに、それを与えてくれない」「自分は、よくわからないので、必死に相手が何を望み、どう答えれば正解なんだろうと考えて疲れてしまう。でも、友達とかはほとんど考えていないみたいだ。考えないってことは自分のことを思ってくれていない、嫌われているんだと思っていたけれど、そうではないんですね。自分が考えすぎなだけで、他の人はさして考えていないだけ。自分が凄すぎたってことですね！」と述べた。

居場所Mは「とても楽しい！　自分が本当は小さい頃から居場所を求めていたのがわかった。特に一泊旅行とかバーベキューとか、自然が好きなこともわかりました」と話した。しかし、過去のネガティブな記憶を語ると、具合が悪くなり、パニックを起こすことが増えた。そのため過去についての話は控え、現在から未来への話を中心とした。落ち着きを取り戻し、パニックを起こすことがなくなった。また、「Bさんには、最近のアニメの話とかわかりづらいみたいだから、わかるようにまとめてきます。話をまとめる練習にもなると思うし」とレポート用紙にアニメのあらすじをわかりやすく書いてB相談員に持ってきてくれるようになった。それを見て、アニメの話もしながら面接を進めた。PDD（広汎性発達障害）特性について触れようとすると、「今、誰でもかれでも発達障害じゃないですか。僕はそれはどうなのかって思います」と拒否感が強く、怒りもあらわにした。

4月には、A氏の強い希望があり、主治医の許可を得て、大学復学を決めた。1年半を経てのアセスメントとケース・フォーミュレーションは以下のようになる。

アセスメント

（1）居場所Mに慣れ、パニックを起こすことがほとんどなくなった。

（2）親しい友人はいないが、仲間関係の取り方は、A氏独自のものである。

安心できる場（居場所）の中で彼なりの仲間意識、親しみを持つことができている。

（3）コミュニケーションについても自覚ができ、話が冗長すぎないように練習している。居場所Mでも、人の話に耳を傾け、それに対する応答が上手にできることが増えてきた。
スタッフが、A氏と話ができるよう自らもアニメを観て、会話をしていくと、A氏は、会話のキャッチボールの楽しさやスキルを学ぶことができる。

（4）PDDの受容はまだ難しい状況であり、タイミングを見計らうことが必要である。

ケース・フォーミュレーション

X＋1.5年　〈問題の明確化と仮説の検証〉　本人の強い希望があり、大学復学を決めたが、大学側のフォローは必要と考え、合理的配慮を依頼する。学生相談室と連携をとる中で本人の希望に沿った支援を継続する。繋がりが切れないように、大学の長期休暇は居場所Mに通うことを本人も希望している。母親は安定してきているが、変化の時でもあり、面接を継続していく。本人のカウンセリングはいったん休止し、学生相談室を中心におき、必要があれば随時行うこととした。また、PDDの自己受容、手帳の取得について引き続き、検証しながら寄り添うこととした。

7）大学復学

X＋2年　復学を果たし、通学することができるようになった。学生相談室、相談員Dと連携をとった。大学には三つのポリシーがある。アドミッション・ポリシー、カリキュラム・ポリシー、ディプロマ・ポリシーである。合理的配慮を検討する際に参考となる。特にアドミッション・ポリシーにはどのような能力を持った学生を大学の入学者としていくかの方針であり、他者能力を理解し、伝達をアドミッション・ポリシーとしている大学だとコミュニケーション不全に対する合理的配慮は受け入れられない場合もある。グループワークを苦手とするA氏にとっては厳しい環境となった。居場所Mのような配慮は望めず、A 氏はしばしば学生相談室に駆け込んだ。

相談員 D は、具体的な履修の仕方、教授との付き合い方を丁寧にアドバイスし、パニックになりそうになって駆け込んでくる A 氏を支えた。「僕が相談室に行けるようになったのは居場所 M のおかげでした」とのちに A 氏は語っている。しかし、グループの任意集まりの時間を忘れて反故にしてしまう、その一方、やるべきことをしてこなかった学生に対して、非常に腹が立ち、パニックになりそうになる。グループの中に入っていけない。自分が話をし始めると、すぐに話題が変わってしまって誰も聞いてくれない。みんなが自分にはわからない話をしている。スケジュール管理が苦手で試験前には母親に手伝ってもらわなければならない。苛立ちや怒りは次第に悲しみへと変化し、通うことが困難になった。相談員 D は、本大学の方針が A 氏には合わず、グループワークが必修で厳しく、卒業は難しいかもしれないと B 相談員に話した。

8）退学から中間的就労へ

X＋3年　春休みに居場所 M に通い、相談員 B と面談をした。「大学はやめようと思います。自分には無理だということがわかりました。お金もかかるし、それだったら働いてみたいです」「以前に B さんが発達障害の話をしたじゃないですか。自分は、発達障害なんですかね、やっぱり」と自ら切り出した。発達障害の特性、診断が下りていることから、認定されて、それでやっていく方法もあることを伝えた。「それって障害者としてやっていくってことですよね」「自分の中には、障害者＝悪っていうのがあるんですよ。それは差別意識かもしれないけど、障害者にはならない、甘えてはいけないってずっと頑張ってきたのに……」本人の怒り、悲しみを受け入れつつ、ここで話さなければと相談員 B は覚悟を決め、障害者手帳、障害者就労等の制度について説明した。

アルバイト等働いた経験がないことから、居場所 M で行っている独自の中間的就労（メンバーがふたりチームになって週 1 回、2 時間からその人に合わせた働き方を提供する仕組み。定期的に社会参加担当相談員 E と面談し、相談員 E は企業との間に入ってジョブ・コーチ的な役割を担う。履歴の有無を問わず、ケアとしての就労を目指している）を利用した。週 2 日、2 時間の清掃業務である。

居場所Ｍに週２日通い続け、生活のリズムを整えた。働いてきちんと報酬をもらうことによって働くことへのイメージと自信をつけることができた。一方で、相談員Ｅとの面談で、肩の力がずっと抜けず、２時間でも異様にくたびれることや、期待に応えようと頑張りすぎること、耳からの情報を聞き逃しやすく、メモを頻繁に取らないとやっていけないことなどが課題として挙がっていた。

9）中間的就労から就労支援へ

Ｘ＋3.5年　ある日、Ａ氏から「話があります」と相談員Ｂに申し出があり、話を聞いた。「障害者就労を目指した方がいいのではないかと思い始めています。メンバーのＧさんもＨさんも障害者就労なんですよね。おふたりに話を聞きました。でも、まだ何か納得できません。よくわからないんです」。相談員Ｂは、〈迷っているのは当たり前です。焦る必要はありません。障害者枠のメリット・デメリットなど制度のことも含めて話を聞いてくれて教えてくれる精神障害者雇用トータル・サポーターＩさんを紹介しましょうか〉と提案した。Ａ氏はすぐに同意し、一緒に会いに行く日を決め、相談員Ｂが同行した。トータル・サポーターＩは、丁寧に説明をし、本人が決めることなのでじっくり考えていいこと、その考える指針とこちらの判断も含めてもう少し話を聴かせてほしいと提案され、次回の予約を入れた。面接を重ね、一般枠と障害者枠と両方を視野に入れてしばらくやってみること、そのために障害者手帳を取得しておくことになったと報告があった。また、すぐに就職活動を始めるにはまだ準備ができていないとして、訓練のためにも就労移行支援事業所を利用することを決めた。いくつか候補があり、２ヵ所、Ｂ相談員が同行見学をし、体験を経て、入所となった。その際、居場所Ｍとしばらくは並行して通いたいという本人の意向から、週２日から始め徐々に日数を増やしていった。必要があれば、連携をとることを確認した。

Ａ氏は、居場所Ｍはリラックス・遊びの場・人と付き合う場、事業所は仕事の訓練の場と分けており、自分の望む人間関係のあり様を自分で選びとることができるようになっていった。通所して２年、就職することができた。相談員Ｂとの面談は２～３ヵ月に一度と頻度を減らし、事業所へ移行した。連携の機会もほとんどなく順調に進んだ。就職後も定着支援として、居場所Mのイブニング・コースに通っている。居場所Mでのたわいない会話、ゲームなどの遊び、給料日には、スタッフ、メンバー皆のためにケーキを買ってきてくれるなど。また年2回の一泊旅行をとても楽しみにしている。

第3節　事例の考察

A氏は自我が目覚める前思春期において、それまでの自分では対処できなくなり、人に合わせることで自分を守り心的防衛をしてきた。発達障害の特性はあるものの、それが個性として受け取られずに、つらい青春時代を送らざるを得なかった。おそらく、この時期は発達障害もまだよく知られておらず、周りも気づくことができなかったと思われる。

1. A氏にとっての居場所の意味

ひきこもりの方の2割から3割に発達障害あるいはその疑いの人がいる。彼らのほとんどは人との繋がりを求めている。受け入れられた経験があるからこそ、ひとりでいることの快適さを実感できるのであり、決して拒否されたくないのに、自らは拒否される、受け入れられない存在であると感じている。彼らがボールを投げた時、必ず受け取ってボールを投げ返してくれるところであれば、A氏のように人との対話のキャッチボールを楽しむことができる。そしてバランスよく相手の話を聴くことができるようになる。コミュニケーションは、少しずつであるが確実に変化がみられた。ある利用者は「こんなこと、こんな景色が好きだったんだ、と気がつくと、それが凄い自分のエネルギーになる」と教えてくれた。好きなことを好きと言い、思いっきり話してそれを受け止めてもらう体験が必要である。それが実感できれば、いつも話す必要はなくなり、自分で抱えていけるようになる。

また、人間関係の距離感は人それぞれで異なり、どの人とも同じように接することは不可能である。自分にとってほどよい距離感は、人間関係のさまざまな体験をしていく中で、自然と身に付くものであるが、わかりづらく心の開き方やその加減など考えだしたらきりがない。そこを完璧にやらなければならないという人間関係へのこだわりを持っている人は少なくない。自分に対する自己否定感が強いと人は際限なく自・他に対してあるべき姿を求め、それをどんどん強くしていく。等身大の自分を認め、受け入れるには、自己肯定感が必要である。

こうなりたい理想の自分と現実の自分のギャップに苦しむ若者たちにとって、彼らを支え、乗り越えるのに必要なのは、安心できる場、自由にふるまえる場である。主体的にさまざまなことに挑戦して失敗し、また挑戦していくという思春期の発達を支える安心、安全な場（という感覚）である。スタッフがひとりひとり自分の持つ距離感を大切にしながら、辛抱強くA氏の話を聞き、受け入れ認めていったプロセスは、スタッフとA氏が互いに成長していったプロセスでもあった。多様なメンバーを代えることではなく、そのままのあり方で共にいようとする。その心は「あなたのことをもっと知りたい」である。結果としてメンバーに変化がみられるが、まず「居られること」から始まり、それの結果は目的ではなく、副産物である。目的の設定は居場所にはそぐわない。共にいることや対話の中から新たな繋がり、新しい物語が生まれる。

2. 複数の支援者がチームで支える

ひきこもり問題は、個人の問題に局限されるものではなく、相互作用である。本人を取り巻く家族や社会情勢、使える社会的資源との関係が非常に大事となる。したがって、個人カウンセリングは、本人の自己理解と無理のない本人と周りの繋がり方に注目すべきである。カウンセリングは、うっすらと感じていた出来事における感情を言語化することで、バラバラだった体と頭と心の一致を促し、過去、現在、未来が分断されている感覚、自分が空っぽな感覚を、相談員Bとの繋がりによって埋めていった過程であった。重要なのは、相談員Bが太いパイプを持ちながら、さまざまに人と人を繋ぐ役目を果たしたことである。主治医との情報共有、母親と本人の距離が適切に取れるように母親面接を行った。居場所スタッフ（事例では相談員C）との繋がり、大学学生相談員D、中間的就労の支援スタッフである相談員E、トータル・サポーターI相談員、就労移行支援事業所の方、中間的就労先の社員などである。リファーや引継ぎは連携とは呼ばない。行ったり来たりできる伴走型のチーム支援が基本である。各相談員がそれぞれ自身の持つ場と役割における専門性を活かし、それを互いに活かし合うことを行った。人との繋がりを多くし、A氏のネットワークを広げていくこと、それによって人に頼る術を学び、人の中で生きていくことができる。

3. 私たち支援者と利用者が目指すもの

彼らがいかに主体性を剥奪され、人の顔色ばかりを窺って生きてきたか、そのために生きるエネルギーが枯渇し、心が疲弊してきたか、またそれを補うためにいかに「べき」論に縋ってより自分を苦しめてきたかを思う。したがって彼らの主体性の復活が最も大切である。A氏は、自分の障害を自分で納得し生きる道を選択するのに、大学での経験、職場での経験が必要であった。生き方は、支援者の言葉で説得してよいはずがない。私たちにできるのは、彼らの選択可能性を保障することである。狭い面接室のみの治療では選択する力、すなわち社会性は育たない。

「僕はここに居ていいんですか」とよく彼らは言う。自身の存在が不安であり、できればその場から消えてしまいたいと感じている。彼らの葛藤は生きる・生きられないという葛藤であり、生きることを覚悟するまでに時間がかかる。その時間を焦らず、寄り添っていくことが必要である。外が怖く、内にこもらざるを得ない彼らにとって、そこに「居られる」ことがいかに難しいのか、いかにその場を作らなければならないかを、もっと意識していかなければならない。幼児が砂場でひとりで遊べるようになるには、遠くのベンチに座っている母親の存在があるからである。幼児がふと我に返った時、不安で怖くなった時、帰れる場所、母の存在がある。そしてそれがもう少し大人になって内在化されれば、母親（的存在）がいなくても、心の中にある母親（的存在）が、安心感を与えてくれる。ひとりで、不安を抱えていけるようになる。

A氏は「この間の一泊旅行の時、突然気づいたんですよ。あっ、自分は自由なんだって」と話した。一泊旅行は、実はあまり自由ではない。集合時間、出発時間など決まりを守らなければならない。それなのになぜ、A氏は突然「自由なんだ」と気付いたのであろうか。「遊び」（居場所Mでは「活動」という）は、意識と無意識の重なり合うところに位置する。それは自己と他者が重なり合うところに位置する。守らなければならない決まりがあっても、自由でいられるのは、その規則に縛られ自分を埋没させてしまうのではなく、自己と他者の間、つまりは他者に自己を委ね、自己に他者を委ねることができる状態ではないのか。この自明のことができていなくて苦しんでいる状態がひきこもりの心性である。一泊旅行の中、自然や、仲間と同じものを見て、同じものを食べる、一緒にカードゲームをする、感嘆する、びっくりする、共に笑うなどの体験を自分のものとして、自己を消してしまうことなく自身の感情を感じることができるようになったということではないだろうか。それは、他者に合わせて生きてきた、自分がわからないと訴えるひきこもりの方々が、幼い頃、「遊び」によって「自分が生きている」と実感できた頃を取り戻す、すなわち、「自分」と「自分でないもの」の間に境界線を引き、自己への信頼感を再び取り戻すことができた瞬間だったのではないだろうか。人は「自分」と「自分でないもの」の境界線がないと、怖くなり、他者に自分を委ねることができないのであるから。

ひきこもりは病態ではなく、現象である。その病態はさまざまであり、保健医療分野との連携、障害福祉などの福祉分野との連携なくしては成り立たない。しかし、ひきこもり支援は、生きることそのものへの揺らぎ、葛藤につき合うことである。治療ではなくリカバリーする（その人にとっての本来のあり様を取り戻す）ためのお手伝いをすることであると考える。

文献

- 厚生労働省（2010）「ひきこもりの評価・支援に関するガイドライン」
  URL:www.mhlw.go.jp/file/06...Shakai/0000147789.pdf（2020/11/5 閲覧）
- 石川良子（2007）『ひきこもりの〈ゴール〉「就労」でもなく「対人関係」でもなく』青弓社
- 斎藤環（1998）『社会的ひきこもり —— 終わらない思春期』PHP 新書
- 日本臨床心理士会、江口昌克編（2017）『ひきこもりの心理支援』金剛出版
- ジョエル・ライス・メニューヒン、山中康裕編（2003）『箱庭療法』金剛出版
- 鍋田恭孝（2007）『変わりゆく思春期の心理と病理』日本評論社
- ウィニコット、D. W.（1979）『遊ぶことと現実』岩崎学術出版社

第7章

不妊治療後、妊娠・出産に至った夫婦の事例

河野千佳（日本大学文理学部）
和田佳子（聖徳大学看護学部）

第 1 節　事例

1. 結婚当時

A：29 歳の女性、元銀行員で都内在住。BMI は 23 で、体型は肥満ではないが少しふっくらしている。初経は 11 歳、月経周期は不順である。原家族は両親と 3 歳上の姉である。

B：夫 31 歳、銀行員で忙しく夜遅くまで仕事があり、終電になることもある。原家族は両親のみである。

2. 結婚 —— 子どもについて考える

A は、B とは大学卒業後に就職した職場で知り合い、2 年間の交際を経て結婚した。A は結婚を機に退職し、その後は派遣会社に登録して派遣社員として事務の仕事を週に 4 日している。A も B もともに結婚してしばらくは二人きりの時間を楽しみたいと思い、とりあえずは避妊していた。結婚して 1 年が過ぎ、A（30 歳）は、B（32 歳）に「子どもはどうする？」と聞くと、B が「そうだね、子ども、そろそろ考えようか」と言ったため、避妊をやめることにした。

さらに 1 年後、A31 歳、B33 歳の時に、「また生理が来ちゃった、子どもできないねぇ」と A が言うと、B は「そのうちできるんじゃない？」と答えた

ため、Aは「あれ？　妊娠に向けて頑張ろうとしてきたこの1年を、どう考えるのかな」と感じた。

3. 周囲の状況

Aは2ヵ月前に大学時代の友人から妊娠したと聞かされていた。彼女は妊娠中期で妊婦生活を送っていると言う。その時Aは「あれ、わたしはまだ？」と取り残された気がした。

3歳上の姉は、今の自分の年で姪Tを出産している。Tは3歳でかわいい盛りである。姉の家に遊びに行ったときに、「避妊をやめて1年経つんだけど、子どもできないのよね。お姉ちゃんは今の私の年でTちゃんを産んだんだよね。タイミングかなぁ」とAが言うと、姉は「最近は不妊も多いって聞くよ。実はわたしもTが3歳になったからもう一人欲しいな、って考えている」と自らも二人目の妊娠を考えているとのことだった。

4. 不妊について検索

姉の話を聞いたのがきっかけとなり、Aはインターネットで不妊について調べ始めた。たくさんのブログがあり、「こんなに不妊の人が多いのか」と驚いた。あまりにも情報が多く、何を見たらいいのかわからず、たじろいだ。

「1年避妊しないで妊娠しないのは不妊なんだって」とAが言うと、Bは「そんなに心配なら、病院に行ってくれば」と答えた。その時、Aは夫であるBの言葉に対して「なんだかずいぶんと他人任せだな」と感じた。不妊治療をしている婦人科クリニックをインターネットで調べてみると、いろいろな病院があるとわかり、口コミを見て選んだPクリニックを受診することにした。

5. 婦人科クリニック受診

Aは3ヵ月間つけている基礎体温表を持って、何を言われるのかとても緊張しながら、一人で受診した。Q医師からは、不妊について、治療に対する意識や覚悟、そこでできる治療の範囲などを説明され、さらに「Aさんご夫婦は避妊しないで1年間の性生活があったのに妊娠しなかったというのは不妊症*ですね」と言われ、Aは「やっぱり」とショックを受けた。Q医師に

「不妊治療*をしたからと言って皆さんが妊娠するわけではありません。一緒に頑張りましょう」とは言われたが、その時はショックのほうが大きく、その言葉が頭に入ってこなかった。

その日のうちに子宮がん検診、クラミジア抗体やその他の感染症検査、膣内細菌培養検査、内診、経膣超音波検査を受け、基礎体温表からは月経不順を指摘された。次回は生理発来後に受診するよう指示された。また、「食事に気をつけ、体を動かすなどして、これ以上太らないように」とも言われ、Aは月経周期の乱れの放置と長続きしないダイエットを後悔した。

6. いろいろな検査と不妊治療

2回目受診時は血液検査を実施した。次回は生理が終わってから子宮卵管造影検査をすることとなった。帰宅してインターネットで調べると、子宮卵管造影*は「ものすごく痛い」という情報だけがあちこちに書かれていて、Aは不安になった。

実際の検査場面では、Aは「モニターを確認しますか」と言われたが、それができないほど痛くてつらいと感じた。診断の結果、卵管と子宮の形状は問題ないが、多嚢胞性卵巣症候群（polycystic ovary syndrome：PCOS*）と診断され、クロミフェン療法*を開始して卵胞の発育を促すこととなった。またQ医師からは、男性側の検査の必要性から夫の来院を勧められた。

AはPCOSと聞いて、「月経不順はこれが原因だったのか」とショックで、どうやって家に帰ってきたのかさえ覚えていないほどだった。Bが帰宅後、「子宮卵管造影検査はすごく痛かった、こんなに痛いとは思わなかった」と話したところ、「へぇ、大変なんだね」と軽い口調でBが言ったので、Aは「私の大変さをまったくわかっていない」と内心、怒りを覚えた。男性の検査も必要だと医師に言われたことを告げ、「次回〇日なんだけど一緒に病院に行って検査受けられる？」と聞くと、「え？　僕も行くの？　いいよ、大丈夫だよ、君だけで。不妊治療のために会社休みます、なんて恥ずかしくって言えないよ」とBが言ったため、AはBに対してひどく腹を立て、「何が《いいよ》なの、何が《大丈夫だよ》なの、《恥ずかしい》って何よ」と、泣きながらBに抗議した。Bはそんなの態度に驚いたようで、「わかったよ、そのうちに休みを取るから」と取りなすように言った。

その後クロミフェン療法を行ったが反応不良で、FSH 療法*（FSH：卵胞刺激ホルモン／ゴナドトロピン製剤による療法）に進むことになった。そこでは連日注射をして、その後、卵胞チェックのため、週に２～３日は通院しなければならないということがわかった。A は不妊治療のためにはこのまま派遣の事務職の仕事を続けるのは難しいと思い、やりがいを感じていた仕事をやめることを決断した。そのことを B に話すと、B は「まぁ、生活としては僕の収入でやっていけるんだし、いいんじゃない？」と言った。A としては自分が PCOS であると診断されたことで B に対して申し訳ないという気持ちと、不妊治療の段階が徐々に上がっていくことへの不安で押しつぶされそうになっていたが、B はまったく A の気持ちに気づいてはいなかった。

FSH 療法により卵胞発育が良好となった。Q 医師から次回の夫婦生活の日時指定（タイミング法*）とその翌朝の受診について告げられた。帰宅後、A は B に「卵が育っているんですって」と告げたところ、B は「それはよかったね」と答えたので、「今度の排卵日は○月○日だから、□日と△日は早く帰ってきてね」と伝えると、B は「うーん、そうだね」と言った。□日の朝、A が「今日だからね、早く帰ってきてね」と念を押すと、「そうだったっけ。ここしばらくは忙しいんだよなぁ」と言って出かけた。その晩 B は深夜に帰宅し、「今日は疲れた」と寝てしまい、その周期はタイミング法を実施できなかった。A はとても残念に思ったが、B を責める気にはなれなかった。次の周期は B の出張が入ってしまい、その時もタイミング法は実施できなかった。出張から帰宅した B は「ごめん」と謝ったが、A は「排卵は待ってくれないのよ」と激しく泣いた。その様子を見て B は A がこんなにも思い詰めていたとは、と驚き、「僕も検査受けに行くよ」と言った。

次の受診日に B も休みを取って、一緒に受診した。B は採精室で精液を採取し、初めての検査にショックを受けた顔をして出てきた。Q 医師からは、B の精液検査の結果から精子の運動率がやや低いので、ストレスを減らすようにし、たばこや飲酒を控えるなど生活習慣の見直しが大切であることと、今後の治療法について説明がなされた。

帰宅後、B は「僕のせいだったのかなぁ」と落ち込んだ様子であった。A は自分のPCOSだけでなく、夫の精子状態も完璧ではなかったことで、このままでは二人の間に子どもができないのではないかと不安に駆られた。Bは「ちょっと仕事のほうも調整してみるよ。ストレスを減らすように言われたし。お酒の席も断らないとだね」と言った。

実母から姉が第2子を妊娠したという知らせが届き、Aはうらやましく、また焦る気持ちも湧き起こってきた。実母からは「あなたたちのところはまだなの？」と聞かれた。その後3回のタイミング法を実施したが、妊娠には至らなかった。Aが「このままでは妊娠できないかもしれないから、病院を替えようかな」と言うと、Bは「タイミング法まではわかるけど、人工授精とか体外受精とか、そこまでしなくちゃいけないの？」と言う。それを聞いてAはBとの意識のギャップに驚き、「え？　子ども欲しくないの？」と聞き返すと「いや、協力はするよ、ちゃんと」と言うので、「協力？　私に協力して子どもを作るの？」とAはBに詰め寄った。このままではまた言い争いになると思ったBは「いや、僕にも原因があるみたいだし」と答えた。

AもBもともに夫婦間で考えが一致していないことに気付き、その後時間をかけ何度も子どもを持つことについて二人で話し合いを続けた。その結果、「二人とも子どもは欲しいと思っているのだから、二人が納得できるまで治療しよう」という結論に至り、次のステップに進むことにした。

7. 転院

Aは1年近く通っていたP婦人科クリニックから出産まで診てもらえるF総合病院に転院することとし、Q医師に紹介状を書いてもらった。F総合病院ではそれまでの治療経過をみて人工授精*（artificial insemination with husband's semen：AIH）から始めることとなった。F総合病院には不妊症看護認定看護師*がおり、これからの治療について説明がなされ、クリニックでの治療経過とAの気持ちについて話を聴いてくれた。

AはFSH療法を再び開始し、人工授精を施行した。生理が来ずに、「もしかして」と思って病院に行き、妊娠がわかった時にはとても嬉しくて、Bと実母にはすぐに連絡をした。Bとは「よかったね」と抱き合って喜んだ。実母からは「体を大事にしてね」と労（ねぎら）われた。しかしその後妊娠8週で流産となり、とてもショックだった。AとBの双方の親にはこの時に初めて不妊治療をしていることを打ち明けた。それぞれの両親からは、「そこまでしているとは知らなかった」「無理しなくてもいいのよ」と言われたが、「治療をしてでも子どもが欲しい」と考えているAとBにとっては双方の両親たちとのギャップを感じた。ちょうどその頃、姉の出産があり、Aは流産した後でつらい気持ちでもあったが、Bとともに産院に見舞いに行った。生まれたばかりの甥Rの顔を見て、「やっぱり自分たちも子どもが欲しい」とあらためて強く思った。

8. 妊娠

Aは再度FSH療法を行い、AIHを施行した。この2回目のAIHで妊娠し、Aはホッとした半面、前回のことがあるのでこのまま無事育つのかと不安がいっぱいで、15週目に入ってからようやく双方の両親と姉に妊娠したことを報告した。また、この時に初めて、人工授精でようやく授かったことについても伝えた。

妊娠の経過は順調で、健診の時には毎回問題ないと言われるものの、Aはいつも不安で、油断できないと思っていた。実母から、気分転換においしいものでも食べに行こうかと誘われても、身体に何かあったら大変と思って断っていた。姉からは、「オムツの交換とか慣れていたほうがいいから」と家に誘われて、しぶしぶ出かけた。姉の家では姪のT（4歳）がAが来たことを喜んで飛びついてきたが、お腹を圧迫するのではないかとヒヤヒヤした。姉が「Aのお腹には赤ちゃんがいるのよ」と言うと、TはAのお腹を優しくそっとさすりながら、「赤ちゃーん、Aちゃんのお腹の中はあったかいですかぁ、R（6ヵ月）ちゃんと3人で一緒に遊ぼうねぇ、おもちゃも、絵本もいっぱいあるから楽しいよぉ」などとお腹の子に話しかけていた。それをみて、Aはお腹に話しかけることなどしていなかったことに気づき、それからは、お腹の子に話しかけるようにした。

姉にはオムツの交換について教えてもらい、実際にRのオムツ交換をさせてもらった。姉はおおらかな性格で、二人の子育てを楽しんでいるように見えた。妊娠中の心配事について聞くと、「心配がなかったわけではないけど、夫の仕事は結構、融通が利くから助かってる。特にRの時はTがいるから、幼稚園の送り迎えとかはやってもらえたし」と答えた。Aはそんな姉がうらやましく、Bの仕事柄、そういうことは期待できないと思った。また、姉からは出産準備教室について、初めての妊娠であることから夫とともに参加するよう勧められた。Bは忙しくてなかなかタイミングが合わなかったが、夫婦でこの教室に参加できないと分娩には立ち会えないことを伝えると、慌てて上司を説得してその出産準備教室の時間だけ休暇を取って参加し、終了後すぐに仕事に戻って行ってしまった。時期的に流産の心配がなくなると今度は切迫早産についての心配が出てきた。健診で「順調ですね」と言われるのは嬉しいが、ここまで育ってきたからこそ、絶対に失いたくないという気持ちが強くなり、本当に大丈夫だろうかと不安に思っていた。

9. 分娩

妊娠39週0日の午後6時ごろ、お腹が張り気味となり、AはBに電話をし、Bは仕事を切り上げすぐに帰宅した。午後8時には規則的な陣痛となり、病院に電話をしたところ、すぐに来院するよう言われ、車でBとともに病院に向かった。Bは陣痛中のAのそばについていたが、陣痛の間隔が短くなってAが痛みを強く訴える様子にどうしていいかわからずにおろおろしていた。その様子を見た助産師が、陣痛緩和のためにAの腰をマッサージしたり、Aの汗を拭くことをBに促し、Bは戸惑いながらも朝までAとともに過ごした。翌朝8時に39週1日の正期産で、男児Sを正常分娩した。出血量も正常範囲で児の健康状態は良好だった。生まれた瞬間、Bは感動のあまり涙ぐんでいた。すぐにお互いの両親に連絡を取り、Aの両親・Bの両親、さらにAの姉家族も駆けつけ、みんな口々に「よかった」と笑顔で喜び合った。AはSが無事に生まれてきたということにホッとした気持ちが強く、嬉しいという感情はすぐには湧いてこなかった。

10. 産褥入院中

分娩後のAの身体の回復状態は良好だった。育児面では、毎日助産師が、授乳や沐浴、オムツ交換などについて指導してくれた。オムツ交換は甥のRで練習できていたおかげか、助産師から「上手にできていますね」と言われて安心した。産褥１日目は授乳指導で初めて直接母乳を吸わせた。Ａは「おっぱいを飲ませるだけなのに、こんなにＳに吸わせるのが難しいとは思わなかった」と助産師に訴えた。助産師から赤ちゃんの抱き方のコツを教えてもらった時にはＳは飲むのだが、Ａがひとりで行う時は助産師の介助が必要だった。産褥３日目の沐浴指導では、Ａの手技がぎこちなかったため、助産師が手を添えた。Ａは「姉はスムーズに入れていて簡単そうに見えたけど、Ｓの頭は滑りやすくて、怖い、自分がこんなにもできないとは思わなかった」と助産師に訴えた。また、３日目の授乳でも助産師のアドバイスがまだ必要だった。

産褥４日目の退院指導では、助産師がＡに対し「退院に向けて何か心配なことはありますか？」と聞いたところ、Ａは「できれば母乳で育てたいと思っているけれど、今はミルクとおっぱいの混合なので、どのくらいミルクを足したらいいのかわからない」「初めての子で沐浴も怖かったし、授乳でも時間がかかるし、いろいろなことが自分一人でうまくできるのか心配」「夫は仕事が忙しくて帰宅も深夜になることが多く、育児に対しては力にはなってくれそうにない」「姉に子どもが二人いて、実母が手伝いに行っているので、実母に手伝ってもらうのは迷惑をかけるから悪い」「いろいろ考えていると涙が出てくる」など、さまざまな思いを話した。この時の様子からＡにはマタニティ・ブルーズ*の様相が認められた。そこで助産師は継続した母乳時のサポートと再度の沐浴の練習を提案した。退院までの間、授乳は少しずつ安定し、沐浴も１回目よりは頭の支えがしっかりできていたことを助産師がＡに伝えると、Ａは少し安堵した様子で「家に帰っても何とかやって行けそうな気がします」と答えた。

産褥６日目の午前中、Ｂと実母が迎えに来てＡは退院となった。助産師からは今後のＳのミルク量についてと、産科病棟の電話相談利用について伝えられた。Ａは10日後の助産師外来の予約をして帰った。

11．退院後

Ｓは、Ａが抱いても泣き止まないが、実母が抱くと途端に泣き止む。Ａは、姉はＴの時もＲの時も問題なくやっていた、なんでできるのだろう、なんで私はできないのだろう、私のなにが悪いんだろうと自問し、母乳の出が悪いのは妊娠前もホルモンの分泌が悪かったからかもしれない、こんな自分がSを育てていけるのだろうか、と不安に感じた。

義母が来て「Aさん、おっぱいはちゃんと出てる？」と聞き、毎日来る実母は「Aは疲れているんだから、ミルクを足して休めば？」と言う。Aとしては義母も実母も悪気がないことはわかっているつもりだが、ようやくできたわが子なのだから母乳で育てたいと、頻回（2時間おき）授乳をして母乳が出るようにと頑張っているのに、とイライラすることもある。Bは相変わらず帰宅が遅く、夜中にSが泣くと「疲れているから泣かせないでくれ」と言うため、Aは「私だって2時間おきの授乳で疲れているのに」とBと揉めた。

12. 助産師外来

Aは退院後10日目に予約していた助産師外来を母子ともに訪れた。Sは体重も増え健康状態は良好であった。Aには乳頭亀裂などの乳頭や乳房トラブルはなかった。乳房緊満がみられ、助産師はAに授乳を促した。授乳中、助産師は自宅での授乳間隔や授乳時間などについて話を聞き、授乳状況を確認した。児の頭の支え方や児の向きの変え方、乳房の支え方などの授乳姿勢や児の吸着のさせ方などの授乳技術はゆっくりだが確実にできていた。母乳量測定をしたところ、授乳量は良好であった。Aの母乳の分泌量は退院時よりも増え、助産師が「ずいぶん頑張ったのね」と声をかけると、Aはホッとした様子を見せるも、涙ぐみながら「でも私が抱いてもSは泣くし、夫は夜遅いし、ちゃんと子育てできているのか自信がない」「自分でもこんなに不安が強い性格だったのかと嫌になる」「姉はすごく教えてくれて助かるけど、不安もなさそうでうらやましい」「姉の子はよく飲んでよく寝ていたのに、この子はゆっくりで……」と言う。助産師は「赤ちゃんにはその子のペースがありますよ。Sくんはおっぱいの時は入院中からゆっくりでしたよね」と声をかけた。助産師はAの様子から産後うつ病を疑い、EPDS（Edinburgh Postnatal Depression Scale）*を施行することとした。結果は9点であった（日本では9点以上を産後うつ病の疑いとしている）。助産師はAの授乳手技が退院時よりも向上していることをフィードバックし、Aが疲れないような休息の取り方と授乳のアドバイスをして、「心配なことがあったら、いつ電話して下さっても、助産師外来にいらしていただいてもいいんですよ」と伝えた。助産師はEPDSの結果から、保健センターの保健師にAの状態を連絡した。

13. 1ヵ月健診

病院での1ヵ月健診の結果、Aの身体的復古は順調であった。Sの出生から1ヵ月間の体重増加も順調で、身体発育や発達には問題はなかった。授乳は1日に2回ミルクを足すくらいで、あとは母乳で過ごしている。Bは仕事が忙しすぎて、「この1ヵ月子どもの寝顔しか見られなかった、このままだとSがいつの間にか大きくなってしまう」と言い出し、これからはSのお風呂は自分が入れると宣言して仕事を調整し始めている。1ヵ月経ったので、それまで毎日来ていた実母も今は週に2日くらいとなった。ある日Aが実母に「お姉ちゃんの子育てはなんであんなに順調なの？」と聞くと、「お姉ちゃんも最初のTの時には大変だったわよ。夜中に泣きながら私に電話してきたことだってあったわ。初めてのことだもの、当たり前よ、私だっておばあちゃんに手伝ってもらったもの。RとSと年子で生まれてくれて、2年連続赤ちゃんのお世話ができて、ほんとに楽しいわ」と答えた。それを聞いてAはホッとした様子であった。

第2節　解説

周産期医療において心理職が常駐しているところは多くないのが現状である。そこでここでは妊娠・出産をめぐる一連の経過の中で、どの時点でどのような心理的問題が生じやすいか、それに対して心理職がどのように関わることができるかについて、A夫婦の事例から検討する。

1. 心理アセスメントとケース・フォーミュレーションのポイント

1）不妊治療の初期

Aは最初に訪れた婦人科クリニックにおいて不妊症であることを告げられ、やっぱりそうなのかと思いながらもショックを受け、医師の言葉もあまり頭に入ってこなかったと語っている。「結婚したら自然に妊娠するだろうと思っていたのに、なかなか妊娠できない」「姉や友人は自然に妊娠できたのになぜ自分にはできないのか」という思いは、Aに自己肯定感を低下させ、自己不全感をもたらす。不妊治療の初期にはさまざまな検査によって身体への負担とともに不安を抱いたり、検査結果から自分自身のそれまでの生活を猛省したり、些細なことを自分のせいだと責めたりすることも生じてくる。

夫であるBの「そんなに心配なら、病院に行ってくれば」という言葉は、カップルがそれぞれどのような思いから不妊治療を希望するのかという問題を呈しており、二人で話し合って考えてから決断していく必要性のある今後の不妊治療のプロセスに対して、Aが孤立してしまう危険性もはらんでいる。不妊の原因は女性側、男性側、双方にあり、女性だけでなく男性も検査を受けることが必要である。女性だけが検査を受ければいい、不妊は恥ずかしいというBのような発言も決してまれなことではない。夫婦ともに子どもを望んでいるが、A自身が子どもを望む気持ちとBが子どもを望む気持ちの些細な違いが、二人の間に行き違いを生じさせることもある。さらに不妊治療を受けてもすべての人が子どもを授かるわけではないことも事実であり、今後思い通りに進まない妊娠に傷ついたり、不満や怒りを感じたりすることも予想される。

2）治療のステップアップ

不妊治療が進んでいくにつれて、連日の卵胞チェックのために通院しなければならなくなり、それまでAがやりがいを感じて続けてきた仕事との両立が難しくなってきた。Aは仕事を続けるのは難しいと思い、辞めることを決断した。この決断の際には誰にも相談せずに、Aが一人で考えて決めており、Bにも報告しただけであった。その背景には、自分のせいで子どもができないのではないかという、Bに対して申し訳なさを感じているということが考えられる。またその一方で、不妊治療は男性と比べ、女性側への身体的、時間的負担が圧倒的に大きい。仕事と不妊治療という、Aにとっては大事な問題について、一人で抱え込んでしまっているようにも感じられる。医療費については体外受精や顕微授精などの生殖補助医療（Assisted Reproductive Technology：ART）へと進んでいくと、公的な助成金制度はあるが医療費は高額になっていく。不妊治療に時間を取られて仕事を休まなければならない、辞めなければ治療を続けられない、仕事を辞めれば収入がなくなる、その一方で高額な医療費がかかるという板挟みの状況に陥る場合も現状では多い。

不妊治療の過程の中で、たとえばタイミング法では女性の排卵の状況から性行為を行う日を医師に決められ（カレンダー・セックス）、指示されて行うという感覚になる。「排卵は待ってくれない」というAの焦りとBのプレッシャーや抵抗感も含めて、夫婦とはいえ赤裸々には語りづらいことも共有しながら支援していく必要がある。また、Bの精子の運動率が低いという検査結果は、B自身にとっては自分にも不妊の原因があったということに直面し、男性性が否定されたことにも繋がっている。一方Aにとっては、自身のPCOSとBの「完璧ではない」精子とで妊娠できないのではないかと、ますます不安が高まっている。そこに姉の第2子の妊娠の知らせや治療がステップアップしていくことに対するBの「そこまでしなくちゃいけないの？」という言葉は、Aを傷つけてしまっている。

Aは1年近く通っていた婦人科クリニックから、出産まで診てもらえる総合病院に転院した。Aにとっては姉の第2子妊娠が判明して焦る気持ちから、環境を変えたら妊娠するのではないかと思ったり、月経が来るたびに「まただめだったか」と思いながら同じクリニックに通い続けるのがつらくなってくる、薬が合わないのではないかと思うなど理由はさまざまではあるが、不妊治療において転院を希望することは多い。夫婦で試行錯誤しながら話し合いを続け、不妊治療への覚悟を決めていくのがこの時期である。

F総合病院では人工授精を行い妊娠したが、その後Aは流産を経験した。その時に初めて、夫婦双方の両親に不妊治療について打ち明けたが、親たちの「そこまでして」「無理しなくても」といういたわりとして発せられた言葉は、Aにとっては「治療しても子どもが欲しい」という自分たちの強い思いとのギャップとして感じている。この理解してもらえないという気持ちと流産の経験を抱えながらも、姉の第2子の誕生を祝いにBとともに行くことができたことは、Aの精神的な強さと健康度の高さであるとともにBの支えもあると考えられる。そこであらためて自分たちの子どもが欲しいと思ったことは、不妊治療継続へのモチベーションにもなっている。しかし、ここでは流産の経験についての事実と「とてもショックだった」と語られているだけであり、このことはその後の経過に影響してくる。

3）妊娠期

再度の人工授精により妊娠したものの、前回の流産の経験から不安いっぱいなＡは、妊娠を継続させるために何事にも慎重になっている様子がうかがえる。これらＡの行動は前回の流産経験からはある程度理解できる反応と捉えることができ、妊娠継続は自分ではコントロールできないからこそ、極力外出を避け、喜びの表現として飛びついてくる姪のＴにびくびくしながら、少しでも危険を回避しようと過敏になっている。このような不安が先行して、身体を大事にしなければという思いにとらわれていたＡにとって、ＴがＡのお腹の中にいる児に向かって話しかける様子は、あらためて実体としてのわが子の存在に気付く経験となった。決して胎児に愛着がないということではないが、姪とのやり取りから母親としての子どもの存在をようやく意識している。さらにここでは、過敏になっているＡに対する実母や姉という、Ａを取り巻く周囲のサポート体制が認められる。

4）産褥期

現在のところ分娩時に心理職が関わることはほとんどないため、入院時からの経過は助産師をはじめとした医療スタッフから情報を得る必要がある。さらに分娩後の入院中に、分娩の様子や育児行動の情報を得ることも大切である。正常分娩により男児を出産したＡは子どもが無事に生まれてホッとした気持ちは強かったが、すぐには嬉しいという実感がわかなかったと語っている。助産師による授乳や沐浴指導の中では、緊張のあまり抱き方がぎこちなかったり、時間がかかったりしている。そして二人の子どもを持つ姉と比べて自分が上手にできていないことに自信を失くしている。助産師による退院指導では、授乳などの育児手技がうまくできていないＡ自身の不全感や退院後の不安、実母への遠慮などが語られ、涙もろさを訴えるＡの様子からはマタニティ・ブルーズであると考えられる。ここでは助産師からさらなる育児手技の指導が提案され、サポーティブな声掛けによって、Ａは「なんとか頑張ってみる」と前向きに捉えようとはしている。そこで退院時には助産師から産科病棟の電話相談利用の情報が伝えられ、10日後の助産師外来に予約を入れて退院後も経過観察を継続していくことにしている。

退院後は自宅に戻るが、Bの育児参加はほとんどなく、実母に手伝ってもらいながら育児を始めている。しかしAの思い通りには進まず、自分の何が悪いのかと自問し、育児は考えていたよりも何倍も大変だと感じている。また母乳で育てたいという思いも強く持っており、それについても実母や義母からの言葉に傷ついてしまっている。さらに育児中の姉に対しては、感謝とともに羨望の気持ちを抱えている。

退院10日目の助産師外来では、助産師は母子の体の様子を見て話をきき、Aの涙ぐむ様子から産後うつ病を懸念してEPDSを施行している。結果は9点で"産後うつ病の疑いあり"であったことから、助産師はAの住む地域の保健センターの保健師に連絡を入れるとともに、Aに病院での相談もできることを情報として伝えている。現在、生後4ヵ月までの乳児がいる家庭への全戸訪問事業が展開されている。病院からはリスクのある母子に関しては連絡票を用いて行政に連絡をして母子支援に繋げている。

その後1ヵ月健診までの間にAは少しずつ育児のペースにも慣れてきている。夫の育児への意識の高まりと、うらやましく感じていた姉も自分と同じように初めての子育てに不安があったことを知り、また、手伝いに来てくれる母親にも負担をかけていたわけではないということがわかり、ホッとした様子をみせている。Aはそれまでのような不安いっぱいの状態から、落ち着きを取り戻しつつあることが示されている。

2. 心理支援のポイント

現代社会において不妊治療を経て、妊娠・出産に至るケースは多い。そのため何らかの不妊治療をすれば妊娠できるかのような錯覚をもたらしてしまうこともある。しかし現実には不妊治療が不成功に終わることも少なくない。カップル間で不妊治療に対する覚悟を決めても、いつまで治療を続けるのかという見通しが立たない中で、先の見えない不安と同時に、治療をやめてしまって後悔したくない思いも抱いている。

そのため、不妊治療、妊娠、出産という過程の中で、自己効力感や自尊感情の低下、自信の喪失、妊娠できないという自身の身体への不信感、コントロールできない事象、罪悪感、傷つき、喪失感など、クライエントのさまざまな感情の変化や揺れ動きに付き添っていく必要がある。そして不妊治療では性行為のタイミングなどの性生活や飲酒やストレスの低減といった生活スタイルの変更を求められるなど、生理的なこととはいえ、妊娠・出産という親にも親しい友人にも話せない非常にプライベートなことに踏み込むことになる。

また、不妊治療は多くの検査や治療が女性に対して行われ、羞恥心や疼痛などの身体的心理的負担は圧倒的に女性の側に生じる。それらの負担について男性側が正しく理解していないと、カップル間の信頼感が揺らいでしまうことにも繋がる。それだけでなく、仕事の調整や家事の調整、治療との両立の困難さなども男性よりも女性の負担がまだまだ大きく、カップル間の意識の違いは大きい。そのため、それらを踏まえたカップルへの関わりが必要になる。その一方で、精液検査やカレンダー・セックスなどは、男性側にとって男性性や自尊心が傷つくことに繋がる可能性もあり、女性だけでなく男性側への心理的サポートも必要である。さらに現時点では生殖補助医療は健康保険適応外となっており、費用を一部助成する制度があるものの治療費は高額であり、経済的負担が大きい。

このように不妊の悩みはその経過によってさまざまな問題が押し寄せてくるものであり、ライフ・プランの変更を余儀なくされ、夫婦や家族のあり方や生き方を再構築していくことが必要となる。そこに心理職が存在することでクライエントのさまざまな自己決定に付き添いサポートすることができる。

不妊治療の中で月経が発現するということは妊娠していないという事実を突きつけられることであり、子どもを望んでいるカップルにとっては「まただめだったか」という思いを抱かせる。また妊娠しても流産や死産してしまうこともある。Aも人工授精を行ったが、流産を経験している。多くの場合、自分の何がいけなかったのか、大切なわが子の命を守れなかったという自責の念が何度も繰り返し母親の中に生じてくる。そして自信を失くし自己肯定感が低くなり、ショックや混乱に対処しきれない状態に陥ることもある。この体験を構造的にも守られた心理面接の場で時間をかけて吐露することは、母親が十分に悲しみに向き合うことができ、気持ちの整理にも繋げられる。

妊娠中には流産・早産への不安や胎児の健康に対する不安を抱いている不妊治療を受けた経験を持つ母親は多い。また妊娠が自然ではなく人工的であるということが母親になるというプロセスについても影響を与える。そこで、この時期には妊娠継続への不安や恐れ、気がかりを抱えた妊婦に心理職が関わり、サポートしていく必要がある。また女性側だけでなく、パートナーである男性に対しても、父親になっていく過程をサポートしていく必要がある。

産褥早期のマタニティ・ブルーズは一過性であることが多いが、産後うつ病に移行する場合もあるので注意が必要である。つらく長きにわたる不妊治療体験を持つ妊婦はその過程で期待と落胆を繰り返して傷ついており、だからこそ完璧な母親にならなくては、と自身を追い込んでしまっていることもある。このことから考えると、助産師外来に来院する際に、心理職が心理面接を行い、助産師と共同でサポートしていくことが必要である。助産師外来でのEPDSによる産後うつ病の疑いという結果を受けて、心理面接においても状態を把握して話を聴き、産後うつ病に移行するものなのかどうか経過を追っていく。また、1ヵ月健診時やその間でも必要があれば心理面接を予約できることを伝えてフォローしていくこともできる。また、不妊治療の場合、子どもを授かることに重きが置かれてしまうことがあり、その後の育児期への継続的支援も考慮する。

このようにしてみてくると、婦人科における不妊治療の時から産科での妊娠中・出産後・育児期と心理職が関わることができるポイントはさまざまにある。

3. 連携協働のポイント

不妊治療から妊娠・出産・育児期に至るまでのカップルとその家族を支えるということは、一つの職種だけでできることではない。産婦人科医をはじめ、助産師、看護師、保健師、新生児科医、小児科医、精神科医、公認心理師、遺伝カウンセラー、薬剤師、管理栄養士、社会福祉士、胚培養士（はいばいようし）などチームを組んで連携することが大切である。また保健センターの母子保健部門や児童相談所、児童福祉課といった行政、産後ケア施設など機関を超えた地域の連携も重要である。まったく異なる専門性を持ってさまざまな角度から、対象となるカップルやその家族のために真剣に取り組むことによってチームが成り立っているのがこの領域である。

その中で心理職が連携協働していくためには、院内のカンファレンスに参加し、情報を共有していくことが必要である。たとえば産科では母乳などの身体の様子や沐浴などの育児手技等の具体的な関わりからアプローチする助産師らとともに、カンファレンス等でクライエントの妊娠・出産・育児の様子を把握し、助産師の行う具体的な看護ケアを通しても不安が強く問題解決が難しい場合には、心理職の面接を繋げてもらうこともできる。また、クライエントの状況によっては心理面接だけでなく、助産師へのアドバイスやリエゾン的役割など後方支援をすることでの関わりも必要になる。さらに、両親学級や母親学級に助産師や管理栄養士らとともに心理職も参加して、妊娠期のメンタル・ケアのプログラムなどを通じて心理職へのアクセスのしやすさを告知することもできる。

4. 対象の心理支援に際して習得しておくべき知識・技術など

妊娠出産における生理的変化、不妊治療や妊娠・出産に関わる疾患や治療方法も含めて医学的知識は必要である。特に医療技術、生殖医療技術の進歩はめざましい。しかし不妊治療をしても全員が妊娠・出産に至るわけではなく、限界があることも事実である。また不妊治療が進むと非配偶者間人工授精や治療後の凍結胚の廃棄など倫理的課題もさらに重くなってくる。治療しても子どもができなかった場合、養子縁組を望むケースもある。このように不妊治療だけでなく、その先の問題についても知っておき、心理的支援にあたる必要がある。加えて不妊・妊娠・出産・育児に関して現在では社会的支援が進んでおり、妊娠前から出産後までの時期の法律や制度、行政で行われているソーシャル・サポートについて理解しておく。さらにはクライエントに関わるそれぞれの専門職や地域の機関・施設についても理解しておく必要がある。

文献

・馬場剛、遠藤俊明、斎藤豪（2017）「PCOS 合併不妊へのアプローチ」『産科と婦人科』84(3)、321-327.

・平山史朗（2016）「不妊という課題に向き合う」永田雅子編『別冊　発達32　妊娠・出産・子育てをめぐるこころのケア』ミネルヴァ書房、75-81.
・医療情報科学研究所編（2018）『病気がみえる vol. 9　婦人科・乳腺外科』第4版、メディックメディア
・百枝幹雄、山中美智子、森明子編（2019）『看護学テキスト NiCE 病態・治療論 [13] 産科婦人科疾患』南江堂
・森恵美、高橋真理、工藤美子、堤治、定月みゆき、坂上明子、大月恵理子、渡辺博、亀井良政、高井泰、香取洋子、新井陽子（2016）『系統看護学講座　専門Ⅱ　母性看護学②母性看護学各論』医学書院
・村上貴美子（2012）「納得のいく自己決定の支援が重要 —— 不妊症看護認定看護師」『看護』64（15）、98-101.
・中込さと子、小林康江、荒木奈緒編（2019）『ナーシング・グラフィカ　母性看護学①概論・リプロダクティブヘルスと看護』メディカ出版
・日本母性衛生学会監修（2003）『ウィメンズヘルス事典　女性とからだとこころガイド』中央法規
・日本看護協会 https://www.nurse.or.jp/（2020/11/5 閲覧）
・日本産科婦人科学会 http://www.jsog.or.jp/（2020/11/5 閲覧）
・大石元（2017）「Non-ART での卵巣刺激のコツ」『産科と婦人科』84（3）、303-308.
・緒方誠司、緒方洋美、松本由紀子、苔口昭次、塩谷雅英（2015）「一般不妊治療において排卵誘発 —— 選択的卵胞減数術を施行し、妊娠に至った3症例の検討」『日本受精着床学会雑誌』3（2）、233-238.
・齋藤いずみ、大平光子、定方美恵子、長谷川ともみ、三隅順子編 (2018)『看護学テキスト NiCE 母性看護学Ⅰ概論・ライフサイクル（改訂第2版）生涯を通じた性と生殖の健康を支える』南江堂

用語解説

不妊症

生殖年齢の男女が妊娠を希望し、ある一定期間避妊することなく性生活を行っているにもかかわらず妊娠の成立をみない場合を不妊という。妊娠を希望し医学的治療を必要とする場合を不妊症という。日本産科婦人科学会では、この「一定期間」について「1年というのが一般的である」としている。不妊症の頻度は高齢になるほど上昇する。不妊症の原因は、女性側因子、男性側因子、男女双方の因子、原因不明がある。女性側因子には内分泌・排卵因子、卵管因子、子宮因子などがあり、男性側因子には造精機能障害、精路通過障害、副性器障害、性機能障害などがある。

不妊治療

一般不妊治療と生殖補助医療（ART：Assisted Reproductive Technology）に大別される。不妊検査の結果に基づいて治療方針が決定され、基本的には簡便な治療からステップアップしていく。同一の治療を3～6周期（周期：月経で区切られる女性の性周期）行うことが多い。一般不妊治療は、タイミング法、薬物療法、人工授精などが含まれる。生殖補助医療は、妊娠を成立させるために卵子、精子、受精卵（胚）を体外で取り扱うことを含む治療や方法である。具体的には、体外受精-胚移植（IVF-ET）、顕微授精、凍結胚移植などがある。

不妊検査

不妊検査には、スクリーニング検査（一次検査〈基礎体温測定、経膣超音波検査、ホルモン測定、子宮卵管造影、頸管粘液検査、Huhner テスト、精液検査など〉）と原因を確定するための精密検査（二次検査）がある。

不妊症看護認定看護師

認定看護師（CN：certified nurse）は、高度化し専門分化が進む医療の現場において、水準の高い看護を実践できると認められた看護師であり、日本看護協会が看護分野ごとに認定している。看護師として5年以上の実践経験を持ち、日本看護協会が定める認定看護師教育を修め、認定看護師認定審査に合格することで取得できる資格であり、5年ごとに資格を更新する。認定看護師の役割は、実践、指導、相談であり、不妊症看護認定看護師の主な役割は、生殖医療を受けるカップルへの必要な情報提供および自己決定の支援である。

子宮卵管造影

卵管の通過性が保たれているということは自然妊娠の必須条件であるため、スクリーニング検査として重要である。子宮口から造影剤を注入し、卵管の通過性、子宮内腔の形、卵管や卵巣の癒着の有無の評価を行う。原則は排卵前の基礎体温の低温相に行う。

多嚢胞性卵巣症候群（PCOS：polycystic ovary syndrome）

両側卵巣の多嚢胞性腫大、月経異常、肥満などを呈する症候群である。診断基準は、月経異常、多嚢胞卵巣所見、血中男性ホルモン高値またはLH（黄体形成ホルモン）基礎値高値かつFSH基礎値正常であり、これらすべてを満たすものを多嚢胞性卵巣症候群と診断する。日本では肥満例は欧米に比べて少ない。治療は薬物療法と手術療法があるが、挙児希望の有無により治療指針が異なる。挙児希望の場合、排卵の正常化と妊娠を目標とし排卵誘発剤を用いて排卵誘発を行うが、排卵しても妊娠しない場合には人工授精や生殖補助医療へのステップアップが必要となる。

クロミフェン療法

下垂体からのホルモンの分泌を促進し、間接的に卵胞を刺激する。通常、月経開始より3〜5日目から5日間の内服をする。FSH製剤よりは副作用が軽度である。

FSH療法

FSH作用を持つ薬剤を注射する方法で、卵巣を直接刺激する。連日投与するが、自己注射も可能である。

タイミング法／タイミング指導

性周期をモニタリングし、自然妊娠が最も期待される排卵日を推定して性交渉をもつよう指導する方法である。医療者側から排卵と性交のタイミングを合わせるよう勧めらる。

人工授精

子宮内に直接精子を注入し、卵管に到達する精子数を増加することで妊娠の確率を上げる方法である。排卵日を予測し排卵前から排卵直後に行われる。人工授精には、配偶者の精子を用いる配偶者間人工授精（AIH：artificial insemination with husband's semen）と第三者からの提供精子を用いる非配偶者間人工授精（AID：artificial insemination with donor's semen）とがある。人工授精では採取された精液は精子調整法を行い、運動良好精子のみを人工授精用注入器を用いて子宮腔内に注入する。

マタニティ・ブルーズ（maternity blues）

産後３～５日を中心に10日ころまでに生じる涙もろさや抑うつ気分などを症状とする一過性の症候群である。The third day blues や postpartum blues などともよばれる。分娩による急激な内分泌環境の変化と性格や環境因子が関係すると考えられている。通常は治療を行わなくても発症から数日で症状は消失するが、産後うつ病に移行することもある。受容的・支持的に接し、心身の疲労を回復するケアが大切となる。

EPDS：Edinburgh Postnatal Depression Scale（エジンバラ産後うつ病調査票）

産後うつ病のスクリーニングに用いる調査票である。過去１週間の精神状態を10項目について採点し評価する。日本では９点以上を産後うつ病の疑いとしている。産後うつ病は、産褥精神病の中では最も多い。

第8章

大人の発達障害（ASD）の事例

山口義枝（日本大学文理学部）
津川律子（日本大学文理学部）

第1節　体調不良のはじまり

1. 事例および家族の概要

30代中頃（初発時33歳）の男性A氏。中肉中背。真面目で人柄がよさそうに見える。既婚。妻（1歳年下／結婚後専業主婦）、長男（5歳／幼稚園）、長女（1歳）の4人暮らし。

原家族：父（63歳／経理の仕事）、母（60歳／専業主婦）、妹（A氏より3歳下／既婚で実家のそばに居住）であり、実家はA氏の現住所とはやや離れた県にある。

A氏宅から電車で1時間程度に妻の実家があり、妻の原家族は父（60歳／公務員）、母（58歳／パート）、妹（3歳下、未婚、事務職／両親と同居中）である。父方祖母（80歳代）を数年前にひきとって同居しており、認知症とは診断されていないが、やや記憶力と足腰に衰えがあり、主として母がパートの合間に介護を行っている。

2. A氏の生活歴（概略）

関東圏のS県で、都会ではなく比較的のんびりした風土にて出生、生育。身体的発達に問題はなかった。家庭内も虐待等の大きな問題はない。本人の話によれば、普通に仲のよい一家であった。学業成績は優秀で、県立高校卒業後、都内の大学（理系）に進学。大学時代まで大きな不適応状態はなく、顕著な身体疾患や頭部外傷歴もない。

大学入学と同時に上京して県人会の寮で生活した。22歳で大学を卒業、ソフトウェア関連の会社に就職し、システム・エンジニア（SE）の仕事をするようになった。同時に会社の寮（都内）に転居した。

27歳時、主任に昇進。昇進の後に現在の妻と結婚。都内の賃貸マンションに転居。仕事は、少人数のグループのリーダーで、直属の上司のX係長が親切で何かと相談にのってもらっていた。

3. 現病歴等

32歳、A氏が係長に昇進すると同時に、X係長は別部門に異動となった。A氏は二つの少人数のグループを取りまとめる役割になった。Ⅰグループは比較的上手くいっていたが、ⅡグループのY主任の要求が多く、予算、人手、タイムスケジュールに関してA氏に要求を申し出た。A氏は係長としてZ課長補佐に上申するが希望は通らず、主任と課長補佐の間で板挟み状態となった。A氏自身の残業時間も多かった。

それでも約一年間、仕事を続けていたが、X年5月（33歳）、長めのゴールデン・ウィーク後に仕事を再開してから、不眠（主に浅眠で、ときどき中途覚醒あり）、食思不振（とくに平日は夕食をほとんど食べない）が顕著になった。

X年7月、健康診断で3.5kg以上の体重減少が認められたが、検診時の医師の問診や、看護師の生活状況確認では易疲労感のみが語られた。本人にダイエットの意図がないにもかかわらず体重が減少していることを心配されて、内科による精査を勧められた。しかしA氏は受診せず、これまで通りに仕事をしていた。X年9月、職場でストレス・チェックを受けたが、高ストレス者とは判定されなかった。

別部門に異動していたX元係長（現在、別部門の課長補佐となっている）と偶然に社内で会ったところ、A氏の痩せ具合にX課長補佐が驚いて、飲みに誘った。居酒屋でX課長補佐が、A氏の睡眠や食事、仕事のストレスについて具体的に質問し、A氏は素直に答えた。その場でX課長補佐は、会社内の診療室へ行くことを勧め、翌日、X課長補佐が保健師面接の予約をとってくれた。X 年 10 月、A 氏は保健師面接を受け、すぐに産業医（非常勤精神科医師）の受診になった。診療室は、常勤の保健師 2 名、非常勤精神科医 1 名、非常勤内科医 1 名という体制であり、心理士やソーシャル・ワーカー（SW）はいなかった。

4. 精神科受診後の経過

産業医は抑うつ状態という見立てで、定期的な受診が必要であると A 氏に勧め、通いやすい精神科クリニックを紹介した。受診した社外の精神科クリニックのスタッフは、院長である医師 1 名（主治医）、クラーク 1 名、看護師 1 名、非常勤心理士 3 名であった。診察は 15 分間の予約制で保険診療であり、E 心理士が予診を担当した。A 氏は初診で、うつ病と診断され、抗うつ剤と睡眠導入剤を処方され休職を勧められた。A 氏は休職を断ったが、主治医は診察の度に説得し、X 年 11 月に 1 ヵ月の休職となった。A 氏は妻に精神科クリニックを受診したことを黙っていたが、休職のために治療を受けていることを伝えざるを得なくなった。休職は 1 ヵ月毎に延長され、休息と薬物療法により、睡眠や食欲が改善し、抑うつ気分も改善傾向となった。その間、ルールアウト（除外診断）のために、地域の基幹病院にて器質性障害に関する検査（EEG〔脳波〕と fMRI〔磁気共鳴機能画像法〕）を受け、異常は認められなかった。

状態が改善した時点で、抑うつ状態になった背景を知り、再発予防をするために、主治医から心理検査を受けることを A 氏は勧められた。主治医は F 心理士（キャリア 15 年程の中堅）に、①現在の抑うつ状態の改善度、②うつ病の背景に発達の偏りもしくはパーソナリティ上の課題がないかどうかという検査目的で心理検査の実施を依頼した。主治医が②を依頼したのは、問診時に、㋐抑うつ状態がだいぶ改善しているにもかかわらず、興味の範囲が狭そうで、対人関係も狭そうなこと、㋑問診時のやり取りにおいて、決して的外れな答えではないが、言葉を字義どおりに受け取って応用がきかなそうな面があることなどが理由であった。検査バッテリーは心理士に任せられた。

第２節　臨床心理検査の実施

1. 実施した検査と検査場面での様子

X＋1年2月下旬、2回に分けて心理検査が実施された。F心理士が初対面のA氏に心理検査を受検することに関して尋ねると、「主治医に言われたから」と言い、自分から積極的に知りたいことはないとのことであった。

まず、POMS2[*]とAQ-J（Autism-Spectrum Quotient：自閉スペクトラム指数）に記入を求めた。A氏は全ての設問にきちんとマルを付けた。

次にWAIS-Ⅲを実施した。A氏は熱心に取り組んだ。下位検査の【理解】をやっている最中に、二つ前の下位検査である【知識】の回答を思い出して少し得意げに答えた。【組合せ】の問題5ができないとイライラした表情を見せた。最後に記入方法や取り扱い方法をよく説明したうえで、次回までにSCT（文章完成法）の記入を依頼して初日は終了した。

2回目、A氏は忘れずにSCTを持参した。全ての項目に回答がなされていたが、やや文章が短めで、どこか読みづらい独特の書字が認められた。

描画法（風景構成法）とロールシャッハ・テストを行った。描画法では、川と山を大きく描いてしまったために、後のアイテムが窮屈になり全体のバランスが悪くなった。人はスティックフィギュアではないものの、丁寧に描き込まれた人物像ではなく、最小限のパーツで描かれた人であった。ロールシャッハ・テストでは、自由反応段階はスムーズに回答していたが、質問段階での説明に苦戦していた。具体的には、情緒（affect）がこもった説明ができにくいようであった。

2. 検査結果（ポイントのみ）とフィードバック

POMS2で、T得点が70以上であったのはCBであり、60以上であったのはDDであった。T得点が39以下の尺度はなかった。AQ-Jでは、総合得点が31点で、カットオフ・ポイントを上回らなかった。下位尺度のうち、カットオフ・ポイントを上回ったのは、社会的スキル（8点）、注意の切り替え（7点）、想像力（8点）であった。

WAIS-Ⅲでは、全体の水準は平均の上であり、個人内では言語能力が最も優れており、それに比べると知覚統合がやや抑制されていたが、作動記憶や処理速度を含めて、平均を下回っている群指数はなかった。

SCTでは、客観的な事実（子どもがいる等）が書かれていることが多く、困っていることは「部下への対応」に集中していた。風景構成法では、構成からみて先の見通しがやや弱いが、本人はそのことを自覚していないようであった。また、色彩から抑うつ状態の残存が示唆された。ロールシャッハ・テストでは、形態のみの反応が多く、pureHが出現せず、情緒（affect）の表出も少なく、P反応も少なかった。漠然（vague）反応は認められず（認知の入力部分が保たれている）、陽性の思考障害を示す変数は乏しく、パーソナリティ上の顕著な歪みも認められなかった。

F心理士は主治医にこれらの心理検査結果を報告した。検査依頼目的である①現在の抑うつ状態の改善度は、改善してきているもののまだ抑うつ状態が残存していること、そのため治療の継続が必要であること、②うつ病の背景に関しては、パーソナリティ障害の可能性は少ないが、発達の偏りは示唆されるという大枠の結果だけでなく、内容の詳細についても主治医に報告した。そして、主治医と相談して、自己理解の促進のために、A氏に検査結果をフィードバックすることとし、フィードバックの内容も確認し合った。また、A氏の許可が得られれば、産業医や保健師にも検査結果を書面でフィードバックすることとした。

フィードバック場面では、①認知の入力部分が良好であることに関して、A氏は何も言わず聞いていたが満足感が伝わってきた。②抑うつ状態が残存していることに関しては、A氏はそうかもしれないと表面的に同意した。③社会的なスキル等に関しては、「社交性は高くないです」と応じ、先の見通しがやや弱いことは、「自分は見通しを立てられている」と、本人なりの根拠を添えて反論した。④情緒的な表出が控えめであり、一般的に人がみるような認知が少なめであることに関しては、前者はむしろ冷静に仕事ができる自分を評価されたと感じたようで、やや微笑んだ。後者に対しては特段の反応はなかった。⑤「部下への対応」に困っていることには、当たり前だという表情で聞いた。総じて人との関係で困難を感じているのではないかというフィードバックには、

「これまでは困っていなかった。Y主任の要求が理解できない」とやや語気を強く返答した。産業医や保健師にも検査結果を書面でフィードバックすることに関しては、A氏は「自分の役に立つなら構いません」とすぐに同意した。

フィードバック面接を通じて、検査者とA氏の相互交流が十分にできたとはいえず、A氏の自己理解も深まったとは認識できなかったが、どんなことがA氏には通じ、どんなことは通じにくいかというトリートメントへのヒントは多く得られた。しかし、心理面接への導入は、A氏の動機づけがまだ不十分であり、まずはリワークを勧める方針が主治医とF心理士の間で話し合われた。

第3節　フィードバック後の経過

主治医はA氏にリワークの話を提供し、X＋1年3月中旬からリワーク・プログラムがある地域の基幹病院に紹介され、そこでA氏はリワークを始めた。週に3日、プログラム（各自が選んだ作業、認知行動療法、集団療法、SSTなど）に通い、とくに認知行動療法では模範患者として褒められた。体調も安定し、同年6月末に復職可能という判断が主治医からも産業医からもなされ、7月からリハビリ出勤を1ヵ月行った。8月から条件付き（残業なし、土曜日出勤なし。Ⅰグループの仕事は一段落し、Y主任のいるⅡグループからは外れ、新しく主としてⅢグループの担当）で正規の復職をした。

ところが、Ⅲグループの部下（W主任）から納期に関するスケジュール管理の無理などを指摘され、どうしたらいいのかわからず、途方に暮れ、今回はそのことを保健師に話した。保健師はA氏の許可をとって、産業医と主治医に連絡を入れた。それを聞いた主治医は、実際の対人関係上のやり取りに関してアドバイスをもらえるような心理支援の必要性を改めて認識するとともに、心理カウンセリングを導入するタイミングはいまと判断し、A氏に提案した。同時に、クリニックにいるG心理士（発達障害に関する臨床経験が十分にある）に心理面接を依頼した。

第４節　アセスメント面接（３回／X＋1年11月）

Th＝G心理士。〈　〉はThの発言。「　」はA氏の発言。

A氏は、予約時間の10分前に来所した。A氏は、「システム・エンジニアの仕事は納期を守ることが重要であるにもかかわらず、部下がそのことを理解しない。説明をしても、それをどうにかするのが係長の役割と言ってくる。主治医から、部下との対応の仕方を身に付けないと、またうつ病になると言われたので」と淡々と述べた。そして、「仕事について今まで困ったことはなかった。ただ部下への対応がわからない」と述べた。A氏が再び痩せはじめたという情報が事前に主治医よりあったため、Thが復職により痩せたのではと労ったが、A氏は体重減少のことは心配していなかった。Thは身体の状態と心の状態は関係していると説明し、〈ご自身は困っていないとしても、身体からは『食欲がない』というメッセージが出ているようですが〉と伝えると、A氏は、「飴を食べています」と答えた。大学時代より同じ飴を食べ続けているとのことで、「口のなかではじける飴がありまして」と言い、飴がどうして口の中ではじけるのかに関する原理を説明しはじめた。A氏の原理に関する説明が一段落ついたのを見計らって、ThはA氏の食思不振の理由を確かめるため、飴を食べていることに話を戻した。A氏は何事もなかったかのように、飴を職場の机の引き出しにストックしており、飴を食べているので日中の空腹感はないと述べた。飴以外に偏食はとくにないようだった。

自宅では、飴を食べていると妻に叱られるので、自室で隠れて食べていた。〈奥さまは飴を食べることに関して何と言われるのですか？〉「子どもが欲しがる」「食事が摂れなくなる」と言われると答えた。Thからの質問に答えると、A氏は落ち着いた表情で黙った。A氏より妻の話が出たので、精神科受診を当初、妻に話さなかった理由をThは尋ねた。A氏は、「仕事のことなので、話さなくてはいけないとは思わなかった」と述べた。Thは、A氏の淡々とした話し方から、妻に話すという選択肢がなかっただけなのかもしれないと感じ、〈奥さまは、初めて受診した頃、あなたが痩せたことに気がつかれていました？〉と聞くと、A氏はうなずいた。Thは続けて〈そうだとしたら奥様は心配していたのでは〉と伝えた。A氏は「あぁ」と初めて気づいたような声を出したが、「ですが、仕事のことですので」と妻には関係ないことなので、「(妻には)対応できないこと」なのだと述べた。

初回面接の最後にThより、〈対人におけるA氏の強みと弱みを整理したい〉と伝え、成育歴等を2回に分けて聞きたいと伝えると、A氏は了承した。心理面接に関する説明が終わり、帰ろうとしたA氏から「妻から今日の内容を聞かせてほしいと言われている。妻にどう話したらいいのか」とThに質問があった。妻は何を聞きたいのかとThがA氏に尋ねると「わからない」とのことだった。Thは〈Aさんが奥さまに話したいと思われたらという前提ですが〉と前置きした上で、〈職場における役割が変わったので、部下への対応方法を考えていく面接であること、仕事に関する内容なので妻に話すという考えが今まで浮かばなかった、という2点を伝えるのはどうですか〉と伝えた。するとA氏は、「わかりました。そう話します」とすぐに答え、Thの指示に従うつもりであることは窺えたが、妻の気持ちに思いが及んでいるようには見えなかった。

2回目、3回目の面接は次のようなものであった。成育歴については、小学校、中学校ともに特段のことはない「普通」の子どもだったというのみで、それ以上の話は付け加わらなかった。両親から勉強しろと言われたことはないが、県内一の県立高校に進学した。大学では寮に入り、寮では朝夕に食事が提供されるので生活上、特に困ったことはなかった。大学ではコンピューター・サークルと音楽サークルに所属し、音楽サークルで現在の妻と知り合った。大学では妻と一緒に過ごすことが多く、たまにサークルの人から誘われて、グループで遊びに行ったりした。大学時代だけでなくこれまでも親友と思う人はいなかった。結婚して初めて「他人と一緒に寝なくてはいけなくなり」、気配や音で眠れないので、妻に頼んで別寝室にしてもらった。子どもがすぐに生まれたので、妻と子どもたちで一部屋を使用し、A氏は別室で、一人で寝ていた。原家族については、父は「会計の仕事をしているのでルールに厳しい」、母は「とくに何かということはない普通の母親」で、3歳下の妹も「普通に明るい」と話し、それ以上の語りは出てこなかった。成育歴を話すA氏の口調は、事実を客観的に述べているという話し方であった。

3回目の面接でA氏は、部下（Y主任やW主任）のことに関して「わからないことを言ってくる人」は初めてで、「対応のやり方がわかればその方法で頑張れる」が、「わからないのが困る」と職場における対人関係について言及した。そこで面接目的を、職場の対人関係における対処方法を一緒に考えていくこととして合意した。Thが心理面接に関して、A氏は妻に説明をしたのかと尋ねると、「言いました」と述べたので、妻の反応をThが重ねて聞くと、「普通に聞いていた」と答えた。Thは妻への心理支援も考え、〈面接者よりA氏の状態を奥さまに説明する面接を設定することも可能ですので、必要がありましたらおっしゃってください〉と伝えた。

第5節　3回目の面接終了時におけるアセスメント

3回の面接終了時に、これまでに得られた行動観察、各種検査の結果、面接での交流の様子、複数の専門職や関係者からの臨床情報等を総合して、Th（G心理士）がアセスメントした内容とその理由を整理する。

1. もっている資源の多さ

得られたエピソードの範囲内であるが、器質性障害は否定され、身体疾患のみならず身体発達に大きな問題は認められなかった。学業成績は優秀で、WAIS-Ⅲの結果もその能力を裏づけていた。これまで大きな不適応状態や精神障害を想定させる状態に陥ったことはなく、大きなトラウマが推測されるようなライフ・エピソードも語られなかった。現在の家庭内における大きな問題も述べられなかった。

真面目で人柄がよさそうに見える外見も、対外的に嫌な感じを抱かれることが少ない人であることが窺われ、これは医師や看護師も同じコメントであった。つまり、人によって操作的に態度が違うということは認められなかった。

今回の発症エピソードは昇進による仕事内容の変化と思われたが、会社内の大きなハラスメントも語られなかった。これらA氏が有している自身の資源の多さや取り巻く環境の良好さは、今後の治療にとって、大切なものばかりであると考えられた。

2. 他者への関心の薄さ

一方で、今まで親友がいたことがなく、誘われれば会うという受動的な対人関係を続けていた。また、原家族については、「普通」という陳述にとどまっていた。加えて、妻が面接について何を聞きたいのか「わからない」、部下は「わからないことを言ってくる」と述べ、相手の内界について考えようとはしていなかった。加えて、受診したことを妻に「話さなくてはいけないとは思わなかった」と述べ、妻が心配していることに関して実感をもって想像できていない様子であった。1回目の面接時に、妻の心配にThが言及したことで、A氏は妻の気持ちに少し気づいたように見えたが、心理面接について妻に説明をした際の報告は、妻が「普通に聞いていた」であった。このことからも、相手の反応に関心が薄いことが窺われた。

以上のことからA氏は、身近な人や職場の人という関係性の距離を問わず、相手の反応や相手の内界への関心が薄いことが推測された。

3. 双方向の交流のなさ

A氏の対人交流の仕方は次のようであった。主治医から言われたので心理面接を受けた、Thに指示されたとおり心理面接について妻に説明をした、友人から誘われて遊びに出かけたなど、相手からの指示、誘いに従ったものであり、A氏が能動的に関わっている様子が見受けられなかった。面接でA氏が積極性を示したのは、飴のはじける原理について説明した時であった。しかし、残念ながらこの行動は、面接の主テーマとは関連がなく、自分が興味をもっている内容を状況に関係なく話したと思われた。A氏の対人交流は、相手からの指示を丸呑みして従うか、自分の話したいことを一方的に話すか、どちらにせよ、双方向の交流が認めにくかった。

また、「対応のやり方がわかればその方法で頑張れる」という表現から、正しい方法があるという前提でA氏が考えていることが窺えた。つまり、職場で生じた問題をA氏の立場からみると、部下は正しい指示には従うものであり、従わない部下は正しい理解ができない人である、となるだろう。そこには、個人による価値観の違いや、状況によりルールが変化することはあまり想定されていないようであった。正しいルール、正しい方法があり、それに従うべきであるという考え方からは、交渉や調整という双方向の交流をかなり必要とする場面においてA氏が遭遇する困難が大いに推測された。

4. 自分について見る力の弱さ

A氏は、部下への対応が「わからない」ことに対しては困っていたが、それ以外に関しては、あまり困っておらず、自身のうつ状態についての関心も薄かった。面接での応答は、質問に答えてはいるが、A氏から自身の状態について自発的に言及することは少なく、連想が広がることもなかった。

また、自身の成育歴については、特段のことがない「普通」の子どもとしか述べることができず、A氏がどのような自己イメージをもっているのかThは推測することができなかった。さらに大学生活の話では、寮生活で朝夕の食事が提供されるので特に困ったことはなかったと述べ、食事がある＝困らなかったという説明に、Thは困惑を覚えた。そして、青年期のA氏が自身について何か考えたことはあったのだろうかという疑問がThに生じた。3回の面接で確定することはできないが、A氏が自分自身について語る量は少なく、その内容にA氏個人の特徴があまり表現されていないことから、A氏が自分を見る力が弱いのではないかという仮説を立てた。

5. 表面的な理論と行動の変えられなさ

周囲は体重減少を心配していたが、A氏が自覚する体重減少の原因は「飴を食べているのでお腹がすかない」からであり、原因が明らかなので問題はないと考えているようであった。A氏の説明は、一見、適切に見えるが、大学時代から食べ続けていたのに、今までは体重が保たれていたという事実とは矛盾していた。そして、なぜ体重減少が起きたのかという本質的なことに考えが至っていない。また、自宅で隠れて食べるのは妻から叱られるためと理由づけされ、この説明も表面的である。

体重減少への懸念をいろいろな人が示しても、A氏には飴を食べないという選択肢はないことが推測された。自身がやりたい行動があって、それを止められると、相手の気持ちを考えずに、どういうやり方をすれば続けられるのかを考える様子から、自身の行動を変えるという考え自体が少ないのかもしれないと Th は推測した。

なお、他人の気配や音で眠れないという発言から、聴覚過敏の可能性も示唆された。そのため、職場で音刺激がどの程度あるのか、他の感覚過敏はないのかを確認し、疲労感や集中のしづらさとの関係を見立てる必要があると Th は考えた。

第６節　アセスメントからケース・フォーミュレーションへ

第５節のアセスメントの内容から、Th は A 氏に自閉症スペクトラム障害が、障害域かどうかは微妙であるが存在するのではないかという可能性（仮説）を立て、主治医と話し合った。

A 氏は係長に昇進したことによって、人との交流がより必要な立場となった。そのため、自分が正しいことを言っているのにもかかわらず、相手がなぜ「調整をしろ」と言ってくるのかがまったくわからないという弱点（共感的理解ができない）が露呈し、それが抑うつ状態に繋がっているものと考えられた。

そもそも医療に繋がったのも、心配してくれた X 課長補佐のお膳立てによるものであり、心理検査の受検に際しても、自分から積極的に知りたいことはないと述べられた。リワークにおいても、とくに認知行動療法では模範患者であった。リハビリ出勤を経て、残業をせず過労を防ぎ、担当グループを減らした状態で復職しても、部下との関係で途方に暮れる状態になった。このことは、ピンチであると同時に、A 氏が今後、仕事をしていく上で大切なこと（対人関係で何が起きているのか、いまの状況を理解し、相手の意図を理解する力を向上させる）ができるチャンスでもあると考えられた。何より、今回、保健師に話せたということは、保健師の力量の高さもあろうが、A 氏がやっと自らヘルプサインを出せるようになったとも考えられた。

そこで、心理支援に際して、第５節の内容を踏まえて、Th は以下のようなケース・フォーミュレーションを立てた。

（1）心理面接では、相手がなぜそういうことを言っているのかに関して、

Thが解説をすることで、A氏の他者理解力を向上させる方針をとった。Thの解説にA氏が本心から納得しなくても、いわゆる後天学習をすることで、その効果を実感してもらうという面接の方向性である。

(2) またThは、支援のキーパーソンである妻に、A氏の状態や考え方などを説明する面接を設定する必要があると考えた。

(3) 必要に応じて、A氏が最もヘルプ・サインを出しやすいと思われる会社の保健師に応援要請するために、A氏の許可をとって保健師に連絡を入れることとした。

(4) A氏との関係がよいX課長補佐の協力も必要に応じて依頼することが考えられた。

(5) タイミングをみて心理検査の再検査を行い、とくに抑うつ状態の改善を確認することを想定した。

第7節　4回目〜心理面接の最終回

(X+1年12月〜隔週設定でX+2年12月、月1設定でX+3年1〜11月)

A氏は、部下から自分の仕事に関係する内容を言われると、「理不尽な要求をまたされた」と感じて瞬間的にイラッとし、思考がまとまらなくなっていた。Thから、まずは部下の言った内容を書き留めて面接で検討し、その後、上司に相談して対応を考えるという方法を勧めると、「その場で書き留めていたらヘンだ」とA氏は述べた。Thから〈部下の要請をきちんと書き留めているのだから、誠実な行動とみられるのではないか〉と伝えると、A氏はしぶしぶうなずいた。部下からの理不尽な要求を考えること自体がA氏にとって納得がいかない様子であったが、それ以降A氏は、職場での出来事をメモしたものを面接に持参し、その場の状況や相手の意図について考える作業をThと一緒に行うことに合意した。

その時点でのA氏は、部下からの要求に対してすぐに否定するか、黙って聞いて返事をしないでいた。そのようなA氏が、急にメモを取りはじめたので、職場の部下たちは、当初警戒したようであった。しかし、A氏が「専門家に助言されてメモしている」と理由を話したことをきっかけに、周囲の警戒は薄れ、A 氏が正確に書き留められるようにメモの手伝いをする部下も現れた。A 氏は相手の発言の意図を Th と共に心理面接で検討し、それに基づいて作業スケジュールの理由を部下に説明するようになった。その結果、良好な反応を部下から得たことをきっかけに、能動的に心理面接での検討に取り組むようになっていった。

妻は面接に来ることを希望したが、A 氏は賛成しなかった。そこで Th は A 氏に、妻の知りたいことを聞いてきて欲しいと依頼した。妻からの質問は、A 氏が自分に困ったことを話さないのはなぜなのか、家で自室に閉じこもっているのはなぜなのか、自分が口うるさいことが良くないのではないかなどであった。Th は、〈A さんの心の中は、職場は職場、家は家と、場所ごとに区切られています。奥様の関わり方とは関係なく、区切られているので、家で職場のことを話すことは難しいかもしれません。また、一人で静かな部屋に籠ると疲れが回復しやすいタイプなので、籠るという行動は、家族が嫌なのではなく、回復作業をしているだけです〉と、A 氏を通じて妻に伝えてもらった。

会社の保健師とは A 氏の許可を得て、いつでも Th と連絡が取れる関係になったため、保健師と Th は月に 1 回ほどのペースで連絡を取り合った。A 氏の許可を得て、保健師から産業医にも報告が行き、Th から主治医にも報告が行くようになり、A 氏の状況を共有できるチームができていった。A 氏は作業スケジュールの理由に関する説明などを部下に行えるようになり、Ⅲグループの W 主任と組んだ仕事はなんとか進んでいった。A 氏は職場では保健師に話をしてストレスを溜めないようにし、仕事で「頭が止まった」状態になることについては Th と検討をして、具体的な対処方法を身につけていった。A 氏の職場での適応が良くなったことから、残業制限は解除され、代休を必ずとることを条件に土日出勤も可となり、心理面接は月 1 回のフォローアップとなった。

しかし半年後、A 氏が再び痩せ始め、イライラが強まっていることに保健師が気づき、Th に連絡があった。A 氏から「仕事が忙しい」という理由で心理面接をキャンセルする電話連絡があった際に、Th は体重と体調について尋ね、医師の診察を受けるか、心理面接に来るようにきっぱりとした口調で勧めた。来所した A 氏は落ち着かない様子であった。

A氏は次の内容を話した。職場で休職者が出たため、その分の仕事が回ってきて時間がなくなったこと、休職者が担当していた作業の遅れを取引先に説明する役割を担わされたということであった。特に、他人の行った仕事のために取引先に謝りに行き、自分が正確には理解していない作業スケジュールを再設定することを、非常に苦痛に感じている様子であった。このままでは、A氏が再びうつ状態になる可能性が高いとThは感じ、A氏の仕事における得意不得意をX課長補佐に説明することを提案すると、A氏は同意した。

X課長補佐は次回の心理面接にさっそく同席した。ThよりA氏の特徴として、①明確な基準やルールがあると、仕事を頑張り続けられること、②一方、言葉を字義どおりに受け取るため、対外的な場面において利害が異なる相手の発言のニュアンスが、実はわからないこと。そのため、駆け引きはできにくいこと。③体重減少はA氏の危険サインであって、再び体重減少が起きていることを説明した。X課長補佐は、A氏は仕事内容を理解しており、他人の話も聞けるので、交渉や調整にそんなに負担を感じているとは思わなかったと驚いたように語った。続けて、休職者が担当していた仕事の再調整に関して、現状ではA氏に担当してもらわないわけにはいかないが、自分も手助けできるように、部署に話を通したいと述べた。そして、A氏はシステム・エンジニアとしての能力が高いので、会社で専門能力を発揮できるように上司に相談したいとX課長補佐が言うと、隣に座っていたA氏は嬉しそうな表情をみせた。

その後、職場では、課長直属でシステム・エンジニア作業中心の仕事内容に変わった。昇進コースからは外れたが、職場でのストレスが低下すると、A氏の体調はほぼ全快した。A氏は「わからないことを言ってくる人と会わなくなったから」「お金もかかるので」という理由で、心理面接の終了を申し出た。心理検査の再検査（POMS2と風景構成法のみ）を行い、抑うつ状態が改善していることがデータ上でも確認された。最終回のA氏は、「昇進はできなくなったが、理不尽な要求を理解しろと言われるよりも良い」と述べて終了となった。

第８節　心理面接終了後

主治医は折にふれて心理面接の経過をThから受けていたので、薬物療法に関しても調整や減薬を行い、心理面接が終了する約半年前には投薬なしで、診察だけを続けていた。そのことは保健師を通じて産業医も知っていた。

心理面接が終了してからさらに約半年経っても安定していることを主治医は確認し、最後に妻を連れてくるようＡ氏に依頼すると、Ａ氏は何か観念したように、素直に妻を連れてきた。主治医はＡ氏の前で妻に、Ａ氏のこれまでの努力をたたえ、妻が心配していたであろうことを労った。その上で、問診に加えて心理検査や心理面接で得られた特徴と、それに対するこれまでの医療側の対応の概要をＡ氏の許可を得て説明し、今後、もしも何かあったら（痩せてくるなど）、早めに受診するよう伝え、外来治療が終了した。妻は涙ぐんでいた。

その後、Ａ氏はときどき会社の保健師のところへ顔を出しながら、順調に仕事を続けていたが、担当保健師が退社すると診察室に顔をみせなくなった。しかし、心理面接終了後、約５年経ったところで、再発という情報もない。

第９節　解説

1. 心理アセスメントとケース・フォーミュレーションのポイント

障害域かどうかは微妙であるが自閉症スペクトラム障害が存在するのではないかといったグレーゾーンの場合、クライエント（以下、Clと略）と話していて大きな逸脱をセラピスト（以下、Thと略）が感じることは少ない。特に成人の場合、それまでに社会常識的な立ち居ふる舞いや話し方を後天的に身につけていることが多いため、自閉症スペクトラム障害の特徴が表面化していないことが少なくない。そのため、Thは自分の中に起きる小さな違和感や不思議さを一つ一つ丁寧に拾い上げていく必要がある。今回のケースでいえば、自分の問題を解決するために心理面接を受けに来たはずなのに、内界に対して関心が薄い様子や、交流がまったくもてないわけではないのにClとThの間で話が通じている実感が薄いこと、などである。また同時に、生育歴をとる際に、特に対人関係に関するこれまでの様子を積極的に聞いて、総合的なアセスメントを行うことになろう。

その際、質問の仕方にもコツがある。自閉症スペクトラム障害の可能性が浮かんだ場合、Thが知りたいことを明快に質問する必要がある。なぜなら、Clは生まれた時から自閉症スペクトラム障害の特徴と共に生きており、自分の体験は一般的であると認識していることが多いので、わざわざ自分の体験について話す必要がないと思っていたりするからである。加えて、自分を俯瞰して、内界を言語化することが難しいため、自主的に話をすることが十分には期待できないからである。

無論のこと、他の身体疾患や精神障害の可能性や併存があるので、その検討も必ず同時に行う（津川2009）。そして、ケース・フォーミュレーション、特に心理面接の契約に際しては、Clが明確に意識化できている問題を同定して、それに関してClが得をする（もしくは損をしないようにする）ためにという面接目標が支援の脱落を防ぐようである。

2. 心理支援のポイント

自閉症スペクトラム障害をもつ可能性のある成人の場合、Clの身体的疲労や不安感が、外見や表情に現れにくい場合がある。見かけ上、Clは淡々と話していたり、黙って考えていたりするように見えるが、内心ではどうしたらいいかわからず途方にくれ、頭が真っ白になっていたりする。外見からわかりづらいだけでなく、Thの共感的理解によって、通常であれば感じられるClの感情に関する推測ができにくいため、精神内界についてもわかりづらい面がある。

心理支援においては、Thが周囲の状況や他人の言動の意味を、あたかも翻訳者のようにClに解説して、Clが自分をとりまく環境について理解できるよう援助することが肝要であろう。そして、本人に対して翻訳するだけでなく、Clができることやできにくいことに関して、周囲のキーパーソンたちに説明をして理解してもらえるようにするといった、別の意味での翻訳者としての役割も果たす。

問題行動に対しては、心理的な意味づけはClとTh間で共有したとしても、行動そのものを止めるように明確に伝える必要がある。知的に高い場合でも、問題行動により周囲の人が負担を感じたり、心理的に傷ついたりしていることに関する理解が難しいので、その行動がClに具体的な不利益を生み出すことを説明すると、問題行動が止まることが多い。

実際の心理面接では、たとえば交渉や調整に関して具体的なメタファーを使用したり、Clに心の状態を伝える際にも、不安といった漠とした言葉ではなく、視覚的にイメージできる説明を使ってやり取りを行うとよいことが多い。

聴覚の過敏さが有る無しにかかわらず、Thの話す口調そのものを穏やかで柔らかい声にすると、Clは聞きやすいようである。そして、人の内面と発言とに違いがあることに驚くことが多いClなので、Thはできるだけ率直に関わりたい。心理支援の目標は、Clの現実生活での適応が改善し、生活するうえでの負担が軽くなることである。そのためには、Clの自己理解の向上が必要であるが、内省を深めるという方向性ではなく、①自分の行動特徴を把握する、②ストレスがかかった時に起きる具体的な行動や反応に気づけるようになる、③ストレスが強まった際の対処方法を身に付ける、④社会的に許容される範囲で、楽しい、嬉しいと感じられる行動を定期的に行うようになる、などが有益と思われる。

3. 連携協働のポイント

深い対人関係をもつことに困難を覚え、目の前に存在しない人は心理的にも存在しなくなってしまうという対象恒常性に弱点をもつClには、一つの特徴が認められる。それは、援助を受ける際に繋がる対象は、施設や機関ではなく、特定のひとであることが多いことである。そのため、施設や機関の連携よりも、ひとを特定して連携を作っていくことを考えたい。このケースに限らず次のことは原則のように思える。「最初から理想的なチームを考えるというよりは、①必要とするタイミングを見逃さず、②適切な社会資源を見つけるために日頃から関係職種と交流をもち、③連携している相手が動きやすいような立ち位置で、④目立たなくとも本人と家族を支えるような実践を続けるのが、心理専門職ではないだろうか」（津川 2016）。

本人が意識している問題が、継続的に意識化されているというよりも、その日その日で連続性が保てない場合も少なくない。ただでさえ、Clは自発的にヘルプを出すことが少ない。したがって、心理面接の時にたまたま前回気にしていた問題が落ち着いていたので話さなかった、といったことが起こりやすいため、連携先が重要な情報を知らない場合があることも念頭に入れておくとよい。

家族面接は必要であることが前提である。家族にClの特徴や状態を説明することは、Clの利益になるだけでなく家族の負担を減らすためにも必要なことである。そうではあるが、Clが家族には暴力的なのに外では大人しいなど、場面によって表出される特徴が異なるため、家族にThが会うことをClが嫌がる場合がある。またはCl独自の考えがあり、今回のケースのように家族面接は不要と思い込んでいることもある。しかし、家族によるCl理解は、面接終了後のClを支えるために必要なことであり、Thは粘り強く利点をClに説明し続けるのがよい。

4. 対象の心理支援に際して習得しておくべき知識・技術など

自閉症スペクトラム障害をもつ可能性のある人は、同じ国、同じ民族、同じ言語であったとしても、精神内界は異文化で生きていると例えられるかもしれない。そのため、Clの体験、思考、感情、記憶などの特徴を、Clの準拠枠に添ったものとして聴き取る姿勢が必要とされる。一例を挙げれば、「感覚過敏が生活を困難にする」と文字で書いても実感がわかないかもしれない。しかし実際には、「タグが付いている服を着るのは、まち針が付いた服を着るような感じ」（小道2009／傍点は引用者）であったりする。そのため、身体が常に緊張し続けている結果、頭痛が起きたりする（小道2009）のであるが、“まち針が付いた服を着ている”という具体的なイメージをもつことが面接者に必要となってくる。「感覚過敏」という四文字熟語を、面接場面でそのまま漢字の状態にしておかない面接者の臨床スキルが求められる。

服に付いているタグが皮膚を傷めることは、皮膚疾患を抱える人も体験することである。しかし、外見上は皮膚疾患がない人と会っていると、皮膚の痛みをイメージすることを、悪気がなくてもつい面接者は失念するのではないだろうか。イメージ以前に、“まち針が付いた服を着ている”かもしれないことに関して質問せず、心理アセスメントの対象に入らないということはないだろうか。幸いなことに、現在は当事者研究が数多く出版されている。大人の発達障害者およびその周辺の方々の体験を学ぶ際の参考にしていただきたい。

文献

・小道モコ（2009）『あたし研究 ―― 自閉症スペクトラム～小道モコの場合』クリエイツかもがわ

・津川律子（2009）『精神科臨床における心理アセスメント入門』金剛出版

・津川律子（2016）「さまざまな領域における多職種協働＝チームワーク」『臨床心理学』臨時増刊号 公認心理師、126-129.

・横山和仁（2015）『POMS2 日本語版 マニュアル』金子書房

用語解説

POMS2（Profile of Mood States Second Edition）

気分状態・感情状態を測定するための質問紙法の心理検査。最初の POMS はマックネア（McNair, D. M.）他により作成され、現在使用されている POMS2 はヒューカート（Heuchert, J. P.）により改定されたものである（横山 2015）。POMS2 は、総合的気分状態（TMD）、怒り－敵意（AH）、混乱－当惑（CB）、抑うつ－落ち込み（DD）、疲労－無気力（FI）、緊張－不安（TA）、活気－活力（VA）、友好（F）からなる。得点は T 得点に換算され、T 得点 70 以上が非常に高いとみなされ、T 得点 30 以下が非常に低いとみなされる。

第9章

うつ病の事例

小林清香（埼玉医科大学総合医療センター）

第1節 事例の概要と心理支援の場

1. 事例および家族の概要

A氏：初回面接時47歳、男性。

A氏は中背でやせ形、穏やかだが、線が細くやや消極的な印象を受ける。工業製品を製造する会社に勤務するシステム・エンジニアである。家族はパートタイムで働く妻（2歳年下）と、高校生の息子（16歳）、中学生の娘（14歳）の4人暮らし。両親は、隣県に暮らしている。

2. 不調の始まり

X年7月：会社で行われたストレスチェックで、高ストレス状態と判定された。産業医面談を受けることもできたが本人は希望せず、面談には至らなかった。

X年8月：徐々に起床が遅くなり、朝食を摂らずに出かけるようになった。帰宅する時間も遅くなり、本人の分として取り置かれた夕食もしばしば残すようになった。このころから、帰ってくると倒れ込むように横になって、家族と会話をすることもなくなっていた。体重が減った様子を妻が心配するため近くの内科に受診したが、軽度の高血圧以外には血液検査等で異常はみられなかった。

X 年 9 月：朝起きられず、2 日続けて会社を休んだ。週末をはさんでようやく出勤した際に、上司から強く勧められて産業医面談となった。面談では勤務状況と健康状態についての問診が行われた。食欲低下以外に、持続的な頭痛、倦怠感、疲れやすさがあり、夜よく眠れず仕事に集中できない、という A 氏に対し、産業医からは外部の精神科への受診が勧奨された。

3. 精神科受診からの経過

A 氏が妻に伴われて精神科に来院した際、心理士が初回診察前の問診（予診）を行い、精神科医の診察（初診）にも同席した。A 氏はうつむきがちで覇気がなく、質問に対して考え込んでしまい、返答に時間がかかった。食欲低下や寝付きの悪さがあり、夜中もよく眠れる感じがしない。考えがまとまらず、なにもかもうまくいかないと話した。妻によると、ここしばらくは、夜も寝返りを打ってばかりでしっかり休んでいる様子がなく、朝は起き上がってからもぼんやりベッドに座ったままで、着替えに取り掛かるにも非常に時間がかかる。初診の前の晩には、「こんな自分では家族にも迷惑がかかって申し訳ない」と繰り返し話していたとのことであった。

これまでの経過は次のようであった。

会社では X 年 7 月に大規模なシステムの入れ替えが計画されており、X 年 4 月初めから A 氏を含めてシステム管理部門の社員はその準備に追われるようになった。システム移行の前後数週間は、会社への泊まり込みや休日出勤が必要な状態であった。7 月中旬のシステム移行後は、各部署から新しいシステムについて頻繁な問い合わせやクレームがあり、システム管理だけでなく、人的な対応にも困難が生じていたという。時にはいきなり罵声を浴びせられるようなこともあり、仕事中は内線電話が鳴るたび、びくびくするようになった。朝起きて会社に行かなくてはならないことが苦痛となり、「システムがうまく動かないのは自分のせいだとみんなが責めている感じがする」「皆に迷惑をかけている」「いっそこの世からいなくなってしまいたい」という気持ちが強くなった。また、これまでは家族との食事や雑談の時間を大事にしていたが、むしろ煩わしいと感じるようになり、気分転換する気持ちにもなれなかったとのことだった。

A 氏には抑うつ気分、興味・喜びの喪失、食欲低下、体重減少、睡眠障害、集中困難、自責感、希死念慮などが認められ、少なくともこの 2 ヵ月は症状が持続し、増悪してきていた。自殺のリスクを評価するために、精神科医が具体的な自殺の計画などについて質問したところ、A 氏は「漠然といなくなりたいと考えるだけで、計画などはない」と答えた。精神科医はうつ病と診断し、抗うつ薬を用いた薬物療法を始めると同時に、休職して休養を取ることを勧めた。A 氏は「職場に迷惑をかける、急には決められない」と繰り返し、決断ができなかった。ここで無理をするとさらに調子が悪くなる可能性があり、負担を軽くして休養することが肝要であることを精神科医が丁寧に説明したところ、妻に説得される形でようやく休職に同意した。

初診時に明らかとなった A 氏の生活歴は次の通りであった。首都圏近郊の小規模都市で育った。小学校教員の両親、3 歳下の弟との 4 人家族であった。高校の成績は中の上、卒業して 1 年浪人後、私立大学に進学し、写真サークルに所属した。大学を卒業後、現在の会社にシステム・エンジニアとして就職した。30 歳時に結婚した 2 歳年下の妻、高校生の息子、中学生の娘の 4 人暮らしである。70 代半ばの両親は、車で 1 時間半ほどの隣県で 2 人暮らしをしており、高齢ではあるが現時点では大きな問題はない。

もともと人に気を遣いがちではあるが、これまで大きな失敗はなく仕事を続けてきており、家族や風景の写真を撮ることが楽しみであった。

〔アセスメント〕

初診後、診察を担当した精神科医と予診を担当して診察に同席した心理士とで、見立てと今後の方針について話し合った。今回のうつ病発症は、期限にせまられた責任のある仕事に従事して長時間勤務を余儀なくされたこと、職場内のクレーム対応という感情的な負荷の大きな業務が重なったことがきっかけとなっていた。これまでに職場で顕在化した問題はなく、診察中の応答の様子や付き添う妻との様子からも、職場や家庭の対人関係には大きな問題は疑われなかった。

現在、希死念慮は持続的に認められるものの、切迫したものではない。思考制止や罪責感、無価値感、食欲低下と体重減少、睡眠障害は顕著で、中等症レベルのうつ病と考えられた。精神科医は、職場から離れて睡眠を確保し、うつ状態のさらなる悪化を防ぐことが重要であるとし、また、希死念慮の存在には注意が必要で、不安や焦燥が強まり、自殺のリスクが高まる場合には入院加療も検討する必要があると述べた。心理士は、A氏は元来、人に気を遣う性質であり、他部門からのクレームによって、自分のシステム設計や運営に関する責任感を刺激され、その責任を抱え込んで自責的になることでより負担感が増して悪循環に陥っていると考えられ、治療によって症状が軽快してもこうした悪循環が改善しない場合には、心理療法の適応を検討できると良いと述べた。中高生の子どもがおり、休職に伴う経済的な不安にも注意が必要と思われた。精神科の治療方針として、当面は精神科医による通院加療（支持的精神療法と薬物療法）および休職をして休養をとることを指導し、病状の変化をみながら、適宜、心理療法の導入を検討することとした。

4. 心理支援の場

A氏が受診したのは、地域の基幹病院に設けられた精神科で、精神科病床を有する。常勤の精神科医複数名と心理士1名が精神科に所属し、非常勤の精神科医や心理士もいる。院内の地域連携室には精神保健福祉士が所属している。

患者はかかりつけ医などの紹介状を持って精神科を受診し、精神科医の診察を受ける。治療が必要な状態と判断されれば、精神科医による診察と必要に応じた薬物療法、入院治療の適応となる。精神科医から心理士に対しては必要に応じて心理療法や心理検査、心理アセスメント等の指示がなされ、精神科医の治療と心理士による介入は並行して行われる。担当している患者についての報告や相談は、精神科医と心理士との間で随時なされている。

患者は症状が安定すれば、かかりつけ医に逆紹介されたり、リハビリテーションを専門とする機関に紹介される。患者の生活状況やニーズに合わせた社会資源の紹介や導入のため、地域連携室との連携が行われる仕組みになっている。

第２節　心理面接

1. 初診後の経過（X 年 10 月〜 X ＋ 1 年 1 月）

Ａ氏は１〜２週に１回の外来通院を続けながら、抗うつ薬が徐々に増量された。最初の１ヵ月、Ａ氏は、「睡眠が少し取れるようになったとはいうものの、日中も体が重く常に疲れた感じで、何もする気にならない。テレビの音も煩わしく感じ、一日中パジャマのままで、入浴も数日に１回、入浴しただけでぐったり疲れてしまう。本当に良くなるのか不安だ」と診察で繰り返し訴えた。主治医は、抗うつ薬の効き目が感じられるまでに相応の時間がかかること、今は焦らず休むことが大切であることを繰り返し伝えた。

初診から２ヵ月：Ａ氏は少しではあるが体調が良く感じられる日が出てきた。午前中は布団で横になっているが昼頃には起き出すことができ、妻に誘われて近くのスーパーへの買い物に付き合うこともあった。しかし、やや調子の良い日の後にはまた不調になるなど安定しなかった。主治医はなるべく起床時間を一定にして散歩に出るなど、生活リズムを整えるように勧めたが、なかなか実行に移せなかった。また、うつ病が始まった経過を振り返る中で、Ａ氏は「再び調子が悪くなるかもしれないと思うと、職場に行くのが怖い」と訴え、家族のためにも仕事をしなくてはならないと焦る気持ちと、復職に対する不安が混在した状況が続いていた。

初診から４ヵ月目：抗うつ薬で頭痛などの身体症状は軽快し、一定の効果はあったものの、生活範囲の縮小、職場に対する不安が持続していた。主治医は予診と初診に関わった心理士とこの経過について共有し、両者で今後の治療方針について話し合った。心理士は初診時の見立てから、休職前に職場で生じた出来事の記憶から職場復帰への不安が遷延して、回復し復職することへの動機づけが妨げられている可能性について指摘した。主治医は、診察時のＡ氏の言動をふまえて、職場復帰を進めるために職場に対する悲観的な考えや消極的な対処の改善を目指して、心理療法の導入をＡ氏に提案した。Ａ氏自身、回復が停滞していることを自覚しており、なにか突破口が開けるならと心理士の面談に同意した。

2. 初回面接（X＋１年１月）

心理士はＡ氏とともに、経過と現在の状況を整理した。休職と自宅での療養生活が長期化する中で、妻の収入に頼っている自責感、一日中何もせず過ごしている自己嫌悪などが問題として抽出された。患者は「自分が情けないが、どうすることもできない」と述べ、強い自己否定的思考が確認された。また、家族が自分のことをどう思っているのか、繰り返し懸念していた。

一方で、職場で受けた他部門からの激しいクレームが頭から離れない、職場に迷惑をかけた、復職したら今までと同じ仕事をしなくてはならないが、すぐまた調子を崩してしまうのではないかという考えが巡り、強い苦痛を感じていた。また、復職への焦りがあるものの、朝起きるのが辛くちょっとしたことで疲れてしまうことにも不安を感じていた。午前中は自室で横になって過ごし、午後はインターネットをしている。夜になると家族が帰ってきて食卓を囲むが、何を話していいかわからず、食事が終わるとすぐ部屋にこもってしまうとのことであった。

3. ケース・フォーミュレーション

心理士は初回面接の最後に、現在生じている問題を整理し、Ａ氏と共有した。このプロセスは「問題がどのように維持されているのか」を明らかにし（森田 2007）、取り組む課題を共有するためにも重要であった。Ａ氏と共有したのは以下のような内容であった。

Ａ氏はもともと人に気を遣い、周囲の人が快適であるかを気にかける人柄で、仕事も間違いがなく正確で丁寧であることを大切にしていた。今回、責任を伴う大規模なシステム変更という大きな課題の中で、身体的にもまた心理的な緊張感という面でも疲労困憊していたところに、繰り返しクレームへの対応をしなければならない状況になり、精神を大きくすり減らしたことで、うつ病といわれる状態に至った。病院に受診し、休職して療養する決断ができたことで、当初の不安・焦燥感は緩和して、睡眠もとれるようになってきた。

しかし、病前に比べると、体力や気力がまだ不十分な状態にある。そのなか、休職前に経験したクレームやその時の辛い感覚を思い出しては、落ち込んでしまう。落ち込んだ気持ちの中で、「もっとうまくできたのではないか」と考えて自分を責め、ますます落ち込み、前に進めなくなってしまう。こうして、考えては落ち込み、動けないことを繰り返すことで、「今日も何もしなかった」「こんな自分を家族は疎ましく思っているだろう」という考えが強くなってしまっている。家族とも今までのように関わることができなくなり、一人で過ごす時間が多くなり孤立を感じることが続いていると思われる。

この、現状の整理と共有を通して、患者はうつ病の療養のためではあるが仕事という生活の軸を失い、一日を無計画に過ごしていることがさらなる自己評価の低下につながっていることを理解した。また、家族の中で居場所と役割を喪失した状況にあることが明らかとなった。

回復に向け、心理療法は認知行動療法をベースとして、次の方針とした。まず、考えては落ち込み動けなくなるという悪循環から抜け出し、少しずつ活動を増やす。活動することで気分転換ができてきたら、次のステップとして復職を妨げるような心配ごとに取り組み、心配事にうまく対処できる方法を相談しながら身に付けていく。面接は1～2週に1回45分間とした。心理療法の概要は、主治医とも随時共有し、協力して治療にあたる旨、A氏からも了解を得た。また、この時点で1ヵ月に一度の診察の際に、主治医からの診断書を受け取り、その提出のために会社に出向いて産業医の面談を受けることを続けていた。

4. 第2回～第3回面接（X＋1年1月）

初回面接で整理した状況を確認し、まず、一日中何もせず、気分の落ち込みが続く状態の改善を目指し、短期的に気分の改善に役立つ行動を増やすことを目標として設定することとした。A氏は「何もしていない」と生活を表現したが、初回面接やこれまでの主治医診察から、妻の買い物に同行したりインターネットを使ってみたりなど、頻度は限られるが何らかの日常的な行動は存在すると考えられた。そこで、心理士は「今もたまにすることがあって、それをすると少し気分が良くなったりして、これからも続けられたらいいと思うのはどんなことですか」と尋ね、現在も存在する活動の連続線上にある、高すぎない課題を模索することとした。患者は午後に何気なく見ているテレビで体操番組が流れており、それを見ながら少し体を動かすとなんとなくすっきりした気がすると言い、これに取り組めるといいと話した。心理士は、課題を実行したか、実行して気分がどう変わったかを記入する用紙を渡して、記入の仕方の例を示し、できる範囲で記録して次回の面接で報告してもらうことを提案した。

これ以降、毎回の面接のはじめに、前回の面接で決めた課題を共に振り返った。3回目の面接では、週に2回ほど体操ができており、気分は「少しすっきり」したと書かれていた。しかし、面接でのA氏は、体が動かなかったり、気付いたらテレビの放送時間が過ぎてしまっていてほとんどできていない、と述べた。心理士は、体操をしたその場では快適な感覚を感じることができても、時間が経過し総合的に振り返ると、できたことではなくできなかったことに目が向いてしまう傾向があることを踏まえ、記録ができたことや取り組めた日があったことを賞賛し、どんな日には取り組むことができたのか、やってみてよかったことは何かに焦点を当てて、丁寧に振り返った。これは、A氏のもともとの性質である丁寧で間違いがないことを重視する完璧主義的傾向を考慮し、完璧に課題ができなければ認められないのではなく、部分的な進捗も重要なものとし肯定されるという認識を促す意図を持った関わりであった。

A氏は「やったら少しすっきりする」「やらないよりもやった方がいいと思う」と述べることができ、心理士は「やってみると、結果としては気分がいいし、やった成果があるのですね」と、A氏の行動と気分の肯定的な変化の関連について繰り返し焦点を当て、A氏自身が、自分が行動することで気分が変わるということをより意識化できるように働きかけた。どんな日にできていたのかという質問には、A氏はなかなか答えが見つからなかった。心理士は、答えが出せないことはよくないという、失敗に目が向きやすいA氏の傾向を活性化しないように注意しながら、「だんだんとどんな日には動きやすいのか、見えてくるといいですね」と返し、引き続き課題を続けて、気が付いたことについて次回以降も話し合おうとA氏に伝えた。

5. 第4回面接 ―― 精神科医との連携（X＋1年2月）

この頃には、薬物療法を続けながら、夜間に1、2度目が覚めても、まもなく眠ることができ、熟眠感は不十分ながらも睡眠時間が確保できるようになった。食事も自分からあれこれ食べたいと思うことはないものの、以前と同程度の量が摂れるようになった。週に4回ほどは体操ができており、体操をした後には気分が良くなって、部屋の片づけをした日もあったという報告があった。心理士は本人の経験を取り上げて、「行動をしている時のほうが気分が良いし、考え込まないで済む」という点に繰り返し焦点を当て、A氏の気付きへと繋げていった。これには、うつ病に圧倒されて自分ではどうすることもできない、という無力感から、わずかずつでも自分をコントロールできる部分があることをA氏と共有し、コントロール可能感を回復させていく意図があった。この対話の中でA氏からは、「体操をした日のほうが、寝つきがいいかもしれない」と、自分の行動の結果として生じる即時的な気分の変化だけではない良い循環への言及があり、心理士は「良い循環を繋げるために、行動を続けてみましょう」と返した。

身体症状の改善とともに、面接でのA氏の発言も増えて、思考も少しずつ柔軟になってきた様子がみられたため、改めて気分の落ち込みを生じさせる事象に焦点を当てることにした。最近の生活の中で、気分の落ち込みやイライラが生じた時はどのような状況だったのか、その時A氏は何を考えていたのかを取り上げて話し合った。A氏は、自分が部屋にいる時に、妻と子どもたちが盛り上がっている声が聞こえると、「自分がいない方が楽しいのだ、自分は邪魔者だ」と思って情けなくなる、といったことを挙げた。

心理士は、認知行動療法で取り上げられることの多い自動思考の概念をA氏に紹介した。その場で思い浮かんだ自動思考が必ずしも正しいとは限らないこと、しかし自動思考によってその後に生じる気分は影響を受けること、自動思考は癖のようなもので、場面が変わっても似たような思考を思い浮かべやすいことなどをA氏の経験を取り上げながら心理教育した。A氏は、「確かに、たいていはネガティブに考えています。もともと心配性でマイナス思考なところはあったけど、うつになってからはマイナスばかりですね」と述べた。また、家族にとって自分は邪魔ものだというような考えは、働けなくなるまでは考えたことはなかった、とのことであった。

自動思考の概念についてA氏が理解したことが確認できたため、心理士はネガティブな考え（例えば、「自分は邪魔者だ」）にとらわれて、考え続けることがＡ氏の気分にどのように影響するかを確認してみようと提案し、面接室で「自分が邪魔者だ」という考えをしっかりと思い浮かべるように指示した。Ａ氏は、「ここで考えていてもイライラして落ち込んでくる」と不快な表情を浮かべた。心理士はこの考えを思い浮かべる前と後で、実際には嫌なことが起こっていなくても気分がマイナスの方向に変化したことを指摘したうえで、日常生活でもネガティブな考えにとらわれて気分が落ち込む経験があるのではないかと尋ねた。Ａ氏は、これまではあまり自覚していなかったがそうかもしれないと答えたため、生活の中で気分が落ち込んだりイライラした時、どんな状況で何を考えていたのか書き出しておくことを提案した。また、その考えを引きずらないように、記録したことは次回の面接で報告すればいいため、それ以上考えずに忘れてよい、と説明した。

ところで、Ａ氏の妻は初診以降しばらく精神科医の診察に同席していたが、ここ数ヵ月は来院していなかった。心理士は、現時点では家族との関係がＡ氏の気分の落ち込みを持続させている要因の一つであると考え、精神科医とこの点を話し合った。Ａ氏はうつ病になって以降、家族に負担をかけて否定的に評価されていると感じているが、初診時のアセスメントでは妻や家族とのこれまでの関係は良好と評価していた。本人の受けとめ方の問題なのか、それともうつ病による本人の行動面の変化が家族の本人に対する関わり方にも変化を生じさせているのかを検討するためにも、妻から話を聞き、状況を確認することが必要と思われた。

この意見交換を経て精神科医からは、もしＡ氏が希望すれば、妻との同席で面接をし、うつ病の回復には時間がかかり、社会復帰に向けたリハビリテーションが必要であること、それには家族の協力が大切であることを話してみよう、との提案があった。心理士は妻への心理教育として、Ａ氏がうつ病の症状のために物事を実際よりも悲観的にとらえてしまう状態にあり、家族の気持ちも深読みして心配しすぎてしまっていること、うつ病の回復とともに改善していくものなので、その点も理解して見守っていただけると良いと伝えてもらうよう主治医に提案した。

6. 第５回面接（X＋１年２月）

前回からの課題で、Ａ氏は家族との関係の他に、日中に外出している際、「他人に不審に思われる」と記載をしていた。面接では、他人に不審がられるとＡ氏が思うことで、外出してもすぐに家に帰ってしまう、という行動に繋がっていることが整理された。また、家に帰っても「人に変に思われた」と思ってくよくよする気持ちを引きずってしまうということもわかった。主治医から提案されていた散歩や図書館通いはこうした考えと行動パターンによって障害されているようであった。

心理士は、Ａ氏は自動思考が自分の気分に影響を与えることを理解し、気分にマイナスの影響を与える思考が浮かんできたことに気付くことができるようになっているが、その自動思考に容易に巻き込まれてしまうため、思考と距離を取って対処することができるようになることが必要な段階にあると考えた。心理士はＡ氏の苦痛を受けとめながらも、前回と同様に「人に変に思われた」という考えを思い浮かべていると気分がどんどん沈むことをＡ氏とともに確認した。その上で、ネガティブな考えが出てきたら、「こう考えているから落ち込むんだ、ちょっと待て」と言葉にして立ち止まるきっかけを作り、考えを紙に書き出して眺めてみることとし、〈この内容はすぐに解決できることか、考えれば考えるほど辛くなりそうなことか〉を自分に問いかけ、「辛くなるだけなら考えるのをやめておこう」と自己教示して、考えから距離を置くことを次の課題として共有した。これは、考えを書き出すことで自分の外に取り出す、つまり考えは自分そのものではなく、自分に取り付いて影響を与えるものとして事象を外在化するための課題でもあった。

また、心理士は「実際に相手が不審に思っていたとして、Ａ氏にとって実際的な影響があるか」という点と、「急いで家に帰ると安心はできるがリハビリは進まないことの弊害」についてもＡ氏と話し合った。Ａ氏は、他者にどう思われるかは気になるし、平日の日中に40代の男性がうろうろしていたら不審に思われるのは間違いない、としながらも、そのことで自分のリハビリテーションが進まないのは大きなデメリットであることには同意した。リハビリテーションを進めていく方策について、次回以降さらに取り上げていくこととした。

7. 第６回～第７回面接（X＋１年３月）

A氏は徐々にネガティブな考えとの距離の置き方を身に付け、生活の中で活用するようになった。嫌な感情が強くなってきたら、「嫌な考えにとらわれていないか」を自分に問いかけ、それ以上考え続けることをやめて、今自分にできることに取り組めるようになっていった。初診時には「考えがまとまらない、何を考えていいのかわからない」状況であったが、この時点では「難しいことでなければ考えられる」と感じられるようになっていた。

A氏によると、妻は精神科医の診察に同席して説明を聞いた際、「これまで夫は家族のために十分に働いてきてくれた。今回は焦らず元気になってくれればいいし、当面経済的な面でも心配しなくていい」と言ってくれたとのことであった。一方で、A氏がすぐに部屋にこもってしまうので、調子が悪いのではないかと、かえって子どもたちは気にしているとも妻は語ったとのことであった。

心理士はA氏のこの報告、A氏の元々の楽しみは家族との会話や家族写真を撮ることであったという点、うつ病になる前は家族関係で悩むことはなかったという以前の面接でのA氏の発言、妻が精神科医の勧めの後すぐに受診に同行したこと、精神科医からの情報（妻はA氏に共感的で、理解しようとしているように見える）から、A氏の家族や妻はA氏が現時点で思っているよりもA氏に対して肯定的で協力的だろうとアセスメントした。

面接では、この、A氏は家族の邪魔だと思って部屋に引きこもっていたが、家族は部屋に引きこもるA氏をかえって心配している、というすれ違いについて話し合った。A氏は、自分の考えが自分の気分や行動に影響を及ぼす、ということはこれまでの面接でもよく理解できるようになっていた。うつ病でよくみられる特徴でもあるが、A氏の思考は、良くない点に注目して良い点を無視してしまうという傾向があった。そこで、心理士は、A氏自身がどう思ったかだけではなく、家族は実際には何と言っていたのかを思い出してみるように、と働きかけた。この会話の中で、A氏は、妻は普段から「無理しないで」と言ってくれていること、子どもからも「元気になったら旅行に行こう」と言われたこと（自分は返答できなかったが）などを思い出した。その事実について、どう感じるかを心理士がＡ氏に尋ねたところ、「家族に気を遣わせているとは思うけど、自分が想像したほどには、悪く思っていないかもしれない」「自分が勝手に悪く考えて遠慮しすぎているのかもしれない」ということに思い至るようになっていった。この後も心理士は、実際に生じている良いことや中立的なことに焦点を当て、悲観的に偏りすぎる思考に対処することを意識しながら面接を進めた。

8. 第８回～第９回面接 —— 精神保健福祉士への紹介（Ｘ＋１年４月）

自宅では生活リズムが徐々に整い、気分も安定して過ごせるようになったが、Ａ氏は復職に相変わらず消極的であった。Ａ氏は「仕事のことを考えると、クレームを思い出す。とても対応できないと感じている」と話した。心理士は、これまでの面接の中で、Ａ氏は思考と事実との違いを理解できるようになっていること、うつ病も回復途上ではあるが症状は落ち着いていることを踏まえ、面接の中で発症当時の苦痛を伴う出来事を扱っても、大きな動揺に繋がる可能性は低いと判断した。

心理士は、今回の休職に至った経緯と、現在の心配について、Ａ氏とともに改めて振り返った。Ａ氏がクレームのことを今思い出して対処できないと思うことも、これまで面接の中で扱ってきた思考の一つであることを共有したうえで、「システムの切り替えに伴うクレームが当時大きな負担になったことは間違いないと思います。しかし、復帰後にも今回と同じような状況に陥るという想像は確実なことなのでしょうか」と問いかけると、Ａ氏は、「切り替えが終わって、時間がたっているので、初期のシステム・トラブルも収まっているはず」「普段の業務であれば、10年以上続けていることなのでできそうな気もする」と話し、少し冷静さを取り戻した。

これまでの面接で、Ａ氏は「人からどう思われているか気にしてしまう」傾向があることを取り上げたが、うつ病のひどい時にはこの傾向がさらに強くなる可能性について心理教育を行った。「会社でのシステム・トラブルがすべて自分のせいだ」という当時の思考を書き出したうえで、今はどう考えるかをＡ氏に尋ねた。Ａ氏は、「もともとちょっとした失敗でも迷惑をかけたと思いがちで、クレームの際には周りのみんなが腹を立てているように感じて、すべてが自分のせいのように思ってしまった」「今振り返ると、みんな慣れないことでイライラしていたかもしれないが、自分に対して批判していたという訳ではなかった」「失敗は誰にでもあるし、マイナスに考える癖が強くなりすぎていたのかもしれない」と話すようになった。

休職から6ヵ月：思考面、気分面は安定して本人の対処できる範囲も広がったが、「大きく体力が落ちた状態で、以前のように通勤し、集中して仕事ができるのか」という不安は残った。実際に行動範囲を広げながら、自信と体力を取り戻す実践的な経験が必要な段階と考えられた。心理士はA氏に、復職を目指して活用できる資源としてリワーク（return to work の略：復職支援）・プログラムを実施している機関があり、希望すれば院内の地域連携室の精神保健福祉士と面談して、より具体的なリワーク・プログラムの紹介が受けられることを伝えた。

A氏の希望を確認して主治医とも方針を共有したうえで、心理士は精神保健福祉士に連絡し、これまでの精神科医と心理士による治療の経過と、身体症状や気分症状の回復状況を伝えた。今後の課題として、毎日決まった時間に出かけ、一定時間家の外で他者とともに過ごし、コミュニケーションをとること、活動と休息のリズムを作ることなどが、働く自信を回復して復職に向かうために必要と考えていることも精神保健福祉士に説明した。精神保健福祉士は、リワークでの支援に繋げることがA氏にとって有用だろうということに同意し、本人の希望を聞きながら活用可能な資源を紹介していくことを了承した。

9. 第10回面接（X＋1年4月）

A氏より、妻と共に精神保健福祉士の面談に行ったとの報告があった。いくつかのリワーク・プログラムを紹介された。そのうち、通勤を意識して電車に乗って通える場所にあり、これまでの業務で行っていたパソコンを使った作業に取り組めるプログラムを見つけたので、そこに通ってみたい、とのことであった。そのリワーク・プログラムでも、心理士の面談が受けられるということもわかった。

A氏と話し合い、精神科医の診察は続けながら、心理療法の場はリワーク・

プログラムへと移行することになった。また、これまでの心理療法の経過を、主治医からの診療情報提供書とあわせてリワーク・プログラムの機関に伝えることとした。

A氏は心理療法を振り返り、「落ち込んでいきそうな時にその兆候に自分で気が付くようになった。今考えても仕方がないことには放っておこうと思えるようになったし、家族とも以前のように会話ができるようになったと思う」と振り返った。心理士はこれまでのA氏の取り組みを賞賛し、この病院での心理療法を終結とした。

第3節　解説

1. 心理アセスメントとケース・フォーミュレーションのポイント

本事例で提示したA氏は、職業生活での過負荷状態で心身ともに疲弊してうつ病を発症し、精神科医による通院での支持的精神療法と薬物療法で一定の回復を得た。しかし、他者からの評価を気にして落ち込み、消極的になっていたことで、快活動が減り、自己効力感の回復が妨げられたことが、うつ症状の改善を邪魔していた。

ケース・フォーミュレーションによって問題を整理し、本来の人に気を遣い人の評価を気にする傾向が、現時点では自宅の中でも繰り返されているため、否定的な考えにとらわれることを減らし、行動を増加させていくことと同時に、他者からの評価を気にしすぎる傾向を緩和していくことが、現状からの回復と復職後の再発予防にも有用と考えた。一方で、これまでの生活歴や診察・面接場面での行動観察から、うつ病に伴う症状以外に対人関係や社会適応を大きく妨げるようなパーソナリティ障害や発達障害は否定的であり、うつ病発症によって障害された行動と生活の回復に焦点を絞ることとした。

2. 心理支援のポイント

まず、身近な行動の拡大に焦点を当てた。これは、復職に直接取り組む力がない時点でも取りかかりやすく、本人も変化を感じやすいという利点があった。実際、徐々に運動や家事など行動が増加し、抑うつ症状の改善を示唆する変化がみられた。

また、復職に対する不安は当然のものとして扱いつつ、否定的な思考とは距離を取ることに取り組んだ。これは、休職前の努力を否定せず、現在の苦痛を緩和するうえで有用であった。否定的な思考や感情に捉われることが減り、否定的な思考への対処ができるようになったことが報告された。さらに、自宅での家族との関係で観察された、他者からの評価を気にする性格や先々を考えて不安になる傾向が仕事上でも生じていたことを共有し、休職中の心理支援を通して獲得した考えや感情への対処法が、今後復帰する職場でも活用できる可能性があるとの理解へと結び付けていった。

3. 他職種との連携・協働のポイント

うつ病の重症度によって、推奨される治療は異なる。軽症では対人関係上、職業上の機能障害は限定的であり、薬物療法または体系化された精神療法（認知療法・認知行動療法など）を単独もしくは併用することが推奨される（気分障害の治療ガイドライン作成委員会 2016）。これに対し、中等症以上ではさまざまな側面の機能が損なわれる状態になり、薬物療法と併用して、認知行動療法、対人関係療法、力動的精神療法、問題解決療法が行われることが推奨されている（気分障害の治療ガイドライン作成委員会 2016）。今回の例は、職業遂行が難しい状態に至っており、休職を要する中等症のうつ病と診断された。精神科医による治療に、途中から心理療法を併用する治療方針となった。

今回の例のように同一の医療機関において医師と協働する際には、常にお互いの治療の進捗や見立てを擦り合わせ、方針を確認し合うことが必要になる。クライエントにもその旨、あらかじめ説明をして了解を得ておくことで、情報共有が円滑に行いやすくなる。本症例でも、例えば、家族の病状理解が不足していることが本人の回復プロセスに影響していると考えられた際、心理士は精神科医と話し合い、家族への支援を誰がどのように担うかを検討した。このように精神科医と連携し、治療の足並みをそろえ、本人や家族に必要な支援をより効果的に行うことも重要なポイントと言える。

復職へのリハビリテーションとして、リワーク・プログラムを導入する際には、精神保健福祉士への紹介を行った。心理士自身がこうしたケース・マネジメントを行うこともあり得る。しかし精神保健福祉士は地域の社会資源に精通しており、複数の患者への支援を通して、各機関の職員とも顔見知りとなり、その機関の特徴や強みを理解して、橋渡しをしてくれることも多い。こうした領域の専門家として精神保健福祉士を紹介すること自体が、患者にとって次のステップに進む際の安心感に繋がることもある。また、各支援機関の特性を理解したうえで、本人の状態に合わせて支援を移行することは、本人が回復を実感し、次のステップに進めていることを意識できるためにも有用である。心理士はこれまでの面接の経過、心理士としての見立てを精神保健福祉士に伝え、なぜこの患者を紹介したのかについて共通理解を得ることで、有機的に支援を繋いでいくことが求められる。

4. うつ病の心理支援に際して修得しておくべき知識

日本においてうつ病の有病率は、欧米に比して低いとされている。しかし、うつ病を含む気分障害の患者数は増加を続け、2008年には104.1万人、2017年には127.6万人と報告されている（厚生労働省「平成29年患者調査の概況」）。これには、メディアなどを通した啓発活動により、うつ病が一般に知られるようになったことなども影響している。本症例で示したのは中年期男性の症例であった。日本では本症例のような中高年でのうつ病発症も多い。軽症であれば苦痛はあるが対人関係上・職業上の機能障害はわずかなものにとどまるが、重症になると、さまざまな側面での機能が大きく損なわれる（気分障害の治療ガイドライン作成委員会 2016）。職業上の生産性の低下や休職、退職の要因となり、社会経済的な影響が大きいことも問題である（川上 2006）。このため、うつ病の症状改善とともに、社会機能の改善、職場復帰を支援することは重要である。

A氏の不調が最初に家族に気付かれるようになったのは、食事量が減ったことであった。食欲低下、頭痛や肩こり、疲労感など身体的な不調は、うつ病に伴って現れることも多い。本人や周囲も身体的不調として解釈することが多く、うつ病の診断に該当する者は、精神科を受診する以前に、身体的不調のために内科を受診していることが多い。身体症状を訴えるものに出会った時、その契機や経過、持続期間などを考慮して、身体疾患を考慮した上で、うつ病などの精神的要因について正確なアセスメントを行う必要がある。

また、国際的に広く使われている精神疾患の診断基準（DSM-5）では、うつ病の診断基準に希死念慮が含まれている。うつ病は自殺の大きなリスク因子である。日本における自殺者は諸外国の自殺死亡率に比しても高く、年間3万人を超えていた（厚生労働省「自殺対策について」）。2006年には自殺対策基本法、2017年には自殺総合対策要綱が策定され、自殺者数は減少傾向にあった。しかし、2020年にはCOVID-19感染症の世界的流行下で社会、経済その他多様な変化が生じ、自殺者の増加が危惧されている。うつ症状を呈する人を支援する際、自殺のリスクに関するアセスメント、その切迫度に合わせた危機介入を行うことは、心理支援に不可欠な要素といえる。

うつ病は適切な薬物療法、精神療法、生活上の工夫、リハビリテーションによって寛解・回復に至る患者が多いが、再発・再燃にも注意が必要な疾患である。治療は、支持的精神療法と、現在の病態や予想される改善までの経過、治療選択肢についてわかりやすく説明し、患者や家族がうつ病についての理解を深めて治療選択に関われるように支援する心理教育を基盤として行われ、医師と心理職などメディカル・スタッフとの連携が求められる（気分障害の治療ガイドライン作成委員会 2016）。

職場におけるうつ病や自殺に至るメンタルヘルスの問題の重症化予防、さらにメンタルヘルスの問題への発展を予防する一次予防の取り組みが、労働安全衛生法に基づくストレスチェック制度である（厚生労働省労働基準局 2016）。常時50人以上の労働者を使用する事業場では、ストレスチェック制度の実施義務がある。公認心理師も所定の研修をうけて、ストレスチェックの実施者となることができる。高ストレスと判定された者のうち、ストレスチェックの実施者に必要と認められれば、本人が希望することによって医師の面接を受けることができる。本事例のA氏も会社のストレスチェックで高ストレス状態と判定されていたが、本人が希望する場合にのみ面談が行われる仕組みが現状である。

働く人のメンタルヘルス支援、職場復帰や職場定着への支援を行う上で、精神疾患治療を行う医療機関と、産業医をはじめとする事業所内の産業保健スタッフとの連携は非常に重要である。精神科主治医はうつ病の症状の安定、再発予防のために、就労上どのような配慮が必要か等について意見書や診療情報提供書を作成する。産業医は主治医からの意見を収集し、これを踏まえたうえで職場との調整を行い、職場復帰支援のプランを策定していくことになる（厚生労働省、中央労働災害防止協会 2020）。医療機関の心理士は医療の側からのアセスメント等、主治医とともに情報提供に関与する場合もあれば、産業保健スタッフと連絡を取り合い、職場復帰支援に関与する場合もある。

また、メンタルヘルスの不調により休職した人や、再就職を目指す人が活用できる資源にリワーク・プログラムがある。病状を安定させ、基本的な生活習慣や対人交流におけるストレス耐性の面でも復職準備性を向上させることで、再発予防を図ることを目的とするものである（森田 2016）。心理療法的な介入を含む復職支援プログラムを受けた人は、通常の医療のみの場合に比べて有意に休職期間が短いことが示されている（道喜ら 2018）。

文献

・道喜将太郎、原野悟、品田佳世子、大山篤、小島原典子（2018）「休業者に対する復職支援プグラムの有用性：システマティックレビュー」『産業衛生学雑誌』60（6）、169-179.

・川上憲人（2006）「世界のうつ病、日本のうつ病 —— 疫学研究の現在」『医学のあゆみ』219、925-929.

・気分障害の治療ガイドライン作成委員会（2016）「日本うつ病学会治療ガイドランII うつ病（DSM-5）／大うつ病性障害」
http://www.secretariat.ne.jp/jsmd/mood_disorder/img/160731.pdf（2019/9/10 閲覧）

・厚生労働省「自殺対策について」
https://www.mhlw.go.jp/stf/seisakunitsuite/bunya/hukushi_kaigo/seikatsuhogo/jisatsu/sesakugaiyou.html（2019/9/10 閲覧）

・厚生労働省「知ることから始めよう　みんなのメンタルヘルス総合サイト　うつ病」
https://www.mhlw.go.jp/kokoro/speciality/detail_depressive.html（2019/9/10 閲覧）

・厚生労働省「平成 29 年（2017）患者調査の概況」
https://www.mhlw.go.jp/toukei/saikin/hw/kanja/17/index.html

・厚生労働省・中央労働災害防止協会　改訂「心の健康問題により休業した労働者の職場復帰支援の手引き」

https://www.mhlw.go.jp/new-info/kobetu/roudou/gyousei/anzen/dl/101004-1.pdf（2020/1/10閲覧）.
・厚生労働省労働基準局安全衛生部労働衛生課産業保健支援室（2016）「ストレスチェック制度について」『総合検診』43、299-303.
・森田慎一郎（2007）「第５章　アセスメント」『認知行動療法 ―― 理論から実践的活用まで』金剛出版
・森田康裕（2016）『精神科リハビリテーション』医学書院

がんの事例

岩満優美（北里大学大学院）
岡本　恵（京都第一赤十字病院）

第 1 節　事例と心理士の紹介

1. 事例および家族の概要

A さん：50 代後半の女性。細身で長髪。夫（3 歳年上／退職後、以前の勤務先で週 3 日勤務）、義母（85 歳）の 3 人暮らし。長男（32 歳／会社員）夫婦と孫（3 歳）は、近隣に住んでいる。同居していた義父は、8 年前に他界した。3 年前より義母が認知症となり、主として A さんが自宅で介護している。

A さんの父親（86 歳）は、心不全で入退院を繰り返している。母親は、肺がんで 5 年前に他界した。実家は A さんの現住所から遠方にあり、妹（A さんより 5 歳下／既婚／実家の近隣に在住）が父親の介護をしている。

2. 生活歴

大学卒業後、大手企業に就職し、そこで夫と知り合い結婚した。夫の両親と同居し、26 歳で長男を出産した。営業職で精力的に働いていたが、対人関係で疲弊し、30 代の時に不眠で近隣の内科で処方を受けたことがある。認知症の義母の介護のために半年前に休職したが、介護サービスを利用し、最近復職したところであった。その他、既往なし。

3. 現病歴

X-1年12月に腫瘍マーカー*の高値を認め、膵がんの疑いで、精査加療目的にて消化器内科に入院した。その結果、膵がんstage Ⅳと診断され、手術適応はなく、X年1月より化学療法を実施した。治療中から、食欲不振や嘔吐、倦怠感が出現した。X年2月の外来受診時に極度の体重減少と全身倦怠感がみられ、症状コントロールのため、緊急入院となった。今後、化学療法を再開予定である。

入院中に不安や落ち込みを認め、主治医より症状緩和と心理支援の目的で緩和ケアチーム*（Palliative Care Team：以下、PCT）に依頼があった。

4. PCTの心理士と所属機関の特徴

B総合病院は、急性期病院で、地域がん診療連携拠点病院である。B総合病院にはPCTがあり、その存在は病院のホームページや院内のポスター掲示、パンフレット等で知ることができる。PCTのメンバーは、医師、看護師、薬剤師、管理栄養士、医療ソーシャルワーカー、理学療法士、作業療法士、心理士である。

PCTに所属しているC心理士は20代後半の女性である。大学院修士課程修了後、単科精神科病院に3年勤務した後、現在のB総合病院の精神科に勤務した。精神科の心理職は、C心理士と男性心理士1名の2名である。心理士の業務内容は、精神科の外来患者や身体加療中の入院患者を対象とした、心理検査や心理面接の実施である。

第2節　入院中の心理支援

1. 初回心理面接までの準備

主治医から症状緩和と心理支援の依頼を受けたPCTは、主治医・病棟の看護師と共に初動時の多職種カンファレンスを行うこととした。そこでは、病状や治療の経過・方針、患者や家族の意向、全身状態や日常生活動作（Activities of Daily Living：以下、ADL）、心理社会的問題、今後の見通しの共有を行う。

C 心理士は、電子カルテから病歴や治療の状況、現在の身体・精神症状と患者の訴え、外来時の様子、家族のサポート状況等に関する情報収集を行い、経緯と現状の把握に努めたうえで、カンファレンスに参加した。カンファレンスでは、「A さんは、終日臥床傾向で、落ち込みの訴えもあり、医療者も対応に困っている」「夫は、がんに対するさまざまな治療の情報を熱心に探している」とのことであった。カンファレンスの最後に、今後の心理支援の計画として、C 心理士も訪室して支援方法の検討を行うことが決まった。そこで、主治医から A さんに心理士介入の提案を行うと、A さんも希望した。

2. 初回心理面接

初回面接は、夫同席のもと実施した。C 心理士が病室（個室）を訪室すると、A さんはベッドに腰かけ、緊張した表情で頭を下げる様子がみられた。C 心理士が、「緩和ケアチームの心理士の C です。主治医の先生からご紹介をいただいて参りました」と自己紹介を行うと、A さんはわずかに微笑んで丁寧に挨拶した後、C 心理士にベッドサイドの椅子を勧めた。夫は、ベッド後方の椅子に前傾姿勢で腰かけ、静かに様子を見つめていた。病室は綺麗に整頓され、サイドテーブルの上には手鏡とヘアブラシが置かれていた。C 心理士が椅子に腰をおろし、A さんに入院してからの様子や睡眠状況を尋ねると、「化学療法がこれからで、また吐くんじゃないかと不安で。初回の治療後に吐いてしまったから、食べるとまた吐きそうで怖くてあまり食べないようにしているんです。それに吐き気のせいで化学療法ができなくなったら怖いし、吐き気はなるべく言わずに我慢しようと思う」「吐き気が強くなると、このまま死ぬんじゃないかと思って怖くなる。考え出すとなかなか眠れなくて」と、A さんはうつむいて、小さい声でぽつりぽつりと話し出した。

C 心理士がこれまでの経緯を確認すると、A さんは、「子育ても介護も一段落して、やっとこれから自分の楽しみをと思っていたのに、がんなんてショックで。なんで今なんだろう」「がんと向き合う時間が無いままここに来た。一人でこもっていると、いろいろ考えてしまう。どうして私がこんな病気にって。健診や散歩とか食事とか、健康には気をつけていたのに。私の何が悪かったんだろう」と話し、終日考え込んでいる様子であった。

夫は、心配そうな表情でAさんを見つめ、「治療には気力が大事だし、家族みんなで応援しているので頑張ってほしい」と話した。それに対し、Aさんは、「家族が励ましてくれるのは嬉しい。でも、頑張れと言われるとつらくなる」と夫を見て、少し語気を強めた。また、「親戚や友人には病気のことは伝えていない。どう思われるか気になって人と会いたくない。私はがんになって普通の人とは違ってしまった。病人って自分で思い込んでいて。こんな状態で働けるんだろうか」と声が小さくなり、再びうつむいた。

C心理士がPCTのイメージについて尋ねると、「症状や気持ちを和らげてくれるとテレビで見た」とAさんは語った。また、「こういう機会だと話せる気がする」と、やや安堵した表情で話した。

初回面接では、C心理士はAさんの話を傾聴し、気がかりや落ち込んでいる思いについて話したことを労い、現在起こっている気持ちの揺れは、このような状況では自然な反応であることを伝えた。そして、周囲には表現しにくい思いや感情を表出する機会を定期的に設けること、また、体調がすぐれない時や話したくない時は無理をせず、自身の話したいペースで話すよう提案したところ、Aさんは心理士との継続面接を希望した。また、PCTには多職種のメンバーがおり、困りごとに応じて連携して支援することを伝え、院内の関係者と情報を共有することについて許可を得た。加えて、不眠や気持ちのつらさを和らげるために精神科医とも連携できることを伝えると、Aさんは連携を希望した。

3. 心理的アセスメント

初回面接について、C心理士はがん医療における包括的アセスメントに基づいて、心理的アセスメントを行った（表10-1）。

化学療法の副作用である嘔気に伴い、Aさんの不安は高まっていた。ただし、①嘔吐への不安から不適切な対処（食事をとらない）を行い、②副作用による治療中断に対する不安から、医療者に副作用の苦痛を伝えないことで、さらに不安が増強していた。すなわち、化学療法やその副作用に関する誤解と医療者とのコミュニケーション不全が、症状コントロールを困難にしていると見立てた。

表 10-1　初回面接後の包括的アセスメント

①身体症状	食欲不振、嘔気、倦怠感、不眠
②精神症状	不安（がん、化学療法の副作用、死）、抑うつ、認知機能は問題なし
③社会・経済的問題	ソーシャル・ネットワークの縮小、職場復帰、義母の介護、夫の不安
④心理的問題	罹患への衝撃や怒り、自責感、孤独感、対人場面の回避、医療者・家族とのコミュニケーション
⑤実存的問題	関係性の変化、時間的展望の喪失

また、急な罹患とそれに伴う生活の変化への衝撃が大きく、これまでの生活を振り返り、原因を探して自分を責める傾向や、「なぜ自分が」と罹患への怒りがみられ、療養生活に気持ちが追いついていないと考えた。さらに、「普通」でなくなった「病人」の自分を周囲に見せることへの不安や、「病気」でない周囲にはこの気持ちを理解できないとの思いから、これまでの関わりを避け、さらに落ち込みや孤独感が募る様子がみられた。また、家族の励ましには感謝しつつも、かえってＡさんの心理的負担は強まったと見立てた。

4. 心理支援とその後

表 10-1 の心理的アセスメントに基づき、主に以下の２点についてケース・フォーミュレーションを行った。なお、医療者と情報共有する際には、できるだけ直接口頭でのやりとりを心がけたが、電子カルテに記載する際には、支援の方向性についてわかりやすい言葉で記載した。

（1）今後の継続面接では、主に以下の２点を心がける。
- 支持的に傾聴しながら、Ａさんの疾患についてだけではなく、「普通」の意味やこれまでの過ごし方、関係性、対処のスタイルや資源などのストレングスについても確認する。
- 予期悪心・嘔吐への不安に対してリラクセーション法を実施し、Ａさんが自身でも実践できるよう支援する。

（2）携わる医療者と心理士のアセスメントを共有し、患者理解に努める。さらに、Ａさんと医療者との間のコミュニケーションを繋ぐ。

そして、多職種間でどのように役割分担と連携を行うか、以下の５点についてPCTのカンファレンスで検討した。

①PCTの医師・看護師が、主治医・病棟の看護師と共に身体症状を緩和する。化学療法の理解を促すため、薬剤師が薬剤指導を実施する。また、管理栄養士は食事の嗜好・タイミングを聞きとり、食べやすい食事内容を検討する。

②精神科に対診し、不眠に対する薬物療法を開始する。

③医療者とのコミュニケーションを促進するため、医療者側から積極的に話し合う機会を設け、㋐Aさんの疾患・治療・症状についての気がかりや理解度を確認し、適切な情報を提供する、㋑改めて治療目標を共有する。

④治療や闘病に対する夫の思いを確認する。

⑤復職に関しては、主治医が今後の見通しを伝える。また、Aさんに復職時の配慮への希望があれば、医療ソーシャルワーカーが職場への情報提供の手続きを支援できることを伝える。

その後、体調や処置のタイミングを見ながら、週2回ずつ全5回面接を行った。すると、Aさんは元来社交的でソーシャル・サポートが豊富であり、職場のとりまとめや義母の介護など、率先して世話をする役割であったことがわかってきた。また、これまでは相談を受ける立場だったために、自身の弱音を表出することが少なく、ネガティブな感情を抑制する傾向がみられた。さらに、これまでに困難な状況に出合った時の対処方法について尋ねると、職場の対人トラブルに巻き込まれた時は「職場以外の友人と食事や旅行に行き、何とか乗り切れた」と語り、Aさんは人との関わりに重要な価値を置いていることがわかった。

しばらくすると、院内を歩いて入院中の他の患者と知り合いになる様子や、退院後の生活や仕事について「他の人はどうしているんだろう」と語る様子がみられ、Aさんは徐々に外への関心を持ち始めた。そこで、C心理士は院内で開催している患者サロンを紹介した。患者サロンについてAさんは、「治療の合間に好きなことをしている人や、前向きになれないと話す人とも出会った。私も前向きになれる時とそうじゃない時で波があるから、ホッとした」と、他の患者と気持ちを共有できたことを穏やかな表情で語った。

入院加療により身体症状や不安、不眠が改善し、ピア・サポート*の獲得を経て、Aさんの本来の機能は回復傾向にあった。また、退院後は外来で化学療法の予定となり、精神科外来でも精神科医と心理士が継続して支援することとなった。

第3節　再入院時の関わり

1. 退院後の経過

退院後は、精神科の診察に合わせて月に1回のペースで面接を行った。Aさんから友人との交流を再開したことや、「がんの人の復職は職場も手探りだけど、一緒に考えてくれている」と職場での様子が語られた。「がんを周りに伝えて、それが普通な感じ。がんと闘うことはできないけど、うまく付き合っていけたら……」と、徐々に「普通」の生活や関わりを取り戻しつつあった。

2. 再入院時の心理面接

退院して5ヵ月後に、嘔吐や手指の巧緻性（こうちせい）の低下、倦怠感の増強があり、外来での抗がん剤治療の予定を延期し、即日入院となった。再度、主治医からPCTに、症状緩和と心理支援目的で依頼があり、C心理士も訪室した。すると、Aさんは「検査や症状が出るたびに、転移してるんじゃないかと怖くて。私は病気なんだと実感する。最近は手が動かしにくくて、力を入れて包丁を握れない。膵臓のことだけで不安がいっぱいなのに、これ以上加わったら気持ちがしんどい」と語り、うつむいて涙ぐんだ。また、「化学療法の間隔があくと、やっぱり不安で……。母はがんで亡くなったけど、最期は“苦しい、苦しい”と言っていた。自分の最期はどうなるんだろう」と話し、十分に睡眠が取れていない様子だった。さらに、休職したことや、家事がうまくできずに家族のサポートを受けることに対して、「家に居場所がないような気がする。十分してもらってありがたいけど、私の役割を残しておいてほしい。こんな自分も情けない」と語った。病棟の看護師からは、Aさんの表情が険しくふさぎがちであること、看護師が何か手伝おうとすると断られ、ケアが難しいとの相談があった。夫からPCTの看護師に、「(Aさんが) イライラしていて、どうした

表 10-2　再入院時の包括的アセスメント

①身体症状	嘔気・嘔吐、倦怠感、手指の巧緻性の低下、不眠
②精神症状	不安（身体症状の出現、転移、ADL の低下、死）、イライラ
③社会・経済的問題	休職、義母の介護、夫の疲弊
④心理的問題	心理的防衛（怒り）、依存への葛藤、自己コントロール感の低下、無力感、疎外感、家族・医療者とのコミュニケーション
⑤実存的問題	死への恐怖、自律性や社会的役割の喪失、関係性の変化、自己の存在意義の揺らぎ

らいいかわからない」「認知症の母の介護もあるので周りからは身体を休めるよう言われるが、私だけ楽をするわけにはいかない」と相談があった。

3. 心理的アセスメント

A さんは非常に精神的苦痛が強い状態であり、C 心理士は、包括的アセスメントに基づく心理的アセスメントを改めて行った（表 10-2）。なお、心理的アセスメントはその時期や状態、経過に応じて適宜見直し、その都度修正を重ねて、今起きていることを理解できるよう心がけた。

A さんは、身体症状の悪化に伴って病状の進行や死への恐怖が増しており、苦痛を訴えていた母の看取りを想起してさらに不安が高まっていると見立てた。加えて、ADL が低下し、周囲に依存せざるをえない場面が増えたことで、自己コントロール感は低下して自信を失い、これまでの役割や居場所を喪失することへの恐怖や無力感、疎外感が強まっていた。

A さんにみられる苛立ちは、夫や特定の医療者に向けた感情ではなく、これらの恐怖や無力感に対する心理的防衛と考えられた。また、夫は病状の進行を目の当たりにして介助に懸命になるものの、A さんから向けられた怒りに困惑していた。さらに、夫は認知症の母の介護負担と、セルフケアに時間を割くことへの罪悪感もあり、情動的にも身体的にも疲弊していた。

4. 心理支援とその後

表 10-2 の心理的アセスメントに基づき、主に以下の 2 点についてケース・フォーミュレーションを行った。

（1）怒りを含めた気持ちを聴く準備があることを伝え、支持的に傾聴する。
（2）「普通」に過ごしたいAさんのイライラの背景の見立てを携わる医療者に伝え、患者理解を共有する。

そのうえで、多職種カンファレンスで以下の6点について、多面的なケアを検討した。

①主治医や病棟看護師とPCTが連携し、身体症状を緩和する。
②理学療法士や作業療法士が、動きやすい動作の練習や補助具の活用を訓練する。
③精神科医が、不安や苛立ち、不眠に対して診察・加療を行う。
④自律性を保てるよう、ケアや関わり方について医療者とAさん、夫で話し合い、短期目標を一緒に考えていく。
⑤退院後再受診までに身体症状が出現した時に地域でもすぐに相談できるよう、訪問看護ステーションとの連携を開始する。それにあたり、退院支援課の看護師が安心できる支援体制を整備する。それと共に、Aさんの役割や尊厳を保てるような関わりを地域にも繋ぐ。
⑥家族ケアとして、病棟看護師を中心に、夫の思いを傾聴しながら、心配事や夫を支える他の家族等のサポートを把握し、必要な情報を提供する。同時に、医療ソーシャルワーカーが義母のケア・マネージャーと連携し、介護負担の軽減を図る。必要に応じて、心理士から介護者のストレス・マネージメントの支援を行う。

こうして、Aさんの希望や役割を尊重できるよう、日常生活で大切にしていることや退院したらやりたいことを、Aさんを中心として家族・医療者で一緒に話し合った。すると、保育所に行く孫の見送りや、家族や友人を集めて得意な料理をふるまうことを楽しみにしていることがわかり、「患者」としてではなく、地域で生活するAさんの姿と気分転換の方法が見えてきた。そこで、Aさんらしさを保ちながら生活に戻れるよう、外出や料理にスモール・ステップで取り組むための具体的な工夫を話し合った。また、達成の有無にかかわらず、それらに取り組もうとするAさんへの支持的な声かけを、家族・医療者のチームで試みた。

それは、Aさんのストレングスを賦活するとともに、Aさんと家族・医療者との間のコミュニケーションが促進されるプロセスでもあった。Aさんは進行に対する不安を抱えながらも、「自分にはまだできることがあるかもしれない」と自己コントロール感が回復しつつあり、表情も徐々に和らいでいった。また、夫は長男や地域という支援が増え、安心したようだった。そして、Aさんは家族に料理を教えることを楽しみに退院した。

第4節　在宅移行に至る入院時の関わり

1. 入院までの経過と入院時の様子

X年10月、胆管炎の疑いで緊急入院となる。精査の結果、胸水が溜まり、腫瘍マーカーの上昇を認めたため、化学療法のメニューが変更となった。X年11月、がん性リンパ管症*による呼吸苦と腹水貯留を認め、即日入院となる。入院後の精査で、多発転移が起こっており、化学療法はこれ以上の効果が期待できないこと、急速に呼吸状態が悪化する可能性があり、予後は厳しいことがわかり、主治医からAさんと夫に告知があった。その後、主治医よりPCTに連絡があり、引き続き心理支援を依頼された。

主治医からの面談の3日後、C心理士が訪室すると、Aさんの表情は硬く、「頭が真っ白になってあまり考えられなかったけれど、今日になっていろいろ考えると沈んできて。私は終わりに近づいてきてるのかなって。前向きな気持ちになってきたところだったから……」と静かに語った。一方、Aさんは、「あとの時間、私はどうしようかと……。入院している姿は本来の私ではないから、家にいたい」との希望や、「友達が病室に来てくれた。気分が沈んでたけど、笑ったり、楽しい話をしたりしていると、背中の痛みを忘れる。落ち込んでることも話したけど、頑張ることも話した」と友人と過ごす時間の効果も語った。このため、C心理士は、現在Aさんが行っている対処は重要であることを保証した。

入院して3回目の面接前に、病棟看護師にAさんの様子を確認すると、見当識障害や内服忘れ、幻視、昼夜逆転傾向がみられることがわかった。C心理士が訪室すると、Aさんはいつもよりぼんやりとした表情であり、話の内容

表 10-3　在宅移行前の包括的アセスメント

①身体症状	呼吸苦、腹水、背部痛、睡眠・覚醒リズム障害
②精神症状	せん妄（見当識・注意の障害、幻視）、（告知後：抑うつ、不安〈進行、死〉）
③社会・経済的問題	療養の場の選択、夫の予期悲嘆と無力感
④心理的問題	せん妄による不安、積極的治療の中止への衝撃
⑤実存的問題	せん妄による自律性の低下、時間的展望の喪失

が急に変わるなど注意力の低下を認め、「頭がおかしくなって何も考えられない」と混乱した様子で涙ぐんだ。さらに、枕元にはいつもより雑然と物が置かれていた。また、夫は「家でも仕事中でも、気になって落ち着かない」「妻がおかしくなってしまった」「見ている以外何もしてあげられない」と話し、張りつめた表情で付き添う様子がみられた。

2. 心理的アセスメント

面接後、包括的アセスメントに基づく心理的アセスメントを改めて行った（表 10-3）。A さんは、病状の進行と積極的治療の中止に対する衝撃や落ち込みが大きく、死が近づく不安を抱えていた。しかしながら、茫然としながらも、今後の過ごし方を模索しており、家族や友人との時間を大切にしたい思いや、在宅療養の希望がみられた。また、人と繋がりたい思いは強く、ソーシャル・サポートによる不安の緩和は大きいと考えられた。一方、夫の心理的衝撃は大きく、A さんを失う恐怖や無力感を抱いていた。

ただし、現在の A さんは、注意や見当識の障害、幻視が亜急性に発症し、日内変動もあることから、せん妄が出現していると考えられた。また、せん妄は、A さんの自律性の低下をもたらし、家族との時間を阻害する要因ともなっていた。

3. 心理支援とその後

包括的アセスメントに基づき、心理士によるケース・フォーミュレーションおよび多職種連携を行った。まずはせん妄の改善が第一優先に考えられた。

（1）せん妄に対して、主治医から原因検索と対応が、精神科医から薬剤調整が行われた。看護師とＣ心理士は、場所や時間の感覚を取り戻せるような声かけや環境整備を検討した。また、せん妄への誤解（頭がおかしくなってしまった）については、Ａさんと家族にわかりやすく説明して不安の軽減に努めた。

（2）家族ケアとしては夫の思いを傾聴して労った。また、看護師が足浴やマッサージなどのケアを家族と一緒に行った。

せん妄改善後に、以下が行われた。

（3）主治医や病棟看護師、PCTの医療者間でカンファレンスを行った。心理士からはＡさんの希望や大切にしている価値観、これまでの対処スタイルに関するアセスメントを伝え、多角的・縦断的な患者理解に努めた。そして、多職種で今後の支援の計画を立てた。

（4）Ａさんが今後どのように過ごしたいか、主治医とPCTの看護師がアドバンス・ケア・プランニング*（Advance Care Planning：以下、ACP）を進め、Ａさんと家族を中心とした話し合いを重ねた。そして、今後の療養場所として、Ａさん・夫・長男ともに在宅を希望した。

（5）在宅医療への移行のため、退院支援課の看護師が必要な支援体制を調整した。そして、在宅スタッフ（訪問診療の医師、訪問看護ステーションの看護師、居宅介護支援事業所のケア・マネージャー）や、携わった病院スタッフが参加して退院前カンファレンスを行った。そこで、Ｃ心理士はこれまでの心理支援について伝えた。また、カンファレンスにＡさんと家族を交えて、気がかりや希望、必要なサービスを確認し、現状と今後の目標を共有して、安心して療養できるよう支援した。

その後もＣ心理士はＡさんへの訪室を続けたが、体調不良や入眠している場面が増え、面接は徐々に短くなり、実施できない日も多くなっていった。退院前の面接で訪ねるとＡさんは自ら描画をしているところであり、何かをすることの喜びを感じている様子であった。また、「がんになったことは、今でも受け入れられない。でも、家族で集まる機会が増えたし、病気だから出会えた友達もたくさんいる」と、罹患してからこれまでを振り返り、意味を見出そうとする様子がみられた。夫はそんなＡさんを見守り、Ａさんも夫に自分の思いを伝えているようだった。そして、Ａさんは家族と過ごす時間を楽しみに退院した。

在宅診療へ移行するＡさんへの心理支援が地域でも継続できるよう、退院時に医師が診療情報提供書を作成しＣ心理士も在宅支援スタッフに向けて支援経過をまとめたものを添えた。そこで、辛さを緩和する対処資源やＡさんが大切にしていること、これまでの関わりについて、また必要時にはコンサルテーションの形を含めて連携できることを伝えた。その後、在宅支援スタッフからＢ総合病院に返書があり、Ａさんが家族の集まりを取り仕切るなどして家で穏やかに過ごしている様子が伝わってきた。

第５節　解説

1. 心理アセスメントとケース・フォーミュレーションのポイント

がんと診断された時から、がん患者は死への恐怖、将来への見通しのなさや治療に対する不安・抑うつといった、さまざまな心理的苦痛を感じる。また、がん罹患による身体の痛み、呼吸困難感、治療の副作用などの身体症状もある。そのため、心理的苦痛が身体症状に起因することもあり、心理支援を行う場合には、客観的なアセスメントが必要とされる。そこでがん医療では、①身体症状、②精神症状、③社会・経済的問題、④心理的問題、⑤実存的問題の順にアセスメントを行う、包括的アセスメントを実施する（図 10-1 参照、小川 2015）。

本事例では包括的アセスメントを３回行っているが、３回とも、①身体症状からアセスメントを実施し、身体症状の緩和を最初に行っている。身体症状のアセスメントでは、がん患者の「気持ちのつらさ」との関連も含めてアセスメントし、医師、看護師、薬剤師など適切な医療者へと繋ぐ。

②精神症状のアセスメントでは、意識障害の有無（せん妄の評価）、判断能力・対応能力（認知症を含む）、情動・感情（うつ病、適応障害）の順にアセスメントを行う。すなわち、注意力は保たれているか、記憶力や判断力は保たれているか、気分は正常であるかといったことを順に評価する。本事例において

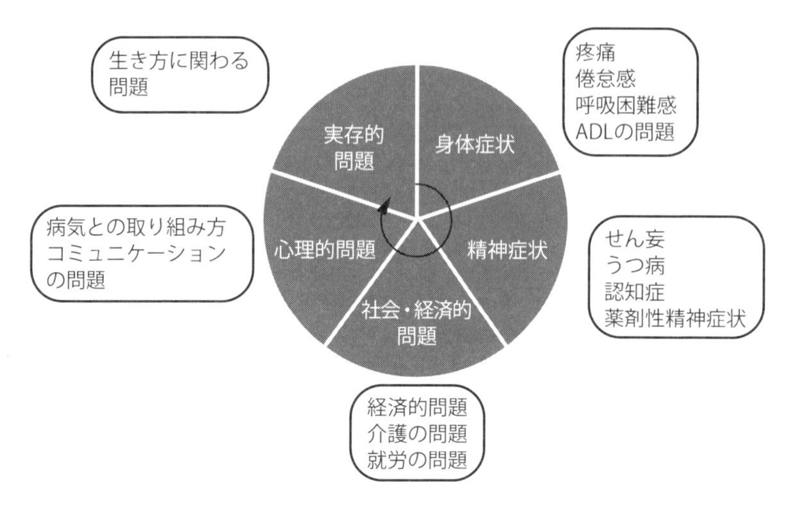

図 10-1　包括的アセスメントとその順序（小川 2015）

は、3回目のアセスメントでせん妄を認めているが、心理士においてもせん妄を見逃さないよう、しっかり精神症状のアセスメントを実施したい。

③社会・経済的問題のアセスメントでは、経済的、介護、就労の問題についてアセスメントするが、本事例の2回目のアセスメントのように、患者だけではなく家族を含めてアセスメントする。続いて、④心理的問題、⑤実存的問題をアセスメントする。④心理的問題（適応の問題、ストレス・コーピング）は、②の精神症状と分けてアセスメントを行うことがポイントであり、主に病気への取り組み方やコミュニケーションの問題についてアセスメントする。がんの進行に対する不安や怒り、自律性の喪失や妻・母としての役割喪失といったアイデンティティの問題、そして、積極的治療の中止に伴って強まる死の恐怖、療養の場の選択など、患者が抱える心理的苦痛はその時期によって刻々と変化していくため、それを踏まえたケース・フォーミュレーションの実施が大切である。

2. 心理支援のポイント

がん患者に対する心理支援では、支持的精神療法が最も基本的なアプローチである。支持的精神療法では、がん罹患に伴う不安や抑うつ、がん罹患に伴って生じた役割変化や喪失感などの心理的苦痛の軽減を目的に、その人なりの方法でがんを理解し適応していくことを援助する（明智 2001）。この一連のプロセスによって、がん患者は、不安や抑うつ気分を安心して表出し、どのような感情を表出しても批判や解釈されないことを体験する。がん患者の中には、家族に自分の弱さを見せたくない、あるいは迷惑をかけたくないといった気持ちから、家族に否定的な感情を表出せずに一人で抱え込む人もいる。また、なかにはこれらの感情の抑制から突然怒りを表出する場合もあり、患者が置かれた状況など、患者の背景を理解する姿勢が心理士には必要である（岩満 2019a）。一方、さまざまな感情を表出することは、がん患者のカタルシス効果をもたらし、自己肯定感を高めることへと繋がる。

がん患者に対する心理支援は、上記の支持的精神療法を中心に、その他さまざまな技法を必要に応じて取捨選択して行う。例えば、認知行動療法では、がんに伴う不安や抑うつなどの心理的苦痛の軽減、呼吸苦、嘔気、倦怠感などの身体症状の軽減を目的に、認知・行動的技法を実施する（藤澤 2017）。認知的技法には、非現実的な思考（認知の偏り）を適応的な思考に修正する認知再構成法、問題に焦点を当てた問題解決療法などがある。一方、行動的技法には、ストレス訓練、リラクセーション法（呼吸法、自律訓練法、漸進的筋弛緩法など）、無理のない範囲で少しずつ活動を取り戻すための行動活性化などがある。

本事例のように、化学療法の副作用である予期悪心・嘔吐への不安が強い場合には、リラクセーション法を実施し、患者が自分で、予期悪心や嘔吐に対処できるように支援する。さらに、必要に応じて医学的情報や患者の心の変化やその対処方法などの心理教育も行う。特に、せん妄については家族への十分な説明が欠かせない。物忘れ、妄想、幻覚、怒り、興奮などのせん妄となった患者の姿を見て、家族は驚いたり悲嘆したり、時には医療者に対して怒ったり拒絶したりすることもあるため、せん妄は脳の機能不全による意識変容を来した状態、すなわち（特に体の状態による）意識障害であることを丁寧に説明し、誤解を与えない配慮が必要である。

緩和ケアやがん医療での心理面接では、一般的な心理面接と異なり、その構造化を重視するよりも、患者の身体状況、治療状況、パーソナリティ傾向、既往歴などにより、心理面接の時期、回数、および時間を柔軟に設定・変更する

（津川、岩滿 2018）。本事例においても、患者の身体状況や疲労などに配慮しながら、心理面接を実施している。例えば、呼吸苦や背部痛があり、全身倦怠感が強い場合、あるいは終末期の場合には、定期的（例：2週間に1回）ではなく、必要に応じて10分でもよいのでベッドサイドで面接するなど、臨機応変な対応が望まれる。

本事例では、11回の面接を実施したが、がん医療においては、心理教育、リラクセーション、ストレス・マネージメント、および感情表出などを組み合わせて実施する集団療法もある（岩滿 2019b）。集団療法では、相互の体験や感情表出によるカタルシス効果を得ることができ、がん患者の体験や感情を共有し、孤立感を低下させることができる。本事例ではピア・サポートが体験や感情の共有の場としての役割を果たしている。がん医療では、家族を第二の患者と呼ぶが、家族が抑うつ気分や不眠、さらには適応障害に陥る場合もある。本事例のように、家族を含めてアセスメントし、支援する。

3. 連携協働のポイント

がん医療においては、多職種との連携や協働が欠かせない。がん医療で実施する包括的アセスメントはすべての多職種がこのアセスメントを実施し、共有することが、連携を円滑に行うためのポイントとなる。そのため、心理士も、医学的知識、例えば支援する患者の身体疾患、治療とその副作用、精神医学的知識などについて最低限理解し、一方、専門用語を使うことなく他職種が理解できる言葉を用いて、患者の心理状態について伝える必要がある。

多職種連携においては、相互の専門性を理解することが欠かせない。本事例においても、PCTのメンバーとして、医師、看護師、薬剤師の他にソーシャルワーカー、理学療法士、作業療法士、管理栄養士がいる。また看護師には、病棟看護師以外に、退院支援課の看護師、がん看護専門看護師などもいる。これら各専門家の専門性を理解し、適切な専門家に繋いでいく、あるいは協働することができるよう、各専門職の専門性を理解することはもちろん、日頃からコミュニケーションを十分にとっておくことも大切である。

一方、専門職が集まると、必ずその専門性に狭間ができる。それぞれの領域の専門家がその専門性を発揮することは重要であるが、全体を見渡す視点を併せ持つことが、多職種間の協働では重要である。さらには、情報交換の不十分さ、表面的あるいは形式的なコミュニケーションなどから、多職種間では軋轢が生じやすく、多職種チームとしての目的や各職種の役割分担があいまいとならないよう十分に相互に留意する必要がある（津川、岩満 2011）。本事例において、在宅医療への移行に向けて、退院支援課の看護師と医療ソーシャルワーカーとの連携を早くから開始している。また、地域の訪問看護ステーションとの連携も行っている。このように、必要に応じて、病院内だけでなく病院外（地域）における多職種との連携も行う。

最後に、心理士は常に患者の意思を確認・尊重し、守秘義務に配慮しながら、他職種と協働していくことを忘れてはならない。

4. 対象の心理支援に際して習得しておくべき知識・技術など

がん患者を心理支援する場合には、がん医療の基本的な知識、精神科医療の知識を習得しておくことが求められる。適応障害、うつ病、不眠などがん患者に多い精神障害についても十分な知識を持ち、さらにはせん妄などの意識障害についても見立てる必要もある。

一方、診断から治療、そして再発、終末期といった、がんの一般的な経過とそれに伴う心理的苦痛を理解しておくことは言うまでもない。例えば、がんと診断を受けた時の心理的な衝撃は大きいだろうし、治療中には、治療の効果への期待と不安、治療の副作用に伴う苦痛と不安を抱きやすい。また、誰もが同じように心理的苦痛を感じるものではなく、その感じ方には個人差がある。がんに対する心理社会的適応が難しい患者の特徴として、医学面（身体症状の多さ、進行がんなど）、社会面（経済状態の低さ、社会的支援の低さ）、および心理面と精神面（不安の高さ、抑圧的、対処スタイルの不適切さなど）が以前より指摘されている（Weisman 1976）。がん患者の医学面、社会面、心理面と精神面を十分に把握し、がん患者にとって適切な心理支援を実施できるよう、「第5節　解説　2. 心理支援のポイント」において解説した各種の技法を習得しておくことが望まれる。

がん対策推進基本計画（厚生労働省 2020）などにも注意を向け、今のがん医療について十分に理解しておきたい。さらに、在宅医療へと患者を繋ぐこともあるため、地域包括ケアシステムについても知っておく必要があろう。終末期になると、積極的治療をこのまま行うのか、最期の時をどのような場所でどのように過ごしたいかといった、終末期における意思決定支援をPCTなどで実施する。そのため、厚生労働省のサイト「『人生の最終段階における医療の決定プロセスに関するガイドライン』の改訂について」(厚生労働省2020)、さらに「自殺対策」(厚生労働省2020)にも一通り目を通してほしい。そして、キューブラー・ロス(Kübler-Ross, E.)やバックマン(Buckman, R.)などの死に対する受容過程(小迫、明智2016)、家族や遺族に対する悲嘆過程(山2013)、自分自身の存在や人生の意味について苦悩するスピリチュアル・ペイン(河2016)についても理解を深めておく必要がある。

最後になるが、がん医療における包括的アセスメントをしっかり行うことは極めて重要である。心理職を対象としたがん医療における包括的アセスメントに関する研修会などに積極的に参加し、アセスメントを習得することが望まれる。

文献

- 明智龍男、中野智仁、松岡豊ほか(2001)「がん疼痛に対する心理的アプローチ」『痛みと臨床』1(3)、323-328.
- アンダーソン(2013)山愛子訳「第24章　悲嘆とは」大中俊宏河、岸本寛史監訳『サイコソーシャル・オンコロジー』メディカル・サイエンス・インターナショナル、339-351.
- 藤澤大介(2017)「これからのリエゾン精神医学——がん患者さんへの認知行動療法」『臨床精神医学』46(1)、23-29.
- 岩滿優美(2019a)「怒りとは何か?——怒りとは人間にとっての普遍的な感情である」『精神医学』61(11)、1235-1242.
- 岩滿優美(2019b)「10.カウンセリング　がん患者へのカウンセリグ」日本健康心理学会健康心理学事典編『健康心理学事典』丸善出版株式会社、500-501.
- 河正子(2016)「第10章　スピリチュアルケア」恒藤暁、内布敦子編『系統看護学講座別巻　緩和ケア』医学書院、251-267.
- 小迫冨美恵、明智龍男(2016)「第8章　精神的ケア」恒藤暁、内布敦子編『系統看護学

講座別巻　緩和ケア』医学書院、196-233.

・厚生労働省（2020）「がん対策推進基本計画」
https://www.mhlw.go.jp/stf/seisakunitsuite/bunya/0000183313.html（2020/2/6 閲覧）

・厚生労働省（2020）：「人生の最終段階における医療の決定プロセスに関するガイドライン」の改訂について
https://www.mhlw.go.jp/stf/houdou/0000197665.html（2020/2/6 閲覧）

・厚生労働省（2020）：自殺対策
https://www.mhlw.go.jp/stf/seisakunitsuite/bunya/hukushi_kaigo/seikatsuhogo/jisatsu/index.html（2020/2/6 閲覧）

・小川朝生（2015）「がん患者の精神症状を多職種で診立てよう チームとしてどうアセスメントするか」上村恵一、小川朝生、谷向仁、船橋英樹編『がん患者の精神症状はこう診る向精神薬はこう使う』じほう、7-13.

・津川律子、岩満優美（2011）「臨床心理学キーワード（第 62 回）チーム医療・多職種協働・臨床心理士の役割と専門性」『臨床心理学』11、762-765.

・津川律子、岩満優美（2018）「第 2 章　医療領域」鶴光代・津川律子編『心理専門職の連携・協働』誠信書房、14-42.

・上田淳子（2019）「6 章　公認心理師の諸領域 8　サイコオンコロジー」下山晴彦編集主幹『公認心理師技法ガイド－臨床の場で役立つ実践のすべて』文光堂、838-842.

・Weisman, A. D.（1976）Early diagnosis of vulnerability in cancer patients. *Am J Med Sci.* 271：187-196.

用語解説

腫瘍マーカー

腫瘍に特徴的に産出される物質。がんの状態を見るのに使用される。

緩和ケアチーム（Palliative Care Team：PCT）

多領域にわたる専門家が集まる多職種チームであり、この多職種で構成されたチームが、がんと診断された患者と家族が抱えるさまざまな苦痛に対する緩和を目指す（上田 2019）。メンバーには、身体症状担当医、精神症状担当医、専従看護師、薬剤師、栄養士、理学療法士、医療ソーシャル・ワーカー（MSW）、心理士などがいる。患者・家族と直接会ったうえでアセスメント、治療、支援を提供し、各職種との相談調整を行う直接介入型と、現在の治療・支援を評価しながら、必要に応じて治療・支援を行う各職種に専門的緩和ケアに関する支援方法を提供する間接介入型とがある。PCT は少なくとも週に一回は定期的に病棟回診を行い、多職種カンファレンスを開催する。

ピア・サポート

がんにおけるピア・サポートとは、患者や家族の悩みに対して、がん経験者やその家族が同じ仲間として悩みを共有したり、自分の経験を生かして対処法を伝え合ったりと、ともに考えお互いに支え合うこと。自分の体験が仲間の支援に役立つことは、自信の回復に繋がることがある。患者同士の支え合いの場として、患者会や患者サロンがある。

がん性リンパ管症

がん細胞がリンパ管に入って増殖し、リンパ管がふさがれてリンパの流れが妨げられている状態。

アドバンス・ケア・プランニング（Advance Care Planning：ACP）

自らが希望する医療・ケアを受けるために、これからの治療やケアについて前もって考える機会を持てるよう、また本人の希望や大切にしていること、価値観、目標を尊重できるよう、本人の同意のもと、家族や医療・ケアチームと繰り返し話し合い、共有する取り組みのこと。

第11章

PTSDの事例

野村れいか（沖縄国際大学総合文化学部）

第1節　受診のきっかけ

1. 事例および家族の概要

A氏：60代女性。単身生活。夫とは半年前に死別。息子がひとり、娘がふたりいるが、それぞれ家庭を設けている。息子BはA氏の居住地から離れた県に住んでおり、孫がふたりいる。娘CはA氏と同じ市内に住んでおり孫がひとり、娘Dは隣町に夫とふたりで住んでいる。

2. 生活歴

R県の農村部にて出生。身体発達、精神発達において問題はなかった。3世帯が暮らす大家族であったが、家族仲は良好であった。成績は平均的で地元の県立高校を卒業。地元を離れ、地方の中核都市にある調理師の専門学校に進学した後、飲食店に就職。25歳で夫と出会い、結婚。第1子の妊娠を期に飲食店を退職。その後は地元のスーパーでパート勤務しながら、子育てをしていた。夫は定年退職まで大病することもなく、営業マンとして働いていた。休日出勤も多く、家事や育児はA氏に任せきりであったが、A氏はパートをしながら3人の子どもを育てあげた。A氏は元来、人当たりが良く、積極的に他者と交流する性格で、子どもたちが独立した後は家事の合間にパート仲間や趣味のヨガ仲間と親交を深めていた。

3. 現病歴

夫が定年退職したら、共通の趣味である山登りや旅行を一緒に楽しむ計画を立てていた。しかし、夫は退職直後に病気（悪性腫瘍）が発覚。1年の闘病生活の後、死去。夫が亡くなった直後は悲しみにくれていたが、四十九日が過ぎた後、パートに復帰し、ヨガも再開した。「落ち込んでいたら（夫に）叱られちゃう。夫の分まで楽しく生きる」と周囲や子どもたちに話し、夫の死を受け入れつつあるようだった。半年後、M8.0の地震が発生し、A氏の住んでいる地域は震度6弱であった。A氏の家は、ガレージが壊れ、車は使用不能となった。自宅の被害はなかったが、電気、水道が止まり、余震も続いていたため、数日間避難所で生活した。避難所ではリーダーとともに、避難所運営を切り盛りした。避難所を巡回していた保健師は、食事や休憩もろくにとらずに、「みんなのために」と一生懸命避難所内の業務を手伝っている様子をみて、サイコロジカル・ファーストエイド*（Psychological First Aid：PFA）の行動原則「聞く（相手に敬意を示し、配慮しながら近づく、話すことを無理強いしない）」に沿ってA氏に声をかけた。「家は無事で、大きな被害はなかったし、これ位やらないと！　他の人のことをお願いします」とA氏は保健師を別の人に関わるように促した。普段よりもテンションが高く、高揚しているA氏が心配であったため、災害直後にみられる反応や対処、相談先が記載されたリーフレットを渡し、何かあれば相談するように伝えた（PFAの「繋ぐ」）。巡回した保健師から地区担当の保健師にA氏が避難所で頑張っていること、自分のことよりも他者を最優先させており、今後の疲労が心配であることが申し送られた。

ライフラインの復旧に伴い、帰宅するつもりであったが、余震が続く状況を心配した息子がしばらく一緒に暮らそうと言い、A氏を迎えに来たため、息子の住む他県へ。息子の家がある地域は地震の影響は全くなかったため、A氏は地震にあったことが現実ではないように感じていた。息子の家に滞在した約1ヵ月間、孫の世話をすることはあったものの、家事全般は息子の嫁が行い、A氏は特にすることもなく、それまでの慌ただしかった地元での生活は一変し、のんびりと時間が流れていく感じがしていた。孫と一緒に過ごす時間は楽しかったが、ふとした瞬間に壊れたガレージや潰れた車が脳裏をよぎり、胸がドキドキすることがあった。悪夢を見ることもたびたびあった。

余震も収まったため、1ヵ月ぶりに地元へ戻ったが、家屋損壊していたり、土砂崩れが起きていたりと、1ヵ月前には気付かなかった街の様子を目の当たりにした。近所の知人はまだ避難所生活を送っていた。A氏は自分の家が無事だったこと、1ヵ月も地元を離れ、自分だけ安全な場所へ避難していたことに申し訳なさを感じた。自宅に到着し、壊れたガレージを見てA氏は「パニックになった」。動悸が激しくなり、過呼吸を起こした。その様子を見た息子はA氏を心配し、もう少し一緒に暮らすことを提案したが、A氏は大丈夫と言い、息子の申し出を断った。息子は近所に住む妹たち（娘Cと娘D）に連絡し、A氏の様子を見てほしいと頼んだ。

娘Cが自宅に行くと、A氏は活気がなく、カーテンを閉め切り、薄暗い部屋でボーッとした様子で座っていた。心配した娘Cは市の保健センターへ行き、保健師に相談した。地区担当保健師は避難所巡回の保健師から申し送りを受けていたこと、以前から検診でA氏と顔見知りだったことから、これまでのA氏とはかけ離れた状態であり、不眠や食欲低下、意欲低下がみられたため、医療機関の受診が望ましいと考えた。保健師は医療機関について情報提供し、受診することを勧めた。娘CはA氏に保健師からの情報を伝え、一緒に医療機関を受診することとした。

4. 初診の概要

E病院は4病棟180床を有する精神科病院で医師や看護師だけでなく、精神保健福祉士や心理士、作業療法士など多職種で治療にあたり、チーム医療を実践していた。初診時、外来看護師による問診があり、その後医師の診察が行われた。A氏は不眠、動悸、抑うつ感を訴え、震災後から睡眠時間は減り、熟眠感が得られていないこと、時々、崩れたガレージが頭をよぎり、その後動悸がすると語った。さらに近所の人はまだ避難所生活を送っており、近くに話せる人がいないこと、息子の家から帰宅後、周囲との交流はほとんどなく、A氏自身も自ら外出する気力も起きず、家の中にひきこもっていたことがわかった。何かしようとしても集中して取り組むことができないことも語られた。

診察をした医師より、抑うつ気分も認められるが、心的外傷後ストレス障害（以下、PTSD）が疑われ、A氏の現在の状況を理解し、今後の治療方針の参考にするため、PTSDを評価する心理検査を実施してほしいと心理士に依頼があった。A氏の検査は、トラウマやPTSDに関するさまざまな技法を学んでおり、これまでにもPTSDの患者のアセスメントや心理面接を担当したことがある中堅の女性心理士Fが担当することになった。初診にてA氏は心理士に会うことに同意し、診察後に顔合わせを行い、2回目の受診時から心理検査を実施することとなった。

第2節　アセスメント

PTSDに関するアセスメント目的の検査依頼であったため、心理士は自記式の質問紙である改訂出来事インパクト尺度（Impact of Event Scale-Revised：IES-R）をまず実施した。IES-Rの合計得点は51点（カットオフ24／25点）と高く、侵入症状は17点、回避症状は21点、過覚醒症状は13点であった。IES-Rに回答しながらA氏は「イライラして怒りっぽいのも関係あるのですか？」と尋ねた。そして、息子宅に避難している際、普段なら気にならないようなことに腹が立ったり、落ち着かない感じが多々あったと話した。

次の週に解離について評価するためにDES-Ⅱ (Dissociative Experiences Scale-II) を実施し、その後PTSD臨床診断面接尺度（Clinician-Administered PTSD Scale：CAPS）を行った。DES-Ⅱの得点は低く、重篤な解離はみられないと推測された。CAPSでは、出来事としてA氏が体験した地震について挙げられた。CAPS合計得点は73点と高く、再体験19点、回避と感情麻痺31点、覚醒亢進23点であり、PTSDの診断基準を満たす結果であった。関連症状として罪責感や非現実感がみられた。

主治医に心理検査および面接の結果を紙面および口頭で報告した。主治医は初診時のエピソードや心理検査の結果より、PTSDと診断した。睡眠障害については、危機的状況に対処するための正常な反応であると考えられたため、睡眠薬の処方はせず、経過をみることとし、不安感や抑うつについて抗不安薬が処方された。また、心理士に継続した面接が依頼され、検査に引き続き、F

心理士が面接を担当することになった。

主治医と心理士同席でＡ氏と娘Ｃに対し、PTSDの診断と心理士による面接も含めた今後の治療方針について説明。Ａ氏は「ただ私が弱いだけなんです。病名なんてつくのですか。もっと気持ちを強く持てればいいのでしょうけど……」とPTSDの診断を聞いても自分は病気ではなく、気力や努力不足であると主張した。同席していた娘Ｃは「母が調子悪いのがなぜだかわかり、少しホッとしました」と言い、「病気なんだからしっかり治療してもらおうよ」とＡ氏に声をかけた。Ａ氏は自分だけが何の被害もなく、無事であることが申し訳ない、みんな残って頑張っていたのに自分だけが安全な場所に逃げてしまった、自分は役に立たない人間だし、通院して先生や心理士に時間をとってもらうような人間ではない、と受診には消極的であった。医師は治療すれば必ず回復すること、診察後に心理士ともう少し話をするよう伝えた。

診察後に心理士とＡ氏、娘Ｃで面接を行った。Ａ氏に現在みられる「眠れない」ことや「悪夢」「自分が悪いのではないか」という考えや「他の人に申し訳ない」という気持ちは、危機的状況に陥った人には誰にでもみられる反応であること、自分の心を守るために必要な反応であることを説明。次回以降、その点についてもう少し詳しくお伝えしたいこと、面接の中で当時のことを思い出してつらくなったり苦しくなったりするかもしれないが、話すことで“あの時”に時間が戻ることはないこと、今この場は安全であることを保障した。また、一度にいろいろなことを語ることは負担も大きいので、少しずつ扱っていくことを伝えた。時間をかけて上記を伝えたことでＡ氏は「私の気持ちの持ちようではないということですかね……。わかりました。お願いします」と答えた。娘Ｃは「私にできることがあれば協力するので何でも言って下さい」と今後も一緒に受診すると話した。娘Ｃの後押しもあり、Ａ氏は通院および心理士による面接の継続に同意した。

第３節　面接の経過①

心理面接初回は、改めて心理面接で扱うテーマやＡ氏の受診に至る経緯を聴いた。また、トラウマに関する心理教育の実施を考えていたため、心的外傷後によくみられる反応についてまとめた心理教育用のリーフレットを準備した。
前回の面接と重なるところもあったが、リーフレットを用いながら、①今回の地震のように恐怖や不安を伴う出来事により、心がケガをした状態であること、②A氏に起こった心身の反応は大変な出来事の後、よくみられることであり、誰にでも起こるものであること、③まず自分に起きていることを理解することが回復に繋がることを再度説明した。リーフレットには、不安と恐怖、再体験、回避、侵入症状、気分と認知の陰性変化（抑うつ気分や否定的な認知、持続するネガティブな感情、ポジティブ感情の欠如、イライラ）、過覚醒、睡眠障害に関する説明が記載されていた。A氏は提示されたリーフレットが普段からトラウマの治療場面で用いられているものであることがわかり、誰にでも起こる自然な反応であると納得し、「私、おかしくなったんじゃないんだ……。これは普通の反応なんですね……。それを聞いて安心しました」と涙を流した。
震災後、避難所では活発に行動し、眠らなくても元気で落ち込む暇がなかった。その後、息子の家に避難し、その地域は地震の影響もまったくなくて、街やそこで暮らす人たちもまるで地震のことは関係ない様子だし、息子家族の普段の生活があって、自分だけが夢を見ていたような感覚になった。震災のことは語ってはいけない気がしてなるべく思い出さないようにしていたし、思い出しても語れなかった。それからなかなか寝付けなかったり、悪夢を見たりとだんだんと調子を崩す感じはあったが、自分でもどうしようもなかった、と語った。
面接時、A氏はうつむき加減で肩を丸くし、実際の身長よりもとても小さく見えた。面接中、手を肩に当てたり、首を左右に大きく回す動作が何度もみられた。身体の感じについて聴くと、以前はヨガに通い、身体を動かしていたので肩凝りもなかったが、震災後は運動をする機会がなく、身体が硬くなっている、頭痛もあると話した。震災直後、また余震があるかもしれないという状況において適度な緊張は必要であるが、過度な緊張は疲れやすくなり、判断が鈍くなってしまうことなど、心や身体の反応について一通り説明を行った。そのうえで心と身体の繋がりや適度に身体の力を抜いたり身体をほぐしたりすることで心も落ち着くことを伝え、自分でできるリラクセーション技法として呼吸法と動作法を提案した。

呼吸法はこれまでにヨガでも呼吸を意識してやっていたと言い、即取り組むも、A氏は息を吐くことが難しい、息が吐けない、とこれまでとは違う感覚に自分でも驚いていた。吸うことはわかりやすいというため、鼻から吸って口から吐く、というやり方を練習した。この時点で腹式呼吸は難しいと思われたため、胸式呼吸で吐くことを意識して行うこととし、娘Cにも一緒に練習してもらい、家でも練習するように勧めた。

動作法ではA氏は「肩が辛い」と肩周りのきつさを訴えていたため、肩の上げ下げと肩の開きを行った。初めに心理士がこれからやってもらう動作について目の前でやって見せ、その後A氏に自分ひとりで動かしてもらい、身体の感じに注意を向けてもらった。A氏は肩を動かそうとしても思うように動かないことに戸惑う様子がみられた。心理士が肩に触れても良いか確認し、A氏が同意したため、軽く肩に触れ、一緒に肩を動かす動作を行った。数回行うとA氏は肩の力が抜けたことを実感できたようで「とても力が入っていたんですね」と感想を述べた。心理士が行ったやり方を娘Cに伝え、娘Cと2人でやってもらうこととした。

A氏は娘Cと一緒に通院する予定であるが、1週間に1回では娘に申し訳ない、もう少し受診の間隔を開けてほしいと心理士に頼んだ。娘Cも負担ではないと話しつつも、2週間に1回だと仕事も休みやすいとのことから、主治医とも相談し、受診および心理面接を1/2Wとした。E病院では心理士による面接は基本的に30分～50分で設定されており、A氏の面接は50分で実施することとした。

心理面接2回目以降はA氏の症状や困っていることについて、一つずつ具体的に聴いていった。また、A氏のリソース（内的資源、ソーシャル・サポート、社会資源）を把握するために、A氏だけでなく、A氏の了解を得て娘Cとも面接を実施した。

A氏は最も困っていることとして「眠れないことです」と話した。眠ろうとしてもなかなか寝付けない、やっと寝たと思ったら悪夢を見て夜中に目が覚めることがあるという。また、自分自身の生命の危機を感じたことや地震を思い出すものを避けていることが語られた。さらに「潰れてしまった車と夫が重なってしまう。ガレージを見ることができない、夫の愛車が壊れてしまったことに罪悪感がある。夫が病気になった時も私は何もしてあげられなかった」と地震で潰れた車と亡き夫を重ね、今回の地震には直接関係しないと思われる夫の死や病気について関連付け、自分を責めるような発言がみられた。

娘Cからは、これまでA氏は仕事や趣味、ご近所付き合いと積極的にいろいろな人と関わり、社交的であったこと、そんな母が自宅にひきこもるような状態になっていることに驚いていることが語られた。

第4節　見立てとケース・フォーミュレーション

心理検査や2回の心理面接を終えた時点での見立てを以下に記す。

1. 被災体験の影響

成育歴や現病歴、CAPSにおいて、夫との死別という喪失体験はあったが、今回の震災以外のトラウマティックな出来事は見受けられなかった。被災前は、パートとして働いたり、趣味を楽しんだりと問題なく日常生活を送ることができていた。今回の被災をきっかけにさまざまな症状を呈し、PTSDが発症したと推測された。

以前、ヨガを習っており、呼吸の大切さや呼吸で気持ちを落ち着けることにも取り組んでいたが、震災後は「息を吐きづらい」状態となっていた。被災体験により、呼吸がしづらくなり、身体も硬くなっていたことから、呼吸や動作など、A氏が自分で自分をコントロールできる体験の回復が大切ではないかと考えた。

2. 過覚醒（脅威感）、回避、再体験などトラウマ症状の持続

避難所でのA氏の行動は、活発で他者のために率先して活動するなど、一見災害による心身への影響、トラウマの影響があるようにはみえない。元来責任感が強く、避難所では自分よりも他者を優先するというA氏のパーソナリティーの影響もあると考えられるが、睡眠時間もろくに取らずに行動し、「元気そうにみえる」「眠らなくても平気だった」のは過覚醒によるものであったと考えられる。その後、息子の家に避難してからは入眠困難があり、寝てから

も悪夢で目が覚めてしまうことに悩まされていた。イライラ感や集中困難もみられ、過覚醒状態が続いていると推測された。

息子の家では、余震のない環境、震災の影響を受けていない環境で、震災時のことを思い出しても語ることを避け、何事もなかったかのように振る舞っていた。また、地震に関するニュースを避けるためにテレビを見なくなり、自宅へ戻ってからも壊れたガレージを見ないようにする、地震の際に居た2階には上がれないなど、トラウマとなった出来事を想起させるものや場所を避けていた。地震について思い出したり、会話したりすることも避けており、回避がみられると考えた。“回避”の症状により、心理面接の継続やトラウマについて一緒に取り組んでいくことを難しくする可能性もあると推測された。そのため、回避について時間をかけて説明し、A氏自身に理解してもらうこと、さらに娘Cへもトラウマに関する心理教育を行い、治療継続をサポートしてもらうことが必要だと考えた。

3. 喪失体験の重なり

A氏は震災の半年前に長年連れ添った夫を病気で亡くしていた。死別後もパートや趣味のヨガを続けるなど、周りから見るとA氏が夫の死を受け入れているかのように見えていた。今回の地震でガレージが崩れ、夫の愛車が潰れる＝大切なものをまた失ったという体験は、夫の死を乗り越えようとしていたA氏にとっては喪失体験が重なったものと考えられた。また、パート先のスーパーが被災し、営業停止中であること、ヨガ教室も建物が倒壊し、再開の目途が立たないなど、仕事の役割や趣味を行う場所も喪失していた。

地震がなければ夫の死を自然に受け入れ、穏やかな日常生活を送っていったと推察されるが、今回の地震によって度重なる喪失体験をしたことで、症状を呈するようになったと考えられた。

4. 気分と認知の陰性変化

地震の影響がない地域に移り、避難所ではみんな“被災者”だったが、周りに同じ体験をした人はおらず、発災から息子の家で生活を開始するまでの出来事が現実ではないような感覚になっていた。また、地域の人を残して自分ひとりだけ安全な場所に避難してしまったという負い目を感じ、自分を責めていたことから、PTSDの主症状だけでなく、非現実感や罪責感もあると推測された。CAPSにおいてもこれらの項目の頻度や強度は高かった。

夫の死は病気によるものであり、A氏に責任はなく、闘病中も献身的に看病していたにもかかわらず、夫の愛車に亡き夫の姿を重ね、「自分のせいで夫は死んだ」という不合理な考えを抱いていた。こうした否定的認知や抑うつ気分の持続は、娘Cから聴取したA氏のパーソナリティーやこれまでの生活様式より、普段のA氏とは異なる状態であると推測され、トラウマの影響であると考えた。

5. リソースの豊かさ

診察や心理面接の内容だけでなく、娘Cから聴取した情報も踏まえると、A氏は元来社交的、外向的であり、物事をポジティブに捉える性格であることがわかった。

子どもたちや近所の人、パート仲間、ヨガ仲間などA氏を支える人的サポートがたくさんあり、A氏自身がこれまで多くの人と積極的に繋がりを持ち、交流してきたことはA氏のリソースであると考えた。

また、ヨガ教室やスーパーなど、現時点では閉鎖され営業停止中ではあるが、A氏にとって自宅以外の場が複数あり、これらの場が再開し、震災前の生活と同様の体験を持てることは、A氏の回復に役立つのではないかと考えた。

避難所でのA氏の様子や息子宅で孫の面倒を見ている時間は楽しかったとのエピソードより、他者の面倒をみたり、お世話することを厭わず、“誰かのために何かをする”ことに喜びを感じていることがうかがえた。この点もA氏の強みであると考えた。

夫の死や今回の震災以外に心的外傷となるような体験はみられず、これまで大きな病気や事故等もなく、健康に過ごしてきたこと、社会的繋がりを大切にしながら生活してきたこと、A氏自身たくさんの強みがあることは、今後治療を進めるうえで重要な資源であると考えられた。

6. ケース・フォーミュレーション

上記1～5の見立てについて主治医に伝え、今後の心理面接の方向性を話し合った。A氏の状態については、これまでの成育歴において今回の震災以外のトラウマティックな出来事は見受けられず、単回性トラウマであると推測されること、夫の死から回復している途中で震災があり、喪失体験が重なったことからPTSDを発症したのではないかということが共有された。

心理面接は、①トラウマに関する心理教育（症状に関すること、グラウンディング、回復のプロセスなどを含む）を通して、自分の症状について理解を深めることで、A氏が自身の否定的認知や不合理な考えに気付き、回復できると信じられるようになること、②回避以外の対処法を身に付け、自分で自分をコントロールできるという感覚を取り戻してもらうという方向で進めていくこととなった。

また、治療場面で震災当時を思い出すことで安全感が脅かされ、不安になることが想定された。回避もみられることから、面接継続のためにも子どもたちの協力は不可欠であると考えた。子どもたちが治療に協力的であり、A氏の症状を理解し、サポートしようと努めていることはA氏の治療にとって重要であることから、受診に同伴してくる娘Cに対しても心理教育を実施し、協力してもらうこととした。

外的資源もA氏の回復に大きく影響すると考えられたため、精神保健福祉士にも入ってもらい、受診に繋げた保健師と連絡をとり、A氏の住む地域の情報を収集してもらうこととなった。精神保健福祉士が保健師と連携することについてはA氏および娘Cから同意が得られた。精神保健福祉士が地区担当保健師に連絡を取ったところ、保健師も定期的に訪問し、見守ることが伝えられた。

第5節　面接の経過②

心的外傷体験の後に一般的によくみられる反応について、A氏の関連する体験を少しずつ聞きながら、継続して心理教育を行っていった。また、不安や恐怖といった強い情動には波があり、同じ強さで持続することはないこと、必ず収まっていくこと等、感情についての心理教育も合わせて行った。A氏は面接が進むにつれ、自身の心身の反応や症状が危険な状況に対する自然な反応であることを理解するようになり、以前医師からも治療すれば回復すると言われたが、信じられずにいたこと、前のような生活が送れるようになるとは想像できなかったが、良くなるかもしれない、現に少しだが以前よりも悪夢が減り、不安な感じが和らいでいることが語られた。

また、呼吸法と動作法については、「力が入っていることに全然気づかなかった。肩を動かして久しぶりに自分に向き合った気がする」と言い、自宅で娘Cと一緒に行ったり、ひとりでも練習したりと積極的に取り組む様子がみられた。家での取り組みの中で気付いたことは面接の中で報告された。

身体を自分で弛め、スムーズに動かせるようになった頃、肩凝りや頭痛は消失し、「世の中が何だか明るく見える」と話した。また、呼吸や動作など身体を動かすことを治療の中で取り組んでいると知った保健師は、近所の公民館でヨガ教室が開催されることをA氏に伝え、A氏は公民館のヨガ教室へ通うこととなった。

壊れたガレージと潰れた車については娘Cが他のきょうだいにも呼びかけ、息子Bと娘Dも含め、家族全員でどうするか話し合う場をもったことが報告された。回復傾向にあったA氏だが、話し合う場を設定すると聞き、不安、焦燥感、久しぶりに悪夢が続いたと話した。話し合いの場に参加することを止めようと思ったが、面接の中で“思い出しても、それは今起こっていることではなく、過去の出来事であること、思い出しても悪いことは起こらないこと”、“回避は一時的には必要であるが、少しずつ向き合っていくことが回復に繋がる”と言われたことを思い出し、娘Cの励ましもあり、話し合いに参加することができた。不安や怖さは話し合いが始まる時がピークで、その後落ち着いていった、それを実感できたこととガレージや潰れた車というこれまで避けていた話題について、避けずに話し合えたことが自信になったとA氏は笑顔で報告した。さらに、「話し合いの場で子どもたちが車にまつわる思い出を語る姿を見て、車がなくなっても夫との時間や体験は今なお残っていることを感じた。潰れた車を見るたびに夫への申し訳なさを感じていたけれど、ふっと、夫も許してくれるんじゃないかと思えた」と語った。話し合いの結果、車は処分すること、ガレージも撤去し、新たに物置小屋と花壇を造ることになった。ガレージの撤去や車の処分など現実的な手続きを娘Ｃの手を借りつつも、Ａ氏自身で進めていった。

震災のことを想起し語ることはＡ氏にとって辛いことであり、大変な作業であったが、娘Ｃのサポートもあり、Ａ氏は自身のトラウマ治療に真摯に取り組んでいた。

夫の一周忌（被災から半年後）が近づくにつれ、不眠や気持ちの落ち込みがみられたが、主治医は喪の作業における正常な反応の範囲内であるとＡ氏、娘Ｃに説明した。その後の心理面接では、主治医からの説明を聴いて「そうだなと納得した。何十年と一緒にいて、亡くなってからはまだ１年ですもの」と言い、「人間ってすごいですね。自分を守るためにいろいろな反応が出るのね」と続けた。Ａ氏は大きく調子を崩すことなく、夫の一周忌の法要をやり遂げた。

家の解体や修復、土砂の除去など街は少しずつ復興しつつあったが、Ａ氏のパート先は再開の見通しが立たずに閉店したままであった。そこに、パート仲間が弁当の店を始めるためＡ氏にも手伝ってほしいと連絡が入った。Ａ氏は迷ったが引き受けたことが語られた。その弁当店で働くようになり、以前のＡ氏のように他者とのコミュニケーションを楽しんでいる様子がみられると娘Ｃより報告があった。

「思い出すことはあるが、自分の中で過去のものだと思えるようになった」と語り、順調に回復していたＡ氏であったが、震災からちょうど１年を迎える頃、テレビでは震災に関する特集が組まれたり、連日ニュースで取り上げられたりと当時の映像を見る機会が増えると、久しぶりに悪夢やドキドキする感じが出てきた。予め「記念日反応」について伝えていたことから、Ａ氏は自分自身の心身の反応を理解し、やり過ごせたことが報告された。

症状も消失し、弁当店の仕事や趣味のヨガに定期的に通うようになり、「忙しい」毎日を送るようになっていた。その後の面接では、「夫が守ってくれたんでしょうね。あの時、無傷だったのは奇跡だと思うんです。当時は死んでいたかもしれないという恐怖と不安しかなかったのに」と同じ状況を思い出してもその場面への意味づけが変化してきたことが語られ、否定的認知や不合理な考えの改善がみられた。

受診の間隔を3ヵ月にして経過をみているが、診察および心理面接では症状や困り感といった話題はなく、近況報告が中心である。

第6節　解説

1. 心理アセスメントとケース・フォーミュレーションのポイント

来談時の主訴は抑うつ気分や不眠であり、トラウマ症状が前面には語られていないが、クライエントの症状形成を理解するうえで、成育歴や現病歴だけでなく、これまでの人生でトラウマとなるような出来事がなかったか確認することは大切である。一度だけそのような出来事があったのか、複数回もしくは持続していたのか、その出来事を体験したのは何歳頃であったかなど、アセスメントの段階で聴いておくことが望まれる。また、実際にどのような出来事であったのかということよりも、その出来事をクライエントがどう捉え、どう感じたのかというクライエントの主観的な体験をきちんと理解すること（理解することが難しくても、理解しようと努めるスタンス）が求められる。回避や解離についてもクライエントは自覚していないことが多いため、心理士が意識して丁寧に聴いていくことが必要である。

また、アセスメントの段階でクライエントの内的・外的なリソースについても整理する。特に友好的な他者との絆や繋がりは、トラウマからの回復に有効で強力なリソースとなる。

2. 心理支援のポイント

トラウマと向き合っていくプロセスは痛みを伴う。自身のトラウマ治療に取り組むのは大変な作業であり、クライエントは真摯にその作業に取り組んでいるということを忘れてはならない。心理士はそのことを念頭に置き、トラウマ体験は過去の出来事であるとクライエントが受け止め、“今ここ”を生きていけるよう、クライエントを励まし、治療に動機づけるように関わる。また、面接過程において回避や解離に注意しながら面接を進めていく。トラウマによる無力感から抜け出し、コントロール感と有力感を回復させていくために脆弱さ（弱み）よりもストレングス（強み）に着目するトラウマ・インフォームド・ケア（野坂 2019）の視点を持ち、関わることが望まれる。

自分の身に起きていることを知らないということは人を不安にさせる。心理教育で自分の心身に起こったことを知り、誰にでも起こりうること、自然な反応であることを知ることで、自分自身に起こっていることを理解することができる。トラウマ症状を理解し、症状に対する対処を考え、実行することで不安の軽減に繋がる。リーフレットやテキストなど、視覚的な情報を用いることも有効である。

PTSD の回復において、症状の消失はもちろん、コントロール感や安心を取り戻すことも重要である。そのために PTSD のエビデンスのある治療法としてさまざまな介入技法が開発され、用いられている。それらの技法は実施にあたり時間がかかったり、週一回の受診など、ある程度集中して来談することが必要となる場合が多い。今回のクライエントの場合、2 週間に一度の受診であり、面接時間も 50 分であったことから、特別な技法は実施していない。クライエントの状態や内外のリソース、面接構造などをふまえ、クライエントに合わせた心理支援の方法を検討し、実施することが望まれる。

ストレスフルな状況で自分の身を守るために身体を硬くし、常に力を入れた状態にあるクライエントがしばしばみられる。世の中は危険である、安心できないとの認知が持続すると、心も身体も落ち着くことはできず、危機的状況でリラックスしていてはすぐに逃げ出したり闘ったりすることができない（闘争－逃走反応）ため、力を抜くことができない。

今回、PTSD 発症のきっかけとなった出来事に被災体験があった。災害時のストレスは心と身体の両方に同時的に起こり、一体化しやすい特徴を持つゆえに、身体のストレスをそのままにしておいて、心をリラックスさせていくことはかなり難しい（鶴 2017）とされる。心理面接を通して心（脳、認知、記憶）にアプローチするだけでなく、身体へのリラクセーションを通して適度に力を抜くことで落ち着き、心も弛むことに繋がる。また、呼吸や動作など、身体を通したアプローチは自分でコントロールする感じがわかりやすく、自分で自分の身体を動かし、力を抜くことでセルフ・コントロールを取り戻す効果もあると考える。

3. 連携協働のポイント

PTSDのクライエントの回復において、身近な人にもその症状のメカニズムや回復のプロセスについて理解してもらい、サポートしてもらうことが望ましい。そのため、家族にも心理教育を行い、正しい知識を持ってもらう。また、震災後のトラウマからの回復には、街の復興や生活の再建、日常生活を取り戻すことなど、環境面の影響も大きい。単身生活の場合、地域での見守りが必要となるケースもあるため、地域の保健師と連携することもある。環境調整や社会資源に関する情報収集、地域の支援者と連携するために、院内においては精神保健福祉士と協働する。地域のさまざまな支援者と連携する場合も、きちんとクライエントの同意を得ることが大切である。

4. 対象の心理支援に際して習得しておくべき知識・技術

PTSD、トラウマに関する知識およびトラウマ治療に関するさまざまな技法について知っておくことが望まれる。トラウマ治療として効果があると示されている技法にEMDR（Eye Movement Desensitization Reprocessing：眼球運動による脱感作と再処理法）やPE（Prolonged Exposure Therapy：暴露療法）、子どもを対象としたTF-CBT（Trauma-Focused Cognitive Behavioral Therapy：子どものトラウマに焦点化した認知行動療法）などがある。その他、さまざまな技法が開発、使用されているが、習得には時間もお金もかかるので、自分が対象とする年齢やクライエントへの適用を踏まえ、学んでいくと良いだろう。

また、自施設で対応が難しい場合、照会先としてPTSDのクライエントにあった関わりやクライエントの求める介入方法を実施できる心理士の情報や医療機関について把握しておくことが望まれる。

リラクセーション技法はトラウマのどの治療法にも含まれていることが多い。いろいろな方法があるが、呼吸法や動作法、イメージ法など、心理士自身も体験し、身に付けておくと良いだろう。

文献

・野坂祐子（2019）「トラウマインフォームドケアの基本的概念」『トラウマインフォームドケア“問題行動”を捉え直す援助の視点』、日本評論社、83-96.

・鶴光代（2017）「第２章　からだへの働きかけ」日本臨床心理士会監修、奥村茉莉子編『心に寄り添う災害支援』金剛出版、211-219.

・一般社団法人日本心理臨床学会　https://ajcp.info/heart311/?page_id=2193（2020/1/4 閲覧）

・兵庫県心のケアセンター　http://www.j-hits.org/psychological/（2020/1/4 閲覧）

用語解説

サイコロジカル・ファーストエイド（Psychological First Aid：PFA）

PFA はさまざまな機関から出されているが、ここでは WHO 版について説明する。WHO 版の PFA は、災害・紛争・犯罪などに巻き込まれた人々を心理的に保護し、これ以上の心理的被害を防ぎ、さまざまな援助のためのコミュニケーションを促進することを目的とした心理的支援マニュアルである。特別な治療法のマニュアルではなく、少しの知識があれば誰にでもできる、心のケガの回復を助けるための基本的な対応法を効率よく学ぶためのガイドである。PFA の活用は医療関係者だけでなく、防災、教育、治安、行政、産業などに従事する人や、ボランティア関係者が想定されている。

第12章

糖尿病の事例

久保克彦（京都先端科学大学人文学部）

第1節 糖尿病を病む人への心理支援

1. 糖尿病患者の現状と支援の必要性

糖尿病は、「膵臓から分泌されるインスリンというホルモンの作用不足による慢性の高血糖状態を主徴とする代謝症候群」という病気であり、1型糖尿病*と2型糖尿病がある。高血糖状態は患者に急性症状（口渇、頻尿、体重減少、など）を生起させるだけでなく、それが持続するとさまざまな合併症（糖尿病性網膜症、糖尿病性腎症、神経障害、脳梗塞、心臓発作、足壊疽、など）を引き起こす。そして、これらの合併症は、食事療法、運動療法、薬物療法（経口血糖降下薬あるいはインスリン自己注射）、血糖自己測定などの自己管理（セルフケア）を毎日実行し、正常な血糖値に近い値を維持することによって予防が可能である。したがって、医療スタッフは患者が合併症を引き起こすことなく健康な生活を送れるようにと、自己管理を強く勧めることになる。日常生活の中に自己管理を組み込み、それを実行し継続することを前提とした指導をするのである。

ところが、この自己管理の実践は、患者には大きな感情的負担（陰性感情）を与えてしまう。そのために、「こんな野菜だらけのウサギのエサみたいな食事では、仕事に力が入らない。情けない。腹が立つ（怒り）」「食事療法を守らなければならないことはわかっているが、これが一生続くのかと思うと憂うつになる（絶望感）」「好きなものを食べられないのが寂しい（喪失感）」「なぜ自分だけがこんな面倒な病気になったのだろう（孤独感）」「長い間自己管理を頑張ってきたが、もう疲れ果ててしまった（燃えつき感）」「合併症の発症を指摘されるのが怖くて、病院に行くのを避けてきた（否認）」「食事療法も運動療法もできていないと主治医から頭ごなしに叱られ、通院を止めてしまった（不信感）」などの発言が、多くの患者から聞かれる。

患者がこのような感情的負担を抱えてしまうと、自己管理に取り組めなくなってしまうことが多い。感情的負担が強いと、患者は自己管理に関する知識をいくら与えられても、その知識は一向に身につかないし、ましてや実行に移すことなどできないのである。このような患者に対しては、その感情的反応を調整し、病気を受け入れて主体的に治療に取り組めるように心理的支援を行う必要がある。すなわち、自己管理を実行できない理由やその問題点を患者とともに見つけ出し、その解決法を一緒に考えていくのである。糖尿病という重い荷物を背負って生活しなければならない患者のパートナーとして、心理支援をしていくことが重要となる。

2. 心理支援の場の概要

ここで紹介する総合病院では、糖尿病患者に対して、医師、看護師、栄養士、薬剤師、臨床検査技師、歯科衛生士、心理職（臨床心理士・公認心理師）などの医療スタッフがチームを組んで、糖尿病患者教育（水曜日に始まり、翌週の火曜日に終わる7日間コース）に携わっている。この糖尿病教育入院とは、糖尿病患者が一定期間入院をして、糖尿病を自己管理していくために必要な知識や技術に関する教育を受け、それによって良好な血糖コントロールを得ることを目的として行われる。その中で、心理職もグループ療法を担当する形で、このチーム医療に参加している（表12-1）。

グループ療法とは、集団のもつ相互作用や力動性を利用して、それを治療に役立てるものである。すなわち、患者自身が集団の中で他の参加メンバーと互いに観察し合いながら、悩みを分かち合い、さまざまな情報を交換し、自己理解を深めていく。糖尿病患者を対象としたグループ療法の場合は、患者が他の参加メンバーとの交流の中で、糖尿病をめぐるさまざまな感情的問題を整理し、

表 12-1　糖尿病教室スケジュール例　　（土日試験外泊）

	水	木	金
9：30 ～ 10：00	糖尿病とうまく つきあっていくために （医師）	なぜこわいのか 糖尿病 （医師）	大切な 合併症の薬 （薬剤師）
10：05 ～ 10：35	わかるぞ尿糖 （検査技師）	のみ薬はいつ飲むの？ （薬剤師）	塩のうまい話 （栄養士）
10：40 ～ 11：10	わかるぞ血糖 （検査技師）	インスリンのお話 （薬剤師）	何を食べましょうか？ ～ステップ編（栄養士）
11：15		口の中の衛生（歯科衛生士）	
12：00			みんなで昼食 （栄養士・看護師・医師）
12：30	運動で血糖を 下げてみよう！① （看護師）		
13：30	運動すると食べられる？		本音で語ろう！ 糖尿病① （心理職＋看護師）
14：00 ～ 14：30	どれだけ食べましょうか？ ～ホップ編 （栄養士）	アルコールは 飲んでいいの ?! （栄養士）	
14：35 ～ 15：05		間食は食べていいの ?! （栄養士）	健康食品何でも相談 （薬剤師）
15：10		わかるぞグリコ わかるぞ合併症検査 （検査技師）	

	月	火	水
9：30 ～ 10：00	糖尿病と目は関係あるの？ （医師）	運動で血糖を 下げてみよう！② （看護師）	個人特別レッスン ［個人栄養指導］ （栄養士）
10：05 ～ 10：35	健康食への虎の巻 ～ジャンプ編 （栄養士）	足はなぜ大切か？ （看護師）	
10：40 ～ 11：10		こんな時どうする？シックデイ （看護師）	退院後はどうする？ （主治医との面接）
12：00	みんなで昼食 （栄養士・看護師・医師）		
13：30 ～ 14：30	本音で語ろう！ 糖尿病② （心理職＋看護師）	個人特別レッスン ［個人栄養指導］ （栄養士） 歯を大切に！ （歯科衛生士）	
14：35	元気が出るミニミニドラマ （看護師）		

表 12-2　ヤーロムのグループ療法における治療促進因子

1. 普遍化	他のメンバーの話を聞くうちに、自分の抱えている問題と共通したところがあることを知り、悩んでいるのは自分だけではないことがわかり、安心感を得る。
2. カタルシス（精神的浄化）	グループの中で、自分の感情を表現することができると、胸のつかえが下りた感じがして、気持ちが楽になれる。
3. 凝集性	グループ内で一体感や親近感をもてると、メンバー間の相互交流が強化され、互いに支え合う関係が生まれる。
4. 情報を得る	他のメンバーの発言から、糖尿病やその治療法についての情報を得ることができる。
5. 模倣	他のメンバーのやり方を聞いて、自分も同じようにやってみる。
6. 思いやり	グループの中で他のメンバーを助けるという体験が満足感に繋がると共に、自尊心を高める。
7. 対人関係の学習	グループ内の人間関係を通して、各々のメンバーが自分の対人関係のあり方の理解を深めていく。
8. 希望をもつ	他のメンバーの話を聞いて、治療についての希望をもつことができる。
9. 家族関係の治療的再体験	グループ療法場面は擬似家族でもあり、子どもの頃の家族関係を再体験する機会となる。
10. 対人的社交技術の学習	グループ療法を通して、どのように他者と効果的にコミュニケーションをもつかを、行動レベルで学習する。
11. 実存的因子	糖尿病をもって生きていくことを否認することなく、現実的、実存的に受け入れることが治療促進的に働く。

〔糖尿病患者対象のグループ療法向けに、筆者が内容を一部改変〕

糖尿病の自己管理に積極的に取り組む姿勢を作り上げ、糖尿病をコントロールできるようになることを目標にしている。

次に、グループ療法の施行法であるが、1セッションは約1時間、集団の大きさは10人ぐらいまでの小集団規模で行う。医療スタッフは、リーダー（心理職）とサブ・リーダー（その週の教育入院の担当看護師）の二人が参加する。リーダーは、中立的かつ受容的な態度で、参加メンバーの発言に耳を傾けるとともに、まとめ役として発言する。サブ・リーダーも自由な発言を保証されているが、グループの中で起こっていることを客観的に観察することに努める。サブ・リーダーがそのような役割を果たすのは、リーダーが一人の参加メンバーへの対応に追われている際に、他の参加メンバーがどのような反応をしているかを観察する必要があるからである。

長期のグループ療法では、話し合うテーマは決めずに自由な討論が行われるが、教育入院中に行う短期グループ療法では、限られた時間内で効果的な話し合いを行うために、あらかじめテーマを設定しておく場合が多い。例えば、①糖尿病と診断された時の気持ちや、今現在、糖尿病に関して抱いている気持ち、②糖尿病の自己管理で一番難しいと感じていること、③対人関係（家族や職場での人間関係）の中で糖尿病に関連して苦労していること、④退院後の自己管理に関する不安や見通し、などである。

話し合いの焦点は、主に糖尿病をめぐる感情的負担の問題にしぼり、怒り、不安、孤独、恐れなどの自己管理の遂行を阻害している陰性感情を自由に表現し、共有し合う場となるように努める。ヤーロム (Yalom 1985) は、グループがもつ治療促進因子として、「普遍化」「カタルシス（精神的浄化）」「凝集性」などの11の因子をあげている（前頁、表12-2）が、こうした因子が働くようにグループの運営を行う。

セッションの終了後は、参加スタッフがその日のセッションの流れや個々の参加メンバーが抱えている個別的な問題について、振り返りを行う（直後レビュー）。この際に得られた情報は、全スタッフが集まるカンファレンスで報告し、教育入院中の個人栄養指導や退院後の療養指導に利用する。

3. 感情的負担のアセスメント

感情的負担に関するアセスメントには、糖尿病に対する感情的負担度を測定するPAID（problem areas in diabetes survey：糖尿病問題領域質問表）を用いた。この質問表は、ポランスキー（Polonsky 1995）が糖尿病患者の病気とその治療に対する感情状態が自己管理行動に大きな影響を与えているという臨床経験に基づいて作成したものであり、筆者らが日本語版に翻訳し活用してきた(石井・久保 2002)。例えば、2問目の「糖尿病の治療がいやである」や6問目の「糖尿病を持ちながら生きていくことを考えると憂うつになる」等の20項目の質問に対して、「まったく問題でない」の1点から「たいへん悩んでいる」の5点までの5段階で評定する形式になっている。感情的負担度が最も高い場合は100点となり、負担度が最も低い場合は20点となる。教育入院患者に対して、このPAIDを教育入院への参加前と参加後に施行し、糖尿病教育入院の効果判定に利用した。

第2節　事例

1. 事例Aの概要

Aさん：61歳、男性。2型糖尿病。自営業（建築設計事務所）、妻と事務所手伝いの長女と3人暮らし。

Aさんは6ヵ月前に糖尿病と診断され、開業医の投薬治療や大学病院での教育入院を受けてきたが、どれも納得いかず物足りなさを感じたことで、この総合病院に転院し、糖尿病教育入院を受けることになった。教育入院開始前のカンファレンスでは主治医や看護師から、「糖尿病治療についての些細な事柄へのこだわりが強く、すぐに怒る」「糖尿病について説明しようとしても、自分の思いを語ることを優先するので、対応の仕方がわからない」という報告があった。

1）アセスメント結果

AさんのPAID結果は、教育入院前が85点と感情的負担度が非常に高いものであった。「糖尿病を持ちながら生きていくことを考えると腹が立つ」や「自分が糖尿病であることを受け入れていない」などの糖尿病に対する怒りを示す項目が5点満点となっていた。

カンファレンス時の情報とPAID結果からは、Aさんは自分が糖尿病であるということを受容できずに苦しんでいることが考えられた。

2）ケース・フォーミュレーション

Aさんは「糖尿病の診断が納得できないようで、その不満を医療スタッフにぶつけてくる人」と糖尿病教育開始前のカンファレンスで報告されていた。Aさんのその言動の心理的背景には、糖尿病やその治療に対する怒りが存在していると考えられる。これは、糖尿病に罹患し健康を喪失してしまった自らの運命に対する怒りや攻撃性でもある。こうした糖尿病に対する感情的反応をしっかり調整できるように援助することなしには、Aさんが自己管理を実行していくことは不可能であり、病気の状況に適応することは困難であると推察した。

したがって、グループ療法場面においては、Aさんが抱えている怒りを思う存分表現できる機会を提供することで、「カタルシス」を体験できれば糖尿病を「現実的に、実存的に受け入れる」ことが可能になると考えた。

3）Aさんのグループ療法の経過

グループ療法の1回目のセッションに参加したAさんは気難しい表情のまま、糖尿病教室の他の講義の際と同様に、他の参加メンバーを無視して自分の病気の経過を語り始めた。「40歳から定期的に健康診断を受けてきたが、何ともなかった。2年前の健診でも異常はなかった。ところが、6ヵ月前から、すごく喉が渇くようになり、夜中に何度もトイレに起きるようになった。それで、近くの開業医にかかったら、糖尿病だと言われて、飲み薬が処方された。その薬を飲めば治るのかと思っていたら、1ヵ月後の診察で“グリコ（グリコヘモグロビン：HbA1c*）の値がまた上がっている”と言われて、別の薬が追加された。グリコが何かもわからないし、薬はどんどん増えるのに、体重は3～4kg減っていた。そして、3ヵ月後にはグリコがさらに上がって、体重もさらに5kg減った。すると、主治医からインスリン治療が必要と言われた。さすがに不安になって、その開業医への通院は止めて、近くの大学病院に入院した。ところが、20日間ぐらい入院しても、ただ糖尿病のビデオを見せられるだけであった。これでは駄目だと思って、この病院に転院して、糖尿病教室に参加することになった」と語ると、「これまで健康だったのに、こんなに急に糖尿病になるものなのか、それがわからん。納得できない」「医者に病気をひどくされた」とにわかに声を荒らげて、怒りをあらわにした。

これらのAさんの行動は、糖尿病という厄介な病気を抱え込んだ自らの運命に対する怒りの表現であると考えられた。心理職はその話をしっかりと傾聴し、「糖尿病という診断を心情的に承服しかねる、医者の対応にも納得できないし、何もかもに腹が立つという気持ちなのですね」と怒りを受け止めるように努めた。その上で、「その気持ちを整理するのが、今回の入院の目標になりますかね」と伝えつつ、Aさんの怒りの混じった納得いかない気持ちに対しての意見を、他のメンバーから求めることにした。すると、Kさん（75歳、男性、2型糖尿病）からは「その腹立たしい気持ちは、よくわかる。私も初めはそうだった」や、Lさん（53歳、女性、2型糖尿病）からは「最初の先生が駄目だったですね。何の説明もなかったのはひどいですよ。私の場合は先生が一生懸命説明してくれたから、糖尿病をそんなにいやだと思わなくてもすんだわ」と、Aさんの怒りに対する共感や理解が表明された。

外泊後の2回目のセッションでのAさんは、1回目とは打って変わって、吹っ切れたような明るい表情で参加していた。「外泊中に家庭菜園で農作業したのがいい運動になったみたいで、血糖値が少し下がっていた。これが自信になった」と外泊時の様子を報告した。「家族も気を遣ってくれて、お菓子は片付けてくれていた。糖尿病のことはまだ納得はしていないが、協力してくれる家族のためにも、食事療法も運動療法もしっかり頑張ろうと思いました」と家族に感謝する言葉を述べると、「すみません。自分の話ばかりしてしまいました」と他の参加メンバーに対する気遣いも見せた。

退院時のAさんの感想文には、「今回の教育入院で、ようやく自分の病気と向き合える気がします。グループ療法の場面で皆さんに気持ちをわかってもらえたことで救われた。退院後は、糖尿病友の会（糖尿病の自助グループ）に入会し、糖尿病のことをもっと勉強したい。家族が協力的なのも有難い。家族のためにもしっかりと自己管理をしてバリバリ働きたい」と書かれていた。

教育入院修了時のPAIDは45点となっており、感情的負担度が顕著に低下したことを示していた。

Aさんは、「どうして自分だけがこんな理不尽な思いをしなければならないのか」という自らの運命に対する怒りを、グループ療法の中でさらけ出したのである。Aさんが糖尿病の診断を受け容れず自己管理を実行しない背景には、この強い怒りが存在していた。Aさんの場合は、この怒りが認められること、そして、怒りたいだけ怒ることができる機会を与えられることが必要であった。こうした「カタルシス」の機会の提供は患者の感情面の問題の整理へと繋がるのであり、患者への心理支援として重要なことの一つである。

また、家族の患者への関わり方も、患者の自己管理に大きく影響する。一般的によくみられるのは、患者の病状を心配するあまりに、患者を監視して「あれもできていない。これもできていない」と非難や警告を与え続ける「糖尿病警察」と呼ばれる関わり方である。しかし、このような関わり方は、患者にとって大きなストレスになり、患者からやる気や意欲を奪ってしまう。家族に求められるのは、「私も一緒に食事療法の勉強をさせて」「これを機会に、家族みんなで健康的な食事をしましょう」などの言動にみられる協力的で支援的な関わり方である。A さんも家族の協力的な姿勢を知って、自己管理に前向きな気持ちを表明できたのである。

2. 事例 B の概要

B さん：71 歳、女性。2 型糖尿病。農業従事の長男夫婦と二人の孫と同居。

B さんの糖尿病歴は 10 年である。教育入院開始前のカンファレンスでは、主治医から「これまで血糖コントロールは良好であったが、2 ヵ月ほど前に夫が死去。その後からコントロールを乱すようになったので、教育入院を勧めた」との報告があった。

1）アセスメント結果

B さんの PAID 結果は、教育入院前が 78 点とかなり高く、「自分の糖尿病の治療がいやになった」や「糖尿病をコントロールするために努力してきたが、それに疲れ、燃えつきてしまった」などの項目が 5 点満点と高かった。

2）ケース・フォーミュレーション

B さんの現在の状態は、配偶者の死という大きなライフ・イベント直後のモーニング・ワーク（喪の仕事：大切なものを失うという対象喪失に際して強い悲哀を経験するが、それをさまざまな方法で克服しようとする過程）の真っ只中にあると考えられた。老年期の高齢者は一般的に、配偶者や親しい人との死別、それに伴う情緒的支援の低下、社会的孤立感の増大、生きる意味や社会的役割の喪失、施設への入所のための慣れ親しんだ環境からの分離、あるいは、病気による心身機能の低下など、さまざまな喪失を連続的に体験している。そうした中で、糖尿病に罹患することは健康を喪失することであり、自己管理というたいへん困難な課題を抱えることでもある。Bさんの場合、突如、配偶者の死という老年期に特有の問題に直面したのであり、糖尿病の自己管理という厄介な問題にも対応が求められたのである。大きな心理的問題を二重に抱えていたBさんに対しては、「傾聴こそが心を癒す」と考えて、心の中の思いをしっかり聴き、受け止めるように努めることをグループ療法のスタッフ間で確認した。

3）Bさんのグループ療法の経過

Bさんは、50年連れ添った夫を2ヵ月前に亡くしたばかりの入院であったが、教育入院中の講義や実習の場面では、そうした様子はまったく見せず淡々と受講しているとの報告が看護師からもたらされていた。しかし、心理職は、Bさんはまだモーニング・ワークの真っ只中にあり、この課題を済まさない限り自己管理への意欲は湧いてこないと考えて、Bさんの夫を失った悲しみを積極的に取り上げた。すると、急死してしまった夫の死を嘆き、自分ももうどうなってもいいと自暴自棄になって無茶食いをしていたことや、教育入院してからも夫との日々が思い起こされて、夜はベッドの中で泣いてばかりいると涙ながらに話した。そして、インスリン自己注射の指導も受けているが、「今更、こんな面倒なことをしなければならないのがつらい。早く夫の元に行きたい」と泣き崩れた。

これに対して心理職は傾聴に努めつつ、他の参加メンバーにも発言を促した。すると、その週はグループ療法への参加者が4名と少なかったこともあり、全員がBさんの悲しみや嘆きに寄り添ってあげようという雰囲気になった。Bさんの話にもらい泣きする参加メンバーもいた。

その後、退院を前にしてBさんは、「教育入院中は、個人的なことを話してはいけないと思っていた。だから、主人の死のことは誰にも話していなかった。でも、あのグループ療法の会で、みんなに自分の気持ちを聴いてもらって、とてもよかった。主人のことはすぐには忘れられないけれど、少し気が晴れた気がする。これからは、インスリン注射も頑張って、孫のために長生きしたい」と語った。教育入院修了時のPAIDは24点となっており、感情的負担度は大きく低下していた。

Bさんの場合は、グループの中で「カタルシス」や「凝集性」「思いやり」

を体験できた事例である。グループ療法においては、糖尿病に関連する感情面の問題だけでなく、自己管理の遂行が難しい患者の個人的な感情的負担にも関心を払うことが大切である。ライフ・イベントのような患者の誰もが経験する一般的な事柄も考慮し、その心理的背景を推察できるように、心理職としての研鑽を積むことも重要である。

3. 事例Cの概要

Cさん：55歳、男性。2型糖尿病。中学の数学教師、妻と二人暮らし。

Cさんは5年前に糖尿病という診断を受けていたが、「特に症状もないし、仕事に差し支えることもなかった。合併症のことも聞いているが、自分には起こらないと思っている」と話す患者であった。主治医からは、「奥さんは協力的だが、本人はコントロールがかなり悪い。網膜症の症状も少し出ているのだが、まったく危機感がなく、教育入院には拒否的だった」との報告があった。

1）アセスメント結果

CさんのPAIDは、教育入院前が28点とかなり低く、感情的負担はほとんどないと考えられる結果であった。

2）ケース・フォーミュレーション

CさんのPAIDの低さは、糖尿病に対する感情的負担がないのではなく、糖尿病に不安を感じているからこそ、この結果になったと考えられた。自覚はないものの網膜症を伝えられたことで不安になり、より糖尿病を否認（不安を引き起こすような現実的な状況を無意識的に認めようとしない自我防衛機制）することになったと思われた。このような否認に対しては、医療スタッフからの助言や指導よりも、同じ病気をもつ他の患者の発言が効果的であることが多い。したがって、グループ療法においては、Cさんと他の参加メンバーとの交流を多くすることが重要であると考えた。

3）Cさんのグループ療法の経過

Cさんは、「父も長く糖尿病だったが、合併症になったとは聞かなかったし、私も５年になるが仕事に何の支障もない。合併症になるかもしれないからきちんと自己管理しなさいと言われても、ピンとこない」や「今回の教育入院は、私は必要とは思わなかったが、それよりも妻や母が心配するので、仕方なく入院した」と糖尿病を気にしていないことを強調していた。

このＣさんの話に引き続いて、Ｍさん（38歳、男性。２型糖尿病）は自分の経験を語り始めた。「叔父が糖尿病のために、足壊疽（えそ）で足を切断し、目も見えなくなり、最後は腎不全で亡くなっている。その惨めな姿を見てきているので、糖尿病と診断されてからは、自分から希望して教育入院を受けた。食事と運動で滅茶苦茶頑張ったら、血糖値が劇的に下がった。だから、糖尿病はもうすっかり治ったと考えて、元通りの生活をしていた。そうしたら、また、血糖値が上がってしまって……。それだけじゃなくて、目にも合併症が出てきてしまった。この教育入院で自分を変えたい」と硬い表情で話した。そして、「皆さんのお話を聴かせていただいたが、糖尿病を甘く見ているように感じました。このメンバーの中では、私が一番危機感をもっていると思います」と、他の参加メンバーに糖尿病に真剣に取り組む必要性を訴えた。

このＭさんの話を聞いていたＣさんは「同室に足壊疽と腎不全の患者さんがいるが、たいへんな病気になって、お気の毒にと思っていた。しかし、今のＭさんのお話を伺って、それが糖尿病の合併症であることがよくわかった」と真剣な表情を見せた。そして、「退院後は、間食のラーメンや牛丼はやめようと思う」「これからは自動車通勤を電車通勤に切り替えて、できるだけ歩くようにしたい」などの自己管理の具体的目標を自ら設定した。

Ｃさんの教育入院終了時のPAIDの結果は48点と高くなっていた。特に「糖尿病を持ちながら生きていくことを考えると怖くなる」や「重い合併症になるかもしれないことが心配である」などの項目の得点が上昇した。糖尿病であることの不安を自分の課題として受け入れたことで、合併症を自分の差し迫った問題として捉えるようになったことが考えられた。

グループ療法においては、Ｍさんの体験談はＣさんや他の参加メンバーには生きた「情報を得る」ことになり、みんなに傾聴してもらえたＭさんには「カタルシス」になったのである。そして、このような参加メンバー間の交流はグループの「凝集性」を高め、糖尿病治療への意欲を高めることにも繋がったと考えられる。

教育入院終了時には自己管理にやる気を見せていたＣさんであったが、退院後に個人心理療法を受けたいと心理職に希望してきた。個人心理療法の初回に、Ｃさんは糖尿病教室での学びをきっかけに妻の言動が「糖尿病警察」そのものであることに気づいたと話し始めた。糖尿病は患者本人だけでなくその家族にも影響を与えることが多く、患者は家族との関係を見直すことにもなるため、心理職はそうした支援も考えなければならなくなる。

Ｃさんの妻は中学の国語教員であったが、二男の出産を機に退職し子育てに専念した。二人の息子は病気や怪我もなく順調に成長してきており、Ｃさんは息子たちの進学のことはすべて妻に任せていた。二男が大学に進学した頃、Ｃさんが糖尿病と診断され、それをＣさんの実家に伝えたところ、実家の母から時折電話が入るようになった。糖尿病であった父の世話をしていた母が妻にいろいろと助言をしていたらしい。その頃の妻は適当に母に話を合わせてくれていたようであった。ところが、２年ほど前から妻の様子が変化した。以前は実家から電話があった時だけの小言が、それ以外でもＣさんに食事や運動のことで注意することが増えた。その頃、社会人の長男は結婚して独立したばかりで、次男も大学院進学で家を離れたため二人だけの生活になっていた。Ｃさんは、ようやく子育ても終わったことだし、妻もこれからは好きなことをすればよいと思っていた。しかし、妻はＣさんの糖尿病やその自己管理に関して些細なことでも口出しするようになり、Ｃさんは妻と二人だけの生活が居たたまれないと感じるようになった。そして、Ｃさんはせっかく今回の教育入院で自己管理への意欲を持てるようになったのに、妻の過干渉な言動にやる気を削がれていると訴えた。

Ｃさんの妻が「糖尿病警察」となった心理的背景には、「空の巣症候群」が存在していることが考えられる。Ｃさんの妻は聡明で何事も完璧にこなせる能力の高い人であることが推察される。二人の息子の巣立ちは、Ｃさんの妻には誇らしいことであったと同時に、子育てという生きがいの消失であり、老後への不安を感じさせるものであったに違いない。したがって、今度は糖尿病のＣさんを懸命に支えることに生きがいを見つけ、同時にＣさんの健康を維持することで不安を軽減させようとしたと考えられる。

心理職はまずCさんと妻の置かれた状況をしっかりと話し合い、Cさんが自主的に妻への理解を深める様子を見守った。その上で、妻の自己肯定感を高める接し方などの助言を行い、Cさんが病を抱えて生きていく上での今後の生活について考える関わりを行った。

4. 事例Dの概要

Dさん：32歳、女性。2型糖尿病。事務員、年金受給者の両親と妹（看護師）の4人暮らし。

Dさんはスナック菓子や果物などを食べるのが大好きで、夕食後はテレビを見ながらそれらを食べるのが習慣となっていた。職場の健康診断で肥満の問題を指摘されたのは2年前、糖尿病と診断されたのは10ヵ月前とのことであった。主治医からは「一日の摂取カロリーを1,400kcalにして体重を減らすように指示したのですが、減量できたのは当初の3ヵ月だけで、その後は増量する一方です。最近はやる気がないという発言が多いので、食事療法のヒントをつかんで欲しくて、教育入院を勧めた患者です」との報告があった。

1）アセスメント結果

DさんのPAID結果は、教育入院前が72点と高く、「食べ物や食事の楽しみを奪われたと感じる」「常に食べ物や食事のことが気になる」などの食事に関する項目が5点満点と高かった。

2）ケース・フォーミュレーション

糖尿病と診断された当初のDさんは、肥満や糖尿病の自己管理という課題についての意義を理解し、一度は食事療法に取り組んだようであったが、数ヵ月後には実行できなくなっていた。PAIDの結果と食生活の様子からは、Dさんの楽しみは食べることであり、食事療法を厳密に実行するというのはかなり困難なことであると推測できた。おそらく、食事の我慢に苛立ちをつのらせ、病院での指導に腹を立て、よけいに食べてしまったことが考えられた。そしてこれを繰り返すうちに、自分には食事療法など絶対できないという無力感に陥ってしまったことも考えられた。この状態が長く続けば、もうどうなってもいいと絶望感にさえとらわれてしまうのである。

糖尿病やその治療法に圧倒され、自分には「どうしようもない」「何もできることはない」と感じてしまう状態が糖尿病燃えつき状態なのである。この燃えつき状態の根底には、自己効力感（ある課題に対して自分ならここまでできるという達成可能感）の低下と絶望感が存在している。Dさんはこの燃えつき状態にあると考えて、自己効力感を高めることをグループ療法の目標とした。

3）Dさんのグループ療法の経過

自己管理で何が一番難しいと感じているかというテーマの話し合いにおいて、Dさんは「私には食事療法が一番難しい。食事を制限して、体重を減らすなんて、私には無理です」と断言した。そして、「主治医の先生には、叱られてばかりなんです。本を買って食事制限をやってみたんですが、食べることを我慢すると、イライラしてよけいにたくさん食べてしまって……。家族からは“食べ過ぎ！”と責められました。それに腹が立つし、夜中に隠れて食べるようになって、結局、以前より体重が増えてしまいました。食事療法なんて辛いだけだし、糖尿病のことももうどうでもいい」と怒りをあらわにしつつ、「この教育入院前も、3kg減らすと栄養士さんと約束したけど、1kgしか減らせなかったし……」と続けた。これをリーダーが、「1kg減量できたということは、かなり摂取カロリーを抑えたということですよね」と評価したところ、Dさんは「おやつを1ヵ月我慢する約束を栄養士さんとしたんです。でも、その半分かな、実行できたのは」と応じました。リーダーは「半分も実行できたのはすごいですよ。1kgということは、7,000kcalになるんですよ。食事にしたら、ほぼ5日分です。月の半分もおやつを我慢した努力もすごいと思いますよ」と、Dさんが実行できたことの意味を伝えた。その発言に、Dさんは「えーっ、そうなんですか。たった1kgかとがっかりしてたんですけど」と驚いた様子であった。

すると、間髪を入れずNさん（52歳、女性。2型糖尿病）から「すごいね。頑張ってますよね」とDさんを褒める発言があると、Oさん（64歳、男性。2型糖尿病）も「減量って、本当に難しいと思うよ。Dさんはまだ若いんだし、ゆっくりでいいと思うよ」と優しく励ますのであった。Dさんは、「そうか、私、頑張っていたんですね。これくらいの食事療法なら、続けられるかな」と笑顔を見せ、食事療法への取り組みを明言した。教育入院修了時のPAIDは32点に低下していた。

Dさんの場合は、食事療法に対して燃えつき状態にあったのだが、グループ療法の中で「希望をもつ」ことができた事例である。燃えつき患者の自己効力感を高めるためには、「実際にやったことを、自分はうまくやれたという成功体験として感じること」や「自分が実践したことを、他者から肯定的に評価されたり、自分で自分を褒めたりできること」が大切である。したがって、この目標のために心理職が心がけるべきことは「できていないことを叱るのではなく、できていることを見つけて褒める」「一緒に喜ぶ」「努力を認める」などになる。また、良い結果が出た時だけ褒めるのではなく、患者の努力が糖尿病の改善に繋がっていることなどにも注目して褒めることが重要である。

第3節　解説

1. 心理アセスメントとケース・フォーミュレーション

糖尿病患者が医療スタッフによって勧められた自己管理を実行できるかどうかは、病気に対する患者の心理的適応、特に糖尿病やその治療法に対して抱いている感情が強く影響する。例えば、事例Aさんには糖尿病と診断された「怒り」、事例Bさんは対象喪失による「悲しみ」、事例Cさんには合併症の不安から自我防衛するための「否認」、事例Dさんは糖尿病を自己管理することへの「燃えつき」、などの感情的負担があった。このように陰性感情を持ち続ける患者が糖尿病の自己管理に積極的に取り組めないというのは、臨床場面ではよく見受けることである。

そこで、糖尿病患者教育では、自己管理の実践に必要な知識や技術の伝達と指導をすることに加え、自己管理の実行中に顕在化してくる患者の感情的負担にも対応することが重要となる。患者が糖尿病治療に適応できるようにするには、心理支援が必要である。個々の患者の糖尿病とその治療法に対する感情的負担を明らかにするために、まず教育入院への参加前後にPAIDを施行する。それに加えて、患者の社会的立場や家族構成などの情報もしっかりと収集しなければならない。患者が抱えている感情的負担やライフステージにおける課題が明らかになれば、患者に応じた支援の方法を具体的に検討できるのである。

さらに、糖尿病患者が自己管理に積極的に取り組むための支援法として、筆者は変化ステージ・モデルも用いる。変化ステージ・モデルとは、自己管理を実行する際の患者は5段階の心理的ステージの中で気持ちが常に変化していることを想定している。そこで、現在の患者が糖尿病治療に対してどのような心理状態にあるのかをアセスメントして、そのステージに適した支援を行うという方法である。

5段階の変化ステージとは、食事療法を例にとると、①前熟考期（食行動を変化させることは考えていない）、②熟考期（食行動の変化の意義は理解しているが、実際の行動変化はない）、③準備期（患者なりの行動変化があるか、あるいはすぐに開始するつもりがある）、④行動期（望ましい食行動が始まったが、6ヵ月以内である）、⑤維持期（望ましい食行動が始まって、6ヵ月を超えている）となる。そして、それぞれのステージに適合した支援をしていくのである。

例えば、前熟考期の患者は、糖尿病と直面することを避けており自己管理にはまったく関心を示さない心理状態にあり、このステージの患者への援助としては、自己管理の知識を伝えることは無意味である。まずは、患者の話をしっかりと傾聴して、その考え方や行動を理解するように努める必要がある。このような心理支援が自己管理について話し合える治療的な人間関係を作ることに繋がる（久保 2014）。

2. グループ療法による心理支援のポイント

糖尿病のグループ療法においては、患者の健康を喪失した悲しみに対しては、「食事療法はつらいですよね」「糖尿病治療は苦しいですよね」と共感的理解を示し、泣きたいだけ泣ける機会を作るのである。また、糖尿病を抱えた自己の運命に対する怒りに対しては、怒りを思いきり表現できる機会を提供することが大切である。網膜症や腎症のような重症合併症をすでに発症してしまった患者には、その合併症に対するさまざまな思いをセッションの中で自由に表現してもらい、その苦しみを参加メンバー全員で傾聴する。そうすることが、その患者本人には「カタルシス」になり、まだ合併症を発症していない他の参加メンバーには現在の血糖コントロールの悪さが将来、合併症を引き起こすのだと実感することに繋がるのである。患者がカタルシスを経験できて、感情面の問題を整理することができた後に、現在直面している問題にどのように取り組んでいくかを一緒に考えることが重要なのである。

また、自己管理をうまく進めていけない患者に対しては、患者一人一人にそれぞれ固有の自己管理を実行できない理由があると考える。それらをしっかりと聴き出して問題解決に繋げていくことが重要である。例えば、事例Ａさんは、医療スタッフの間では「わがままで、すぐに怒り出す」問題患者と見なされていた。しかし、グループ療法場面では、そうした行動が糖尿病の自己管理という困難で厄介な課題を背負ってしまった自らの運命に対する怒りであることが明らかになった。また、事例Ｂさんの場合も、集団教育場面では何事もなかったかのように淡々と受講していたが、自己管理に対して意欲が湧かない背景には、夫を失ったという大きな悲しみが存在することが、グループ療法の中で判明したのである。集団教育の場面では、どうしても個々の患者の個人的な問題は後回しになりがちであるが、グループ療法においては個々の参加メンバーの個別性を尊重することが大切である。

グループ療法に参加したある患者は「糖尿病の〈とう〉の字は戦う〈闘〉にして欲しいくらい毎日が闘いの連続だ」と語り、また別の患者は「糖尿病は最終的には自分で頑張るしかない病気かもしれませんが、一人では頑張れない病気なんです」と語った。自己管理という複雑で厄介な課題を前にして、その困難さに圧倒され立ちすくんでしまっている糖尿病患者は多い。糖尿病という困難な問題を抱えてしまっても、医療スタッフや周囲の人たちによって共感的に受け入れられ理解されたならば、患者の心は随分とやすらぎ癒される。そのような人間関係によって自己肯定感を取り戻すことができた患者は、自己管理にもやる気や意欲を見せ、積極的に取り組めるようになる。人は人間関係の中でこそ変化を起こすことができる。支援的な人間関係の中で、糖尿病治療に対する感情的負担を軽減できれば、患者は以前よりも生き生きとした生活を送れるはずである。

3. 連携協働のポイント

医療の現場において、医療スタッフは身体的にも心理的にも疲弊しやすい情況にある。糖尿病教育の現場においても多職種（医師、薬剤師、看護師、管理栄養士、臨床検査技師、等）のスタッフは、糖尿病患者に対して知識の提供や技術指導などの支援を行うことを求められている。それらの支援は具体的で物理的であるだけに、患者の血糖コントロールと直結することになるが、患者が医療スタッフの指導をきちんと実行することでしか良い成果は得られない。ところが、医療スタッフには、「患者への支援は、して当然。良い結果を出すことが普通」という意識が根底にある。そのために、患者に血糖コントロールが悪い状態が続くと、指導に関わったスタッフが無力感を強めたり、燃えつきてしまうということも生じる。

そのような糖尿病教育において、心理職が多職種と連携協働することには大きな意義がある。まず、患者の心理的側面についての知識を提供することができるのであり、それはさまざまな側面から患者を理解しようと試みている多職種のスタッフをエンパワーメント*することにも繋がる。また、心理職は、多職種の患者への支援の仕方や患者との関わり方を高く評価することができる。そうした共に働く仲間からの評価によって、心理的に消耗しやすい医療現場で働く医療スタッフは、心的エネルギーの補充ができることになる。

総合病院の心理職の役割として求められているものを考える時、専門知識を提供して患者の心理支援に役立ててもらうだけに留まるのは惜しいと思う。患者に対して物理的な関わりをしない心理職だからこそ、実際の身体的ケアに携わる他の医療スタッフに対しても専門性を発揮できるはずである。医療スタッフの患者への支援に敬意を払いつつ、同時にスタッフを心理的に支援するのである。多職種へのエンパワーメントを常に視野に入れておくことも、多職種との連携や協働に繋がる。

4. 対象の心理支援に際して習得しておくべき知識・技術

多職種のスタッフと協働してチーム医療を行っていくためにも、また自分の立場や役割を明確に自覚し心理職としての専門性を打ち出していくためにも、糖尿病に関する医学的な知識やものの見方を習得しておく必要がある。それと共に、グループ療法を行うための技術を身に付けることも大切である。

文献

・Anderson, B. & Funnell, M.（2005）*The Art of Empowerment*, 2nd ed., American Diabetes Association.〔石井均監訳、久保克彦他訳（2008）『糖尿病エンパワーメント第2版』医歯薬出版〕

・石井均、久保克彦（2002）「糖尿病教育における心理的アプローチの重要性」『*Pharma Medica*』20, 25-31.

・石井均、辻井悟編、久保克彦他著（2004）『ホップ・ステップ！糖尿病教室』南江堂

・久保克彦（2004）「糖尿病患者のグループセラピー」繁田幸男、景山茂、石井均編『糖尿病診療事典』医学書院

・久保克彦（2004）「糖尿病教育入院へのグループ療法導入の試み」『心理臨床学研究』22号、337-346.

・久保克彦（2006）「糖尿病教育入院におけるグループ療法」石井均、久保克彦編著『実践糖尿病の心理臨床』医歯薬出版

・久保克彦（2014）『実践　栄養カウンセリング』メディカ出版

・Polonsky, W. H., Anderson, B. J., Lohrer, P. A., Welch, G., Jacobson, A. M., Aponte, J. & Schwartz, C. E.（1995）Assessment of diabetes-related emotional distress. *Diabetes Care*, 18, 754-760.

・Polonsky, W. H. (1999) *Diabetes BURNOUT*. American Diabetes Association〔石井均監訳、辻井悟、久保克彦訳 (2003)『糖尿病バーンアウト』医歯薬出版〕

・Yalom, I. D. (1985) *The Theory and Practice of Group Psychotherapy*, 3rd ed., Basic Books, New York

用語解説

1型糖尿病

1型糖尿病は、インスリンを作る膵臓のβ細胞が何らかの原因によって壊されることで発症する糖尿病である。インスリンは血液から細胞へとブドウ糖を取り込み、血糖を下げる働きをもつ。しかし、1型糖尿病ではインスリンがほとんど分泌されなくなるため、常に血糖値が高い状態が続く。1型は就学前や思春期に発症のピークがあるが、乳児から成人に至るまで幅広い年齢で発症する。また、1型が糖尿病全体に占める割合は5％以下にとどまる。成人期に多く発症する2型と違って、1型は若年発症が多く、心理職による心理支援をより必要とする領域である。

グリコヘモグロビン A1c（HbA1c）

ヘモグロビンとは赤血球内のタンパク質の一種で、これに血液中のブドウ糖が結合すると、糖化ヘモグロビンとなる。グリコヘモグロビンは、糖化ヘモグロビンがどれくらいの割合で存在しているかをパーセント（%）で表したものであり、過去1～2ヵ月の血糖値を反映する。糖尿病と判定するのは6.5%以上、5.6%未満が正常型である。

エンパワーメント（empowerment）

本来は「権限委譲」を意味する法律用語であったが、現在では、「人間に夢や希望を与え、勇気づけ、人間がもっている生きる力を湧き出させること」と定義されるようになった。

第13章

認知症の事例

梨谷竜也（馬場記念病院）

第1節　発症から受診に至るまで

1. 事例および家族の概要

A氏：78歳（初診時）の女性。

現在、夫（80歳／定年退職後無職）との二人暮らし。夫は数年前に足を悪くしてから家にこもりがちで、A氏が生活面全般の世話をしている。

太平洋戦争開戦の少し前に地方都市で出生。戦時中に空襲で家を失い、その影響で小中学校はあまり行けず、内職や年少の兄弟の世話に追われていた。中学卒業後に就職。26歳で結婚。結婚後は専業主婦として3人の子どもを育てた。

車で1時間ほどの距離に長男（50歳）一家が住んでいる。長男一家は妻（48歳／パート）、長女（21歳／大学生）、次女（17歳／高校生）の4人家族。長男夫婦はA氏夫妻の家に年に数回行っているほか、長男の妻はA氏夫妻に時折電話をかけるなどしていた。

A氏の長女（52歳）と次女（45歳）はいずれもかなり遠方に住んでおり、それぞれ夫と子どもがいる。年に2回程度しか会うことがない。

2. 既往歴、現病歴

A氏はこれまで大きな病気をしたことがなく健康には自信があった。70歳代も半ばに差し掛かったころから、長男夫婦と話をする際に、何度か同じ話をするようになったり、昨日伝えたことを忘れたりするようになった。長男夫婦は「もの忘れも随分増えてきたし、歳だなあ」と思う程度で、それほど気には留めていなかった。実際、もの忘れが増えてからも、家事は普通にこなし、夫の薬の管理もきちんとできており、生活上の問題は特になかった。

X−1年12月（77歳）：例年12月中旬頃から正月の支度を始めるのがA氏の恒例であったが、この年はあと3日で大晦日だというのに、まったく準備を始める気配がなかったため、長男が正月の準備をまだ始めないのか尋ねたところ、最初は何を言われているのかわからない様子で話が噛み合わなかった。しばらく話をするうちに「ああ、そろそろ始めようかと思ってたのよ」と言うものの、どうも様子がおかしいと長男は感じていた。

X年1月：正月の挨拶に長女、次女一家も訪ねてきたが、毎年用意されていたお節料理はなく、家の中も雑然としていた。冷蔵庫を開けると消費期限をかなり過ぎた食材や、古くなった野菜が大量に入っていた。父親であるA氏の夫にどうしたのか尋ねると、「ここ2、3ヵ月くらいは、しんどいのかやる気がないのか、家事はちょっと手を抜くようになったなあ」とのことであった。

長男夫婦、長女、次女の4人で話し合い、もしこれが認知症だったら、早めに病院で診てもらったほうがいいのではないかと考え、A氏に「最近おかしいから、一度病院で診てもらおうよ」と、病院受診を勧めた。しかし、A氏はそれに立腹し、「人をボケ老人扱いするなんてひどい。もう帰って」と言い、病院受診を拒否した。元来、頑固な性格であることを知っていた子どもたちは、これ以上説得しても無駄だろうと考え、この日はいったん引き揚げた。

しかし、その後、頻回に様子を見に行くことで、以前との違いがより一層目につくようになった。

X年4月：近所のB病院で「もの忘れ・認知症無料相談会」が開催されていることを知った長男夫婦は、「とりあえず受診はしなくてもいいから、相談だけ行ってほしい」とA氏を説得し、A氏とともに来談した。

3. 相談会来談から受診まで

相談会を開催しているB病院では、脳神経内科で認知症の診療を行っているが、無料相談会は心理士が担当している。

担当のＣ心理士がＡ氏に、「まず、こちらに今日の日付と、お名前、お歳をご記入ください」と来談受付票の記載を促すが、日付が思い出せず、隣に座っていた長男に「今日、何日？」と尋ねた。長男に教えられた日付を書きながら、「最近、カレンダーなんて見ないから……」と書けなかった理由を呟いていた。

Ｃ心理士がまずＡ氏に直接話を聞いた。Ａ氏は「もの忘れはたしかによくしますけど、歳が歳なんで、普通こんなもんではないですか？」「普通に家のこともしてますし、何も困っていません」と言い、何の問題もないことをやや強く主張した。長男が「いや、でも年末も、こっちが言うまでもうすぐ正月ってことを忘れてただろ？」と言うと、Ａ氏は「なんか、それをよく言われるんですけど、いつもどおりお正月の準備してて、いつもより１日か２日取り掛かりが遅れただけなんです。それをこの子らが大袈裟に言って、こんな大ごとにして……」と言い、口論になり始めたため、Ｃ心理士が長男の発言をやんわり制し、Ａ氏の言い分をまずは受け止め、関係づくりに努めた。雑談のような話も含めいろいろな話をしたが、ほんの1、２分前に話したことを初めて話すかのように再度話したりすることが頻繁にみられた。また、健康には自信があるのでほとんど病院には行ったことがないが、そろそろ歳なので、健康診断くらいは受けたほうがいいかとも思っていることなどが語られた。

Ｃ心理士は、この段階で日時の失見当識および記憶障害の存在を疑い、それらに対する取り繕い反応もみられたことから、何らかの認知症を有している可能性が高いと判断し、認知症を診ることができる診療科への受診が必要であると考えた。Ａ氏の様子と家族の話から、現時点でBPSD*（Behavioral and Psychological Symptoms of Dementia：認知症による行動・心理症状）はみられないこと、病識はほとんどあるいはまったくなく、受診への抵抗が強いことから、精神科ではなく脳神経内科の受診を促したほうが抵抗が少ないであろうと考えた。

Ａ氏に対して、会話をしている限りではそれほど大きな問題があるとは思えないこと、しかし、70歳も過ぎており脳卒中などのリスクはそれなりにあるので、一度頭の検査はしておいて損はないと思うこと、何もなければ自身もご家族も安心して過ごせるし、もし何かの病気の兆候があるのであれば、早めに治療したほうがよいことなどを伝え、受診の提案をした。さらに、受診の流れや一般的に行う検査の内容を説明したところ、ややしぶしぶという感じではあったものの、受診の同意を得ることができた。

X年5月：脳神経内科を受診。医師による問診、運動機能や反射のチェックといった神経学的検査、頭部CT、採血を行った。神経学的検査と採血には異常を認められなかった。頭部CTでは若干脳室が広くなっていることがわかったが、明らかな異常は認められなかった。それらの結果と問診内容を合わせ、初期のアルツハイマー型認知症（Alzheimer's Disease：AD）の可能性が高いと判断された。担当医は確定診断を行うために、追加で、頭部MRIと、臨床心理・神経心理検査の実施を指示した。臨床心理・神経心理検査の検査バッテリーは心理士に任せられた。

第2節　臨床心理・神経心理検査の実施

1. 実施検査と検査場面の様子

X年6月：心理検査が実施された。D心理士が最初に今日は何をするか聞いているか尋ねると、「もの忘れがひどくてね、その検査をするって聞いてます」とのことであった。前回の診察のことは覚えていたが、その前の相談会のことについてはあまり覚えておらず、「そういえば、前にもこの病院に来て何か話をした気はします」と曖昧に答えた。

自身のもの忘れについては、「ひどいと言っても、別に困ることはないし、そんな認知症の人みたいに何でも忘れるわけじゃないです」と言い、認知症ではないということを強調していた。D心理士は、今回の検査はあくまでも現状把握で念のため行うものであることを説明し、検査の同意を得た。

検査はMMSE-J（Mini Mental State Examination-Japanese）、ADAS-Jcog（Alzheimer's Disease Assessment Scale-cognitive component-Japanese version）、TMT-J（Trail Making Test日本版）を実施した。記憶や注意に関する課題を中心に誤答がみられたが、取り繕い反応をしばしば認めた。

検査終了時には、「まあこんなもんですね。やっぱりもの忘れは多いですけど」と語ったが、それほど落ち込んだ様子ではなかった。

検査後には、A氏本人には席を外してもらい、付き添いで来ていた長男の妻に対して、普段の様子の聞き取りを行った。

2. 検査結果

MMSE-Jは22点でMCI（Mild Cognitive Impairment：軽度認知障害）群と軽度AD群の最適カットオフ値23／24を下回った。ADAS-jcogは15.7点であった。

日時の見当識は、月は少し思案したあと正しく答えられたが、日は2週間ほどずれ、曜日も誤答しており、時の失見当識を認めた。場所は病院名も含め正しく答えることができた。

100から7を順に引いていく連続減算課題は93、85、72、60、53と繰り下がりが複雑になる箇所での誤答が目立った。TMT-Jでは、数字だけを繋ぐPart Aは誤答せずに同世代の平均所要時間で課題を終えたが、Part Bでは5回誤答したうえ、平均所要時間＋2SD以上の時間を費やした。これらから、注意障害は明らかであった。

記憶に関する課題の成績も総じて低く、MMSE-Jの3単語遅延再生は1語も想起できず、ADAS-Jcogの単語再生、単語再認のいずれも低い成績であった。また、単語再認課題では虚再認を複数認めた。検査課題以外にも評価材料にするために、最近のニュースについて思い出すよう求めたが、「テレビも新聞もよく見ています。ニュースは毎日見ています」と言いつつも思い出すことができず、検査者が「そういえば最近、外務大臣が辞任したんでしたっけ？不祥事で」と実際にはない話を振ってみると、「ああ、なんかそんなこと言ってましたね。最近そういう不祥事ばっかりでイヤになりますねえ」と応じるなど当惑作話もみられた。一方、出身地や若い頃していた仕事のことはよどみなく話すことができた。これらから、近時記憶障害があると考えた。また、作話傾向も認めた。

言語や視覚認知といった領域には明らかな障害は認めなかった。遂行機能については、検査場面において明らかな障害を示唆するものは認めなかったが、長男の妻の話では、家事はひとりで放っておくとあまりしないが、促せばすること、また、一緒に料理をする際など、以前と比べると明らかに段取りが悪く、今までひとりでできていたことも、「次、どうしたらいい？」などと尋ねてくることが多くなったとのことであった。これらの家庭での様子を考慮すると、遂行機能障害が生じていると言えそうであった。

精神症状については、幻覚、妄想はなく、抑うつ気分をはじめとした気分の障害も認めなかったが、長男の妻の話では、以前に比べて怒りっぽくなったように感じるとのことであった。しかし、状況をよく聞いてみると、もの忘れや不注意な失敗があった時に、そのことを家族が指摘し、それに対して怒るとのことであり、A氏自身に易怒性亢進が生じているのか、関係性によるものかは現段階では判断できなかった。そこで、長男の妻に対しては失敗について指摘せずに、たとえば何かを忘れていても、忘れている内容を初めて言うかのように再度伝えるようにしてほしいと伝えた。

第3節　診断とフォローアップ

1. 診断

頭部MRIでは、急性期病変は認めず、大脳白質全体に虚血性変化を認めたが、これは年齢相応との結果であった。脳の萎縮の程度はやや強く、その中でも特に海馬の萎縮が顕著に認められた。

これまでの検査結果を総合して、軽度アルツハイマー型認知症と診断された。診断結果は担当医からA氏本人に対しても伝えられ、病状進行を抑えるために抗認知症薬が処方された。

2. フォローアップ面接

再診日にあわせ、D心理士によるフォローアップ面接も実施された。A氏と付き添いで来ていた長男の妻、それぞれに対して面接を実施した。

A氏本人に、前回の診察でどう言われたか、今どう思っているか尋ねたが、言われたことはあまり覚えていないようで、「とりあえず薬を飲むように言われたので、続けるようにしていますけど、あれは何の薬なんですか？」と心理士に尋ねた。「何度かこちらに来てもらうなかで、やはりもの忘れはちょっと多くなっているようなので、それが今後ひどくならないようにするためにお薬を飲んでおきましょうということのようです」と説明すると、「ああ、そうなんですね」と納得した様子であった。A氏自身は特に困っていることもないとのことで、心理士と雑談のような話をして終了した。

長男の妻は、診断後、一度、家に様子を見に行ったとのことであったが、長男から聞いていた話よりもはるかに生活が上手くいっていないように見えたとのことで、A氏夫妻ふたりで暮らしていくことは無理ではないかと思っているとのことであった。しかし、施設に入ることはA氏夫妻のどちらも拒否しており、それならば、同居を考えなければならないのだろうけど、それにはどうしても抵抗があるとのこと。「こういう場合って、やっぱり引き取るとか、同居するとか考えなければならないんですよね？」と心理士に尋ねた。

D心理士は、話を傾聴したうえで、同居しなければならないと決まっているわけではないので、同居するかどうかはそれぞれの家族の事情に応じて考えてよいこと、A氏夫妻が今の生活を続けたいと望んでいるのであれば、何らかの工夫をしたり、行政や福祉の支援なども利用して何とか生活を続けていってもらうことは可能であることを伝えた。

現状で可能な対策として、地域包括支援センターに問い合わせて何らかの援助が受けられるか相談してみること、家のガスコンロをIHコンロに変えること、安否確認の電話を行うこと、これらをまずは行うこととなった。

3. 半年後の再検査

X年11月：心理評価の再評価が行われた。MMSE-Jが18点、ADAS-Jcogが19.0点で、記憶障害がさらに悪化、また、ADASの観念運動課題もやや困難になっており、遂行機能障害も目立ってきていた。半年前と比べると、顕著とまでは言えないものの、明らかに認知機能障害が進行していた。

長男の妻によると、前回の相談後、地域包括支援センターに相談し、介護保険を申請しA氏は要介護認定されなかったものの、A氏の夫が要介護2の認定を受け、介護サービスが入るようになったほか、センターの人が定期的に見守りに来てくれており、その中で大きな問題は起きていないとのことであった。

第４節　入院・入所中の心理士の対応

1. 脱水症による入院と認知症ケアチームによる対応

Ｘ＋１年７月：Ａ氏はＢ病院に脱水症の疑いで入院することになった。その少し前に夫が入院し、Ａ氏は一時的に独居となっていたが、真夏の暑い中、室温管理や水分摂取が不十分となり、脱水を引き起こしたようであった。

入院時は意識障害が強く、呼びかけへの応答も乏しかったが、２日ほどして普通の会話が可能な程度に回復してきた。しかし、それからは、夕方くらいになるとそわそわし、夕食を食べて数時間してから、「自分だけ夕食をもらっていない」「隣の人が夕食を盗った」「うちの人はどこに行ったんですか？」などと騒ぐようになった。そのため、認知症ケアチームが入り、対応を検討することとなった。Ｂ病院の認知症ケアチームは、脳神経内科医師、認知症認定看護師、心理士、薬剤師、理学療法士、社会福祉士で構成されている。週１回、カンファレンスと回診があり、病棟で対応に困っている患者がその対象となっている。

Ｄ心理士は以前からＡ氏に関わっていたため、これまでの心理評価の情報を提供した。まずは現在の様子がどういう要因で起きているのかをチームで検討した。病棟看護師によると、夕方から深夜にかけては前述のような状態のことが多いが、日中は穏やかで会話も普通にできることが多いとのこと。しかし、ナースコールを一切押さず、用事があっても看護師が通りかかるまでは我慢していることが多く、ナースコールを押すように再三言っているとのことであった。

Ｄ心理士は認知機能に日内変動が生じている可能性があること、脱水による意識障害からまだそれほど日数が経っていないこと、ベースに認知症があることから、現在の問題は、せん妄の影響が大きいのではないかと考えた。病棟の対応は、訴えがあるたびに、「食べましたよ」と説明したり、食べたあとの食器を片づけずに数時間残しておくといったものであったが、それでもなかなか納得しないということであった。一度だけ、訴えがあった際に、家族が持ち込んだ食べ物を提供したところ、それを食べたあとは落ち着いていたとのことであった。「食べたことを忘れているので、食べたと説明しても余計に興奮しかねません。何かちょっとした食べ物を提供して、食事は今準備中なので、これを食べてしばらくお待ちくださいと伝えるなどしてはどうでしょう」と心理士から提案した。これをヒントに認知症認定看護師から「栄養部にお願いして、夕食を少なめにし、そのカロリー分のババロアなどを、夕食を食べていないと言い始めた時に出してはどうでしょう」と提案があり、一度試してみることとなった。

ナースコールについては、病棟では、ナースコールを押して誰かに来てもらうのが嫌なのだろうかという話になっていた。心理士からは、ナースコールを押すということが十分理解できていない、ナースコールを押してくださいと言われたことを覚えていない、ナースコールを押すという動作が認知機能障害によりできなくなっている、人に頼りたくないなど、さまざまな可能性があることを伝え、心理士がＡ氏と会ってみてから再度考えてみるということになった。

薬剤師からは睡眠薬について、理学療法士からは日中の覚醒度アップのために、積極的な離床を図っていく必要がある旨について、それぞれ提案があった。

カンファレンス後の回診でＡ氏に会って話してみると、非常に穏やかであった。食事は食べてますか、昨日の夕食はどうでしたか、などと尋ねても、「ええ、食べてます」「おいしくいただきました」とのことであった。Ｄ心理士から「看護師さんに用事がある時はどうされてますか」と尋ねると、「頻繁に来てくれるので、そんなにこちらから用事があるということもありませんが、近くを通りかかった時にお声をかけるようにしています」とのことであった。「このナースコールを押せば呼べますよ」と言うと、「え、これはそういうボタンなんですか。押している人を見たことがなかったので、怖くて押してませんでした」とのことであったため、「ためしに今押してみてください」と言い、実際に押してもらった。それですぐに看護師が部屋に来たのを見て、「あら一、便利なボタンですねえ」と嬉しそうにしていた。

回診終了後、ナースコールについては、押すのを遠慮しているというよりは、そのボタンが何なのかよくわかっていない、説明してもすぐに忘れている可能性が高いので、繰り返し説明し、記憶の定着を図る必要があることをＤ心理士から病棟に説明した。まだしばらく押さないかもしれないが、そのたびに「何かあれば、これを押すと看護師がすぐに来ますよ」と伝え、A 氏にその場で押してもらうことで、より記憶が定着しやすいと助言した。

また、せん妄の背景要因として、不安感もあるのではないかということが話し合われ、病棟看護師から孫の話をよくしているという報告があったため、家族に依頼して、孫の写真など家族の写真を床頭台に飾ってみることになった。

これらの対応を実施した結果、1 週間後の再カンファレンスの時には、夜間の食事のことは 1 週間で 2 回訴えがあったものの、ババロアを食べることですぐに落ち着き、日中もナースコールを押すようになったとのことであった。

病状はすでに回復し、退院は可能な状態であったが、家に帰って独居状態になると、再び同じことが繰り返されかねないということで、B 病院併設の老人保健施設に一度入所し、そこから在宅復帰を目指すことになった。

2. 老人保健施設での心理士の関わり

この老人保健施設には、B 病院の心理士が関わっており、入所時の臨床心理・神経心理スクリーニング評価をはじめ、適宜心理評価を行うほか、個人心理面接と入所者のグループ活動を担当している。

まず、E 心理士が認知機能のスクリーニングのため病室を訪ねたが、病院に入院した理由も、そこから施設に入ることになった理由も、自分ではまったく説明できなかった。「ここは何ですか。私はもう用事がありませんので、早く家に帰りたいです」と言い、そわそわした様子であった。このような中で検査を行うことは困難と判断し、この日は日常会話による認知機能評価 CANDy（Conversational Assessment of Neurocognitive Dysfunction）のみ実施した。CANDy の成績は 17 点であった（0 ～ 30 点の得点範囲で、6 点以上を「認知症の疑いあり」とする）。この検査を実施するためにしばらく会話を続けたが、会話を続けるうちに次第に穏やかな様子になっていった。不安がやや強そうと判断した E 心理士は「よければ、また時々こうやってお話をしに来させていただいてもよろしいですか？」と個人心理面接の提案をしたところ、「そうしてもらえると助かります」と A 氏も面接を希望された。

翌日会った際は、かすかに E 心理士のことを覚えていたこともあり、検査への導入はスムーズであった。MMSE-J のみ実施したが 11 点で、前回外来で評価した時よりも明らかに認知機能は低下していた。個人心理面接と並行して、残存機能の維持や入所生活に馴染むことを目的として、グループ活動への参加も促すことにした。

個人心理面接は、ベッドサイドにＥ心理士が出向く形で、週３回、各回 15 分程度とした。最初の数回は心理士のことをはっきりとは覚えておらず、毎回初めて会うような感じになったが、回数を重ねるごとに、いつも来てくれる人、私の話を何でも聞いてくれる人となり、いろいろな話をするようになった。

グループ活動は身体を動かすプログラム（風船バレーなど）、手先を使うプログラム（工芸）、頭の体操（計算、間違い探し、塗り絵など）があったが、最初のうちは参加を渋っていた。会場までは来るものの、「私、もうちょっとしたら家に帰りますので、失礼します」と言い、すぐに帰ってしまった。自室（４人部屋）で過ごすことが多く、同室者ともほとんど会話がなかった。夕方になると、「主人の食事の用意をしないといけないので、そろそろ帰らせてもらいます」などと言って、家に帰ろうとすることもあった。

個人心理面接では、子どもや孫の話、趣味の話などいろいろな話をするようになっていったが、若い頃の話は特に会話が弾んだ。物心ついた頃に終戦を迎えたが、終戦直前の空襲で家を失い、家に余裕がなかったため、学校にはほとんど行けなかったこと、中学を出てすぐに就職したこと、そのため計算や読み書きはあまり得意ではなくコンプレックスを持っていること、そういう経緯があるため、あまり人と交わることは好きではなく、老人会などの集まりにも参加していないこと、しかし、手先は器用であったため職場では誉められたことや子どもの服をよく作ってあげていたという話を語った。Ｅ心理士はこれらの話の傾聴に努めた。

Ｘ＋１年９月：入所から１ヵ月が経過。日中は部屋にこもりがち。看護・介護スタッフが訪室した際に話しかけると、わりとよく話をするが、同室者と交わることはなく、臥床しがちであった。しかし、夜になると廊下をウロウロし、入所しているフロアから出ていこうとすることもあった。スタッフが制止するも、興奮して声を荒らげ、なかなか部屋に戻ろうとはしなかった。カンファレンスではこのことが話題となり、Ｅ心理士は対応方法について助言を求められた。見当識障害や不安感、あるいは刺激の少なさが背景要因となっている可能性があることを伝え、いつも20時前後に部屋を出ていくことが多いということだったため、19時頃に談話室やスタッフ・ステーションへ誘ってお茶を飲みながら雑談するというのはどうかと提案した。また、ベッド周りに家族の写真やアルバムを設置したり、A氏が読めそうな雑誌を置いておくことを家族の協力を得て実施した。その結果、夜は、居室にいるか居室前のスタッフ・ステーションに立ち寄るくらいとなり、穏やかに過ごせるようになった。

X＋1年10月：その頃には個人心理面接担当のE心理士の顔と名前も一致するようになっていた。個人心理面接担当のE心理士がグループ活動を担当する日に、グループへの参加を誘ってみることにした。その日はカバンを作るプログラムであったが、A氏は「私でもできるようなものでしたら行ってみます」と参加することにした。グループでは作業内容の教示をすぐには理解できなかったものの、E心理士がやってみせると、それを真似してやってみることはでき、一度やり方が理解できると、その後はスムーズに行うことができた。それ以降、頭の体操への参加は拒否していたが、身体を動かすプログラムと、手先を使うプログラムには参加するようになった。参加するようになってからは、一部の入所者とも話すようになり、日中も病室から出てきて談話室で過ごすことが次第に増えていった。

その間、社会福祉士と家族を中心に、退所後どこで暮らすかについて話し合いが進んでいた。A氏の夫は急性期の治療を終え、療養病棟に入院していたが、夫もやや認知症が進行してきているとのことであった。A氏の認知症もかなり進行しており、今まで住んでいた家でA氏夫妻で暮らすことは困難とみられた。A氏の子どもたちがA氏夫妻と同居することは難しかったため、サービス付き高齢者向け住宅に二人で入居することになった。24時間職員が常駐しているため安全性は担保されており、形としては賃貸住宅とほぼ同等であるためプライバシーも守られ、ここであれば集団生活があまり好きではないA氏でも抵抗が少ないのではないかと考えられた。また、ここにはデイサービスも併設されているため、夫妻で通ってもらう方向で話が進んだ。この話は長男夫妻からA氏に伝えられることになったが、認知症が進んだ今のA氏の状態に少なからず戸惑いを感じており、どう話せばいいかわからないとのことであった。そこでＡ氏の現在の状態について、Ｅ心理士から長男夫妻に説明を行った。

説明にあたって、まずは長男夫妻の話を聞いた。長男は、現在の母（Ａ氏）が、「自分の知っている母とはまるで違った人になってしまってショックです」とやや落ち込んだ様子で話した。「自分が１週間ぶりに面会に来ても、あまり反応がなく、自分のことがわからなくなってしまったようにも見え、これからどう接していいのかわからない」とのことであった。

Ｅ心理士は認知症で一般的に起こる変化やその原因について説明し、時には人の顔が認識できなくなったり、自分の息子や娘がまだ小さい子どもで、もうすでに大人になっていることがわからなくなったりすること、そういった反応も、いつもというわけではないので、わかる時もあること、そしてＥ心理士との話の中では、よく家族の話をしていて、家族のことをとても大切に思っているようであることを伝えた。他に、Ａ氏の現在の状態にあわせた接し方についても伝えた。長男は、「認知症っていうのはわかっていても、自分の母親と結びつけて考えることが難しかったんですが、こうやって話を聞けて、まだ少しですが理解できました。またいろいろ教えてください」と語った。退院までの間、長男夫妻が数回面会に来たが、その際には可能な限りＥ心理士が話をしにいくようにした。

Ｘ＋１年12月：施設を退所して、長男夫妻の家の近くにあるサービス付き高齢者向け住宅に夫婦で入居した。入居に際して、Ｅ心理士はデイサービスに書面で情報提供を行った。

3. 退所後フォローアップ

Ｘ＋２年２月：再診のため脳神経内科を受診。心理評価も行った。MMSE-J が14点、ADAS-Jcog は25.7点であった。老人保健施設に入所した際よりも MMSE-J の点数はやや改善していた。見当識障害や記憶障害の程度はほぼ変わらないくらいであったが、表情は明るく生き生きしているように見えた。今の生活について尋ねると、「キレイなおうちで、みなさん良くしてくださるので、いいですよ」とのことであった。同伴した長男の妻の話によると、話が噛み合いにくいのは相変わらずだが、穏やかに過ごしているとのことだった。

現在の入居先がやや遠方であることから、今後の脳神経内科の診療は入居先の近医で行うことになり、心理士の関わりもこれで終了となった。

第5節　解説

1. 心理アセスメントのポイント

心理検査はどのような検査であれ、受検の心理的負担はあるものだが、とりわけ認知症かどうかを判断するための神経心理学的検査は負担が大きいと言える。それは、対象者自身の病識が乏しいことや、認知症という疾患へのネガティブな印象から、まさか自分がそのような病気であるとは思いたくないという否認が背景にあるからである。

検査が始まってからも、健常者にとってはごく当たり前の簡単なことを質問されることになるため、馬鹿にされているのではないかといった気持ちや、こんなことも答えられない自分が情けないといった気持ちなどさまざまな気持ちが交錯して、検査を最後までモチベーション高く行うことはしばしば困難となる。

正確なアセスメントを行うためには、適切なバッテリーを組んだり、検査マニュアルを遵守することよりも、まずは上記の心理的背景を理解し、いかに気分よく検査を受けてもらうか、ここが最も重要である。記憶や注意機能の評価などは特にモチベーションの影響を受けやすいため、検査状況、被検者の様子がどうであったかを加味して結果を判断することも重要である。

また、テスト形式ではなく、会話のみで評価する前述の認知機能評価CANDyというスクリーニング検査（大庭ら 2017）もあるので、そういったものを使用するのも一つの方法である。

認知症の検査は高齢者が対象となることが多いため、集中力や体力の持続を考慮して、極力短時間で終わらせるようにする必要がある。そのため、簡易なスクリーニング検査のみ実施することも多い。これらの検査には認知症かどうかを判断するカットオフ・スコアが設定されているが、このカットオフ・スコアを超えるかどうかだけを基準に認知症かどうかを判断することはできない。各検査の感度、特異度*は80% 前後となっていることが多いが、もし無作為抽出した高齢者にこういったスクリーニング検査を行えば、陽性的中率（検査の結果、点数上「病気の可能性あり」となった人のうち、実際にその病気である人の割合）が50%を下回ることもある。検査の中身（誤答パターンや回答の内容）と、検査以外の情報（会話内容、家族等からの情報、検査時の様子など）を総合して、被検者にどのような認知機能障害があるかを判断することが重要である。

2. 他職種との連携のポイント

認知症臨床に関わる職種は多岐にわたる。精神科医、脳神経内科医、看護師、介護福祉士、理学療法士、作業療法士、言語聴覚士、薬剤師、管理栄養士、社会福祉士、ケア・マネージャーなどが挙げられる。それぞれに違う視点でクライエントを見て、ケアにあたっている。連携にあたっては、まず、各職種が何を知っているか、何ができるかを把握しておくことが必要である。たとえば、BPSDへの対応を考える際、心理士はその背景の心理的要因や認知機能障害との関係などをもとに、対応方法を考えることはできる。しかし、実際のケア場面での工夫の仕方についてのバリエーションは看護師や介護福祉士のほうが詳しいだろう。そういった他職種の専門性に敬意を払い、意見を聞く姿勢が大切と言える。もっと言えば、他職種の専門性を引き出して、職種間の連携を深めるコーディネートの部分も心理士の専門性の一つである。

心理士から他職種に何かを伝える際は、心理学の専門用語は使わずに、どの職種でも理解可能な平易な言葉で具体的に伝えることも重要である。

クライエントへの対応がうまくいっていないケースでは、たとえ心理士から見て、「もっとこうすればうまくいくのに」ということがあったとしても、そのような正論で他職種の行動を頭ごなしに否定することは避けるべきである。認知症のクライエントのケアはどの職種が欠けてもうまくいかない。頭ごなしに否定されることで、そのクライエントに関わること自体が苦痛になってしまっては、クライエントにとって不利益となる。また、生活場面に深く関わる職種では、直接生活場面に関わりのない心理士とは比べ物にならないくらいクライエントから感情を揺さぶられる体験をすることになるため（たとえば外来でしか会わない心理士が暴力、暴言を浴びせられることはめったにないが、入院患者のケアを行っている看護職、介護職では頻繁にそのようなことがある）、いわゆる陰性の逆転移が起きやすく、それにより「うまくいかない対応」に終始してしまうこともある。こういった部分に配慮し、他職種と話をする際は、彼らの対応の背景をよく考える必要があるし、まずは彼らをエンパワーメントすることを心がけることが大切であろう。

3. 心理支援のポイント

認知症当事者への心理支援として、医療介護の現場から最も必要とされるのは、BPSD（認知症による行動・心理症状）への対応であろう。BPSDへの対応は興奮が著しく強い場合などに薬物療法を用いることはあるが、「基本的にはBPSDの治療に抗精神病薬を用いない。やむを得ず使用する場合は少量から始め、長期の使用は避ける」（認知症に対するかかりつけ医の向精神薬使用の適正化に関する調査研究班 2015）とされており、まずは非薬物療法を検討することが一般的に推奨されている。

BPSDはその症状が単独で生じるわけではなく、認知機能障害やそれによる世界の見え方の変化への戸惑い、不安、混乱などが背景にあることが多い。たとえば、徘徊であれば、見当識障害により、今いる場所、今自分が置かれている状況がわからなくなってしまっているといったことや、記憶障害により、ついさっき聞いた説明を忘れていたり、入院や入所したことを忘れてしまっていて、不安を解消すべく探索行動を続けているのかもしれない。こういったBPSDの背景を明らかにし、それに応じた対応方法を、他の援助者や家族等に伝えることは心理士の重要な役目となる。

また、BPSDをはじめとした問題行動は、環境との相互作用の結果として起こることもある。問題とされている行動がどのような状況で起き、それがどのような要因で維持、強化されているのかを分析し、別の適応的行動を促していくといった応用行動分析を用いた介入も心理支援として有効である。ただし、これは心理士が直接行うというより、日常のケアを行っている他職種が中心となって行うことになるため、他職種の負担を極力増やさずに行ってもらえるよう、介入内容を考えなければならない。

個人心理面接もBPSDの改善に有効である。認知症であるからといって、一概に皆が心理的苦痛を感じているとは限らないが、認知症と診断されたことで「自分が自分ではなくなってしまう」といった不安に襲われたり、認知症であるというはっきりとした病識はないものの、何となく以前と違う感覚に戸惑いを感じ情緒不安定になったり、心理的不適応を呈することも多い。

心理面接は、さまざまな困難を抱えた人に対して実施されるが、その困難が認知症ということで、特別にこの技法でなければならないということはない。しかし、認知機能障害への配慮は必要である。たとえば、失語症があれば、程度の差はあれ複雑な言語的やりとりは困難となるため、セラピストの話す言葉を平易にしたり、センテンスを短くしたりすることも考慮しなければならない。

また、週1回50分といったような一般的な心理面接の枠組みで行うことが不適切な場合もある。認知症が進行してくると、注意集中力の持続が短くなり、会話自体も長く続きにくくなる。したがって、1回の面接時間は大幅に短縮せざるを得ない。また、記憶障害があれば、週1回ではセラピストとの関係も深まりにくい。その場合、「1回15分で週3回」などの短時間高頻度に設定したほうがよいかもしれない。

一般的な心理面接では「今現在のこと」を扱うことが多いが、記憶障害が重いと、今現在のことを覚えていないため、それでは面接が成り立たないこともある。高齢者においては、20歳代、正の情動をともなった出来事が思い出されやすい（石原 2008）とも言われており、個人回想法のような形で、若い頃のことを思い出して話してもらったほうが、会話も続き、情緒面にもポジティブな効果が得やすいこともある。心理士がクライエントの若い頃の時代背景に詳しければ、話もスムーズであるが、仮にあまり詳しくなかったとしても、興味を持って、教えてもらう姿勢を持っていれば、話が広がるだろう。

認知機能障害自体への心理支援としては、認知リハビリテーションが挙げられる。認知リハビリテーションとは、高次脳機能障害（認知機能障害）に対するリハビリテーションであり、認知機能障害そのものを改善させたり、それらの障害によるさまざまな生活上の問題を軽減させるための取り組みのことである。脳卒中や脳挫傷後に行われることが多いが、アルツハイマー病をはじめとした変性疾患や、統合失調症に対しても実施されている。

一般的には記憶障害や注意障害など障害された機能に焦点を絞って介入する

ことになるが、全体的な認知機能の低下が生じていたり、病気が進行していくことが想定されている場合は、全体的な認知機能の活性化を図る方法や、領域特異的な学習（リアリティ・オリエンテーションなど）を中心にすることが望ましい（梨谷 2012）。

認知症の心理支援を考える上では、当事者だけでなく家族支援も重要である。大切な家族が認知症になってしまったという事実は、対象喪失と言える。また、記憶障害のために何度も同じことを聞かれたり、言わなければならなかったり、BPSD への対応を強いられるなどのストレスも非常に大きい。

家族支援では、心理教育が重要である。認知症がどのような病気か、どう接すると良いかを知っていれば、必要以上のショックを受けずに済み、関わる中でのストレスが低減されうる。三野ら（2009）は、家族心理教育の中で、家族への適切な情報提供とサポートを行うことが、家族が患者へゆとりある態度をとり、適切なケアを行うことに繋がり、結果的に認知症 BPSD 悪化予防が可能になると指摘している。

文献

- 石原治（2008）「記憶」権藤恭之編『高齢者心理学』朝倉書店、80-91.
- 大庭輝、佐藤眞一、数井裕光、新田慈子、梨谷竜也、神山晃男（2017）「日常会話式認知機能評価（Conversational Assessment of Neurocognitive Dysfunction; CANDy）の開発と信頼性・妥当性の検討」『老年精神医学雑誌』28、379-388.
- 梨谷竜也（2012）「脳血管障害への働きかけ —— 高次脳機能障害者に対する認知リハビリテーションの実践」小海宏之、若松直樹編『高齢者こころのケアの実践下巻 認知症ケアのためのリハビリテーション』創元社、110-116.
- 認知症に対するかかりつけ医の向精神薬使用の適正化に関する調査研究班（2015）「かかりつけ医のための BPSD に対応する向精神薬使用ガイドライン第 2 版」https://www.mhlw.go.jp/file/06-Seisakujouhou-12300000-Roukenkyoku/0000140619.pdf（2020/1/28 閲覧）
- 三野善央、米倉裕希子、何玲、周防美智子（2009）「認知症の家族心理教育 —— 感情表出（EE）研究の立場から」松本一生編『現代のエスプリ 507 認知症の人と家族を支援する』ぎょうせい、72-84.

用語解説

・BPSD（Behavioral and Psychological Symptoms of Dementia）

認知症患者にしばしば出現する幻覚、妄想や、抑うつや不安などの気分の障害、徘徊、暴言、暴力などの行動の障害のこと。認知機能障害（中核症状）を背景に、体調、環境、性格などさまざまな要因が影響して起こる。

・感度、特異度（sensitivity、specificity）

感度は、病気（障害）が実際ある人のうち、病気（障害）があると判定される割合。特異度は、病気（障害）がない人のうち、病気（障害）がないと判定される割合。感度がより高くなるようにカットオフ値（判定基準値）を設定すると特異度が下がり、特異度がより高くなるようにカットオフ値を設定すると感度が下がるというように、両者はトレードオフな関係にある。

終章——おわりに代えて

Ⅰ．本書について

全13章を読み終わった読者は、何を感じておられるだろうか。

保健医療分野に勤務している心理士であれば、自分ならこうする、私の機関ではこうではない、といったように自分の臨床実践にひきつけて考えておられるかもしれない。保健医療分野以外に勤務されている心理士の方にとっては、自分の分野と比較して意外な一面があっただろうか。これから心理士を目指されている方々や、この分野に興味をもって本書を読んで下さった方々にとって、保健医療分野の心理士の仕事ぶりは、どう映っているだろうか。

さて、「はじめに」で触れたように、本書の狙いの一つは、心理支援の根拠にあたるアセスメントとケース・フォーミュレーションにきちんと触れた事例集を作りたいということである。そのため、アセスメントとケース・フォーミュレーションの部分が読者にどう伝わったかが最も気になるところである。

アセスメントの大切さを理解していない保健医療分野の心理士はいないと思う。そして、アセスメントで得たものを具体的な支援計画に繋げ、実践し、修正しながら進めていくというプロセスも多くの心理士が理解していると思う。問題は、その中味である。「はじめに」で書いたように、「対象者の困難や特性などに応じて、オーダーメイドで創造的な心理支援を行っている」のだが、力動派ならこうとか、認知行動療法ならこうとか、アプローチ別の専門書はあっても、アセスメントから具体的な支援計画に繋がっていく部分が伝わるような専門書はあまり見かけず、本書の刊行動機の一つとなっている。

Ⅱ．ケース・フォーミュレーション

アセスメントや支援計画に関係する概念として、ケース・フォーミュレーションがある。林（2019）は次のように述べている。「ケースフォーミュレーションとは、個々の患者に対する種々のアセスメントから治療の出発点として利用される情報を抽出し仮説を作成するための様式、もしくはその様式に基づいて行われるアセスメントのことである。それは、治療と強く関連付けられたアセスメントとも表現することができる」。“様式”とは考え抜いた表現のように思われる。

アセスメントもケース・フォーミュレーションも臨床家によって定義の違いはあるが、イールズ（Eells 2015）による心理療法におけるケース・フォーミュレーションの暫定的な定義は次のようである。「心理療法におけるケース・フォーミュレーションは、個人の文化および環境という状況におけるその人の心理的、対人関係的、行動的な問題の原因、直接的な出来事、および持続的影響に関する仮説を立て、それらに対処するための計画を作成するプロセスである」。また、次のようにも述べている。「仮説として、ケース・フォーミュレーションは、クライエントの問題に対するセラピストによる最良の説明である。つまり、なぜクライエントはそれらの問題を抱えているのか、何が症状の発現を引き起こしているのか、そしてなぜ症状は消失せずに発生し続けるのか、である」。「フォーミュレーションは、単なる病歴の要約や問題の提示ではない。なぜその個人に問題が生じているのかを説明するものである」。「フォーミュレーションは実用を主眼としているため、心理治療の計画（treatment plan）が含まれる」（前掲 Eells 2015）。イールズの考えを自分たちなりにまとめると、対象者がもつ問題の原因・要因等を説明するメカニズム、つまり、なぜこのような事態になっているのかに関する臨床心理学を基盤とした仮説を、得られたアセスメントをもとに創り出し、その仮説から具体的で現実的な心理治療が実行できる基盤となるもの＝ケース・フォーミュレーションとなるであろうか。アセスメントもケース・フォーミュレーションも実行されながら絶えず修正されていくものだが、アプローチを越えて、どの臨床家もここを勝負としているものでもあろう。その意味で、本書の各章において、アセスメントからケース・フォーミュレーションへの流れと、その後の仮説修正のあり方などが読者に伝わったかどうかを編者としては気にしている。

Ⅲ．各章で共通していること

ところで、各執筆者は、お互いの原稿を見ずに架空事例を書いている。全章を通して読み込んでいるのは編者２名のみである。以下は、全章を熟読した編者２名の感想とコメントである。

各章に記された実践から、心理士の仕事はやはり「クライエントの語りたい言葉で語ってもらう」「相手の話をじっくり聴く」「そこから相手を知ろうと努める」ところから始まる、ということが共通項としてよく伝わってくる。まず、ここに相談に来て下さった目の前のクライエントが何に困り、どんな心配や不安を抱え、どんな疾患ないし障害の可能性があるのかを含めて慎重に検討しながら、今後についてどのように考え、そしてこの場に何を期待して来て下さったのだろうか、そしてなぜ「今日」来て下さったのだろうか、心配になってすぐに来られたのか、迷った末にいらしたのか、今までは我慢していたのか、もし、そうだとしたら、どのような方法で対処してきたのだろうか。そういったことを、心理士は、丁寧かつ簡潔にうかがえるように努め、専門的学修や臨床経験に基づき、自分が持っているありとあらゆる引き出しを総動員して、クライエントにいったい何が起きているのか、それが現在の困りごとにどう繋がっているのかを臨床心理学の立場から理解し説明できるようにしていく。そのプロセスが、本書では各執筆者によって記されている。

臨床経験を少し積んだ心理士でも、予診票に記入された内容から想像されること（仮説）からは考えられなかった事実が面接中に語られ、結果として当初の予測とは違うアセスメント結果になる（仮説を修正して新たな仮説を立てる)、ということはよくあることである。話を聴きながら心理士が「おや？」とわずかな矛盾や変化に気づいて質問してみると、そこに重要なアセスメントのヒントが隠されていることがある。

各章から、そして編者の臨床経験から、心理士が、相手の話（主訴）や病歴・生活歴を聴くと同時に、アセスメントを行いながら何に着目し、面接の中でどんな内容を集約しようとしているか、について列挙すると、以下のようなものになる。これらは、クライエントの語る話の内容の背景に何があり、今回の来談理由の大きな要因として何が働いているのかを探るために、必要なものである。また、これらは、どの部分に力点を置くかの違いはあれども、どのアプローチかに限らず心理士が行うアセスメントとして大切なことであると思われる。

(1) 自発的にやってきたのか、誰かに連れられてきたのか（援助への動機や期待の程度）。
(2) 切迫した状態か、そうでないか（自傷他害の有無を含む）。
(3) 問診票に書かれた内容とその筆跡。
(4) クライエントの立ち振る舞い。
(5) 外見、身だしなみ、服装、清潔感。
(6) 表情がどこか不自然ではないか。
(7) 面接時のクライエントの話し方（自分の気持ちをことばで表現する力を含む）。
(8) 家族構成とその雰囲気、クライエントが自らの心配を語れる家族関係なのか否か。
(9) 心理士に対して協力的に語ってくれるか、拒否的なのか、どこか違和感があるのか。
(10) 友人を含む協力的な人間関係の有無（適切な対人関係が築けているのか）。
(11) 嗜好（食事や薬物なども含む）。
(12) 教育歴や教育環境。
(13) 趣味ないし楽しみ、そしてそれを楽しめているか。
(14) （成人の場合は）職業と、仕事に対する姿勢や本人にとっての仕事の意味。
（児童生徒などの場合は）学校と、本人にとっての学校の意味。
(15) トラウマやそれに準じる体験の有無。
(16) 現実検討能力の程度（病態水準を含む）。
(17) 身体疾患や身体的要因の有無。
(18) 認知機能や知的水準の程度。

(19)　物事の感じ方や捉え方のパターン（パーソナリティーを含む）。
(20)　自分の今の状態をどう捉えているか（自己像を含む）。
(21)　感情の調節が可能か。
(22)　現在の生活状況と生活リズム。
(23)　経済的状況と物理的な環境（地理、家屋など）。
(24)　疾患や障害をもつ家族の有無。
(25)　内省力の程度。
(26)　その人が大切にしているもの（自覚的でない価値を含む）、ライフプラン。

以上、すべてを一回の面接で収集できずとも、そのクライエントにとって重要と思われるさまざまな事項を意識しながら内容を収集していく。仮説となっている点においては、クライエントにさらなる質問を行ったり、必要な心理検査を用いて、根拠の示せる仮説としていく必要がある。各章をお読みいただければわかると思うが、多くの例で心理検査を用いたアセスメントが行われているのはこのためである。このような過程を経て、困りごとを抱えて何とかしたいと思っているクライエントを理解し、要因などを説明できるような仮説にまとめ上げる。これら一連の流れがケース・フォーミュレーションである。このフォーミュレーションをもとに、セラピーが展開され、そして適宜、上記に箇条書きした視点などをもとに更新や修正が加えられ、変化していくクライエントに合わせて支援計画が上書きされていく様子も、各章から共通して読み取れることと思う。

Ⅳ．心理士の仕事は見えにくいのか

保健医療分野の心理士は、日々そういった作業をクライエントと行っているのであるが、もし、心理士の仕事が見えにくい、何をしているのかわからない、と思われているのだとしたら、私たちがきちんと関係職種に心理士の行うアセスメントに関して発信しきれていないのだろう。心理支援の開始にあたって、また、アセスメントの更新により支援計画を変更する場合にも、その都度、クライエントに対して説明した上で支援を展開するため、インフォームド・コンセントや、シェアド・デシジョン・メイキング（SDM）を繰り返し行いながらセラピーを進めている。それは、他の職種が治療や支援計画を進めていく場合と同じなのだが、どうして心理士のアセスメントや支援のプロセスだけ、見えにくいと言われてしまうのだろうか。

今までの私たちは、どうしても医療という国家資格優勢の世界の中で「どうせ私たちは国家資格ではないから」と引け目を感じて遠慮がちになってはいなかっただろうか。心理職が国家資格化した現在、保健医療の一端を担うものとして、私たちはクライエントのアセスメント、支援計画について説明責任を果たす必要がある。それは、クライエントに対してはもちろんだが、そのクライエントを取り巻くすべての人びとに対しても同様である。医師はクライエントの入院時に「入院治療計画書」を作成し、看護師は「看護計画」を作成し、リハビリテーション専門職は「リハビリテーション支援計画書」を作成する。関係職種でも同義のものが存在する。心理士も形式が必要、用紙を作れという意味ではなく、誰からもわかりやすい心理職の支援計画の伝え方はどうしていくと良いのか、今後の課題として考えなくてはならない。

心理検査の結果説明には、検査の数値などだけを書くのではなく、心理検査の結果からわかったこと、クライエントが今後気をつけていけると良いこと、支援上のポイントなどをまとめて書くことが推奨されており、私たちはそれをすでに臨床実践している。とするならば、心理支援の導入にあたっても計画をきちんと示していくことが大切になるのではないだろうか。

心理支援導入時に心理検査だけによらない総合的なアセスメントの結果として、ケース・フォーミュレーションと具体的な支援計画を示す必要があるだろう。普段から心理士はクライエントとの間ではそれを丁寧に行っている。そして、協働する多職種間でも行っているはずなのだが、まだそこが弱いのかもしれない。心理の専門家として「○○といった結果から、このようなことが考えられ、このような対応を行っていく」という方針を関係職種にきちんと伝えることで、心理士はこのような考えを持って、このようなことをしていく職種なのだ、ということを理解してもらいやすくなる。繰り返すようだが、心理士が「こうした」ということは報告したり、記録してあっても、「かくかくしかじかな根拠があり、(心理士は) それをこういうことだと理解したので、××という支援を行った」といったプロセス (それこそが、ケース・フォーミュレーションそのものである) が伝わっていないことが多いのではないだろうか。根拠やその理解が伝わらなければ、なぜそのような支援を行っているのか関係職種にはわからないであろう。逆に、他の専門職に心理士の支援の意味を正確に理解されるようになれば、心理支援を必要とするクライエントに対して、「そういうことなら、心理士と会ってみたらどうか」と、チーム医療の中で働きかけてくれることも増えるだろう。結果として、支援が必要な方にサービスが届きやすくなり、クライエントにも「心理士にこのように関わってもらうことができるのか」という理解が広がる。謙虚な姿勢でありながら、専門家としての明確な視点をもって説明責任を果たし、クライエントと共に進んでいけるような姿勢を持つことが求められる。

V. 心理士が普通に知られる世の中へ

読者の皆様には、読後の感想をぜひお寄せいただきたい。とくに厳しいご意見も歓迎である。例えば、ここをもう少しこう書いてほしいというリクエストを求めている。自分の所属する機関で担当するクライエントの数や特徴は限られているため、本書では多くの領域からの執筆をお願いしたが、それでもまだ不足している視点はあるだろう。多くの心理士の力を合わせて、生活者に安心して心理支援を受けていただけるようになること、そしてどの保健医療機関でも等質の心理支援が提供でき、関係職種もクライエントも心理士が何をしている職種なのかを普通に知っていて、よりアクセスしやすくなる近未来になることを願っている。

最後に、本書には幻となった一つの章が存在する。「脳血管障害の事例」で、ごく普通に働いている成人が、脳血管障害となり、後遺症が残る事例である。意識障害、言語障害、感覚障害、高次脳機能障害、記憶障害、注意障害、遂行機能障害、社会的行動障害、脳画像検査などにふれられ、何よりもリハビリテーションにおける心理士の働きを示す事例が予定されていた。宮森孝史先生

（田園調布学園大学人間科学部）に執筆をお願いし、御快諾いただいていたが、提出予定日の約１週間前に急逝された。それでも、御遺族の理解を得て、本書に収載予定であったが、職場のパソコンの中にしかデータが残されておらず、新型コロナウィルス感染症対策のため大学の入校が難しいという状況下で、日の目を見ることができなかった。かえすがえすも残念なことで、編者としては諦めきれない思いである。宮森先生のご冥福をお祈りしたい。

2020（令和2）年12月10日

編者　津川律子・花村温子

文献

・Eells, T. D.（2015）*Psychotherapy Case Formulation.* American Psychological Association.

・林直樹（2019）「ケースフォーミュレーションの概念と歴史」『精神療法 増刊第6号　ケースフォーミュレーションと精神療法の展開』6-13.

編者紹介

津川律子（つがわ　りつこ）
1960年生まれ
1985年　日本大学大学院文学研究科心理学専攻博士前期課程修了
現　在　日本大学文理学部心理学科教授
　　　　公認心理師　臨床心理士　精神保健福祉士
編著書『精神療法トレーニングガイド』（共編）日本評論社2020、『改訂増補 精神科臨床における心理アセスメント入門』金剛出版2020、『ポテンシャルパーソナリティ心理学』（共編）サイエンス社2020、『心理的アセスメント』（共編）遠見書房2019、『保健医療分野』（共編著）創元社2019、『面接技術としての心理アセスメント』金剛出版2018、『シナリオで学ぶ心理専門職の連携・協働』（共編）誠信書房2018、『心理学［第3版］』（分担執筆）弘文堂2017、『心理臨床における法と倫理』（共編）放送大学教育振興会2017、『心の専門家が出会う法律〈新版〉』（共編）誠信書房2016、他多数

花村温子（はなむら　あつこ）
1970年生まれ
1995年　専修大学大学院文学研究科心理学専攻修士課程修了
現　在　独立行政法人地域医療機能推進機構埼玉メディカルセンター主任心理療法士
　　　　公認心理師　臨床心理士　精神保健福祉士
共著書『多職種でひらく次世代のこころのケア』新興医学出版社2020、『精神疾患とその治療』医歯薬出版2019、『公認心理師養成大学・大学院ガイド』日本評論社2018、『公認心理師の職責』遠見書房2018、『公認心理師必携　精神医療・臨床心理の知識と技法』（編集協力）医学書院2016、『臨床心理士をめざす大学院生のための精神科実習ガイド』誠信書房2009、他多数

執筆者紹介

津川律子（つがわ　りつこ）〔はじめに、第８章、終章〕
編者紹介参照

花村温子（はなむら　あつこ）〔終章〕
編者紹介参照

成田有里（なりた　ゆり）〔第１章、第３章〕
2007年　日本女子大学大学院人間社会学研究科博士課程修了
現　在　埼玉県立小児医療センター　公認心理師　臨床心理士

黒田　舞（くろだ　まい）〔第１章、第３章〕
1998年　日本女子大学大学院家政学研究科修士課程修了
現　在　埼玉県立小児医療センター　公認心理師　臨床心理士

安藤朗子（あんどう　あきこ）〔第２章〕
1986年　日本女子大学大学院家政学研究科修士課程修了
現　在　日本女子大学家政学部准教授　公認心理師　臨床心理士
編著書『子ども家庭支援の心理学』（共編著）アイ・ケイコーポレーション 2020 他

三原聡子（みはら　さとこ）〔第４章〕
2018年　筑波大学大学院人間総合科学研究科修士課程修了
現　在　独立行政法人国立病院機構久里浜医療センター　公認心理師　臨床心理士　精神保健福祉士　キャリアコンサルタント
共著書『アディクションサイエンス』朝倉書店 2019 他

吉村理穂（よしむら　りほ）〔第５章〕
1994年　お茶の水女子大学大学院家政学研究科修士課程修了
現　在　大泉病院臨床心理科　公認心理師　臨床心理士　精神保健福祉士
共著書『臨床心理士のための精神科領域における心理臨床』遠見書房 2012 他

井利由利（いり　ゆり）〔第６章〕
1997年　東洋大学大学院文学研究科修士課程修了
現　在　公益社団法人青少年健康センター茗荷谷クラブ　公認心理師　臨床心理士　精神保健福祉士
共著書『心の健康教育』木立の文庫 2019 他

河野千佳（こうの　ちか）〔第７章〕
2017年　日本大学大学院文学研究科博士後期課程満期退学
現　在　日本大学文理学部准教授　公認心理師　臨床心理士

共著書『ポテンシャルパーソナリティ心理学』サイエンス社 2020 他

和田佳子（わだ　けいこ）〔第7章〕
2004年　聖徳大学大学院児童学研究科博士課程満期退学
現　在　聖徳大学看護学部教授　助産師　看護師　臨床心理士
共著書『母性看護学2　産褥・新生児　第2版』医歯薬出版 2006

山口義枝（やまぐち　よしえ）〔第8章〕
2014年　新潟大学大学院現代社会文化研究科博士課程修了
現　在　日本大学文理学部教授　公認心理師　臨床心理士
共編書『教育相談』弘文堂 2015 他

小林清香（こばやし　さやか）〔第9章〕
2000年　早稲田大学大学院人間科学研究科修士課程修了
現　在　埼玉医科大学総合医療センター講師　公認心理師　臨床心理士
共編書『公認心理師養成のための保健・医療系実習ガイドブック』北大路書房 2018 他

岩滿優美（いわみつ　ゆうみ）〔第10章〕
1998年　同志社大学大学院文学研究科博士課程単位取得退学
現　在　北里大学大学院教授　公認心理師　臨床心理士
共著書『保健医療分野』創元社 2019 他

岡本　恵（おかもと　めぐみ）〔第10章〕
2018年　同志社大学大学院心理学研究科心理学専攻博士課程（後期課程）単位取得退学
現　在　京都第一赤十字病院精神科部・緩和ケア内科　公認心理師
共著書『総合病院の心理臨床』勁草書房 2013

野村れいか（のむら　れいか）〔第11章〕
2004年　九州大学大学院人間環境学府博士後期課程単位取得退学
現　在　沖縄国際大学総合文化学部講師　公認心理師　臨床心理士
共著書『臨床心理学への招待　第2版』ミネルヴァ書房 2020 他

久保克彦（くぼ　かつひこ）〔第12章〕
1980年　同志社大学大学院文学研究科博士課程単位取得退学
現　在　京都先端科学大学人文学部教授　臨床心理士
共著書『心理検査を支援に繋ぐフィードバック』金剛出版 2016 他

梨谷竜也（なしたに　たつや）〔第13章〕
2001年　関西大学大学院社会学研究科博士前期課程修了
現　在　社会医療法人ペガサス馬場記念病院　公認心理師　臨床心理士　キャリアコンサルタント
共著書『保健医療分野』創元社 2019 他

保健医療分野の心理職のための対象別事例集

チーム医療とケース・フォーメーション

2021年1月30日　初版第1刷発行

編　者　津川律子
　　　　花村温子

発行者　宮下基幸

発行所　福村出版株式会社

〒113-0034　東京都文京区湯島2-14-11
電話　03-5812-9702　FAX　03-5812-9705
https://www.fukumura.co.jp

印　刷　株式会社文化カラー印刷

製　本　協栄製本株式会社

© Ritsuko Tsugawa & Atsuko Hanamura 2021

ISBN978-4-571-24088-1 C3011　Printed in Japan

落丁・乱丁本はお取替えいたします。定価はカバーに表示してあります。

福村出版◆好評図書

坂田真穂 著
ケアー語りの場としての心理臨床
●看護・医療現場での心理的支援
◎2,700円　ISBN978-4-571-24087-4　C3011
ケアを歴史的に捉え直す。看護・医療現場の心理的疲弊に心理士が共感することで，より良いケアを実現する。

西 見奈子 編著
精神分析にとって女とは何か
◎2,800円　ISBN978-4-571-24085-0　C3011
フェミニズムと精神分析の歴史，臨床における女性性，日本の精神分析，更にラカン派の女性論まで検討する。

林 直樹・野村俊明・青木紀久代 編
心理療法のケースをどう読むか?
●パーソナリティ障害を軸にした事例検討
◎3,200円　ISBN978-4-571-24083-6　C3011
様々な精神的問題に直面する事例を集め，精神科医・林直樹がスーパーバイズ。事例をどう読むかが分かる一冊。

P.クーグラー 編著／皆藤 章 監訳
スーパーヴィジョンの実際問題
●心理臨床とその教育を考える
◎5,000円　ISBN978-4-571-24077-5　C3011
ユング派というオリエンテーションを超え，スーパーヴィジョンとは何かという問題を通して心理臨床を考える。

川嵜克哲 著
風景構成法の文法と解釈
●描画の読み方を学ぶ
◎3,400円　ISBN978-4-571-24071-3　C3011
実施手順から箱庭療法との違い，基本型となる描画の解釈，各項目の意味と配置などを長年に亘る経験から詳説。

浅見大紀 著
フリーランスの心理士・浅見大紀です
●地域で認知症の方と御家族を支える心理の仕事をしています
◎2,300円　ISBN978-4-571-24079-9　C3011
死への恐怖から逃れようと高齢者心理職に辿りついた著者が，震災後の東北で認知症の方と家族を支える奮闘記。

大野博之・奇 恵英・斎藤富由起・守谷賢二 編
公認心理師のための臨床心理学
●基礎から実践までの臨床心理学概論
◎2,900円　ISBN978-4-571-24074-4　C3011
国家資格に必要な基礎から実践までを分かりやすく解説。第1回試験問題&正答とその位置付けも入った決定版。

◎価格は本体価格です。